U0957902

国家出版基金项目
“十二五”国家重点图书出版规划项目

中國京劇流派劇目集成

启功题签

《中国京剧流派剧目集成》编委会　编

第　贰拾伍　集

學苑出版社

图书在版编目（CIP）数据

中国京剧流派剧目集成．第25集 /《中国京剧流派剧目集成》编委会编．— 北京 ：学苑出版社，2014.12
ISBN 978-7-5077-4701-0

Ⅰ．①中… Ⅱ．①中… Ⅲ．①京剧－剧本－作品集－中国 Ⅳ．①I232

中国版本图书馆CIP数据核字(2015)第007946号

出 版 人：孟　白
责任编辑：潘占伟
装帧设计：徐道会
出版发行：学苑出版社
社　　址：北京市丰台区南方庄2号院1号楼
邮政编码：100079
网　　址：www.book001.com
电子信箱：xueyuanpress@163.com
销售电话：010-67601101（销售部） 67603091（总编室）
经　　销：新华书店
印 刷 厂：北京信彩瑞禾印刷有限公司
开本尺寸：889×1194　1/16
印　　张：15
字　　数：384千字
版　　次：2015年1月第1版
印　　次：2015年1月第1次印刷
定　　价：230.00元（精装）

《中国京剧流派剧目集成》学术顾问

郭汉城　　刘曾复　　朱家溍
吴小如　　王金璐　　迟金声
钮　骠　　刘连群　　陈绍武

《中国京剧流派剧目集成》编委会

主　编

黄　克

副主编

常立胜　　吴春礼　　哈鸿儒
蔡景凤　　杨凌云

序言

◎黄克

京剧向称国粹艺术，内容博大精深，剧目十分丰富，人们常以“汉唐三千宋明八百”形容其浩瀚。其中流派剧目又以演员表演的鲜明个性使剧目显得更为多彩多姿，充满魅力，既被专业人员钻研承继，也为广大戏迷喜闻乐见，遂成为京剧舞台上一大亮点。

流派

举凡表演艺术，原本就无不带有表演者的个人色彩。京剧表演艺术因其唱念做打诸多方面功夫的综合性和繁难性，表演的个性化尤为突出；加以行当的粗分、剧目的雷同，于大致相同的条件下尽显各自的千姿百态、千变万化；一招一式、一腔一韵之中可以体现不同的特色，同样一出戏，甚至同样一个戏中人物也完全可以演出不同的风采，这种充满个性化的表演，遂成为京剧竞技场上最是为人乐道而又情趣无穷的审美内涵。倘若这种富于个性化的表演为受众所认可，且代有传人，形为规范，即可自成一家，成为迥异于他人的艺术流派。以“四大名旦”（梅兰芳、程砚秋、荀慧生、尚小云）为例，虽皆工旦行，却又各有千秋。京剧大师王瑶卿就曾这样分析这四位后起之秀的独到之处：“梅兰芳的样儿，程砚秋的唱儿，尚小云的棒儿，荀慧生的浪儿。”所谓“样儿”，指梅的艺术造诣全面，要什么有什么；所谓“唱儿”，指程以行腔之新颖动听为能；所谓“棒儿”，指尚的刀马功底深厚；所谓“浪儿”，指荀的柔媚多姿、风情万种。寸长尺短，一语道破各有专擅的各家流派特点。如此成就固然来自自己的勤学苦练、苦心孤诣，更少不了观众的知音捧场、鼓励有加。因此，一个艺术流派的形成，对于创始人来说，无疑是开拓了审美追求的新境界；对于受众戏迷来讲，则更是得到了多样化审美需求的新满足。梨园行有云：唱戏的是疯子——指其追求的执着，听戏的是傻子——指其享受的痴迷。二者相得益彰、相映成趣，或许正道出京剧流派形成之三昧。

流派剧目

在京剧传承的一二百年间，随着历史的变迁、社会的发展，以及新人辈出、师承转换，荡涤旧物、崇尚新声，传统剧目中的绝大部分早已绝迹于舞台，然而，其精华部分（包括剧目中表现出来的唱念做打等程式体系）还是被完好地保存了下来，并得到长足的发展。其间，流派创始人于剧目的推陈出新做出了不可磨灭的贡献。基于对剧目乃至剧中人物的理解和认识，以及更便于发挥自己技艺特长的需要，流派创始人对浩如烟海的传统剧目进行了严格的筛选，经过了整理加工再创作，使之又焕发出崭新的韵味和光彩；随着这样剧目的增多，最终形成了自己流派所特有的剧目系列。而另外的流派又在另外的剧目系列中发挥着自己的优势，即或剧目相同，不同流派依然可以于演出中表现出自己的独特风格。总之，在其演出的剧目中，无不打上自己表演风格的鲜明烙印。京剧舞台上一度出现的这种百花齐放、争芳斗艳的盛况，实由自丰富多彩的流派剧目，这在京剧发展史上已是不争的事实。

但也应看到，如今京剧流派剧目相对于京剧的鼎盛时期，已是光景不再。个中原因很复杂，就客观因素而言，新兴的艺术形式的多种多样，人们的欣赏习惯和娱乐方式已经有了更广泛的选择余地，因而完全可以去旁骛；此外，就京剧本身而言，演出剧目之贫乏不能不说是观众锐减的重要原因之一。本来演出场所和演出场次就不多，翻来覆去又只是那几出骨子老戏，怎么能吸引观众，特别是年轻观众呢？——连那些老戏迷们也都听腻歪了。

回过头来看，今日演出剧目的贫乏和流派创始人晚年艺术景况也不无关系。他们在艺术的巅峰期——集中在上个世纪二三十年代，创作或改编了一出出新戏，直令观众赏心悦目，目不暇接。当其时，除了富连成科班或游动的散班演出些大路戏外，北京的京剧舞台几乎就是流派剧目的天下。据 1932 年商务印书馆出版的《五十年来北平戏剧史材》的记载，自民国十二年（1923）至十八年（1929）这六七年间，以梅派剧目为例，只“初演”的剧目——也就是自家独创的新戏或整理改编的传统戏，就有前后本《西施》、《洛神》、《廉锦风》、头二三四本《太真外传》、《俊袭人》、全本《宇宙锋》、《凤还巢》、《春灯谜》等 12 出戏（其中前后四本《太真外传》这四出戏是在一年多时间里陆续完成的）；同一时间段，马派“初演”的剧目也有《化外奇缘》、全本《玉镯记》、《秋灯泪》、《战宛城》、全本《火牛阵》、《鸿门宴》、全部《临江馆（“馆”应作“关”）》、全部《浣纱溪》、《范仲禹》、全本《清风亭》、头二三四本《大红袍》、全本《天启传》、《许田射鹿》、全本《十道本》等15出戏（其中《大红袍》分头二和三四本两次演出），当然，其中还不包括“初演”以外的经常性的大量的传统戏演出。试问，这些曾经轰动一时的流派创始人编创的新剧目于今又有多少出传承下来了呢？个中主要原因就在于流派创始人到了晚年一些唱做吃重的剧目已难胜任，只有将其已臻于炉火纯青的技艺凝炼到少数剧目之中，或演出或教习也只拘囿于这少数几个剧目了。而其传人也就将这几出戏奉为圭臬，全不知其鼎盛时期的所谓“文武双全”、所谓“昆乱不挡”为何事，致使一些当年的热门戏几近失传，这不能不说是梨园一件憾事。记得梅兰芳先生曾撰文论述学艺过程中的“少、多、少”，大意是初学时会的戏（包括技艺）自然是少的。随着所学剧目的增多，技艺的增长，激发起拓宽其艺术驰骋领域的热情，兼收并蓄，从而极大地丰富了自己。进而又随着审美取向的定型，艺术见识的提高，势必要对自己所学所用下一番去芜存精的工夫，扬长避短，使自己的独特技艺集中在少数几个代表剧目之中。表面看来演出的剧目是少了，但炉火纯青，在艺术创新上却达到了新境界。从少到多，从多而少，贯穿着的是继承与发展的艺术成熟的过程，也闯出了一条攀升艺术高峰的必由之路。后学者以为，学会了几出流派代表剧目便可以薪尽火传，得到了真经，孰不料缺少广博的根基，既影响个人的发展，也造成了剧目越传越少的现实。这难道不是应该汲取的教训吗？

有道是“礼失求诸野”。由于流派剧目的独特韵味及其所富有的艺术魅力，由于京剧作为自娱自乐的审美取向已深入人心，更由于迷恋传统演唱艺术者的大有人在，京剧传统剧目——包括一些已经消失于舞台的流派剧目，至今仍在京剧爱好者中间传唱不息。我们不妨到公园里看一看那一圈圈围着的戏迷，他们来自四面八方，或许彼此并不相识，只凭一把胡琴就将大家凝聚在一起，有滋有味地互相欣赏着一段段流派唱腔。更不用说那遍布全国各地乃至国外华人聚居区的票房，他们还时不时地粉墨登场，过一把戏瘾呢！这种自拉自唱、自娱自乐的红火场面，充分显示了京剧流派剧目的深厚群众基础和顽强的生命力，对于相对落寞的京剧舞台不啻一种发人深省的挑战。然而，这又何尝不是对京剧振兴的潜在的呼唤和有力的支持呢！

流派剧目集成

正鉴于其强大的生命力和深厚的群众基础，“振兴京剧”作为文化建设的国策的提出可谓正得其时。而振兴之务，首要的是挖掘和继承优秀传统剧目，以之作为发展和创新的基础和借鉴。我们编纂《中国京剧流派剧目集成》的初衷正在于此：将流派剧目演出的精彩瞬间记录于永恒，将构成流派剧目的诸多元素一一记录在案。诸如每剧的剧情本事、创始人表演特点的提要，剧中人物行当归属、服装扮相，剧本曲文、唱腔谱、伴奏谱、锣鼓经，以及身段谱等得以再现流派表演风格的内容，都力图完整地记录整理出来，为流派艺术的教学和研究提供文字的基础资料。持此，内行自可作为表演的参考，京剧爱好者也可以作为演习的蓝本。

这一工作，对于京剧剧目的基本建设虽然可谓之善举，但具体做起来却困难多多。首当其冲的就是剧目的选定。京剧剧目虽称汗牛充栋，但保存下来的资料却十分有限。京剧形成初期，以“老生三杰”又称“前三鼎甲”的程长庚、余三胜、张二奎为代表的一代固然没有留下什么音像文字资料；即或以“老生新三杰”又称“后三鼎甲”的谭鑫培、孙菊仙、汪桂芬为代表的一代除了少量的唱片外也没有完整的剧目传下来，所以我们的剧目整理工作只能从民国初年以降的“四大须生”、“四大名旦”开始。他们受熏陶于前辈艺术家，可谓传统的集大成而又能创新的一代，整理剧目以他们为重点自然最合适不过。遗憾的是这些艺术大师大都已经作古，得到他们指点和首肯已不可能，为此，我们只能通过其亲传或再传弟子来进行流派剧目的整理工作。从中我们更深地体会到抢救要及时，当初未能抢救下来现在也不要嫌晚而不为，抢救一点是一点，否则能够保存下来的精华越来越少，越加难向历史向后人交代了。

更难的则是遴选整理者。剧目的全面整理需要全面的人才。我们在组织稿件的过程中却发现这样的人手颇不易得。如果流派创始人或其传人曾在戏校任教，且有较为完整的教案保存下来，今日稍加整理即可选用，自然不是难事。不过这样的情况并不多，大量的剧目尚需要对当年的演出本进行追忆记录，加工整理。曾经受业于流派创始人或其传人的京剧工作者虽然是整理演出本的合适人选，但是他们大都是单位的骨干，忙于演出，忙于剧务，或居于领导职位，很难分出身来。即或肯于应承下一两出戏，也常有如下的情况：能演不能说，能说不能写，能写又不能打谱。因此，完成一个剧目经常需由记录者、整理者和打谱人联袂而行，倘再加上剧目的传授者和提要的撰写人，则非四五人鼎力不可。《中国京剧流派剧目集成》收入二百多出戏，每出戏即使平均两三人参加，也要组织四五百人次。其繁难可以想见，其壮观亦可以想见。当然，这还仅就整理者的数量而言，更为难能可贵的还在于参与者的无私奉献。试想，跟演一出戏或教一出戏相比，以文字整理出一出戏，不仅费时而且费力，无疑是一桩一般人不肯为也不屑为的苦差事，而我们的整理者却能甘之如饴，乐此不疲，没有为京剧事业的传承而不计个人得失的宝贵情操，是难有这种积极性的。不仅如此，随着岁月流逝，整理流派剧日益困难，更需要求助一些老专家，他们或是资深艺员、教师，或是资深票友、戏迷，而今已是硕果仅存的京剧艺术的专家、流派历史的见证人。在他们身上洋溢着一种传承京剧流派的使命感，和对振兴京剧的期待。他们热情地参加到这项工作中来，或亲自动手，为我们整理剧目；或答惑解疑，给我们工作以指导。使我们在受教于他们的同时，油然而生一种深深的敬意。

克服了上述困难，《中国京剧流派剧目集成》终于呈现在读者面前。书中，除了囊括主要流派的主要代表剧目，试图反映京剧鼎盛时期的大致面貌而外，尚有可说道者。首先是挖掘整理出一批流派剧目，其中不乏已近失传的流派艺术精品。其中共收流派五十余家、剧目二百多出，不仅是从装扮到曲谱俱全，而且半数以上不曾整理出版过，可算是京剧剧目建设的一个不小的工程。下列剧目可为佐证。如王（瑶卿）派名剧《南天门》（今能见到的只剩下王和老谭合拍的剧照）、余（叔岩）派名剧《太平桥》（据说是老谭给余说的开蒙戏）、马派名剧《白蟒台》（写王莽被俘后向旧臣一一乞命事，老生扮演反面人物堪称奇特）、麒派名剧《斩经堂》（其中吴汉的悲剧性格曾引起过热烈争论）、荀派名剧《鱼藻宫》（写吕后残害戚姬事，乃荀派悲剧剧目之一），以及汪（笑侬）派名剧《哭祖庙》、龚（云甫）派名剧《徐母骂曹》、徐（碧云）派名剧《绿珠坠楼》、裘（盛戎）派名剧《打銮驾》等，都是难得一见的流派剧目之珍品。而以“关外唐”名世的唐（韵笙）派名剧经其家人和传人的努力竟整理出其代表作《驱车战将》、《闹朝击犬》、《好鹤失政》、《绝龙岭》、《未央宫斩韩信》、《刀劈三关》等七出之多，堪称流派剧目建设的新收获。除此之外，《中国京剧流派剧目集成》还特别着力于武戏的挖掘整理。较之文戏，武戏更难整理，需要将演员在台上的动作招式一一准确地反映出来，没有深入的钻研领会、亲身体验，很难下笔。众所周知，杨小楼作为一代武生宗师，其“武戏文唱”乃武生的不二法门，也是令人神往的一种表演境界，在武戏剧目整理中理应得到体现。资深票友朱家溍先生得其真传，整理了杨派名剧《麒麟阁》，并详细记述了前后六次观剧的心得，惜乎不及将其用工尺谱记下的昆曲吹腔翻为简谱便溘然而逝了。另一出杨派名剧《镇潭州》则是根据京剧耆儒刘曾复先生的讲授整理出来的，其中杨再兴上场的“蝴蝶霸”、和岳飞对打的“枪架子”，皆独得杨派之秘，给人以再闻《广陵散》般的惊喜。此外，高盛麟的《长坂坡》、《走麦城》，王金璐的《落马湖》、《虮蜡庙》也都走的杨派的路子，有的就是直接跟杨宗师学的。南派大武生盖叫天武功盖世，他的剧目身后却乏人整理，多亏移居上海的原中国戏校武功教师赵雅枫先生以耄耋之年勉力整出《一箭仇》，也算保存了盖派一脉。还值得一提的是收获了一批武丑戏。叶盛章当年是以武丑戏挂头牌演大轴的第一人，勇于创新，能戏甚伙，现将其创作的名剧《酒丐》、《祥梅寺》、《打瓜园》、《徐良出世》、《三盗九龙杯》、《铜网阵》等七出代表作一并推出，既再现了叶氏当年神勇，也为乏人承继的武丑行当提供一些演习之本。尤为可喜的是我们也挖掘整理出富连成科班总教习、文丑“萧派”创始人萧长华老先生的《选元戎》、《荡湖船》、《变羊记》等已近绝迹舞台的拿手剧目。凡此，整理者挖掘流派剧目的辛勤劳作成果，均为我们编纂“集成”增添了光彩。

为了方便读者翻检使用，本书采取四五出戏合编一册的形式，这样全书约有五十册之多，并拟分三批推出。第一批为老生行的余派，以及号称“南麒、北马、关外唐”的三派，和武丑行的叶（盛章）派，计五家八册。第二批则以旦行“梅、尚、程、荀”为代表，包括老旦、刀马旦等流派。第三批是老生、小生、武生、净、丑等其他流派。预期一两年内出齐。倘若其中有重要疏漏，又得人整理，亦可考虑编辑出版“集外集”，以满足读者的需求，也使这部“集成”更为名副其实。

当然，《中国京剧流派剧目集成》的编纂，其目的只在提供流派剧目作为研究家和后学者的参考借鉴。而流派、流派，意重在“流”。所谓流，指流行和流变。流派艺术正是在流行、流变中最终形成的，即或在最终形成之后，也还是靠流行、流变而发展的，倘若泥古不化，抱残守缺，就会失掉其鲜活的生命力，艺苑奇葩也会枯萎，这已为京剧发展史所证明。不过，流派艺术发展也需要有个前提，那就是首先要掌握渗透在表演程式唱念做打、手眼身发步中的艺术个性，而流派剧目就是其艺术个性展现的载体。继承流派艺术，不能只满足于模拟外在的“体”，更要在剧目演练中去体味其艺术个性的“魂”，这样才能促使京剧流派艺术从剧目建设到表演个性都得到发扬光大。此乃传承流派剧目的题内之义，自毋庸赘言。

目录

张君秋

蔡英莲 **整理** 曹宝荣 **记谱** 杨广同 **锣经整理**

刘兰芝

根据1986年天津市青年京剧团版本整理

《刘兰芝》故事出自汉乐府《古诗为焦仲卿妻作》。有陈墨香改编本，名《庐江恨》；王瑶卿改编本，名《孔雀东南飞》；欧阳予倩改编本，名《同命鸳鸯》；王玉蓉演出本，名《焦仲卿妻》；吴素秋演出本，名《生死缘》；张君秋演出本，名《刘兰芝》。1956年张君秋演此戏荣获北京市汇演一等奖。该剧所讲是家喻户晓的历史故事。婆婆虐待儿媳，拆散儿子与媳妇恩爱婚姻，二人最后为忠贞爱情投池而死。新中国成立后，提倡妇女解放，婚姻自主，婆媳平等，该剧在20世纪50年代的演出反响很大，具有一定的现实意义。

该剧艺术特色是唱、做并重。多年来演出的名家很多，风采各异。张君秋先生在声腔上独树一帜，他多次用〔西皮摇板〕、〔散板〕，以口语化演唱方式唱情、唱人物，改变以往的"散、慢、拖"的弊病，体现出"吐字清、腔体活、节奏爽"的特征。在重点场子"机房"一折刘兰芝的主唱段〔二黄慢板〕转〔原板〕，张君秋先生以细腻缠绵、低回委婉、隽永含蓄的演唱风格和"吞、吐、收、放"顿挫鲜明的演唱技法，使得柔中有刚，刚柔并济，一吐刘兰芝入焦家受婆母百般刁难的凄苦哀伤之情，堪称一绝。

1986年夏，天津青年京剧团百日集训期间，对此戏重新修改，尤其对后半场做了大量增改。为符合剧情，求真、求精，时任天津市市长的李瑞环亲自编词，张君秋设计唱腔，何顺信设计伴奏。本人有幸目睹了修改与创编的全过程。在多次剧本讨论中，为彻底改变此剧"头、尾"无戏、"中段"有戏的缺陷，专家们逐场分析矛盾冲突，重新挖掘人物贯穿线与思想感情，删繁求精。在音乐与声腔部分，为弥补后半场戏的简单化处理，为表现刘兰芝与焦仲卿的坚贞爱情，李瑞环市长亲自写词两段，张君秋为唱词设计了〔南梆子〕和成套〔反二黄〕的导板、碰板和原板。先是兰芝被休回家，使母、兄对焦仲卿强烈不满，矛盾激化，将其轰出门外，此时增加刘兰芝〔南梆子〕唱腔，突出了夫妻难舍难分之情。这种悲剧性的〔南梆子〕此戏是首创。末场"花园"，刘兰芝为保贞节，拒再婚，逃出洞房，在生与死之间，通过旋律新颖的〔反二黄〕导板、散板、回龙、原板、摇板、吟板等少见的大套板式腔体的变换，深刻表达了刘兰芝的悲愤。在润腔技巧上，〔回龙〕中"悲愤满腔"的花腔，旋律复杂，节奏明快，顿挫有致，铿锵有力。〔原板〕尾腔"理在何方？"高难险峭，上下盘旋，高音上行到高八度"2"，低音下降到低八度"$\underset{\cdot}{3}$"，音程大跳"14度"之多，这正是张君秋声腔嗓音得天独厚之处。在剧本重新布局后，在前场兰芝回家探母一场又添加了一段〔西皮原板〕，唱词不多，但洗炼俏丽，勾勒出刘兰芝对母亲的孝顺与难承婆母欢心的无奈心情。

在人物形象塑造上，"机房"一场的"搁灯"很有表演个性。焦母百般刁难，刘兰芝担惊害怕、不知所措，在"把灯放在桌上、放在椅上、放在织绢机椅上"一系列内心外化的舞台动作中，用了京剧的程式性表演，如：推磨、跑正式反八字、放灯、交灯、接灯、脚下颤抖的慢步、碎步圆场及举灯中的水袖，等等，充分带动剧场的气氛，把焦母的"恶与狠"、刘兰芝的"善与怕"表现得淋漓尽致。"投池"这场戏在排练中迟金声、谢虹雯、叶少兰和我都付出了心血，并根据剧情编了一套小舞蹈组合——圆场、转身、二人双跳、游水、音乐收尾。此戏演至今天，经过不断修改，剧本更完整，结尾更厚重，剧情更深化，人物更饱满，板式更丰富，声腔更抒情，成为张派又一精品代表作。我曾为王蓉蓉、董翠娜复排过此戏，同样受到观众的好评。

21 世纪的今天，观众更希望在最短的时间内看到全剧的精华，不喜欢拖沓，为满足演出的需要，这次剧本整理选用了天津青年团百日集训的演出本（1986 年 10 月张君秋、何顺信、谢虹雯、刘雪涛等老师导排，我参加助排），同时又参照了赵秀君的演出本。前一版本第一场刘兰芝不上场，从焦母应允刘兰芝回家探母为全剧切入点，使第一场戏节奏加快，重点突出“机房、休妻、花园、投池”，主次分明；后一版本，把被休归家，刘母、刘洪与焦仲卿的矛盾激化演绎得高潮迭起。再唱〔南梆子〕唱腔，十分合情合理。经过整理，该版本成功再现了这一感人至深的爱情悲剧。

蔡英莲

人物行当

刘兰芝	青衣	朱　史	文丑
焦仲卿	小生	车　夫	杂
焦　母	彩旦	轿　夫	杂
焦月华	花旦	马　夫	杂
刘　母	老旦	四青袍	杂
刘　洪	文丑		

服装扮相

刘兰芝　俊扮。大头、点翠头面、银钉头面、茨菰叶、素花，湖色花帔、素花裙，白彩裤，皎月彩鞋。（第二场换浅灰绣边褶子、白素花裙；第三场换粉色红梅花绣边褶子，白色梅花腰包）

焦仲卿　俊扮。黑学士巾（黑桥梁巾），皎月绣大领褶子，湖色彩裤，福字履。（“机房”一场换墨绿绣大领褶子）

焦　母　俊扮。平三套、黪网子、发髻，素边彩旦衣裙、素边坎肩，黑彩裤，彩旦鞋。

焦月华　俊扮。梳大头、水钻头面，浅黄绣花袄裙，湖色彩裤，彩鞋。

刘　母　俊扮。黪网子，古铜色褶子、黑色大坎肩，绿裙子，白袜、老旦福字履。

刘　洪　勾豆腐块。绿棒槌巾，绿八宝褶子，红彩裤，白大袜、方口皂靴。

朱　史　勾小花脸。紫棒槌巾，紫八宝褶子，红彩裤，白大袜、方口皂靴。

车　夫　俊扮。梢子帽，蓝布箭衣、大带，青彩裤，布袜、皂靴。

轿　夫　俊扮。梢子帽，蓝布箭衣、大带，青彩裤，布袜、皂靴。

马　夫　俊扮。梢子帽，蓝布箭衣、红卒坎、大带，青彩裤，布袜、皂靴。

四青袍　俊扮。红毡帽，青袍，黑彩裤，黑薄底靴。

道具

托　盘	一个	织绢机	一架
药　碗	一个	白丝绢	一块
红纱灯	一个	白休书	一张
车　旗	一对	文房四宝	一份

家 法	一个	红门旗	两面
轿 子	一顶	大 锣	两面

第一场

〔焦仲卿家。湖蓝蝴蝶幕、湖蓝桌围、正桌、“小座”、“大边”跨椅、正中四扇屏。**【撤锣】【小锣抽头】**焦母、焦月华“上场门”蝴蝶幕内同上，“九龙口”亮相。焦母看焦月华，心悦，走至前台口。

〔西皮摇板〕

焦　母　**【小锣凤点头】**サ（7 6 5 55 36 55 32 12 65 55）33
不幸

32 3 35 12 3（3 37 65 55 36 55 32 1）62
丈夫早丧命，带

1 3 2 1 326 1（3 21 62 12 65 55）1
领儿女度光阴。娶
（看焦月华）　（至中场）

2 15 31 2 - 2 12 53 - 53 53 2 -
个媳妇不孝顺，

【小锣抽头】（焦母转身，二人“合扇”。焦月华搀母归“小座”，“小边”站立。）

（5 65 36 55 32 12 65 55）

3 2 21 1 2 32 62 1 3 2 2 21 -
终朝惹我把气生。
（坐下）

焦　母　哎！**【小锣一击】**

焦月华　妈呀，你干吗又生气了？

焦　母　想当初你爸爸去世早，撇下咱们娘儿三个，好不容易把你们拉扯成人，日子过得好好的。自从你嫂子一进门，成天的招我生气。就拿刚才来说吧，你瞧见没有？她哥哥来了，说她妈病了，要接她回去，说着说着可就走了。她眼里还有我吗？

焦月华 妈呀，刚才不是说给嫂子三天假期，让人家走的吗？

焦　母 不让走，也得成啊。哪像妈妈做儿媳妇的时候，早起晚睡，做到头里，吃在后头，哪像她这么随随便便的，也太自由了。

焦月华 我看我嫂子就不错，家里的活不都是她一个人干吗？就是今天回家，不也是您答应了人家才走的吗？

焦　母 嘿，你怎么净向着她说话呀，别这儿气我啦。

焦月华 得了，您别生气了。

焦　母 嗳！（恼火地）

〔西皮摇板〕

【小锣凤点头】（6 6 5 55 36 5i 32 12 65 55）

（站起，至台中。焦月华搀母）

1 2 1 2 32 3 2（3 21 61 2）
且 等 我 儿 回 家 转，

62 1 3 2 1 2 2 1 -‖（二人“合扇”，焦月华搀母坐下）
设 法 拔 去 眼 中（呃）钉。

〔**【小锣抽头】**焦仲卿“上场门”上场，“九龙口”亮相，至“小边”台口。

〔西皮摇板〕

（6 6 5 55 36 55 32 12 65 55）

焦仲卿

36 5 7 6 - 5 6 3 5 6 -（65
进 得 家 门 上 房 奔，

（进门，“挖”

35 65 32 12 65 55） 36 5
母 亲

至“大边”）

7 6 - 5 6 6 5 -（55 36 5）‖
膝 前 问 安 宁。

（拜母施礼，仍至“大边”站立）孩儿参见母亲。

焦　母　坐着吧！

焦月华　哥哥回来了！

焦仲卿　贤妹请坐！（焦月华自搬椅“小边”坐下，焦仲卿坐“大边”跨椅）

焦　母　（故意地）唉。**【小锣一击】**

焦仲卿　母亲为何烦恼？

焦　母　孩子，你回来的好，你不回来我还正想打发人找你去哪。

焦仲卿　母亲为了何事？

焦　母　我问问你，咱们这一家子，关上了大街门，属谁最大哪？

焦仲卿　自然是母亲最大。

焦　母　不对，唯独咱们家，关上大街门，就属你顶大了。**【小锣一击】**

焦仲卿　（自思）做儿女的还大得过父母不成？

焦　母　想我们妇道人家，就知道三从四德，在家从父，出嫁从夫，夫死从子。前边这两从，妈我都从过去了，如今正是从子的时候（眼望焦仲卿）。所以说咱们这家子属你顶大，我的大少爷！**【小锣一击】**

焦仲卿　（向外自思自想，眼神左顾右盼）孩儿自思未曾得罪母亲。呀，贤妹（向焦月华）你可曾得罪母亲哪？

焦月华　我没有得罪母亲呀？（看焦仲卿）

焦　母　得了！得了！她是你妹妹，脸朝外的人，终究她得出嫁。我跟你说话哪，你跟我东扯西扯，简直的瞎扯！**【小锣一击】**

焦仲卿　（叹气状）母亲，就是你那媳妇，她也不敢得罪母亲哪！

焦　母　谁？就是你那个好媳妇呀，你听我告诉你说，今儿个早起，她哥哥来说她妈病啦，她一听说她妈病了，就哭哭啼啼站起就走了，她的眼里还有我吗？

焦仲卿　母亲不要生气（劝慰地），待孩儿将她接回就是。

焦　母　这接不接的那可就在你了。

焦仲卿　孩儿去了！（站起）

〔西皮摇板〕

【小锣凤点头】（7̣ 6̣ 5 55 36 55 32 12

6̣5 55）36 5 57 6 6 56 7 - 7 6 -

老 母 一 时 发 火 性，

【小锣抽头】（6̣ 6̣ 5 55 36 5i̇ 32 12 6̣5 55）

（至“下场门”台口）

3 6　5　5 3　i　6　-　4　4 6　4 3　3　3　5　- ‖
叫　我　有　口　也　难　分。

焦　母　唉！（站起到中场，月华搀母）

（7　6　5　5 5　3 6　5 5　3 2　1 2　6 5　5 5）

2　1　2　2　1 5　3　2　2　2 1　1 3　2　-
近　日　里　我　的　儿　也　不　孝　顺，

焦月华　（3 5　2 1　6 1　2 1　6 5　5 5）　i　i　3 6　5
还　是　我

5　3　3 5　6　-　3. 6　5　6 5　6　6　5　- ‖
女　儿　家　侍　奉　娘　亲。

焦　母　对啦，你是我的好女儿，好宝贝！
〔【小锣抽头】焦母高兴地同焦月华“下场门”蝴蝶幕内下。

第 二 场

〔【缓锣】刘兰芝家。白色蝴蝶幕，正中墙、窗屏风，古铜桌围，小桌。内“大座”，“大边”外跨椅。【小锣抽头】接【小锣夺头】刘兰芝“上场门”上，左手托药盘，盘中药碗一个，“九龙口”亮相。

〔西皮原板〕

大　台　台 6　5 5 | $\frac{4}{4}$ 1　6.i　5 5　2. 16　1 1 |

0　0　0　0 | $\frac{4}{4}$ 0　0　0　0 |

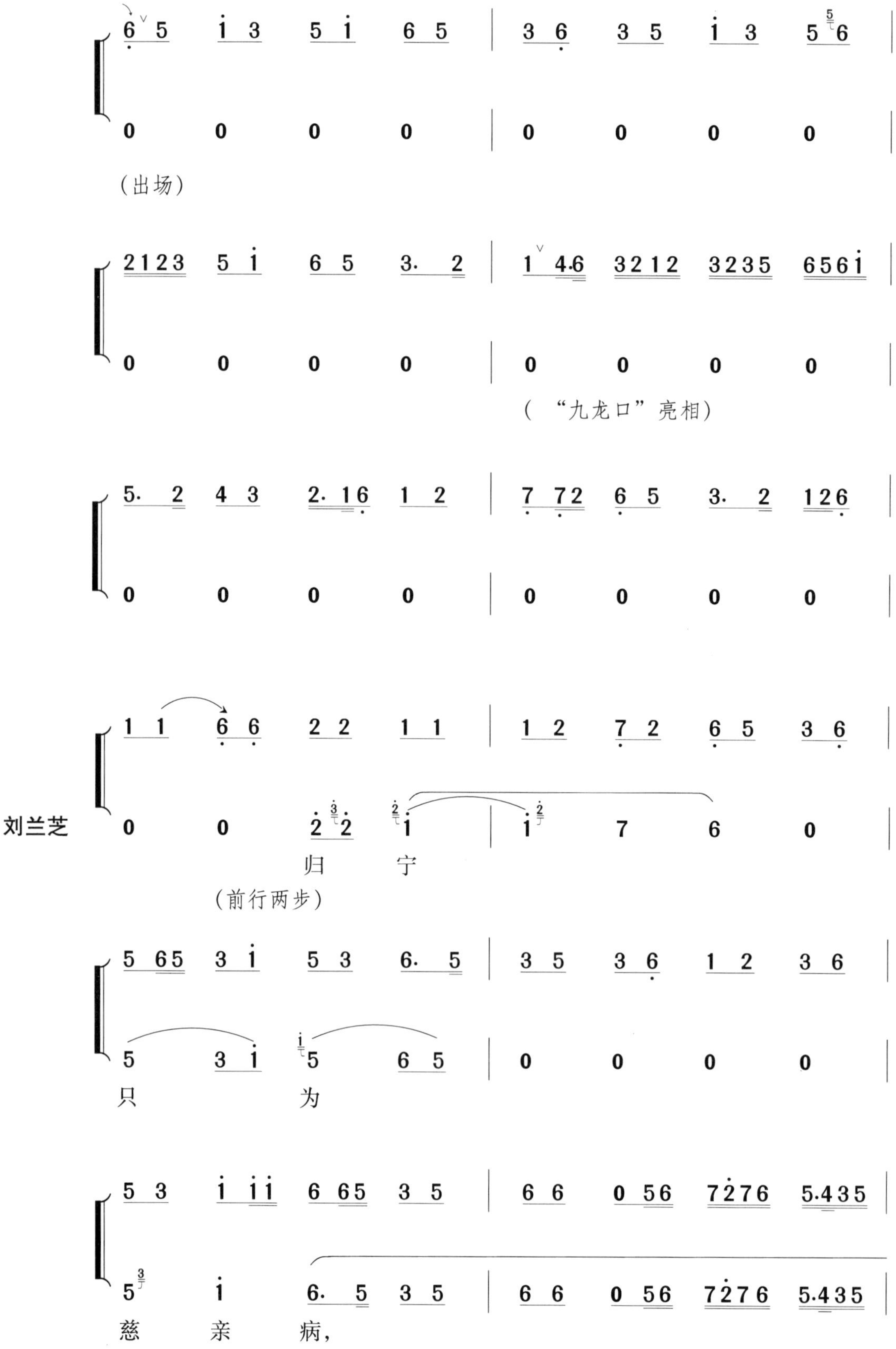
(出场)
(“九龙口”亮相)
刘兰芝
归 宁
(前行两步)
只 为
慈 亲 病,

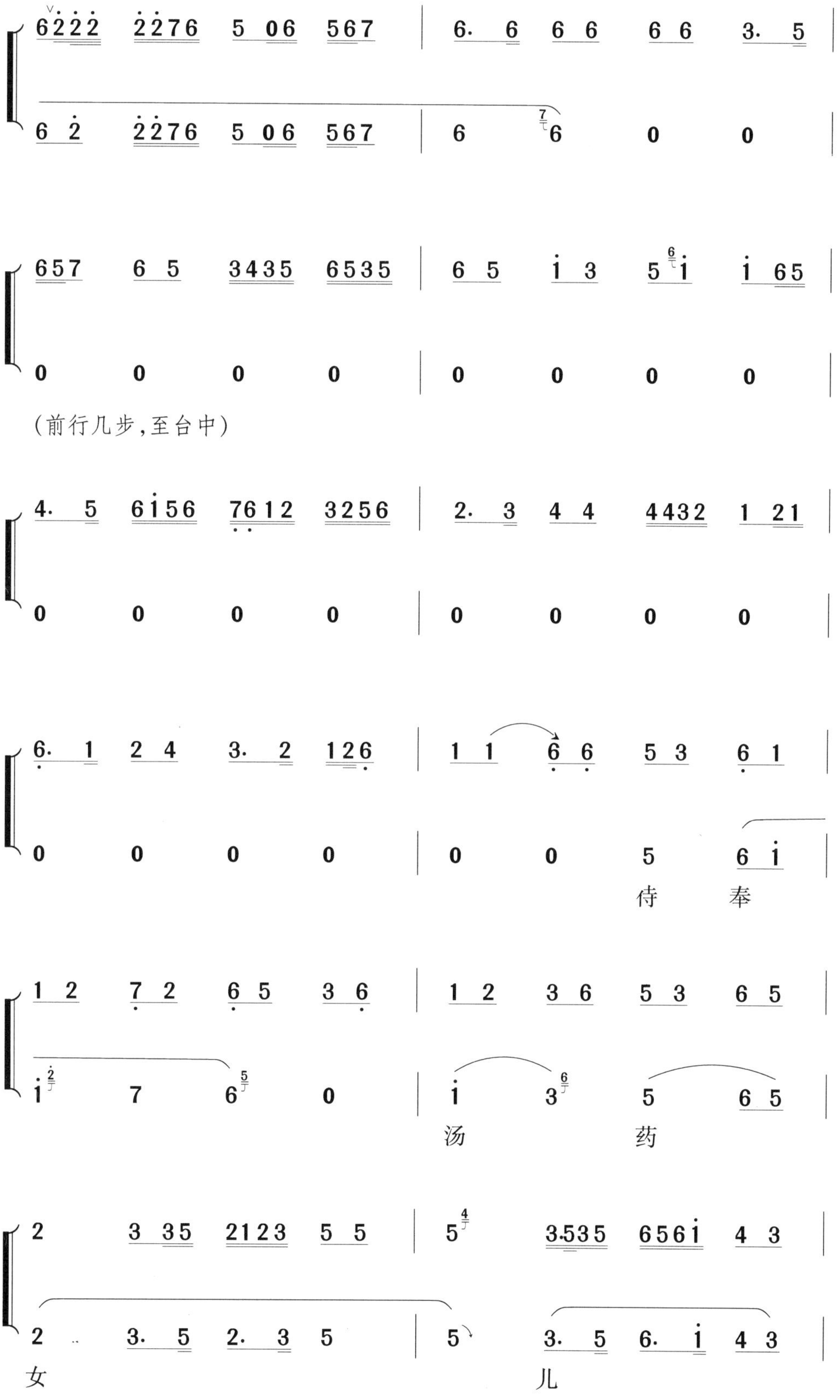
(前行几步,至台中)
侍 奉
汤 药
女 儿

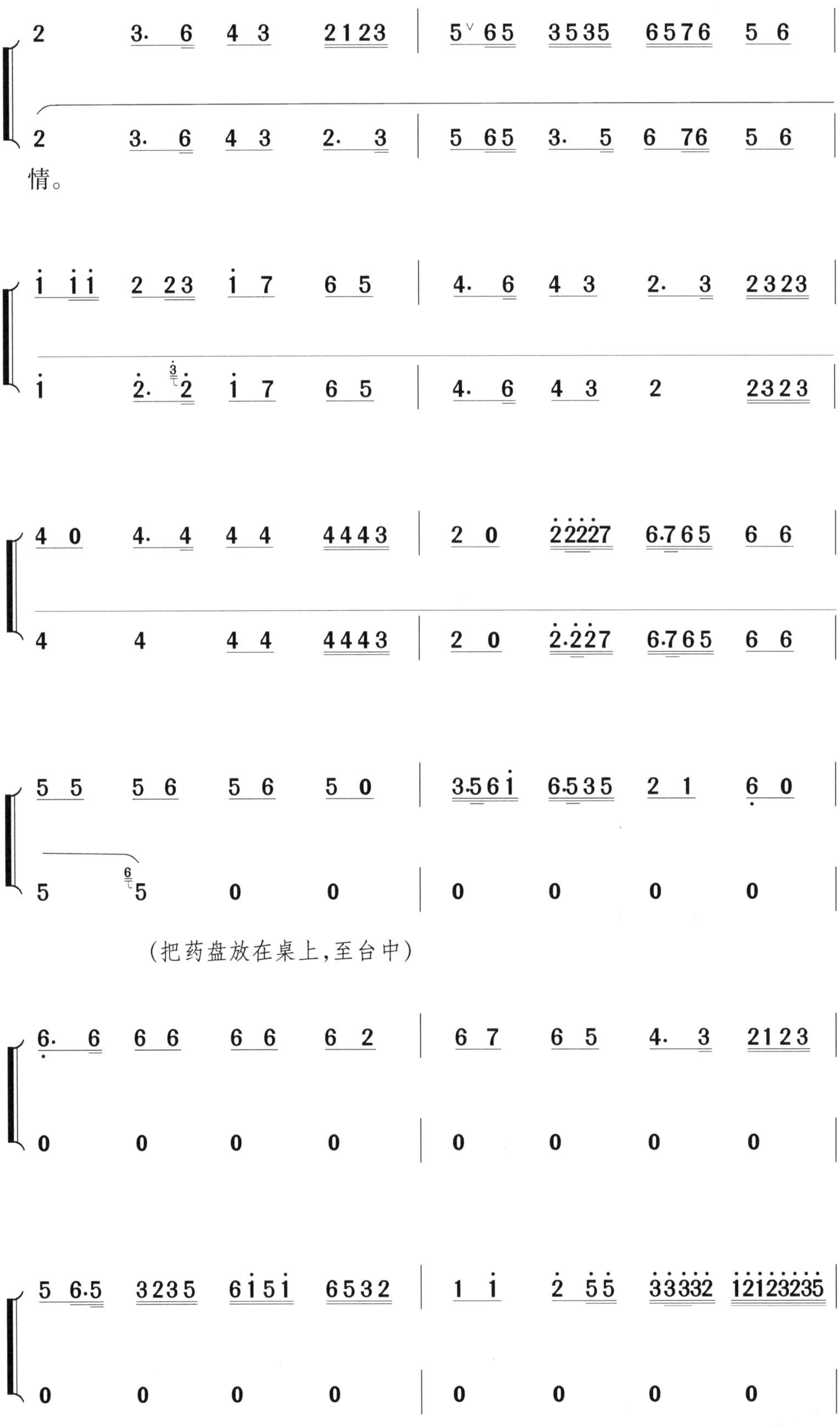
情。
(把药盘放在桌上,至台中)

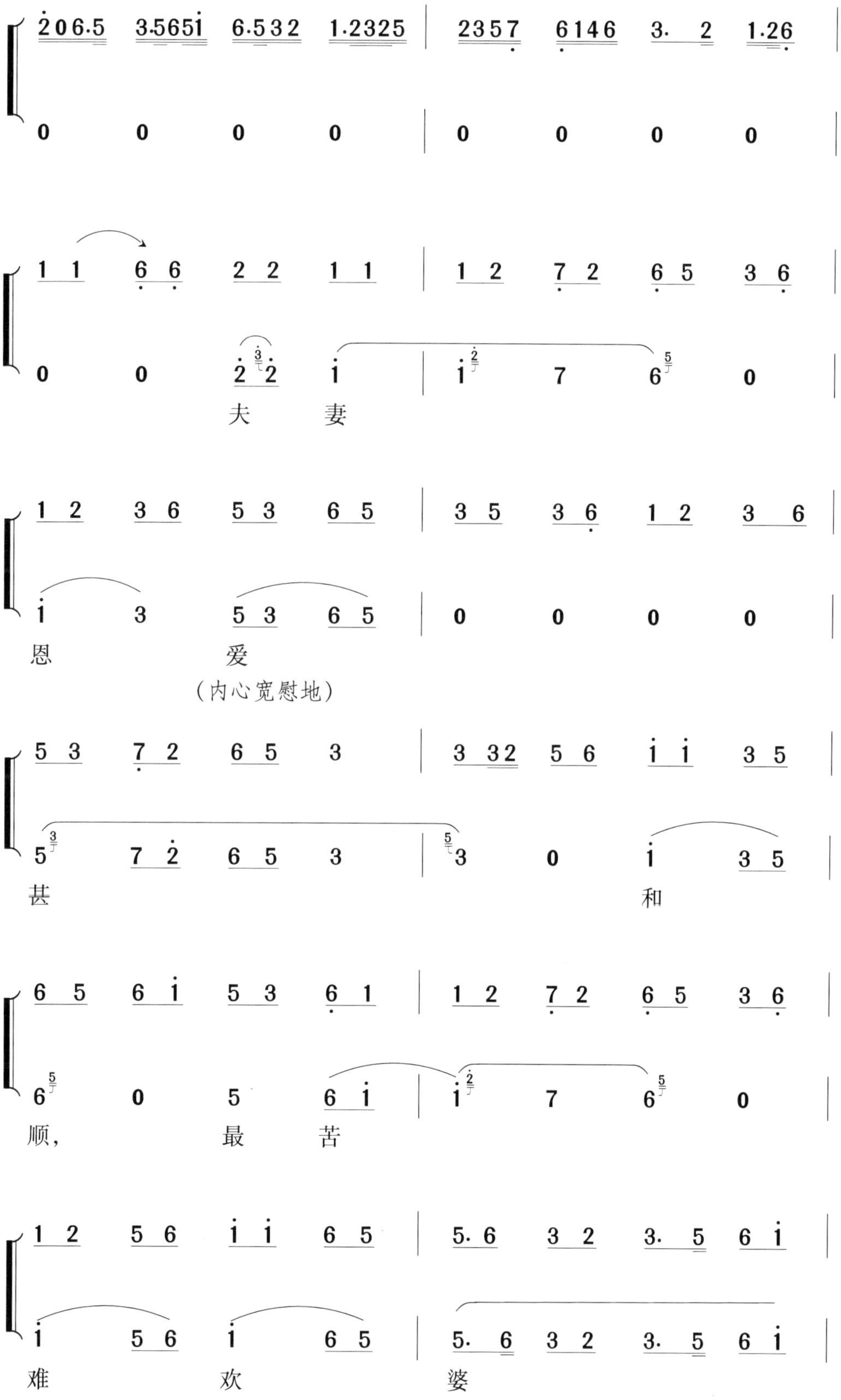
夫 妻
恩 爱
（内心宽慰地）
甚 和
顺， 最 苦
难 欢 婆

稍慢

6 6 5 6 4. 3 3 3 | サ5 - 0 0 ‖

6 0 4. 3 3 3 | サ5 - 0 0 ‖

母 心。

（内心无奈地）

刘兰芝 （面向“下场门”）药已煎好，母亲服用。【**小锣抽头**】

〔刘母“下场门”上，刘兰芝上前搀母出场。

〔西皮摇板〕

刘　母 （7 6 5 5 5 3 6 5 5 3 2 1 1 -） 1 2 2 2

偶 然 间 失

1 5 3 2 - 3 2 2 1 1 - 1 1 2 -

检 点 身 染 疾 病，

（3 2 1 6 1 2 1 6 5 5 5） 3 2 1 1 1 3 2 - 2

幸 我 儿 回 家 转

3 - 2 1 1 - 61 6 1 -（1 1 7 2 1 -）‖

稍 慰 娘 亲。

〔刘兰芝搀扶刘母坐“大座”，刘兰芝坐“大边”跨椅。

刘　母 儿啊！你兄长接你回来，他又往哪里去了？

刘兰芝 兄长将我接到家中。母亲正在酣睡，他就出门去了。

刘　母 唉，这个奴才总是不在家中。啊，儿啊，你回来时节，你那婆婆限你几日假期？

刘兰芝 婆婆与我三四日假期。

刘　母 为娘的病再有一二日也就好了。

〔刘洪内白：“走哇！”

〔【**小锣抽头**】刘兰芝起，端药碗与母，母服药。刘洪“上场门”上场，右手拿扇，至“小边”，台口。

〔西皮摇板〕

刘　洪 （7 6 5 5 5 3 6 5 5 3 2 1 1 -）3 6 2 1 3 2 1

将 妹 妹 接 回

刘兰芝

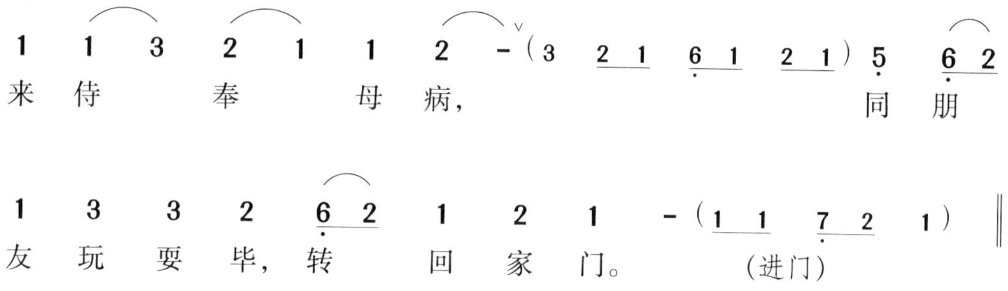

刘兰芝 兄长回来了。（迎上）

刘　洪 回来了。（刘兰芝给兄长让坐，刘兰芝坐“小边”椅）妈，【小锣一击】（刘洪坐“大边”）好点了没有？

刘　母 自你接你妹妹回来，你又往哪去了？

刘　洪 我瞧您正歇着呢，我同朋友玩了会儿。

刘　母 接你妹妹回来，她那婆婆限她几日假期，你可曾听明白了哇？

刘　洪 听明白啦，她那婆婆给她三四天的假。其实呢？咱们是亲戚，叫我妹妹多住两天也算不了什么。

刘　母 不是呀，她那婆婆性情不好，若是误了她的假期，回去是要寻找她的错处哇？

刘　洪 妈呀！这话又说回来啦，您拿我妹妹来说，在她家够多么贤惠，真是晓三从，知四德，这老帮子还是横挑鼻子竖挑眼的。也就是焦仲卿那个小子能忍受得下去。哎！我说妈呀，以后我要是娶了媳妇，有人对我媳妇这样，我非得给他一个白刀子进去，红刀子出来。我豁了……

刘　母 嗯，这是怎么讲话？【小锣五击】

刘　洪 妈！我错了？

刘　母 气死人也！

刘　洪 是不像话。

刘兰芝 （站起阻止兄长，安慰母亲）母亲不要生气。

［焦仲卿“上场门”上，至“小边”台口。

焦仲卿 （念）家庭少和气，

　　使人常皱眉。【小锣一击】（刘洪出门，站“大边”台口）内兄！

刘　洪 亲戚，里边。【小锣一击】（指内，焦仲卿进门，“挖”至“大边”，刘洪进门“挖”至“小边”）

焦仲卿 岳母拜揖。（向岳母施礼）

刘兰芝 （迎上）官人来了。

焦仲卿 娘子！

刘　母 贤婿请坐。【小锣一击】（焦仲卿坐“大边”，刘洪坐“小边”，刘兰芝站“小边”外）啊贤婿，你公事繁忙，还来看望老身，真是难为你了！

刘　洪 哦，我妈有病，还知道来看看，你这小子算是有良心。【小锣一击】

刘　母 是呀！

焦仲卿 岳母！小婿一则探望岳母的病症，二则来接令嫒回去。【小锣一击】

刘　母 啊？怎么将将回来，就要接她回去呀？

刘　洪　是啊，我刚把她接回来，你又接她回去，你说你们这家子还有准主意没有哇？

焦仲卿　不是喏，是小婿方才归家，见家母也生起病来，为此接令嫒回去。

刘　洪　你妈也病啦？嘿，瞧这巧劲儿。

刘　母　既然如此，儿啊，为娘的病再有一二日也就好了。（向刘兰芝）你那婆婆身体不爽，你丈夫前来接你，你就回去吧。

刘兰芝　这……（刘兰芝看焦仲卿，焦仲卿示意，刘兰芝会意点头。【小锣一击】站起，刘洪也站起）

刘兰芝　如母亲安心养病，（同念）女儿回去了。
焦仲卿　　　　　　　　　　　　　　小婿告辞了。

（焦仲卿、刘洪同站起，刘兰芝与焦仲卿对母亲施礼拜别同唱）

〔西皮摇板〕

（7̣ 6̣ 5 55 36 55 32 11 -）3 3.6 5 5 7
望 老 母 莫 牵

7 5 6（65 35 65 32 11）7 65 3 0 5 - ³5 ⁷6 - ┊接〔行弦〕
挂 安 心 养 病。

（刘母“下场门”下，焦仲卿、刘兰芝出门，刘兰芝正中，焦仲卿“大边”台口，刘洪“小边”台口）

刘　洪　哎！我说妹妹，咱妈这儿有病，你就这么忍心走吗？要是走也好，从今往后就别再回来啦。若是再回来，对不起，做哥哥的我可不接待。嘿，我说性焦的，回去告诉你那不讲理的老婆子，对待我妹妹别这么横挑鼻子竖挑眼的，没事别在鸡蛋里挑骨头，日子长了挤对出点事来，说句拽文的话，就悔之晚矣。哈哈，不送，不送。（不满地“上场门”下）

〔拉二幕。焦仲卿一旁叹气，刘兰芝惊讶地看着刘洪。〔行弦〕止。

刘兰芝　呀！

【小锣凤点头】（7̣ 6̣ 55 36 55 32 11 ……）

1̇ 1̇ 3.6 5 35 6 6 36 5 1̇ 65
听 兄 长 一 番 话 动 魄 惊

⁵33 5 -（65 35 65 32 11 -）1̇ 1̇ 3.6
魂。 休 怪

5 5 7 - 6 -ᵛ 5 6 6. i 3 5 6
他 逞 刚 强 无 有 学 问,

(6 5 3 5 3 2 1 1 ……) 3 3. 6 5 5 3 3 5 6 -ᵛ
却 倒 也 说 透 了

3. 6 5 - 3 5 6 5 6 - 6 5 - ‖
祸 患 之 根。

焦仲卿 娘子啊!

【小锣凤点头】(7 6 5 5 3 6 5 5 3 2 1 1 ……) i 6 5 5 5
接 你 回 怕

7 6 -ᵛ 5 6 6 5 5 7 - 7 - 6 -
老 母 又 发 火 性,

〔【小锣抽头】焦仲卿拉刘兰芝圆场,焦仲卿至“大边”台口,刘兰芝至“小边”台口。拉二幕。焦家。焦仲卿欲进门,【小锣抽头】切住。〔亮弦〕(4 3. 2 5 7 6 -)焦仲卿又退回望着刘兰芝,刘兰芝担惊害怕,焦仲卿进门,“挖”至“大边”。

刘兰芝 (叹气)【小锣凤点头】(7 6 5 5 3 6 5 5 3 2 1 1 -) 5
进

i i 2 i 2 i 6 5 5 3 3 5 6ᵛ 3. 6 5 - 3
门 来 不 由 我 战 战

5 0 6 5 6 - 6 5 (5 5 3 6 5) ‖
兢 兢。

(进门,“挖”至“小边”)

焦仲卿 啊母亲,媳妇回来了。(施礼)

〔【小锣五击】焦母“上场门”上至中场。

焦 母 唉,儿子是个糊涂虫,拿着媳妇当祖宗。抬头举目来观看——

刘兰芝 婆婆。

焦　母　哼，【小锣一击】（生气地看着刘兰芝）面前站的眼中钉。【小锣一击】（双手叉腰瞪着刘兰芝，左转身归外“小座”）

刘兰芝　婆婆万福。（施礼）

焦　母　哟，不敢当，不敢当，少奶奶您回来了？我问问你，你走的时候，我给你几天假期？

刘兰芝　婆婆与我三四日假期。

焦　母　是啊，我既给你三四日假期，你在家里多住几天侍候你妈，等她病好了，再回来。干吗这么快就跑回来？对待你亲妈都这样，何况我这做婆婆的，就更不行了。【小锣一击】

刘兰芝　婆婆命官人前去呼唤，媳妇怎敢不回呀？

焦仲卿　是啊，孩儿见母亲生气，故才接她回来的。

焦　母　（站起）呆着你！少搭茬儿？（对刘兰芝）你说什么，我叫你丈夫把你接回来的？你准听我的话吗？嗯，我也瞧出来了，你们是拿老家儿说事。你，离不开他；他，离不开你。你简直是小狐狸。【小锣一击】（恶狠狠地指着刘兰芝，坐下）

刘兰芝　（为难地）婆婆不要生气，待媳妇仍回娘家，伺候母亲病好，我即刻回来！（前行两步）

焦　母　回来！回来！【小锣一击】好哇，我就说了这么两句你就要走，这是成心跟我赌气啊！想来就来，想走就走，你也太随便了哇！

刘兰芝　这个……（为难地看着焦仲卿，焦仲卿忙替刘兰芝分辩）

焦仲卿　啊，母亲【小锣一击】孩儿只见母亲心中不快，故才接她回来，并非媳妇来去自便哪？

焦　母　我给你个嘴巴！（站起）我一说她，你就搭茬儿。嗯！可也是啊，我是个吃闲饭的，还得你们挣钱养活我，我哪惹得起你这当家的大爷（看焦仲卿）大奶奶呀（看刘兰芝，假装叹气）！想当初你爸爸一死，我就应该跟着一块去。我就知道儿子的这碗饭不容易吃，（假装抽泣）如今深了不是，浅了不是，老头子，你快点把我叫了去吧，别让我活受罪了，我的天啊……（故意撒泼，哭介，坐下）

焦仲卿　母亲，岂不罪煞孩儿了！（焦仲卿急忙施礼）

刘兰芝　不要如此……（忙劝止）

焦　母　得了！得了！（对刘兰芝）我告诉你说，你不孝顺你妈，又不听我的话，我可得要罚你！

刘兰芝　（心甘情愿地急回答）媳妇情愿受罚。（施礼）

焦　母　（站起，紧逼刘兰芝）什么情愿受罚，你知我罚你什么？你知我罚你什么！我罚你在我这屋里织绢，一天一宿，不许出这房门。呦，你瞧瞧，（上下打量刘兰芝）身上穿的，头上带的，这耀眼金光的，哪像过日子的样子啊，去！给我换衣服去！

刘兰芝　（委屈地）媳妇遵命。【小锣凤点头】

焦　母　瞧你这股子劲。

〔西皮摇板〕

刘兰芝　（ 7̣ 6̣ 5 55 36 51̇ 32 11 6̣5 55 ）

1̇ 1̇ 3.6 5 3.6 5 7.6 5 6 7 6

奴 自 幼 在 娘 家 颇 知

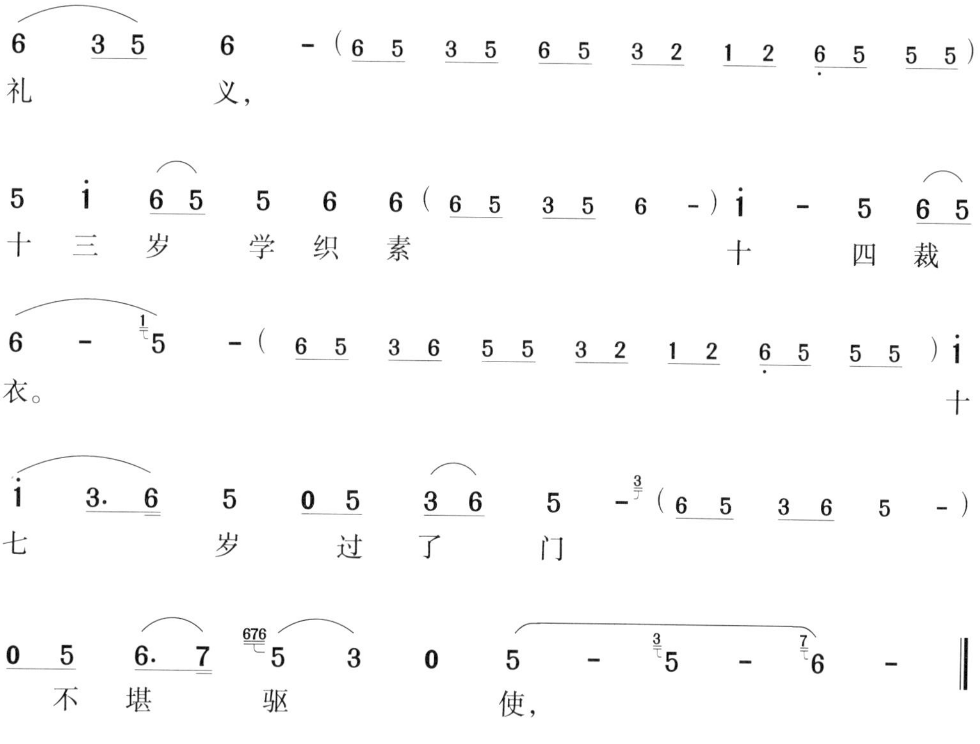

「【小锣抽头】出门，右转，“挖”至“小边”台口，左转身。【小锣凤点头】

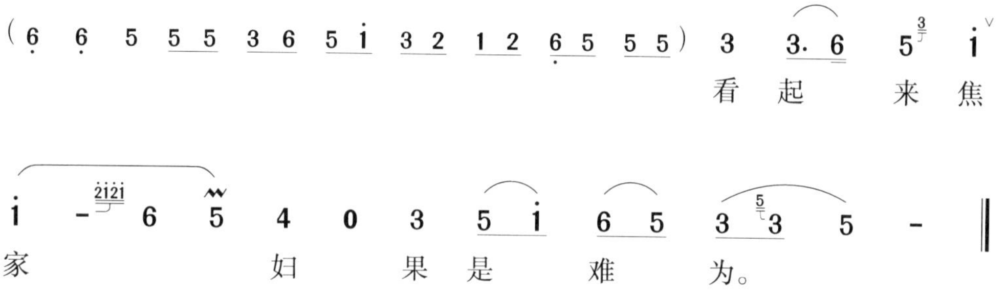

(左手背供，右手指焦母)

「刘兰芝双摊掌，叹气，暗中拭泪，右转身“上场门”下。【小锣五击】皂隶“上场门”上。

焦仲卿 唉！

皂　隶 (至中场，敲门) 有人吗？

焦仲卿 【小锣一击】(忙出门) 何事？

皂　隶 太守传唤。(下)

焦仲卿 知道了。(进门) 啊母亲，太守传唤。

焦　母 那是官事，去吧！

焦仲卿 孩儿去了。

〔西皮摇板〕

【小锣凤点头】

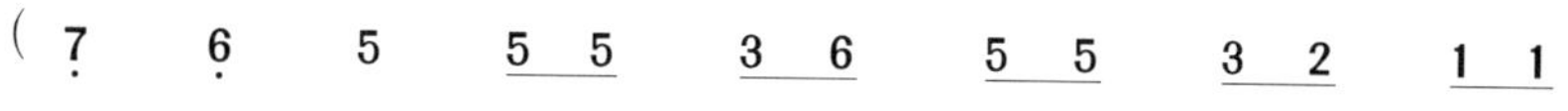

6 5 5 5） 5 i 5 3. 6 5 7 6 - 6 6
闻 听 得 太 守 归 官 事

5 6 7 7 6 - ‖ 【小锣抽头】（7 6 5 5 3 6
要 （呃） 紧，
（出门至“大边”台口）

5 5 3 2 1 1 6 5 5 5） 3 3 6 5 5
急 忙 里 别

5 i 6 3. 6 5 - 6 6 6 5 - ‖
老 （哇） 母 离 了 家 门。

〔焦仲卿“下场门”下。【小锣抽头】
〔焦月华“上场门”上，至“小边”台口。

〔西皮摇板〕

焦月华 サ（7 6 5 5 5 3 6 5 5 3 2 1 1 6 5 5 5） i i 3. 6
听 说

5 3 3 6 5 - 7 6 6 3 5 6 -
是 嫂 嫂 回 心 中 欢 庆，

（6 5 3 5 6 5 3 2 1 2 6 5 5 5） 3 3 6 5 5 3 5
我 这 里 进

6 6 3 5 i 6 5 3 3 5 -（5 5 3 6 5 -）‖
房 来 细 问 分 明。 （进门，“挖”至“小边”）

我说妈呀，（走近母亲）

焦　母 孩子，你来啦？

焦月华 妈呀！是我嫂子回来吗？

焦　母 她刚回来，招我生了一肚子气。

焦月华 这闲气往后您少生吧。嫂子上哪啦？

焦　母　我罚她在我这儿屋里织绢。她呀，换衣裳去啦！

焦月华　那我把机子搬过来，支上吧！（“下场门”下，搬机子）

焦　母　哎！你管她那干什么？你瞧哇！这哪是做媳妇啊，这不成了媳妇老太太了吗？干这点活，还得好几个人伺候着她！【小锣一击】（焦月华“下场门”搬好织绢机，放在“大边”台口，机上单放一块丝绢）

焦月华　妈，搬好了，你瞧我摆得怎么样？【小锣一击】（焦月华把“大边”跨椅放在织绢机后）

焦　母　成，成！

焦月华　我说妈呀，饭得了，您吃饭去吧！

焦　母　孩子，还吃饭那。我让她气都气饱了。

焦月华　少吃一点。

焦　母　我吃不下，孩子，你去吃吧！瞧见没有，她这个衣裳到现在还没换来哪！

焦月华　我叫她去。（出门）我说嫂子，快来吧！妈叫你哪。（“下场门”下）

「刘兰芝内白：“来了！”【小锣抽头】“上场门”上。

〔西皮摇板〕

刘兰芝　（过门同前）

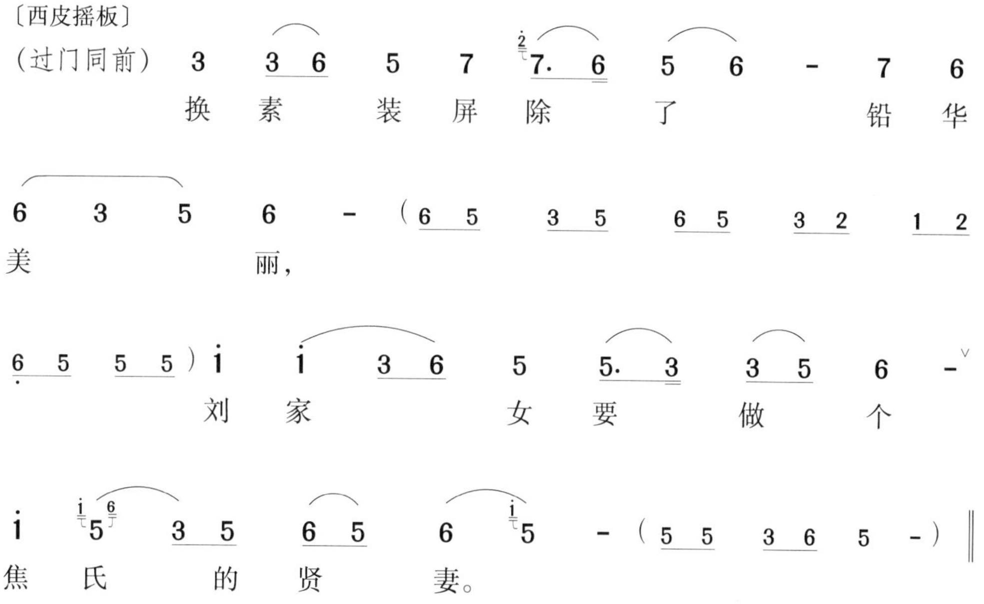

婆婆，媳妇换好了。（施礼）

焦　母　你还等什么？赶紧给我织绢去。

刘兰芝　是，待我织绢便了。

〔二黄慢板〕

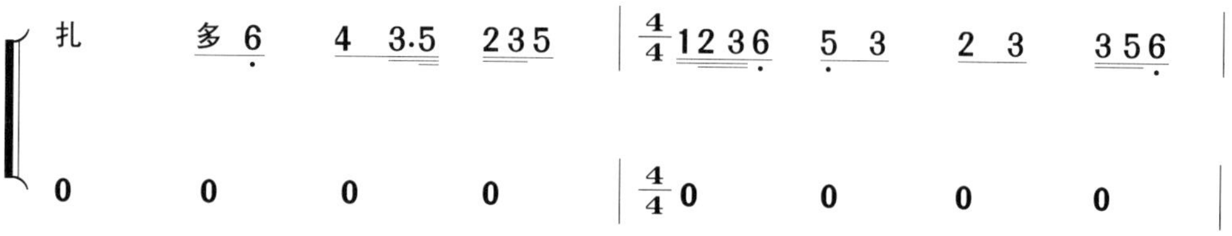

焦母白：“别麻烦。”（刘兰芝低头施礼，走至“大边”上织绢机。焦母搬椅到

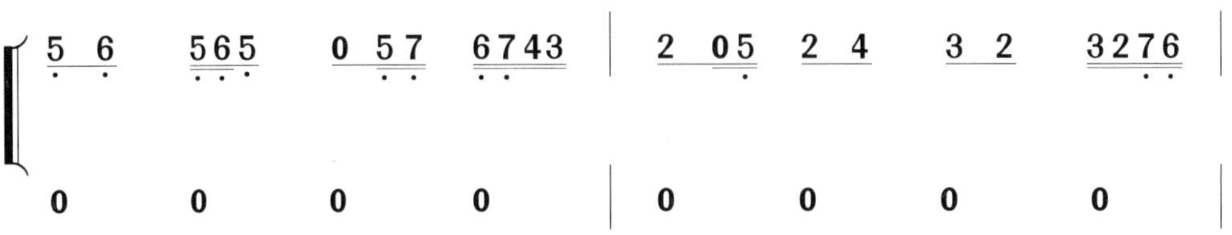

“小边”台口）焦母白：“你在这好好的给我织，我上后边瞧瞧去。”（焦母“上

场门”下，刘兰芝卷起双袖，从绢机后拿出梭子，右手拿梭子，从右织到左，梭

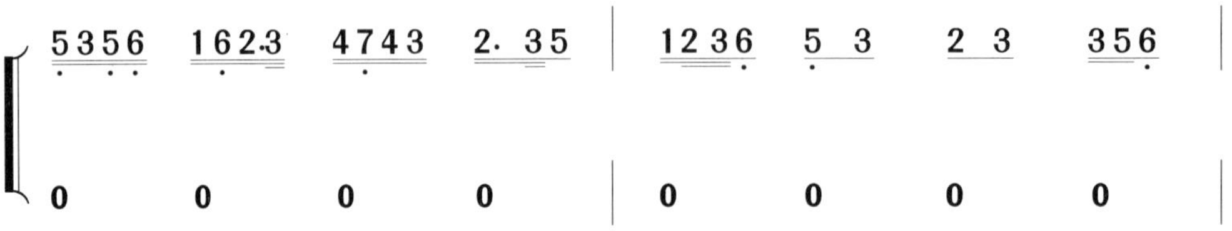

子交与左手，右手用腕上推，左手再织，从左到右，反复几次）

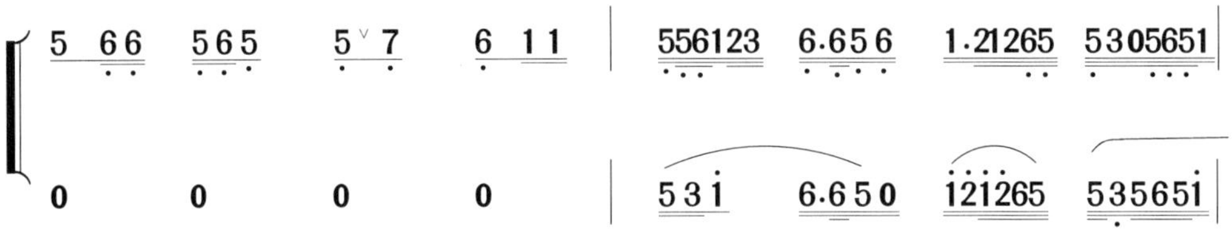

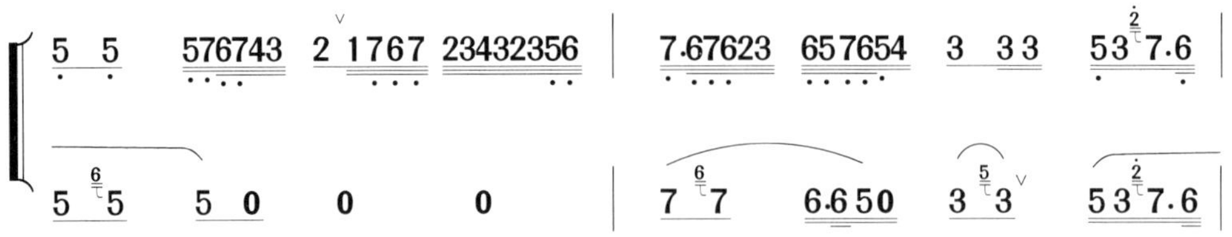

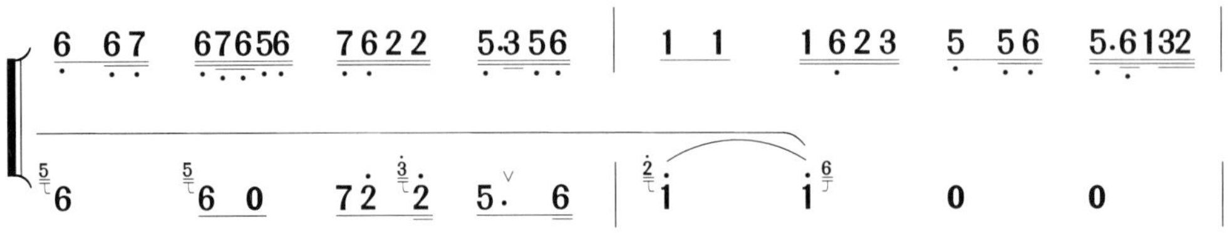

（过门中反复地织绢，左右交叉不停）

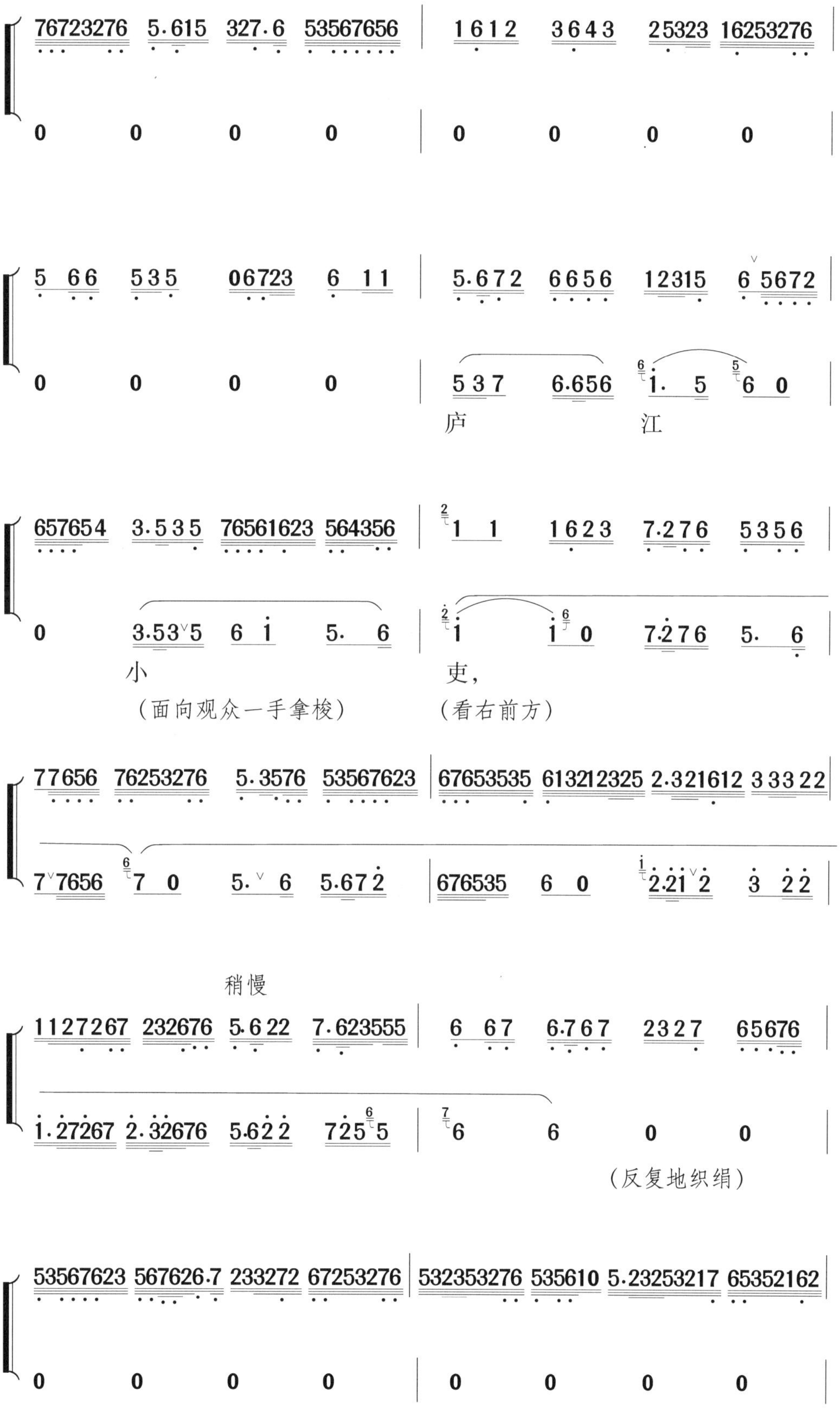
庐
江
小
吏，
（面向观众一手拿梭）
（看右前方）
稍慢
（反复地织绢）

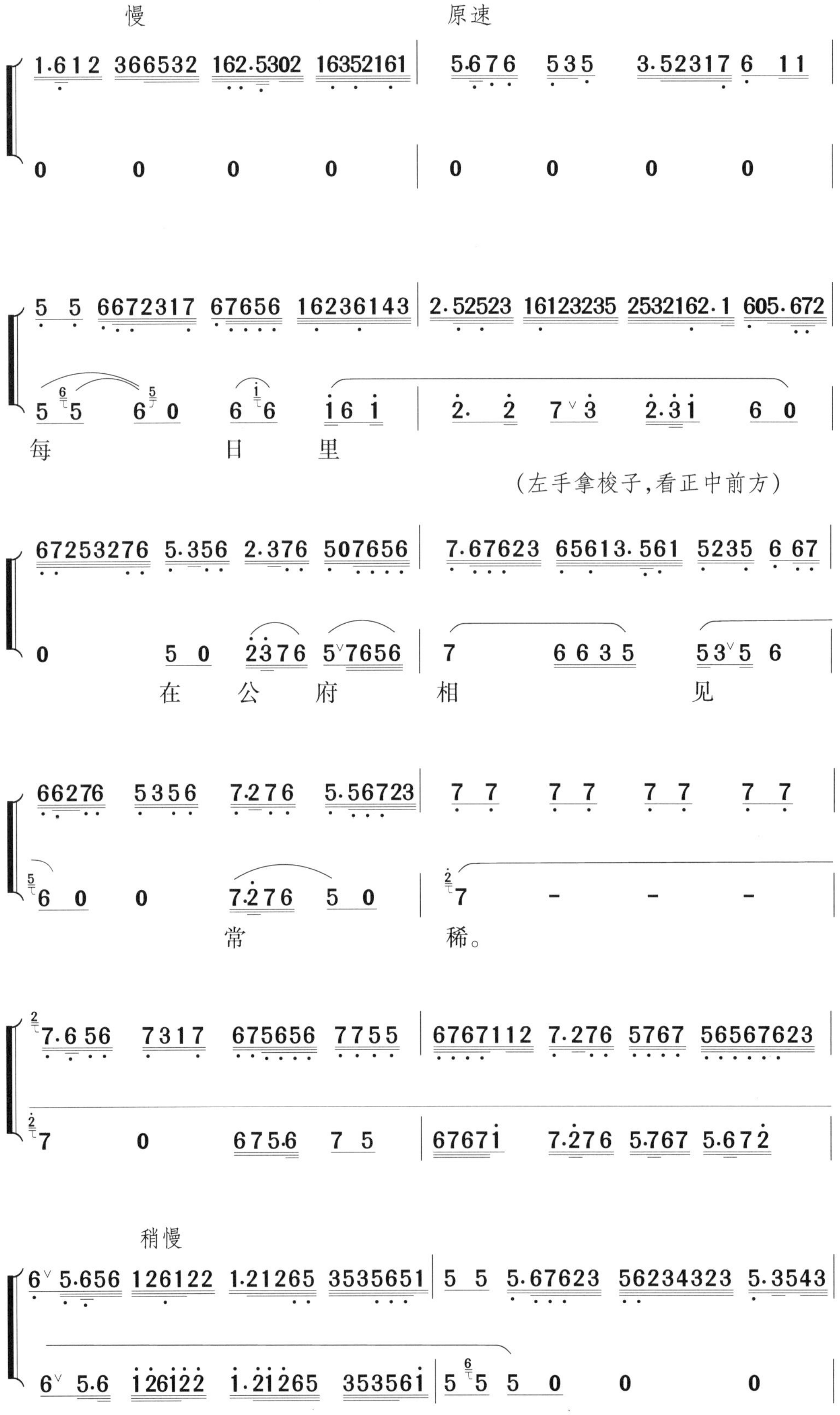
慢
原速
每 日 里
(左手拿梭子,看正中前方)
在 公 府 相 见
常 稀。
稍慢

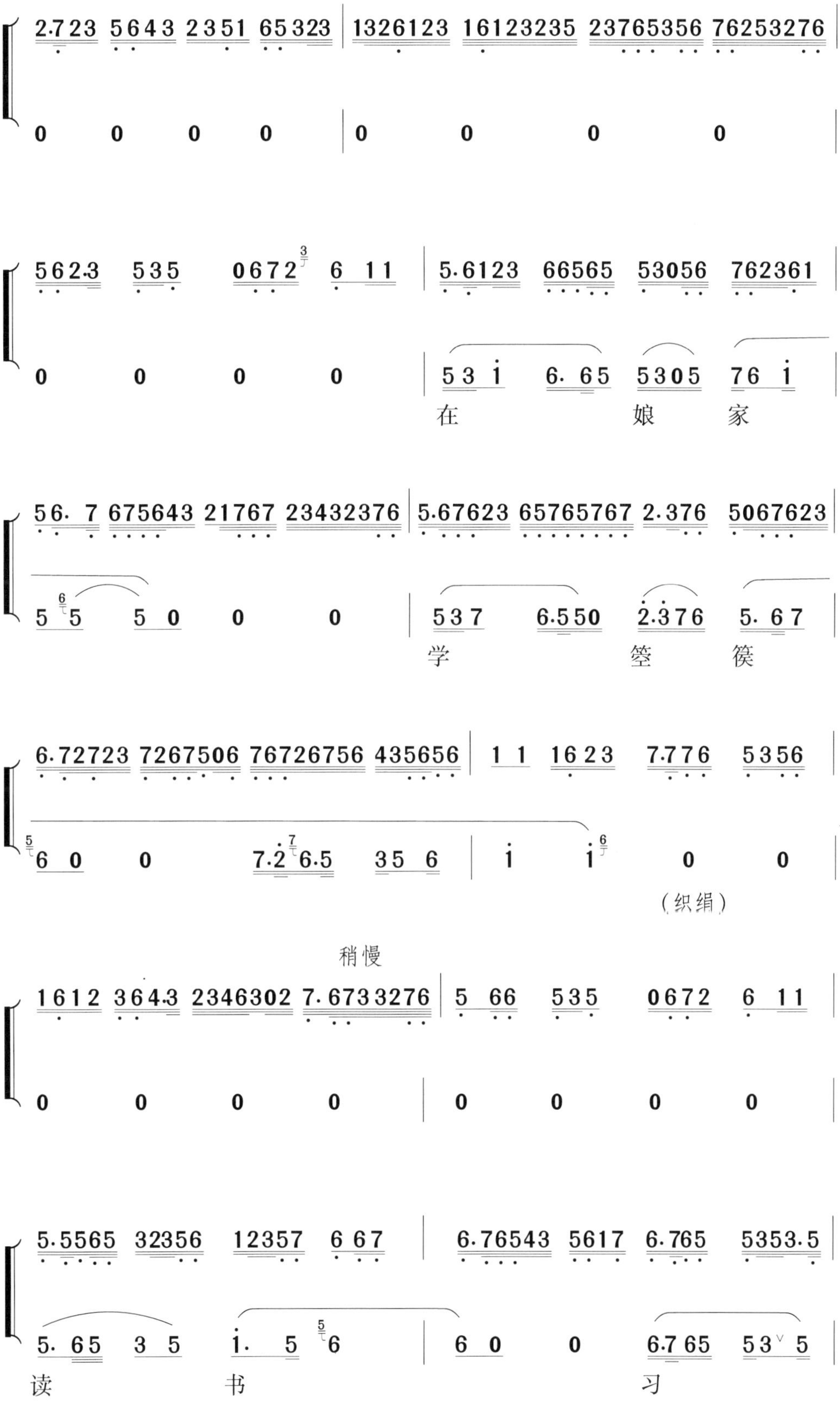
在 娘 家
学 箜 篌
（织绢）
稍慢
读 书 习

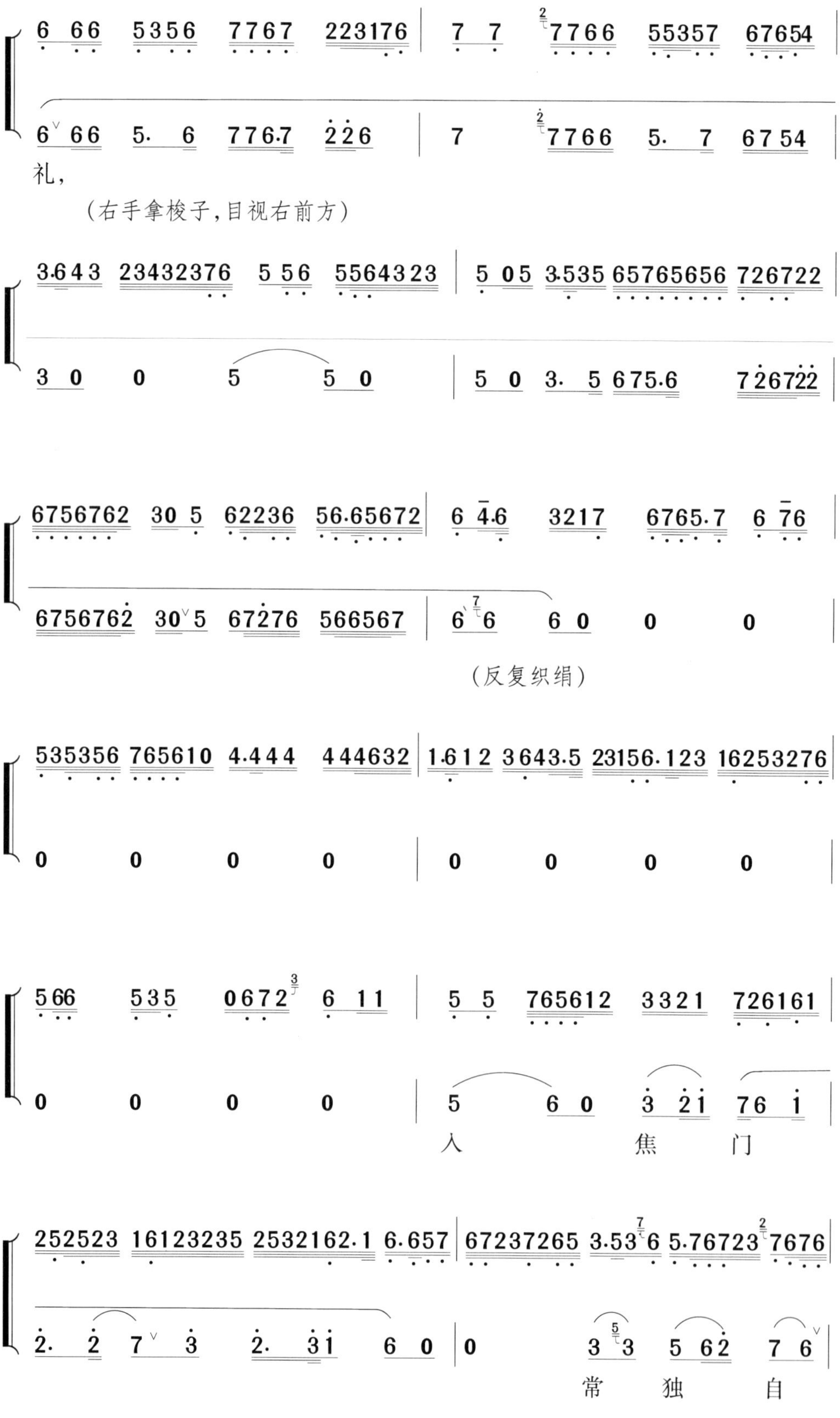
礼，
（右手拿梭子,目视右前方）
（反复织绢）
入
焦
门
常
独
自

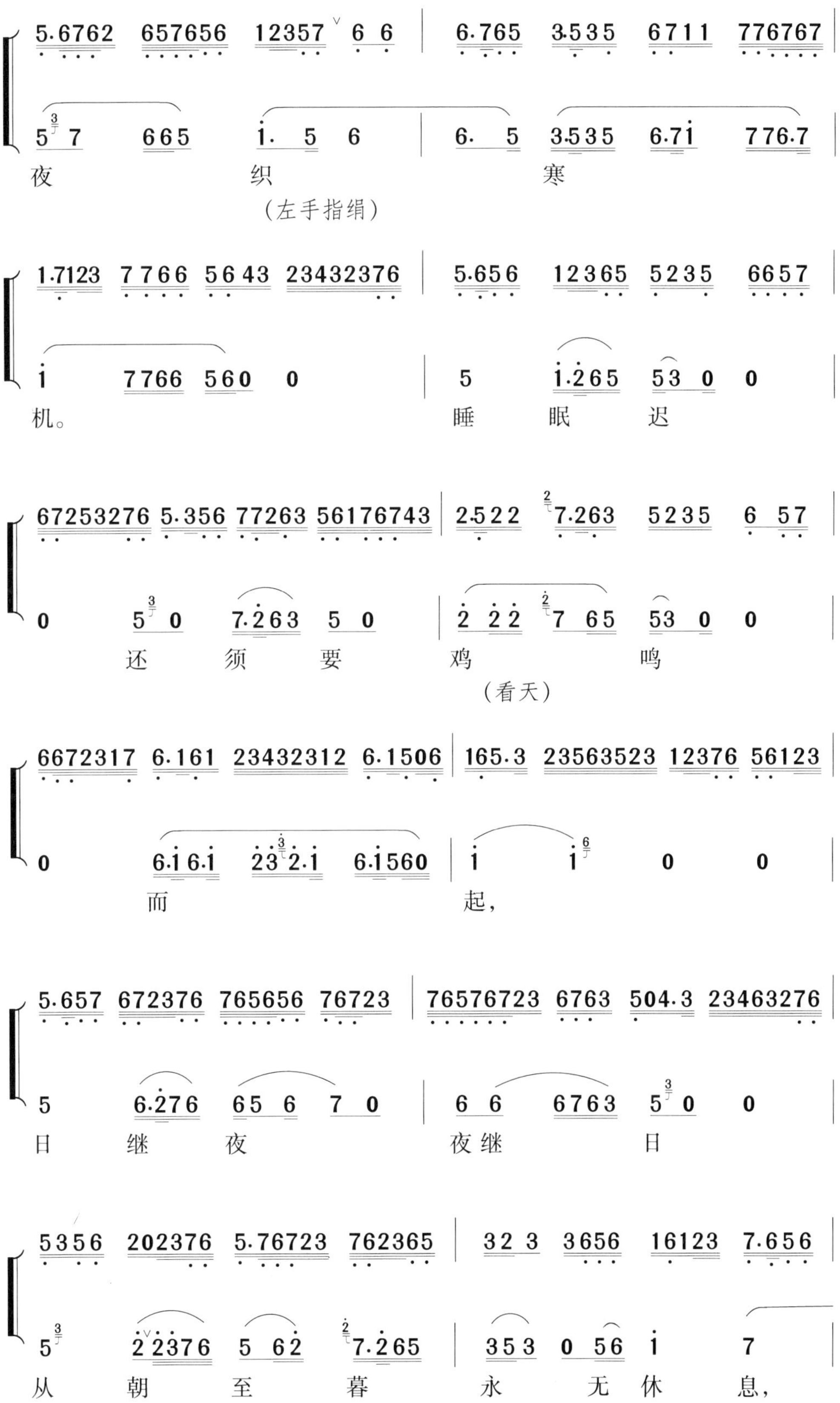
夜 织 寒
（左手指绢）
机。 睡 眠 迟
还 须 要 鸡 鸣
（看天）
而 起，
日 继 夜 夜继 日
从 朝 至 暮 永 无 休 息，

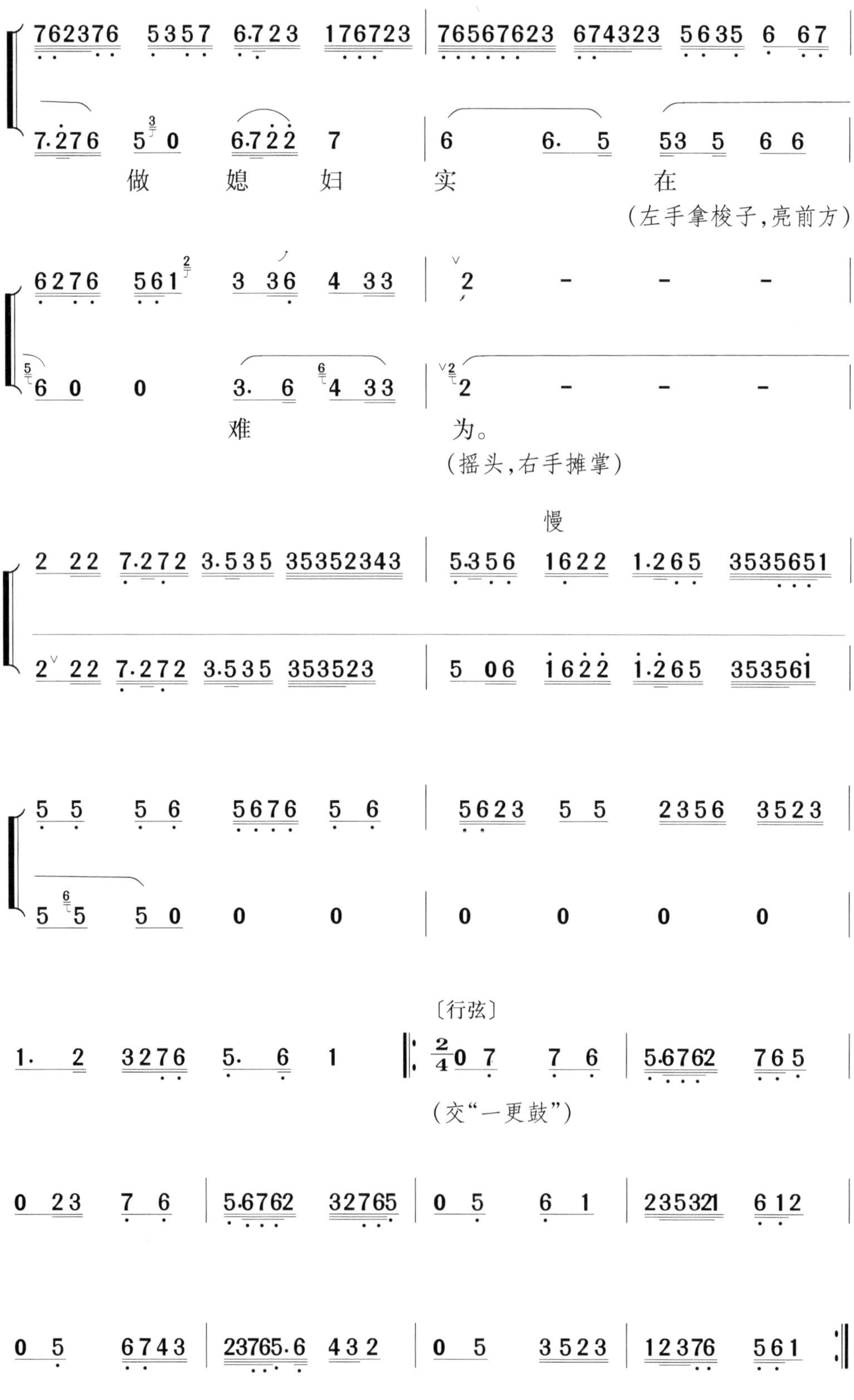

「〔行弦〕中焦母与刘兰芝进行以下对话。

| 刘　兰　芝 |

焦　母　（“上场门”上，看天，自言自语地）天都快黑了，咳咳咳！你是睁眼大瞎子啊？你没看见天都黑了吗？你摸着黑怎么织绢去？去！点灯去！

刘兰芝　是。（下织绢机，右转身，“下场门”下，取灯）

焦　母　嗳！知道的，是这个做媳妇的不好，不知道的，还当我这个做婆婆的多厉害似的。

「焦母坐“小边”椅，刘兰芝左手举灯、右手护灯“下场门”上，自然地把灯放在正桌右角上。

焦　母　拿起来，拿起来！【小锣一击】

「刘兰芝一惊，忙用右手把灯从桌上拿起，望着焦母。

焦　母　这是搁灯的地方吗？离顶棚这么近，你要放火呀？

「刘兰芝下意识地看看房顶。

焦　母　去，找搁灯的地方去！

刘兰芝　是。

「刘兰芝走内，焦母走外，二个推磨。刘兰芝走到“小边”台口椅子前，看看椅子，把灯放在椅上。

焦　母　（生气地向刘兰芝）拿开，拿开！【小锣一击】（刘兰芝急忙用右手拿起椅子上的灯）你把灯放在这儿，叫妈妈我坐哪儿呀！你叫妈妈我坐蜡呀！去找搁灯的地儿去！

刘兰芝　是。

「焦母左手指着兰芝走内，刘兰芝双手举灯走外，〔行弦〕加快【小锣一击】右转身，看着灯不知往哪里搁，走到织机旁，下意识地把灯放在织机上。

焦　母　（大惊）拿开，拿开！【小锣一击】

「刘兰芝忙将灯双手拿回，心惊地看着焦母。

焦　母　嘿！你把灯搁在这儿，一不留神，把绢烤糊了，诚心糟蹋我的东西呀？去，找地儿去！（〔行弦〕加快）

「刘兰芝左右为难，举着灯不知放在哪里为好，小步慢圆场，眼睛从左方开始寻找，右转身，看看房里，左转身，看看地下，走成“八字”形，内心焦急地看左、看右寻找。【小锣一击】

焦　母　哟哇！瞧瞧！你跟我吃饽饽，转磨磨，我叫你找搁灯的地儿去，跟我这儿转开腰子了，把灯拿过来！

「焦母恶狠狠地伸出左手，面向外，刘兰芝为之一惊，双手举灯在正桌前右角，与焦母拉成“一字”斜线。〔行弦〕加快，焦母咄咄逼人的态度，让刘兰芝十分惧怕。

焦　母　快着点！

「刘兰芝脚下颤抖，迈步艰难，双手举灯抖动，走到台中。

焦　母　快着点！

「刘兰芝欲把灯交给焦母，焦母故意不接。

焦　母　拿过来，拿过来！（百般刁难）你拿过来吧！【小锣一击】

「焦母接过灯，凶狠地瞪着刘兰芝，刘兰芝低头施礼。

焦　母　那边去！

刘兰芝　是。

「刘兰芝走内，焦母走外，二个推磨，焦母到中场“下场门”，刘兰芝到“小边”台口椅后。

焦　母　你呀，可真笨！搁灯都不会。

〔焦母走到桌边，把灯放在正桌右上角，忽然想起不能放，马上又拿起，**【小锣一击】**看着刘兰芝。

焦　母　你瞪我干吗呀！你当我没瞧见哪！那边去！

刘兰芝　是。

〔刘兰芝施礼，二人又推磨，刘兰芝不敢看焦母，焦母走内到"小边"台口椅子前，刘兰芝走到织机前，左手扶椅，焦母把灯放在"小边"台口椅子上。**【小锣一击】**焦母忽意识到此处不能放灯，又忙拿起，左看右看，从台中跑"八字"左至右寻视，没有找到搁灯的地方，又右转再跑"八字"，归台中。**【小锣一击】**刘兰芝一旁偷偷观望，焦母前、后、左、右寻遍，无可奈何。

焦　母　您瞧！这屋子是怎么盖的？连搁灯的地方都没有！（看见刘兰芝）哼！（生气地冲刘兰芝）把灯拿过去！（左手举灯，让刘兰芝接灯）快点！

〔刘兰芝双手颤抖，走至台中心。〔行弦〕加快。

焦　母　快点！老让我举着！

〔刘兰芝欲接灯，焦母故意躲闪，让刘兰芝接不着。

焦　母　快点，快点！拿过去！（最后交灯与刘兰芝）**【小锣一击】**

〔刘兰芝退至"大边"。

焦　母　你把这灯呀，还给我搁在桌上。（刘兰芝把灯放在正桌右角）别磨蹭，快织绢去！（坐"小边"台口椅子上）

刘兰芝　是。（上织绢机，坐下，继续织绢）

转〔快三眼〕

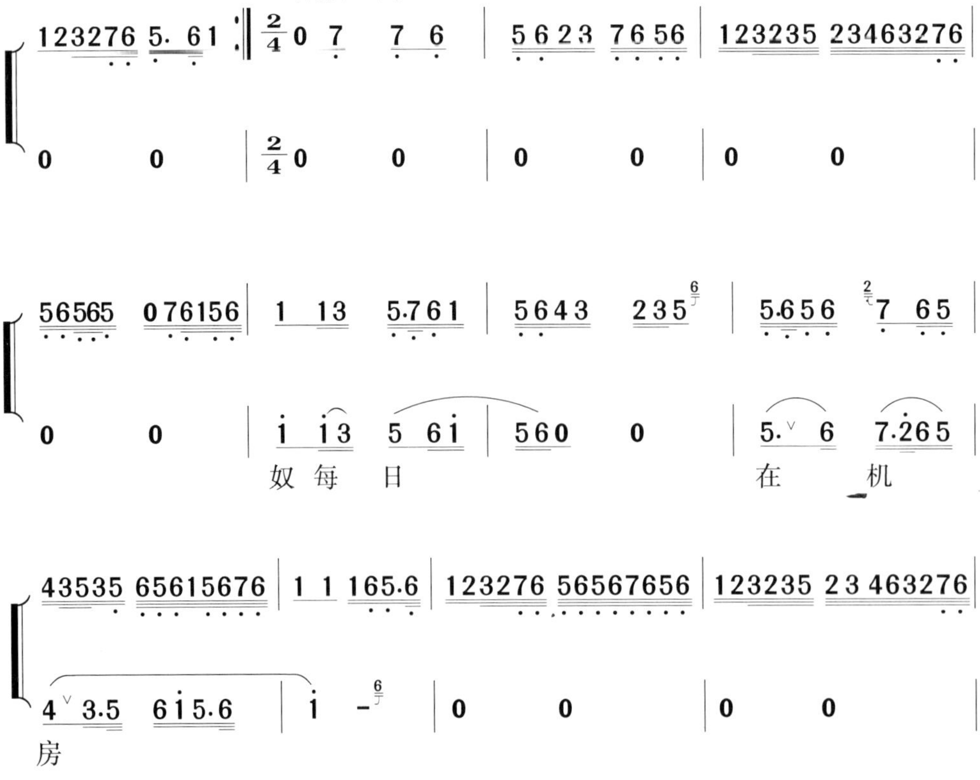

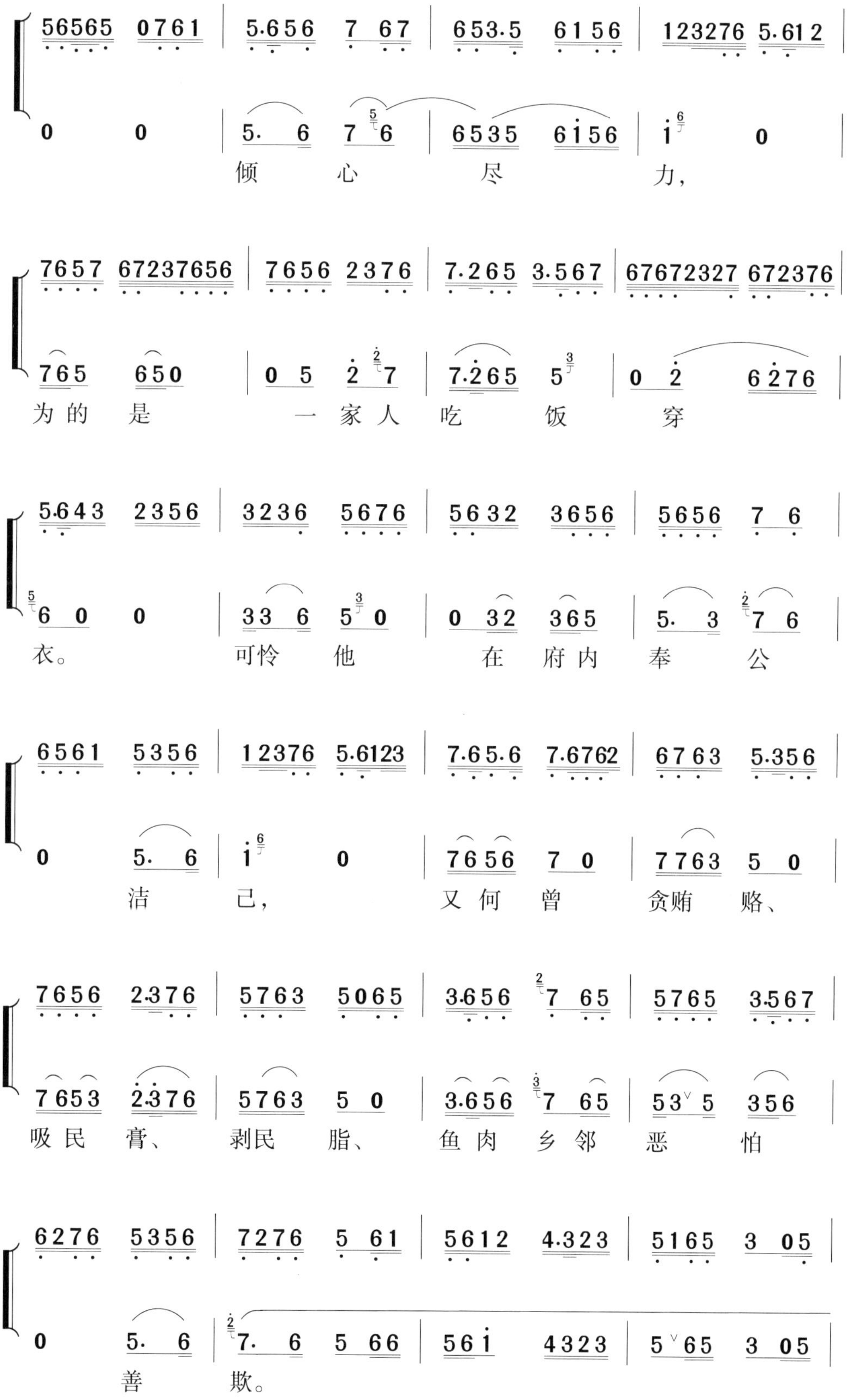
倾 心 尽 力，
为的 是 一 家 人 吃 饭 穿
衣。 可怜 他 在 府 内 奉 公
洁 己， 又 何 曾 贪贿 赂、
吸 民 膏、 剥民 脂、 鱼 肉 乡 邻 恶 怕
善 欺。

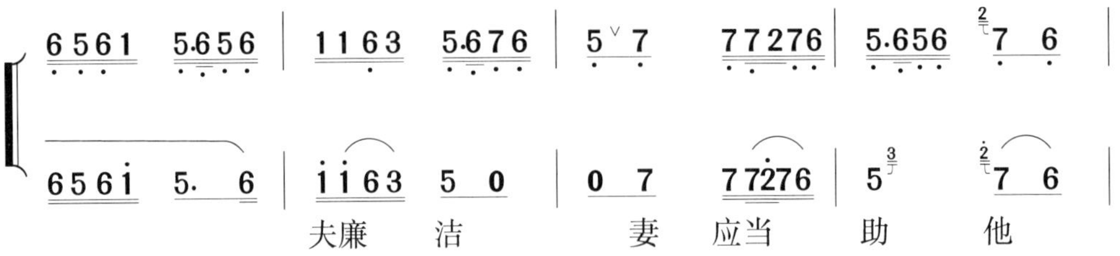

（织绢）

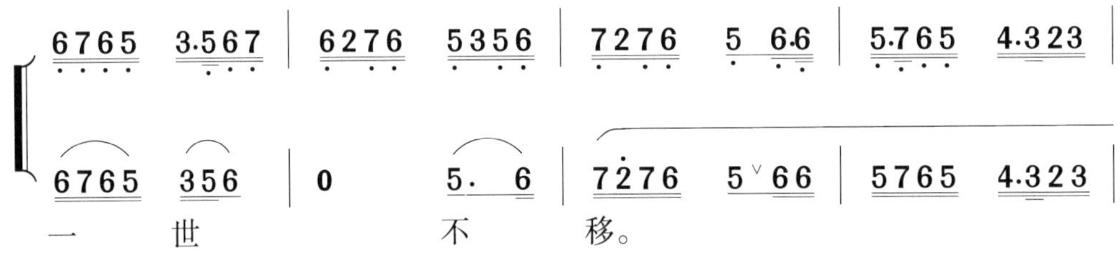

慢

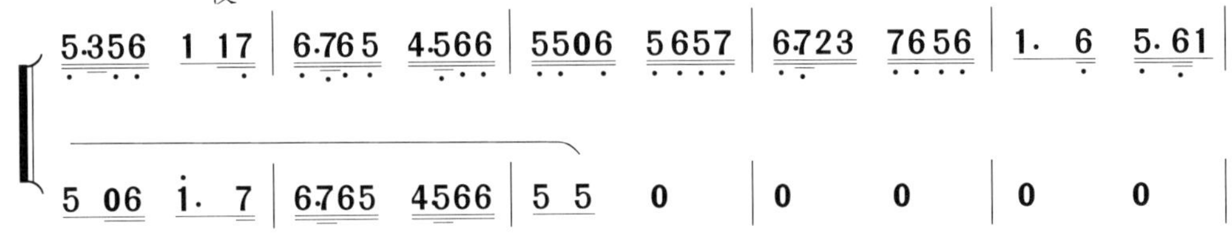

「接〔行弦〕交“二更鼓”。刘兰芝织绢，焦母倚椅睡着。焦月华“下场门”上。

焦月华 都二更天了，我妈怎么还不睡觉去。（进门）呦，她在这打上盹儿了。（拿手绢捅焦母鼻子）

焦　母 （醒）啊！（打喷嚏）我揍你…… **【小锣一击】**

焦月华 妈呀，是我。

焦　母 （转为笑脸）是你！没吓着你呀？

焦月华 妈，您还不睡去？

焦　母 我看着她，她还偷懒哪！

焦月华 我说说去。（至台中向刘兰芝）我说嫂子，你快点织吧！别让妈在这熬着啦。（走至母前，与母捶背）

〔行弦〕

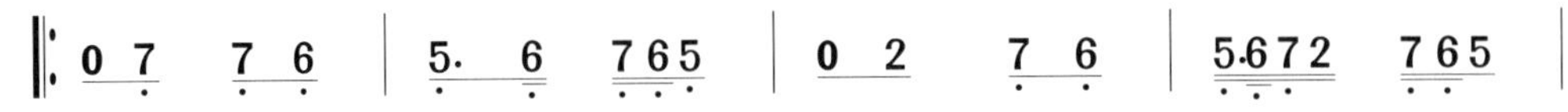

刘兰芝

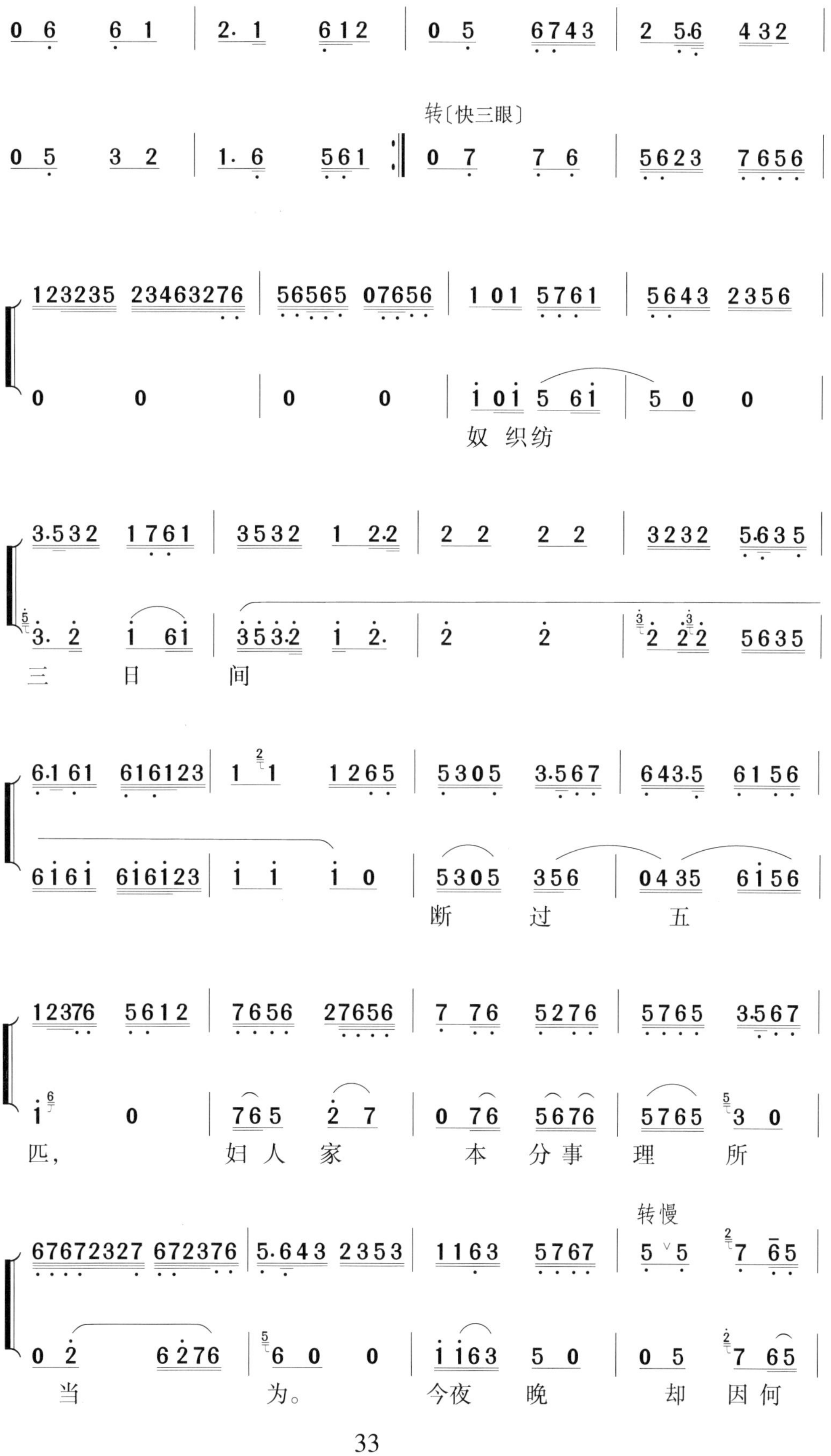

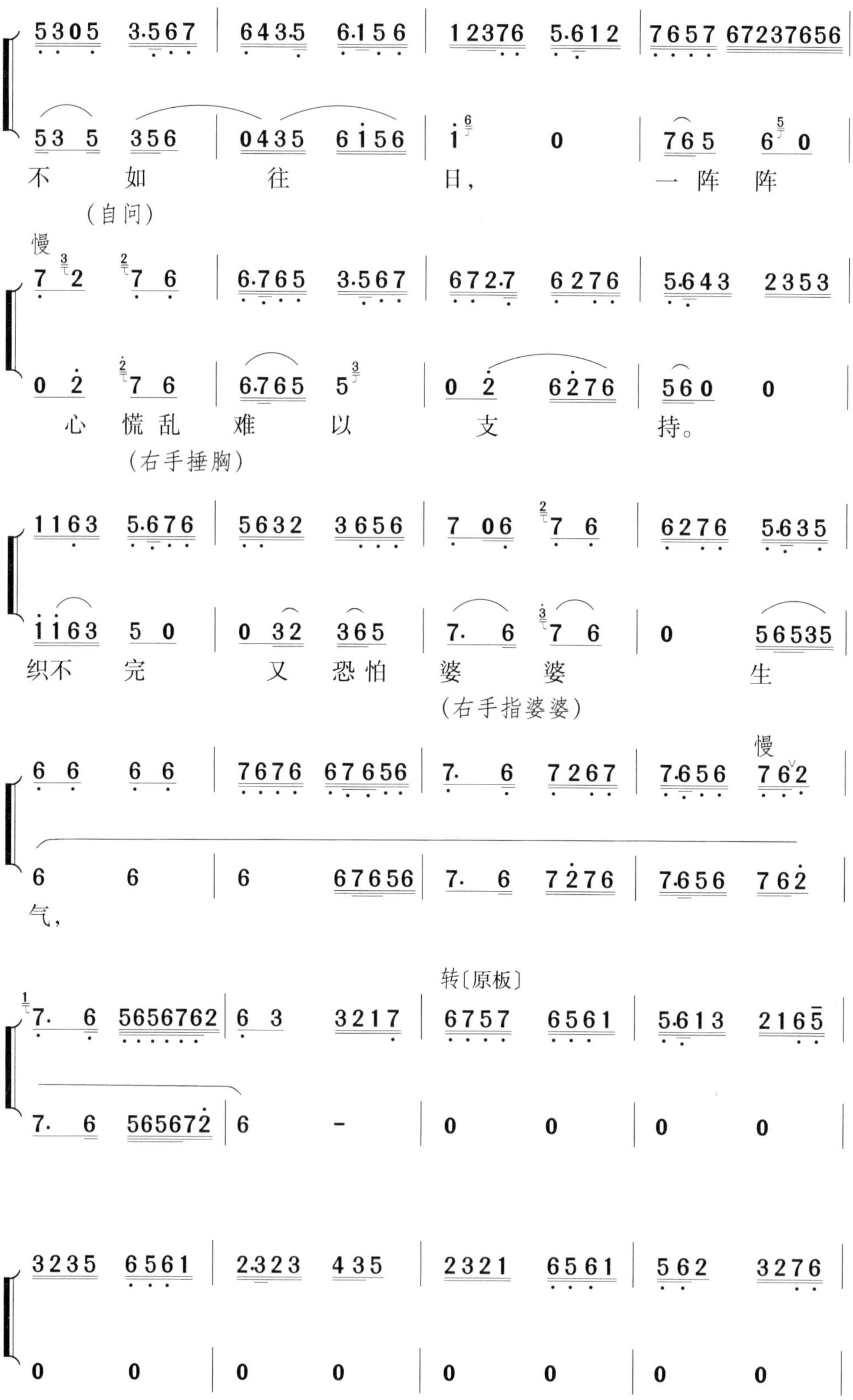

焦月华白：“嫂子，快点织吧！”

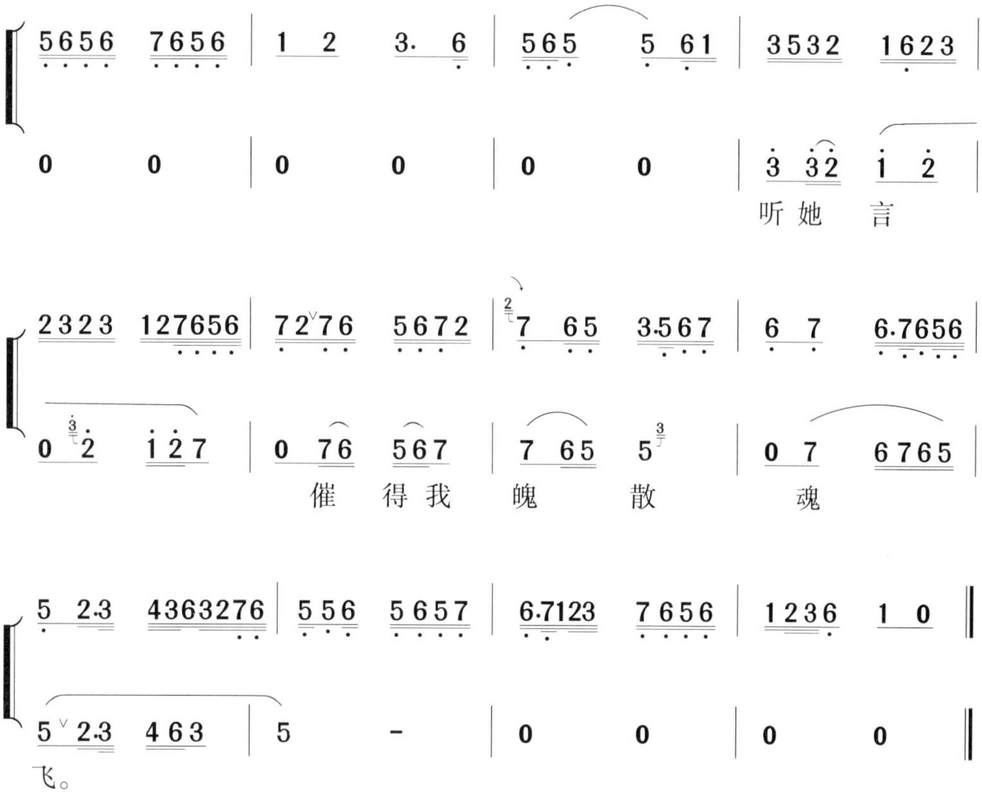

绢已织完，婆婆请看。

焦月华 妈呀，我给您拿灯去？（从桌上取灯）**【小锣一击】**

焦　母 对，拿灯去。要不是在屋里织，你非偷工夫打盹不可。

焦月华 妈呀，我先瞧瞧。（把灯交给母亲，接过绢，在灯下看）哟，这绢织得可真不错呀。您瞧瞧。（接过灯，把绢交给母亲）

焦　母 什么，我瞧瞧。（打开一层绢，灯下看，故意找茬）**【小锣一击】**哟，这不成了冷布了吗？（焦月华把灯放在正桌左角，归“小边”）哈哈，好个贱人，成心糟蹋我的东西，我今儿非打你不可。（把绢放在“小边”台口椅子上）

刘兰芝 婆婆，饶恕媳妇吧！（中场跪）**【小锣一击】**

焦　母 我饶了蝎子他妈，也饶不了你！你瞧你穿的这身素服，往我跟前这么一跪，你这是咒我死啊？

刘兰芝 是婆婆叫我这样穿的。

焦　母 呸，我叫你这么穿的，我叫你穿一件布衣裳，谁叫你给我穿孝的？我今天要是不打你非惯了你下次不可！（桌上拿家法）

刘兰芝 婆婆饶恕媳妇吧！

焦　母 着打吧你！

〔焦月华把椅子搬回桌前“小座”，焦母打刘兰芝右肩，**【大锣一击】**接**【乱锤】**打左肩，被焦月华拉开。

刘兰芝 （哭）喂呀婆婆…… **【撕边大锣一击】**

焦月华 妈呀，您别打啦，三更半夜的，干吗生这么大的气啊，您饶了我嫂子吧。（把家法

放在桌上）

焦　母　看在你的份儿上饶了她，起来吧。

刘兰芝　是。

焦　母　可是这么着，这绢你给织坏了，还得重新给我另织一匹。

刘兰芝　待媳妇回到自己房中去织吧。（欲走）

焦　母　回来，回来！**【小锣一击】**什么？到你自己房中去织去？等你丈夫回来，你还有心思织绢那，就在我这屋里织。

刘兰芝　是。

〔交“三更鼓”。

焦　母　哟，都三更天了！

焦月华　天不早了。妈到我屋里歇会儿去吧。

焦　母　我到你那儿歇会去。（对刘兰芝）你在这好好地给我织！（示意焦月华）搀着我。

〔焦月华搀焦母出**【小锣五击头】**“下场门”下，刘兰芝至中场，上搭右袖望“下场门。**【大锣一击】**

刘兰芝　我刘兰芝好命苦啊。

〔西皮散板〕

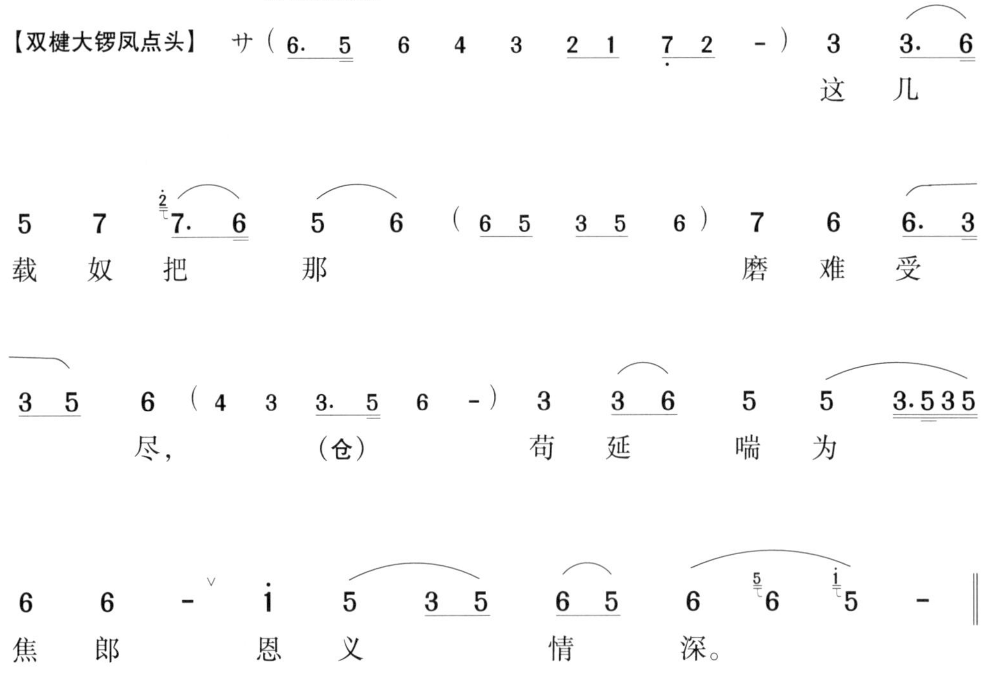

〔**【小锣抽头】**焦仲卿“上场门”上。

〔西皮摇板〕

焦仲卿

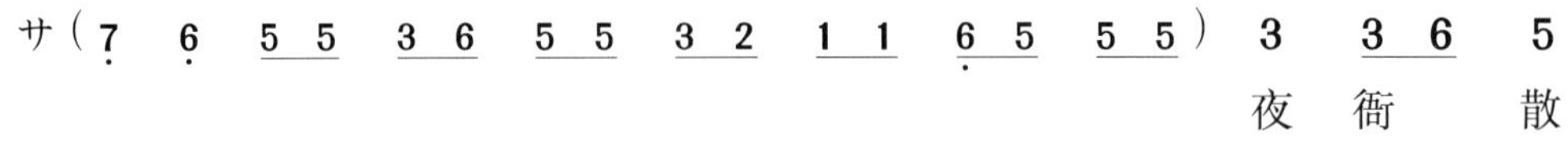

5 7 6 5 6 6 3 5 6 (6 5 3 5 6 5
回 家 转 上 房 来 (呀) 进，

3 2 1 2 6 5 5 5) i 5 i - 5 6 6 - 3 i
焦 仲 卿 笑 吟 吟 口

6 5 5 - 3 5 3 - 5 -(5 5 3 6 5 -)
唤 娘 亲。

（进门，“挖门”至“小边”）

焦仲卿 啊，母亲！（看见刘兰芝）【小锣一击】娘子，你的绢还没织完么？（刘兰芝下机）

刘兰芝 你走之后，织成一匹，婆婆说织的不好，又命我二次织纺。【小锣一击】

焦仲卿 不中母亲之意，拿来我看。

刘兰芝 官人请看。（二人一起走至桌前，焦仲卿在灯下看绢）【小锣一击】

焦仲卿 我看此绢织的与往日织的一般，（把绢放在桌上）今日为何不中母亲之意？

刘兰芝 总是妾身不能得婆婆欢心，并非只为此绢。

焦仲卿 娘子所言不差，（以手抚刘兰芝右肩，刘兰芝忽感疼痛）【小锣一击】娘子，看你这般光景，莫非又受母亲责打？

刘兰芝 总是妾身的不好，官人，你……不要多问了（哭介）

焦仲卿 唉，我也不敢多问，母亲因何不在房中？

刘兰芝 婆婆往妹子房中安歇，此时想已睡着了。（交四更鼓响）啊，官人，天已四鼓，你夙夜从工，多有辛苦，回房安歇去吧。（刘兰芝体贴地让焦仲卿回房安歇。刘兰芝从“大边”走至“小边”，焦仲卿欲出门又止步）

焦仲卿 我去安歇。娘子，你呢？

刘兰芝 我么？（悲伤地望着焦仲卿）

（空匡 0 6） 5 - 6. 6 5 6 i -（1 1 2 1 2 1 7 4
啊 （仓 仓 仓 仓
（双翻水袖）

2 1 7 2 1 -） 2 2 2 7 6 5 5 - 3. 5
来 七 台 仓） 官 人

3 5 6 0 7 - 7 7. 6 5 6 - 6 5 -
（哪）！

【双楗大锣凤点头】（二人搭袖痛哭）

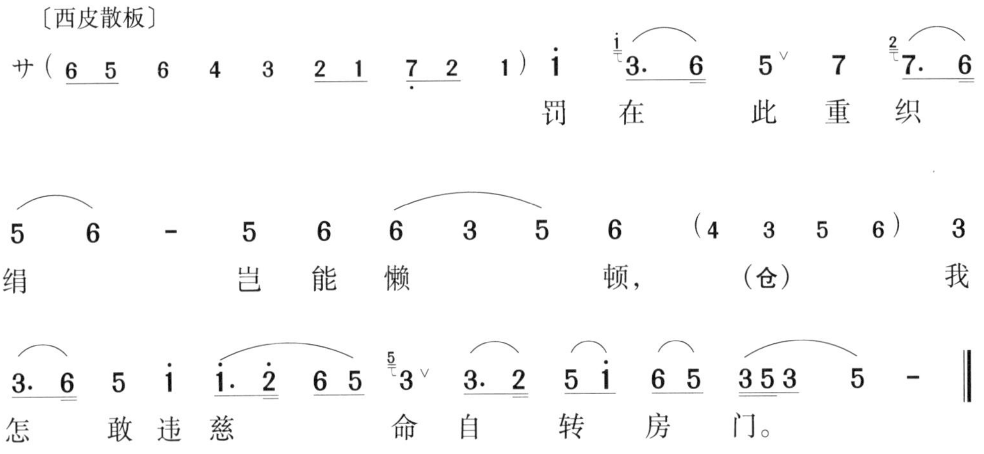

〔焦母“下场门”上，在外偷听。

焦仲卿 娘子啊！

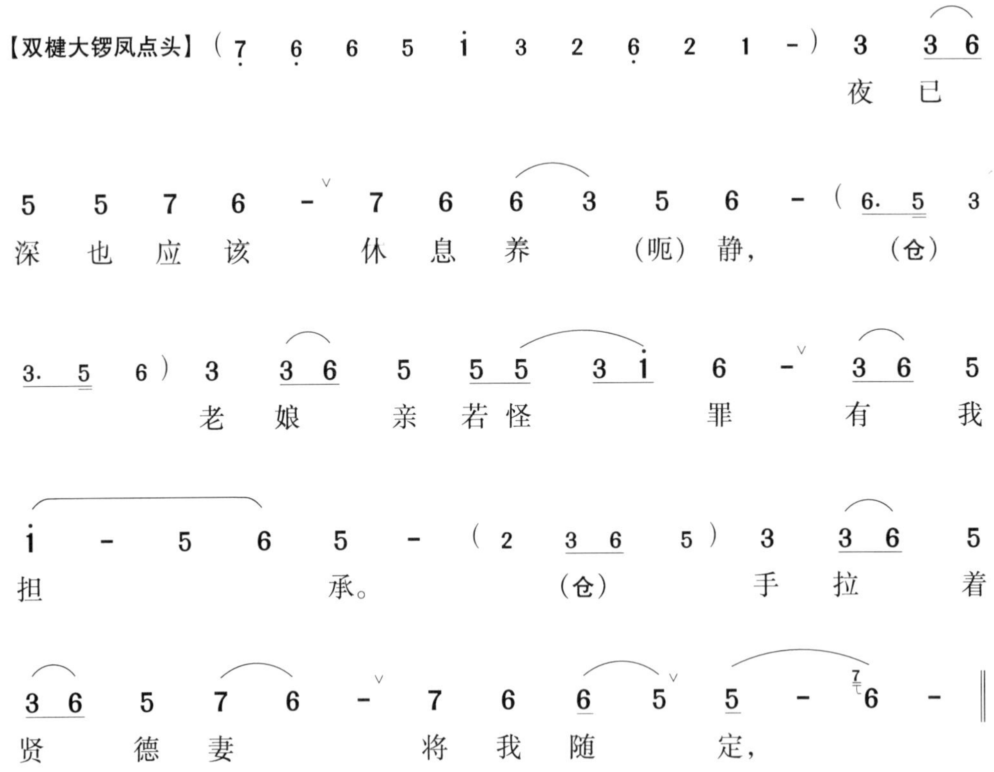

〔焦仲卿拉刘兰芝欲出门，焦母忽然进门打刘兰芝嘴巴。焦母右转身站台中，刘兰芝左转身，右手颤抖地捂着右脸，焦母怒指刘兰芝。焦仲卿在“大边”，刘兰芝在“小边”。

| 刘　兰　芝 |

焦　母　【双槌大锣凤点头】サ（7 6 6 5 i 3 2 6· 2 1）3 2 5 3
小　贼　人

3 2 1 1 2 -∨ 6· 2 1 2 2 1 1 0 ‖
又　在　此　迷　惑　夫　君　（呐）。

哈哈，好贱人，我说什么来着，你丈夫刚回来就这么拉拉扯扯的，又装起小狐狸精来啦！

焦仲卿　啊，母亲，不要错怪媳妇，此乃孩儿之过。

焦　母　不错，是你的不好。你回来不先看看我，倒先看她，你连尊卑长上都不懂了吗？

焦仲卿　孩儿回得家来，先来看望母亲，谁知母亲到妹子房中安歇去了。

焦　母　你既知道我在你妹妹房中，就应该到那儿去看看我呀。

焦仲卿　孩儿正欲前去问安，媳妇言道，母亲将将睡着，故而不敢惊动。

焦　母　噢，这是她跟你说的？好啊，好啊，你不是累了吗？回房歇着去吧！

刘兰芝　这绢还未织完，我怎好离去！

焦　母　绢不用织了，回房歇着去吧！

刘兰芝　这……（看焦仲卿）

焦　母　走吧，走吧！

刘兰芝　是。**【小锣五击】**（刘兰芝无奈地出门，“上场门”下）

焦　母　好啊！瞧见了没有，她这是有意离间我们母子不和呀！我可再也不能容她了，你说，怎么办吧？

焦仲卿　母亲息怒，媳妇纵有不是之处，请母亲多加教训。

焦　母　什么？我还教训她？她竟敢离间咱们母子不和，往后日子长了，怎么过得下去，干脆你写封休书，把她休了吧。**【撕边人锣一击】**（焦母坐桌外“小座”，焦仲卿做吃惊状）

焦仲卿　**【大锣叫头】**哎呀，母亲哪！自从兰芝过得门来。我夫妻十分恩爱，侍奉母亲，并无半点差错，又未犯七出之条，孩儿我怎能把她休弃啊……（哭介）**【小锣一击】**

焦　母　好呀！大公鸡尾巴长，取了媳妇忘了娘，你休是不休？

焦仲卿　别的都可依从母亲，此事么，实难从命。（面向外）

焦　母　（站起）好哇！你这个忤逆不孝的东西，说什么你也不肯休啊，好吧，你要是不休媳妇，就把我赶出去！你说，是留她，还是留我？

焦仲卿　啊，母亲！（上前哀求）

焦　母　我说了半天，你还是舍不得她。咱们家里头，是有她没我，你不休媳妇，我死我活，你就别管啦！我的老头子啊。（故意撒泼，哭天抹泪地坐正桌“小座”）**【小锣一击】**

焦仲卿　（看着母亲，万般无奈地）母亲，孩儿依从就是……（哭介）

焦　母　（即刻不哭）噢，这不结了么！这儿有现成的笔墨，（站起）赶紧给我写吧。

〔焦仲卿叹气，走至桌前。

〔西皮摇板〕

焦仲卿 【闪锤】

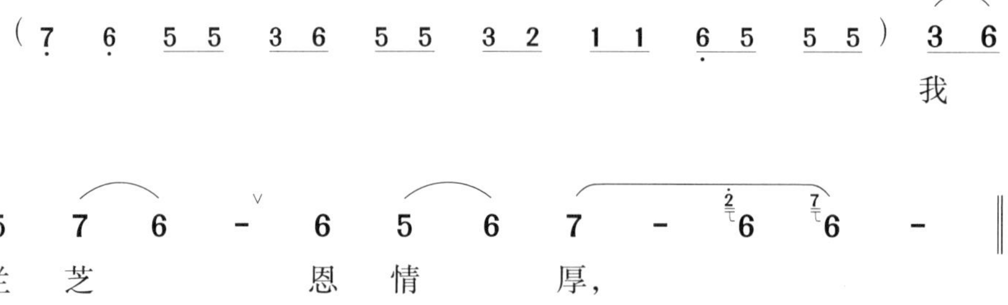

焦　母　赶紧写！【闪锤】

〔流水〕

焦仲卿

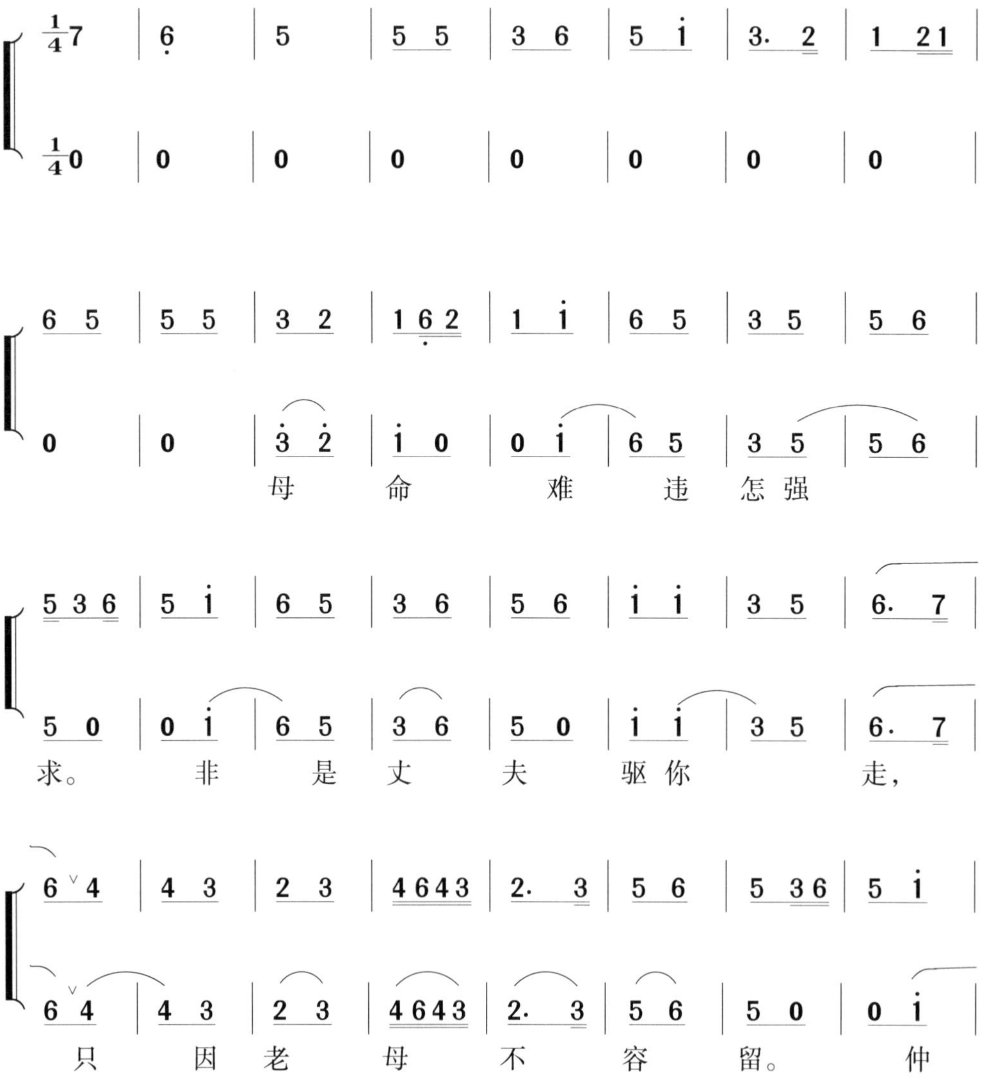

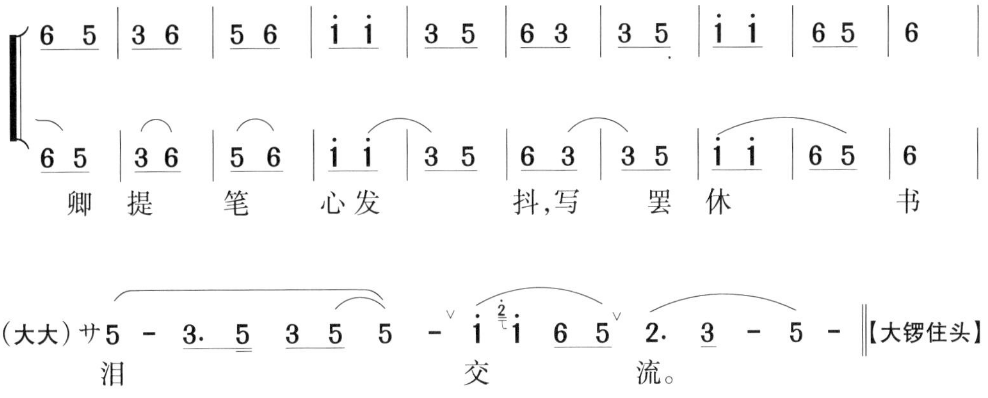

〔焦母拉仲卿按手印，抢过休书。

焦　母　把她叫出来！【小锣一击】

焦仲卿　（悲痛地）啊兰芝，母亲唤你。

〔【小锣五击】刘兰芝“上场门”上，“小边”台口。

刘兰芝　（念）堂前又呼唤，

令人心胆寒。（进门，挖至“小边”）

婆婆唤我何事？

焦　母　你丈夫叫你，你问他去吧！

刘兰芝　官人何事？

焦仲卿　这……（望母，为难介）

焦　母　哎哟你这个窝囊废！你不说，我替你说，（对刘兰芝）告诉你吧，你丈夫把你休了。

刘兰芝　这个……【大锣一击】【大锣叫头】婆婆呀！媳妇年幼无知，婆婆只管教训，千万不可叫官人他……

焦　母　他怎么？

刘兰芝　他，他，他写休书……（哭介）

焦　母　由不了你呀！【快纽丝】（刘兰芝、焦仲卿同时跪“八字”）

〔西皮散板〕

刘兰芝

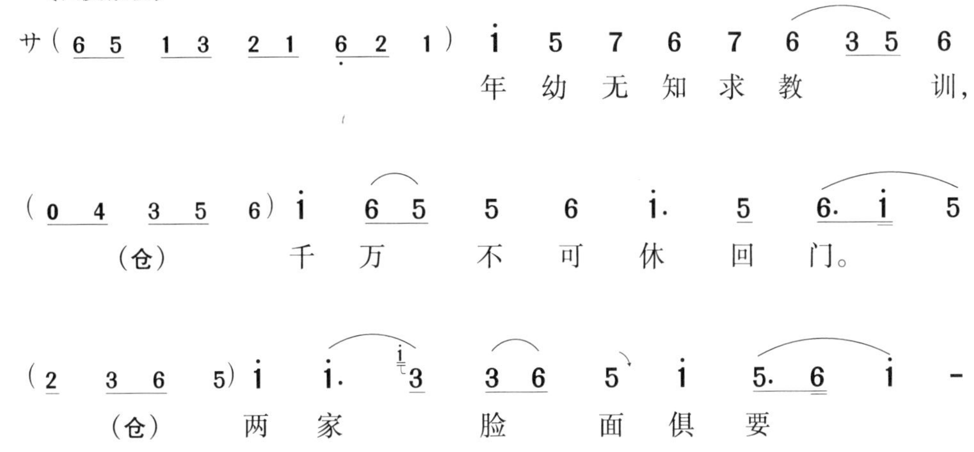

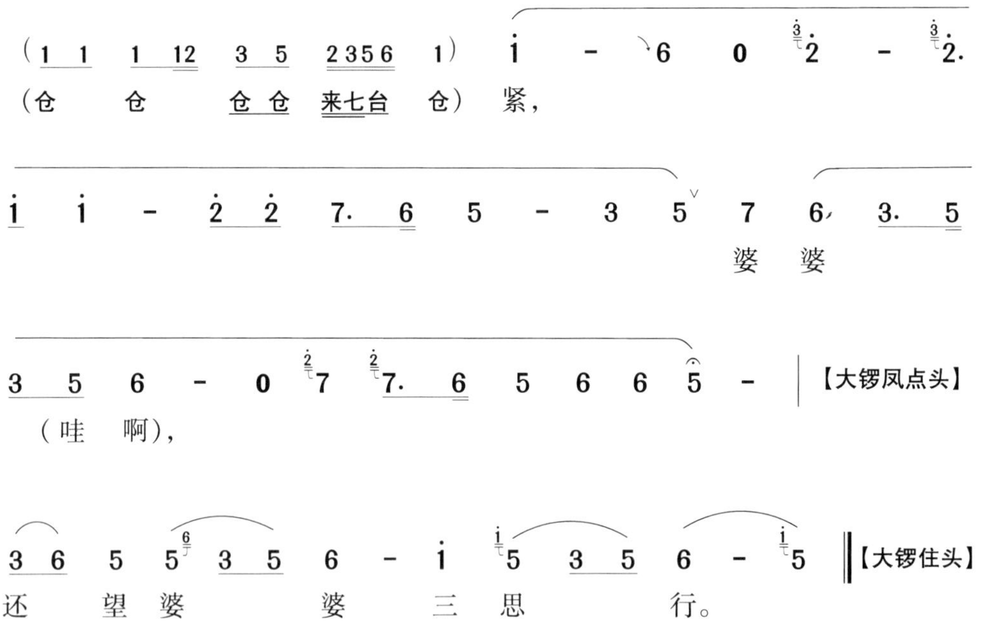

刘兰芝 婆婆饶恕媳妇吧…… （哭介）

焦仲卿 母亲饶恕了吧…… （哭介）

〔焦月华“下场门”上，听见哭声忙进门，**【小锣一击】**站“小边”母亲旁。

焦月华 我说妈呀，三更半夜的，他们一哭吓了我一跳。我还当您死了呢！他们为什么哭呀？

焦　母 我叫你嫂子回娘家，她不去，在这儿哭起来了。

焦月华 做媳妇听说回娘家是高兴的事，嫂子干吗哭呀！

焦　母 孩子，你哪知道，她犯了我家的家规，我把她休回娘家了。

焦月华 （惊）哦！这么回事！

焦仲卿 贤妹，讲个人情吧！

焦月华 我说妈呀，您别生气了。嫂子有不是的地方，您打也打得，骂也骂得。况且嫂子侍候咱们一家子，真够不容易的，怎么能把她休了哪？瞧哥哥嫂嫂哭得多可怜哪，就饶了她吧。

焦　母 你不懂事，少插嘴。我说仲卿啊，反正这家里是有她没我。（站起）这是你的休书！**【冷锤】**（将休书仍在刘兰芝面前）

焦仲卿 母亲！

焦　母 你给我走！

焦仲卿 母亲……　（哭介）〔行弦〕**【双楗大锣凤点头】**（焦仲卿跪哭，焦月华站在桌边暗中落泪。刘兰芝见焦母坚决的态度，捡起休书，看休书）

刘兰芝 呀！

〔西皮散板〕

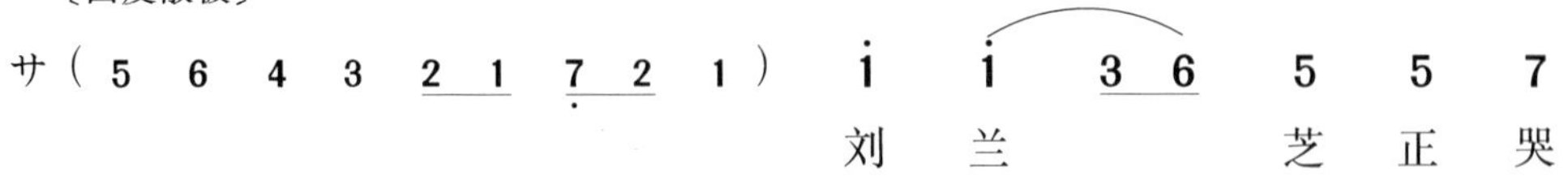

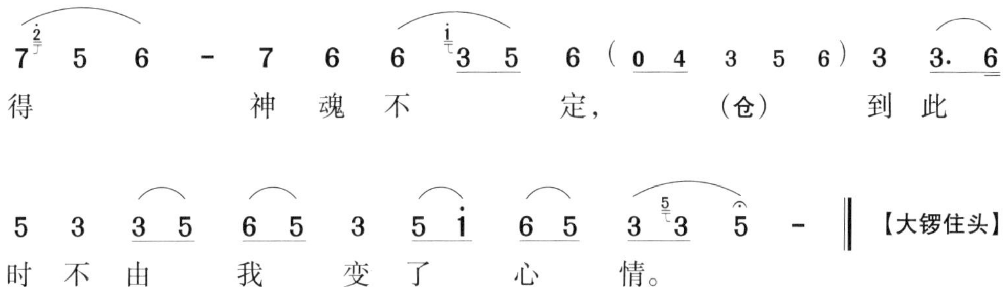

官人不要哭了，起来！【小锣一击】我另有打算了！（焦母站起暗中偷听）

焦仲卿　（站起）你有什么打算哪？

刘兰芝　既是婆婆不肯容留，我也只好回娘家去……（哭介）【小锣一击】

焦仲卿　娘子啊……（哭介）

焦　母　唉！阿弥陀佛！对啦，你走了我们家就过好日子啦！

焦仲卿　唉，母亲太不怜爱孩儿……（哭介）

焦　母　什么？我太不怜爱你？哼，天下没有不是的父母。常言说得好“顺者为孝”。

焦仲卿　我与兰芝乃是恩爱夫妻，难以割舍……（哭介）

焦　母　恩爱夫妻，难以割舍呀！我没听说过。你爸爸活着的时候，我们两口子别提多好了，他死了，我不是照样活着。孩子别哭，隔壁秦家姑娘，长得别提多好了，（焦仲卿反感，不愿听）又有钱，又有势，把她娶过门来，比这贱人胜强百倍……【小锣一击】（对刘兰芝）我说你还不走啊！

刘兰芝　事到如今，也只好一走。如此婆婆请上。

焦　母　干什么？

刘兰芝　待媳妇。

焦　母　怎么着？

刘兰芝　拜别了。【大锣夺头】（至台中心，跪拜婆母）

焦　母　不必了。（坐桌前“小座”，焦月华将织机后的椅子搬回到正桌“右跨椅”）

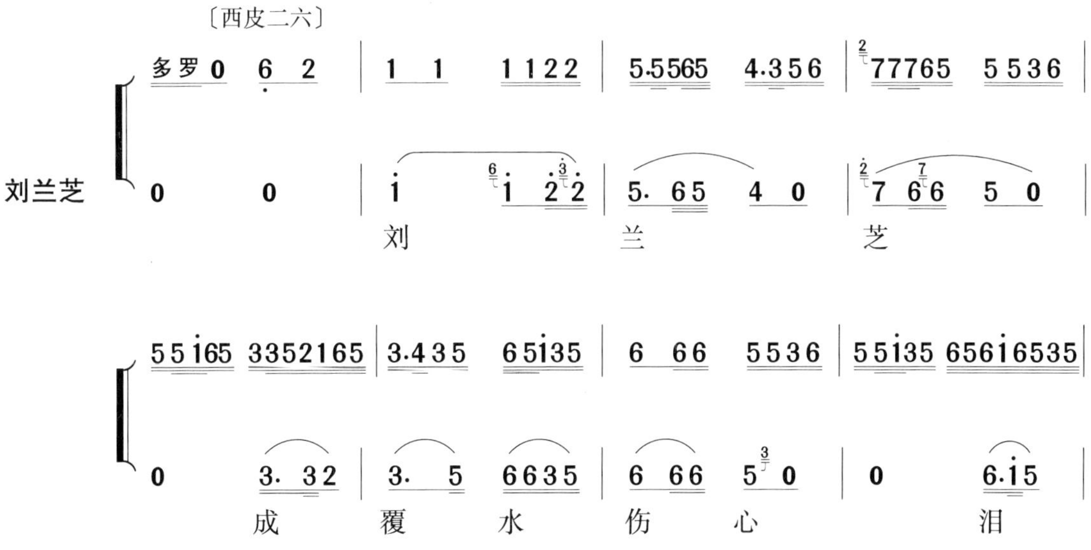

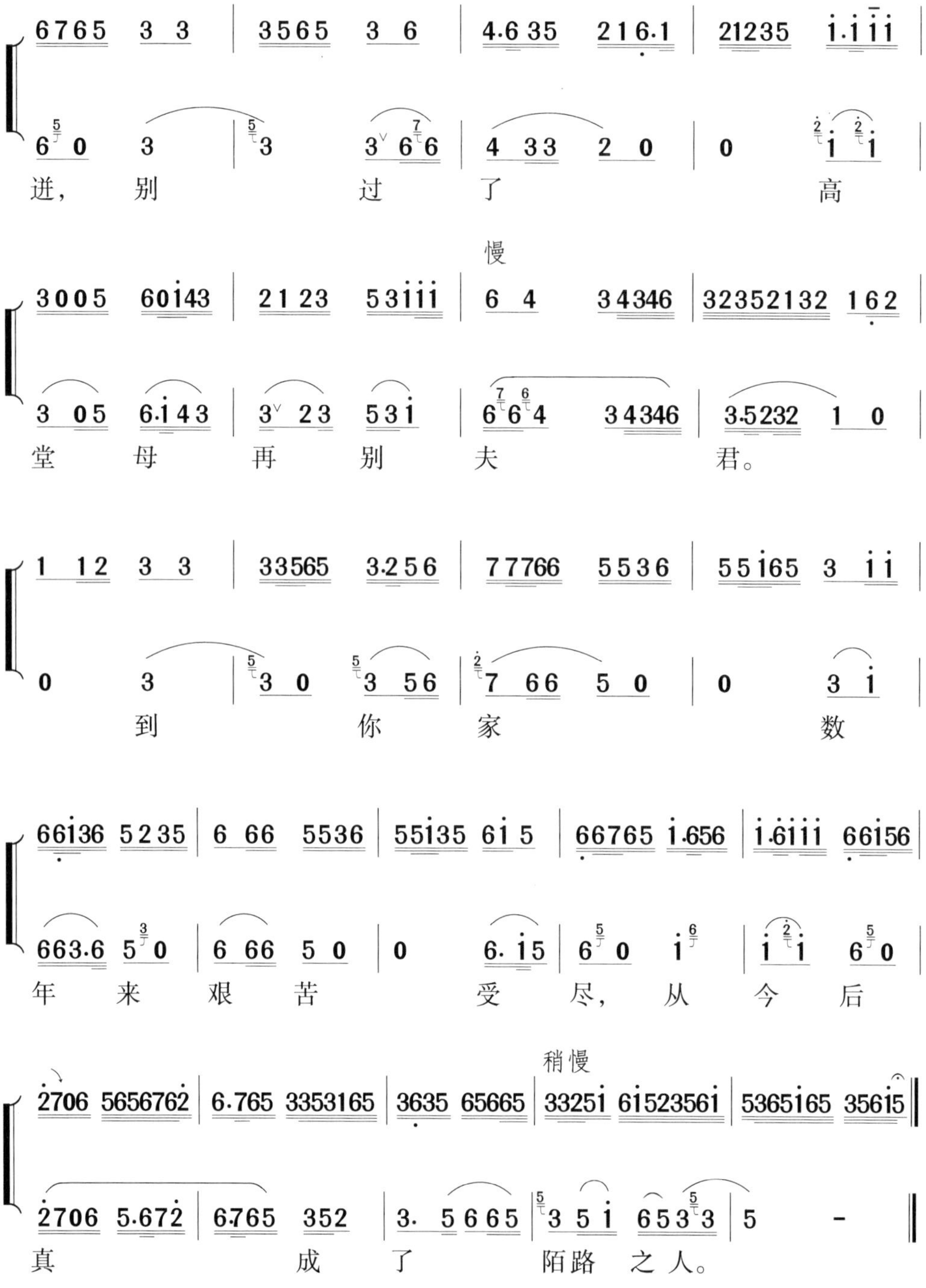

（二人痛哭）

（在【收头】内交“五更鼓”）

焦　母　哟！天都亮了，你溜溜搅了我一宿，我说你还不赶紧给我走哇！

刘兰芝　媳妇有些难舍……（看焦仲卿）

焦　母　你难舍谁啊？

刘兰芝　难舍婆婆啊……【小锣一击】（刘兰芝与焦仲卿同哭）

焦　母　唉！舍不得我？你呀，别来这套，你舍不得我呀，我可舍得你，都给我过来、过

来、过来！（二个靠近焦母）你们给我滚出去！（**八大仓**）（推刘兰芝、焦仲卿出门，即刻关门）

焦仲卿 啊，母亲……

刘兰芝 啊，婆婆…… （二人回身，扶门而望。**【乱锤】**月华拭泪）

焦　母 哭什么？咱们睡觉去！（携焦月华“下场门”下，闭二幕）

焦仲卿 娘子啊！**【双楗大锣凤点头】**

〔西皮散板〕

サ（7 6 6 5 i 3 2 6 2 1 -）3 3 6 5
手 挽 着

3. 6 5 7 6 7 6 6 5 5 5 6 - ‖
贤 德 妻 家 门 离 定，

〔**【撞金钟】**刘兰芝留恋地回望焦家大门，不忍离去。焦仲卿拉着她，二人左转，圆场。拉开二幕，二人走至台中，焦仲卿站“大边”，刘兰芝站“小边”。

サ（6 6 6 5 5 3 2 6 2 1 -）3 3 6
在 路

5 5 5 3 i 6 - i 5 i 6 5 3 -
旁 对 娘 子 把 话 来 云。

5 - （2 3 6 5）3 3. 6 5 5 5 3 i
（仓） 此 一 番 住 娘

6 - 5 6 6 3 5 6 -（6. 5 3 3. 5 6）3 3 6
家 将 心 放 稳，（仓） 不 数

5 5 5 3 i 6 - 3. 6 5 6 6 3 3 5 - ‖
日 劝 老 母 转 意 回 心。

刘兰芝 官人啊！

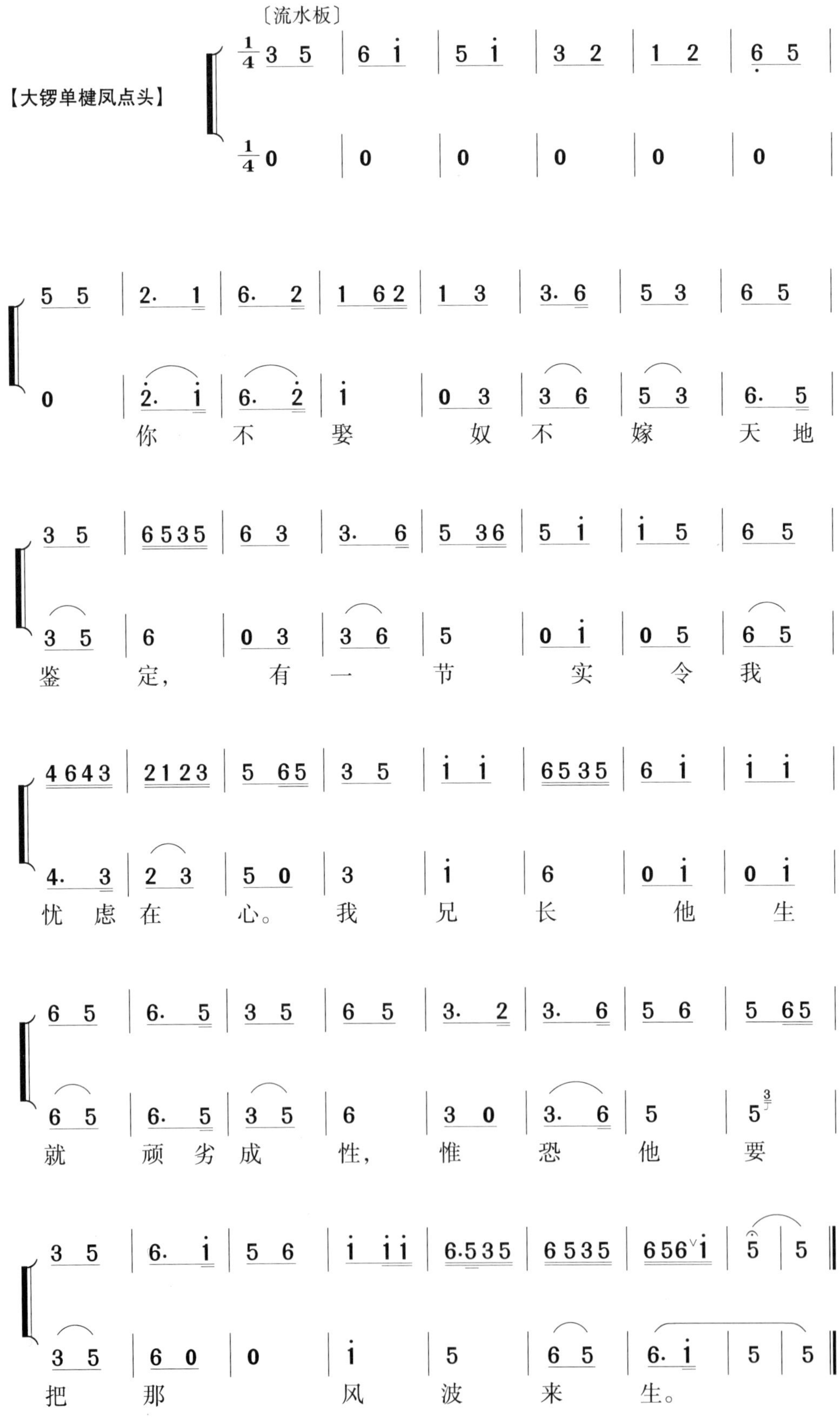
〔流水板〕
【大锣单槌凤点头】
你不娶奴不嫁天地
鉴定，有一节实令我
忧虑在心。我兄长他生
就顽劣成性，惟恐他要
把那风波来生。

焦仲卿　【大锣叫头】娘子呀。听你之言，你我夫妻就不能团圆了吗？【撕边大锣一击】

刘兰芝　且看你我的打算了。

焦仲卿　既然如此，我倒有个干净绝妙的主意。

刘兰芝　什么主意？

焦仲卿　莫若你我一同自尽，免得许多烦恼。【大锣一击】

刘兰芝　【大锣叫头】官人哪！你我这样一死，岂不被人耻笑，只要你我真心相恋……总有团圆之日。【撕边大锣一击】

焦仲卿　（点头）娘子真乃明理之人，你我同心，何不对天一表？

刘兰芝　但凭官人。

焦仲卿　我夫妻呵！【纽丝】（二人同跪台中）

〔西皮散板〕

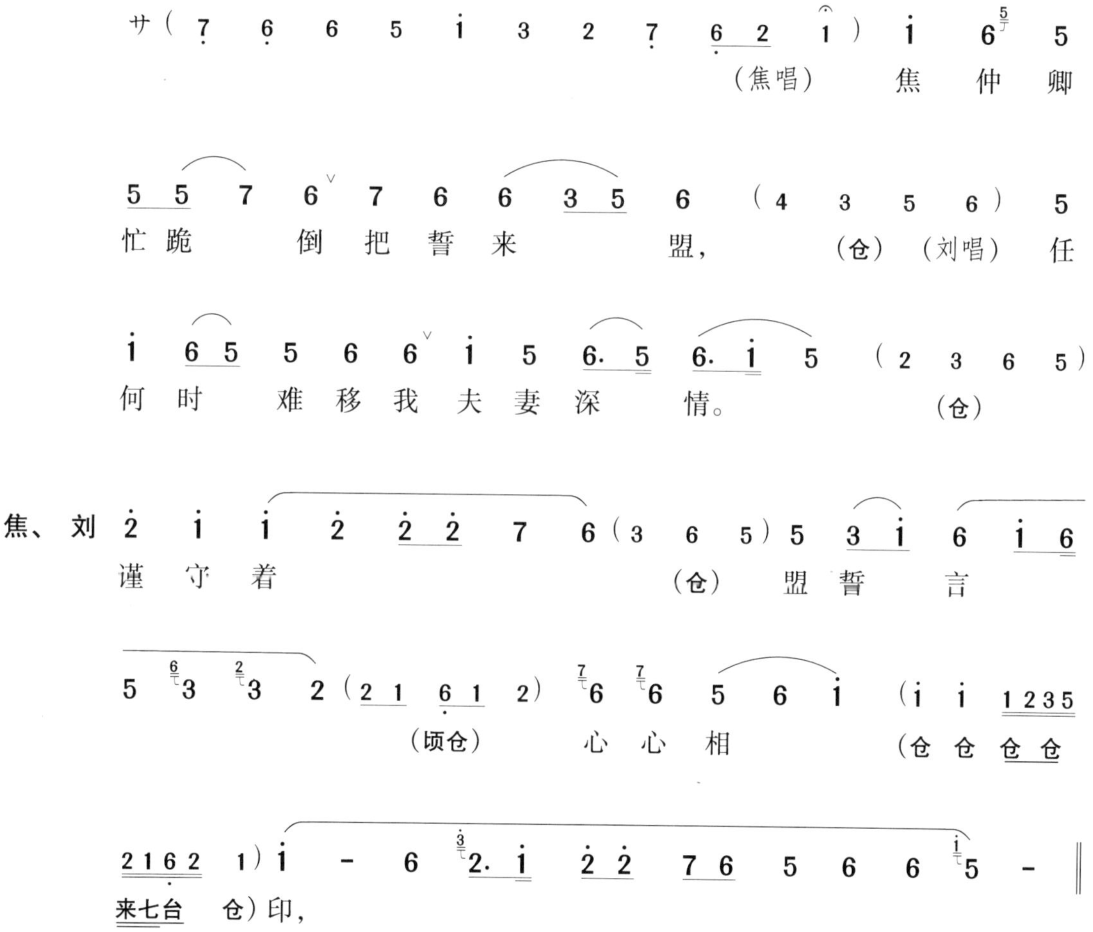

〔焦仲卿搀起刘兰芝【撞金钟】二人走至“下场门”。马夫、车夫“上场门”上，至“小边”台口。【大锣】切住。

马　夫　焦先生！

【大锣单楗凤点头】（焦仲卿至台中，刘兰芝至“大边”台口）

焦钟卿 サ（7 6 6 5 i 3 2 7 6 2 i -）3 3. 6
又 只

5 5 3 3 5 6 3 6 5 6 6 5 - ‖【大锣住头】
见 一 马 夫 站 立 街 心。

你不是府中的马夫么？
马 夫 是我，您上哪去？
焦仲卿 送贱内回娘家去！
马 夫 你夫人不是刘洪的妹妹吗？巧了，我们公子正在他家。我这有马，有车。夫人坐车，您骑马。比走快多了。
焦仲卿 有劳了。娘子请上车！【一锤锣】
〖刘兰芝上车，焦仲卿骑马。【原场】

〔西皮散板〕

刘兰芝【大锣单楗凤点头】サ（7 6 - 6 5 - 4 - 3 2 7 6 2

i -）i i 3. 6 5 5 7 7 5 6 -
悲 切 切 上 车 来

（4 3 3. 5 6 -）7 6 6 3 5 - 6
心 神 不 定，

7 - 676.5 3.（5 6 i）5 - 5 6 - |

〖圆场，拉二幕，焦仲卿下马。

刘兰芝 サ（7 6 6 5 - 4 3 2 7 6 2 i）3
此

3. 6 5 5 3 5 6 6（6 5 3 3. 5 6）3. 6
一 番 见 老 母 有

5· 6 i – 5 6 4· 6 4 3 0 3 – 3 (6) 5 – ‖ 【大锣住头】

话 难 云。

〔刘兰芝下车，“小边”台口站。

车 夫 公子我接您来了。

〔朱史内白：“告辞了。哈哈哈……”【小锣抽头】朱史、刘洪手中拿扇“下场门”上。

〔西皮摇板〕

朱 史 サ（7 6 5 5 5 3 6 5 5 3 2 1 1 6 5 5 5）3 2 1 3

你 平 民 交

2 1 3 2 1 1 2（3 2 1 6 1 2 1 6 5 5 5）

官 长 真 真 露 脸，（至台中）

刘 洪 3 2 1 1 1 3 1 2 2 3 2 1 6· 1 6 1 –（1 1 7 2 1）‖

公 子 爷 好 贪 玩 遇 见我 大 贤。（至“大边”台口）

哈哈哈……（二人出门）【小锣一击】

焦仲卿 （见朱史）参见公子。

朱 史 哎，你这个人见了我深施一礼，我怎么不认识你啊！

焦仲卿 小吏焦仲卿，常在府中出入。

朱 史 啊，我不认识你，你到认识我。老刘啊，交朋友还得跟这样人交……

刘 洪 怎么？

朱 史 谁不认识，我是庐江太守的少爷朱史呀！

刘 洪 噢！朱史啊？不如交狗屎，还有点臭味呢！

朱 史 你这人是怎么讲话？【小锣一击】（见刘兰芝，焦仲卿水袖挡住刘兰芝）这个女的长得还真不赖，我说老刘，刚才托你的事，就照这个样的找！

刘 洪 公子，您说话留点神！那是我妹妹！

朱 史 哟，令妹啊？算我失言，失言。小子们，用什么接我来啦！

马 夫 车马全来啦！

朱 史 老刘，你说我骑马好，坐车好？

刘 洪 依我瞧，你骑马，把车给您烧了。

朱 史 这怎么说话。

刘 洪 把车给您捎着！

朱 史 干脆。我溜达回去了。【小锣五击】

〔朱史、车夫、马夫“下场门”【冲头】下。

焦仲卿 内兄…… （哭）

刘兰芝 兄长…… （哭）

刘　洪 别哭、别哭！有什么话到里面说。【小锣一击】

〔刘兰芝“小边”，刘洪台中，焦仲卿“大边”。

焦仲卿 唉，如今令妹大归了。

刘　洪 大龟？我告诉你，你娶了我妹妹这样的媳妇，在家是个好姑娘，出了嫁是个好媳妇，说叫你当大龟，就是个小王八蛋，也准保你当不上。

焦仲卿 内兄不解“大归”二字，请出岳母，我夫妻有话面禀。

刘　洪 什么乱七八糟的，我给叫去，妈呀！（出门至“小边”台口）

〔刘母“上场门”上。【小锣住头】

刘　母 何事？

刘　洪 我妹子跟我妹夫哭哭啼啼的来啦，好像他妈死了给您报丧来啦！

刘　母 这是怎么讲话。待我看来！（进门）我儿在哪里？我儿在…… （至台中）

〔刘洪归“小边”，焦仲卿归“大边”。

刘兰芝 哎呀，母亲哪！（扑向母亲，跪正中，刘母搀着兰芝）

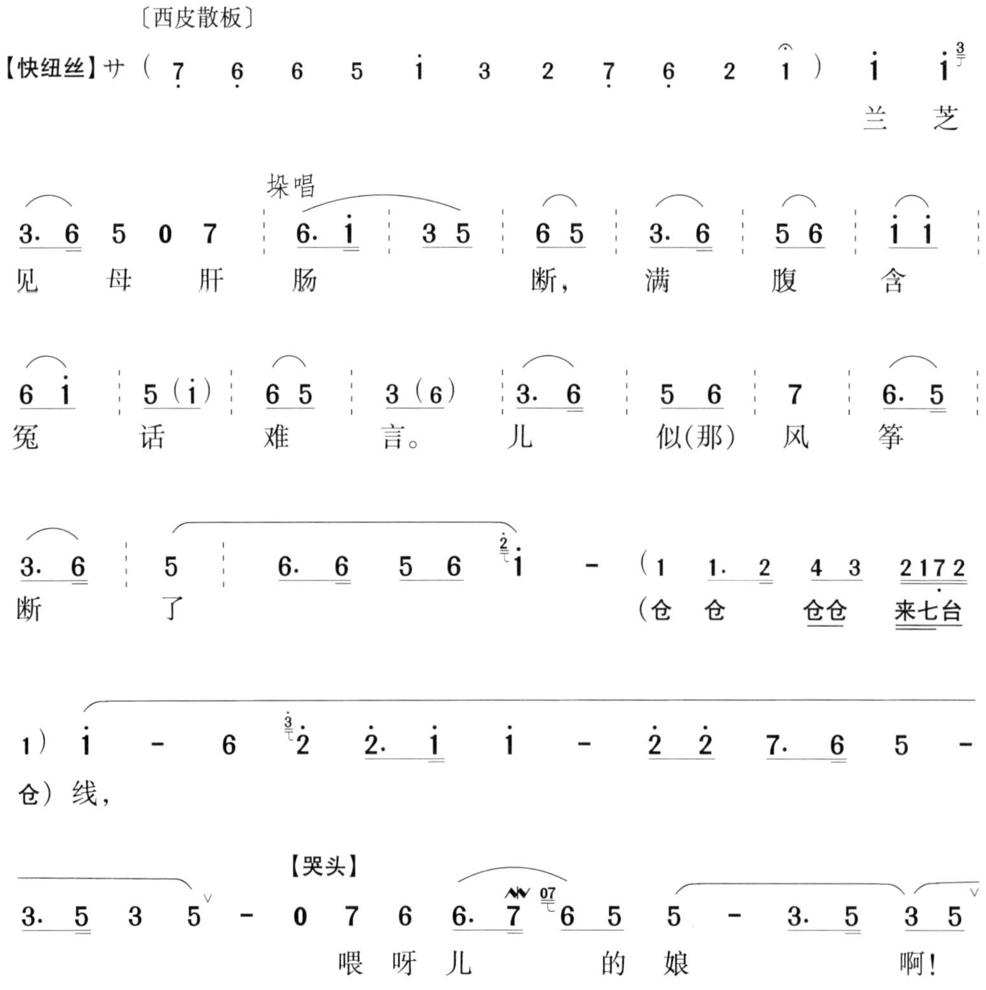

6 6 5 65 4· 6 3 3 2321 2 3 5· 6 5 6

7 - 7 7 0 0 6 5 6 6 5 5 - ‖

〔刘母搀起兰芝。【大锣双楗凤点头】

〔西皮散板〕

サ（6 5 6 4 3 21 72 1）i 5 i 6 5 65 3 5 - ‖

恩 爱 夫 妻 不 周 全。

刘 母 贤婿为何这般光景？

焦仲卿 这个……哎呀【撕边】【大锣叫头】岳母呀！只因家母一时气愤，将……将令嫒她、她……休弃了。

刘 母 哦！【大锣一击】怎么将我女儿她 ……休弃了？【大锣叫头】焦仲卿呀，小奴才！【大锣住头】自我儿许配于你，颇是贤慧，慢说在你家中无有错处，纵有错处你该在你母面前替她遮盖才是。怎么你一旦无情，竟自将她休弃了？（刘兰芝哭介）【撕边】【小锣叫头】焦仲卿啊，小奴才！【大锣住头】我看你……是个负心之人，（看刘兰芝）苦命的儿呀……

刘兰芝 喂呀……（与母痛哭）

刘 洪 敢情是这么回事，你小子是欠揍！

焦仲卿 岳母不要生气，小婿乃是不得已而为之。小婿之心为天可鉴，容劝老母回心再来负荆请罪，接兰芝回去……（哭介）

刘 洪 你还不快走吗？（二人出门，刘洪跟出至“小边”台口）姓焦的，你听我说，许你们家休媳妇，就许我们家休姑爷，你给我滚出去！（走近焦仲卿）

刘兰芝 兄长不可无理！【乱锤】（推开兄长，刘洪生气地“上场门”下，刘母气愤地坐在“小座”。刘兰芝见此情景，痛别难忍）

〔南梆子〕1＝D

2/4 2 - | 2· 2 2 2 | 2343 2161 | 2· 2 2 2 |

2/4 0 0 | 0 0 | 0 0 | 2 - |

望

（二人双搭袖）

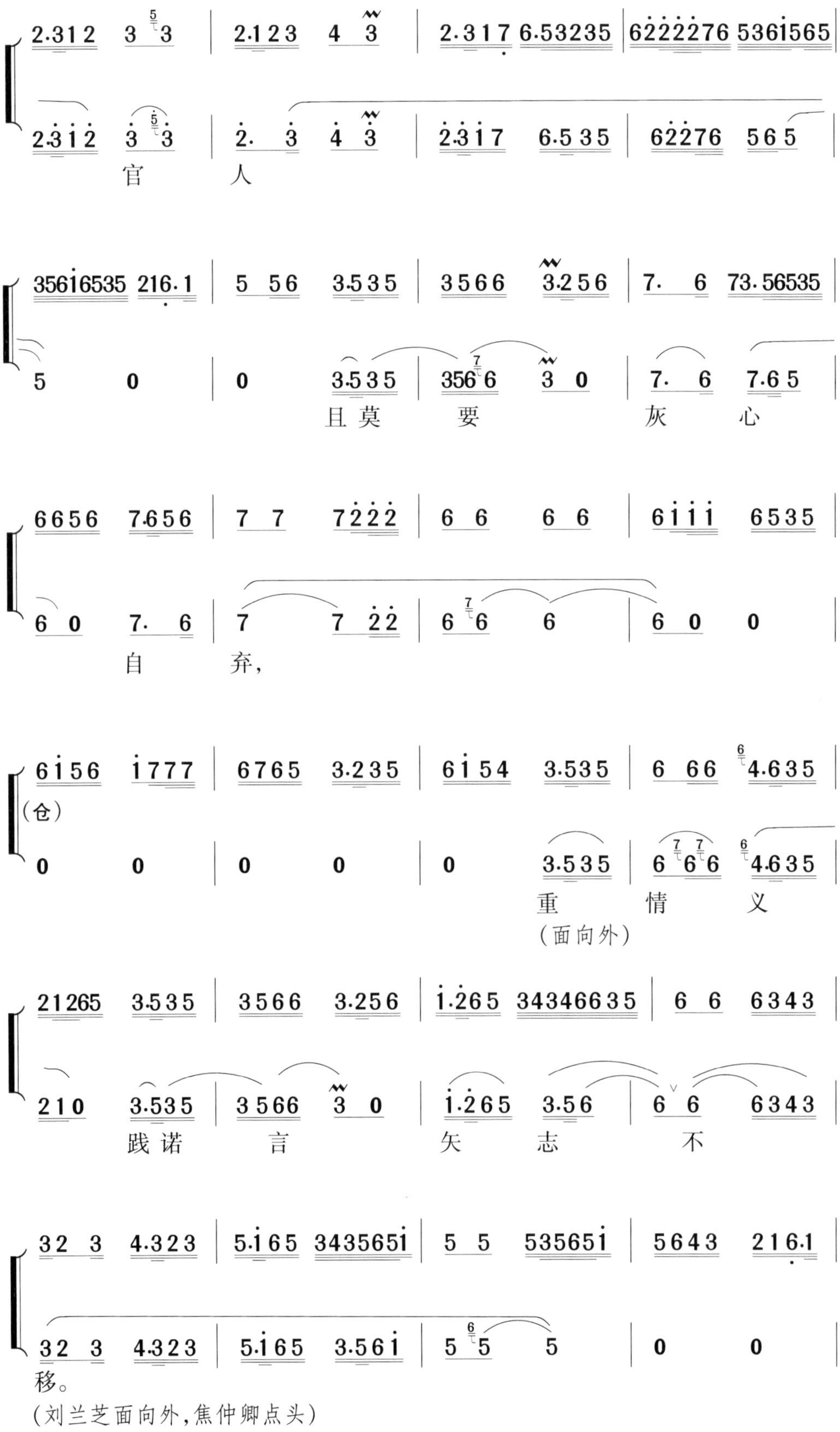
官 人
且莫 要 灰 心
自 弃，
(仓)
重 情 义
(面向外)
践诺 言 矢 志 不
移。
(刘兰芝面向外，焦仲卿点头)

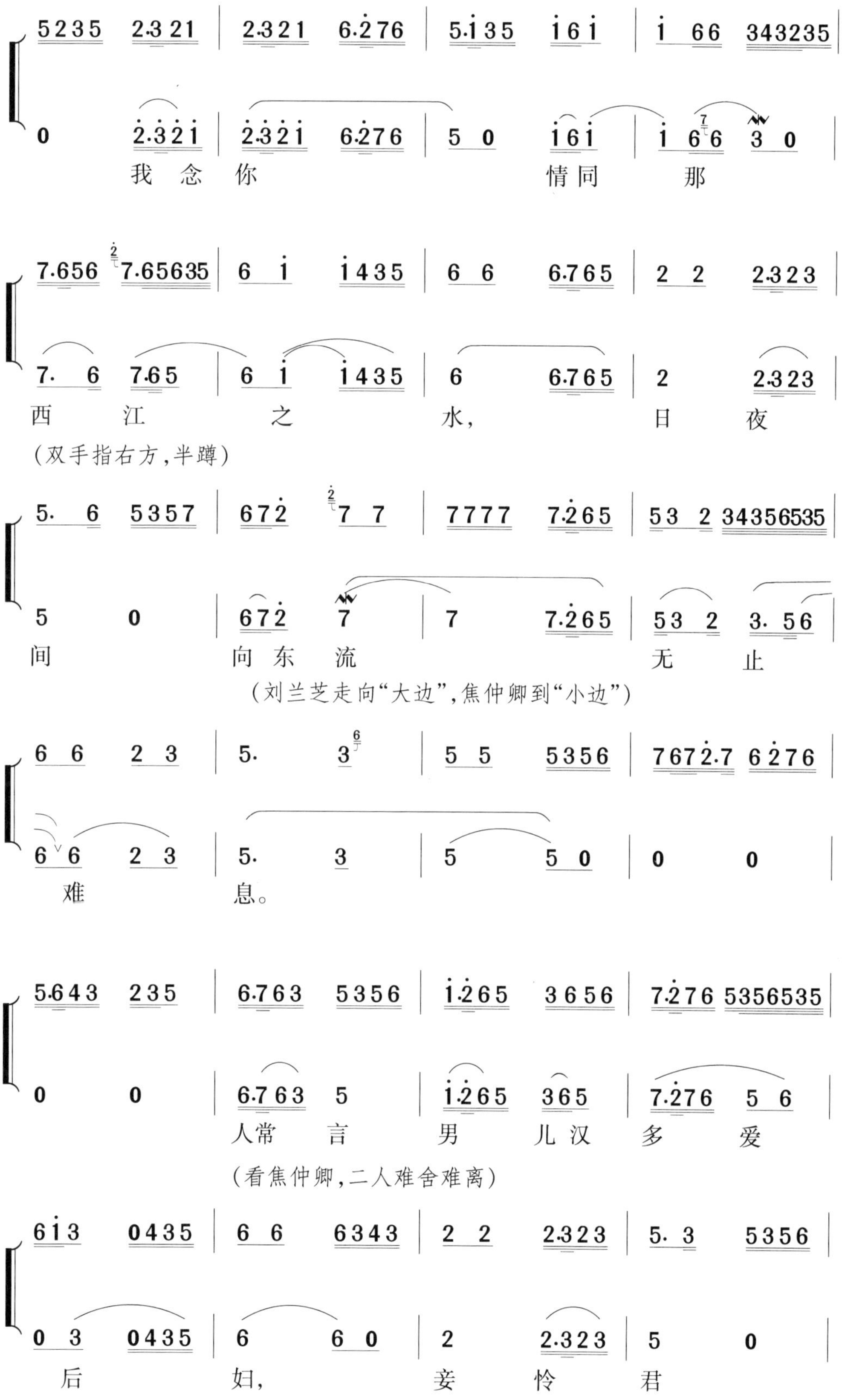
我 念 你 情 同 那
西 江 之 水， 日 夜
(双手指右方，半蹲)
间 向 东 流 无 止
(刘兰芝走向“大边”，焦仲卿到“小边”)
难 息。
人常 言 男 儿 汉 多 爱
(看焦仲卿，二人难舍难离)
后 妇， 妾 怜 君

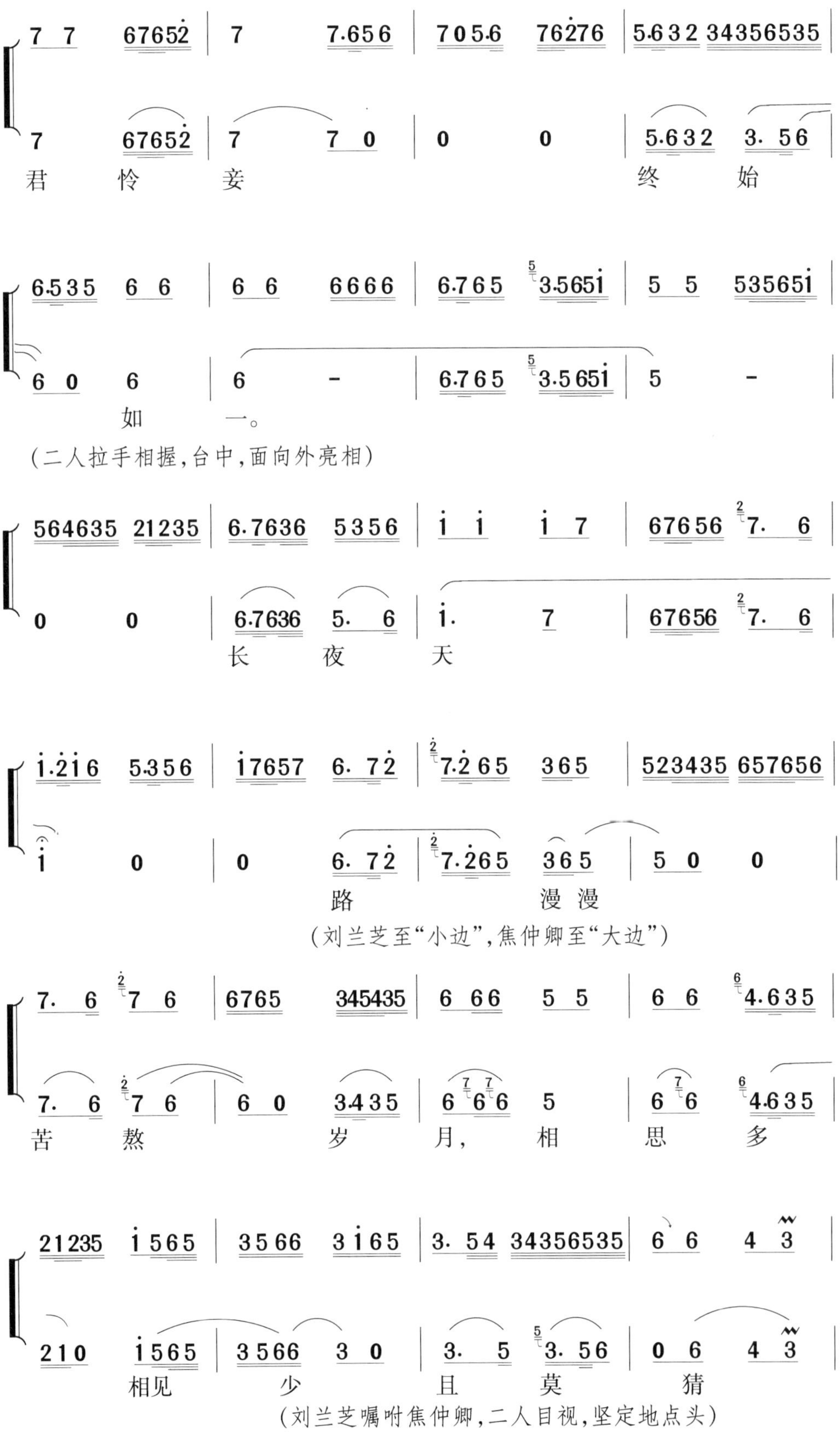
君 怜 妾 终 始
如 一。
（二人拉手相握，台中，面向外亮相）
长 夜 天
路 漫 漫
（刘兰芝至“小边”，焦仲卿至“大边”）
苦 熬 岁 月， 相 思 多
相见 少 且 莫 猜
（刘兰芝嘱咐焦仲卿，二人目视，坚定地点头）

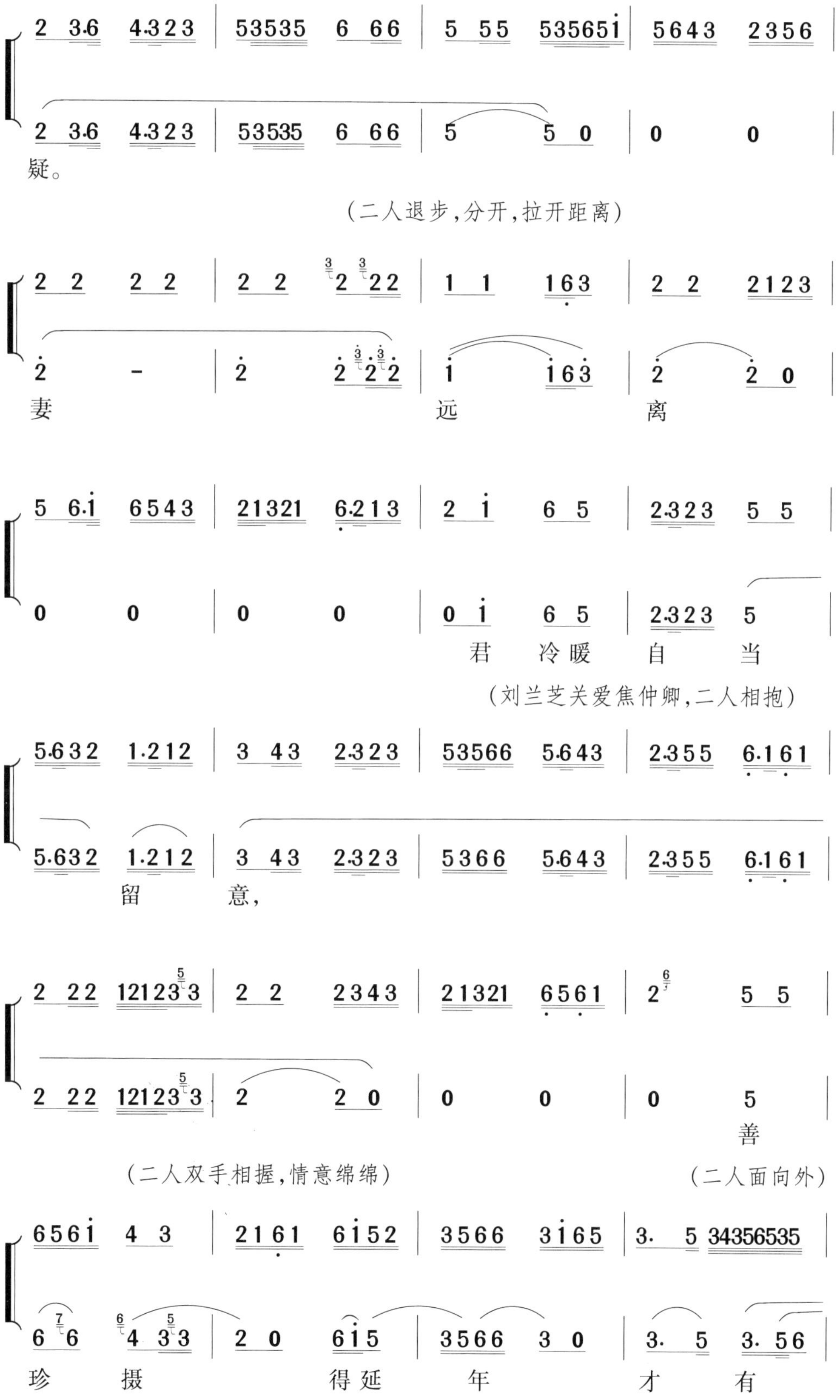
疑。
（二人退步，分开，拉开距离）
妻
远
离
君
冷暖
自
当
（刘兰芝关爱焦仲卿，二人相抱）
留
意，
善
（二人双手相握，情意绵绵）
（二人面向外）
珍
摄
得延
年
才
有

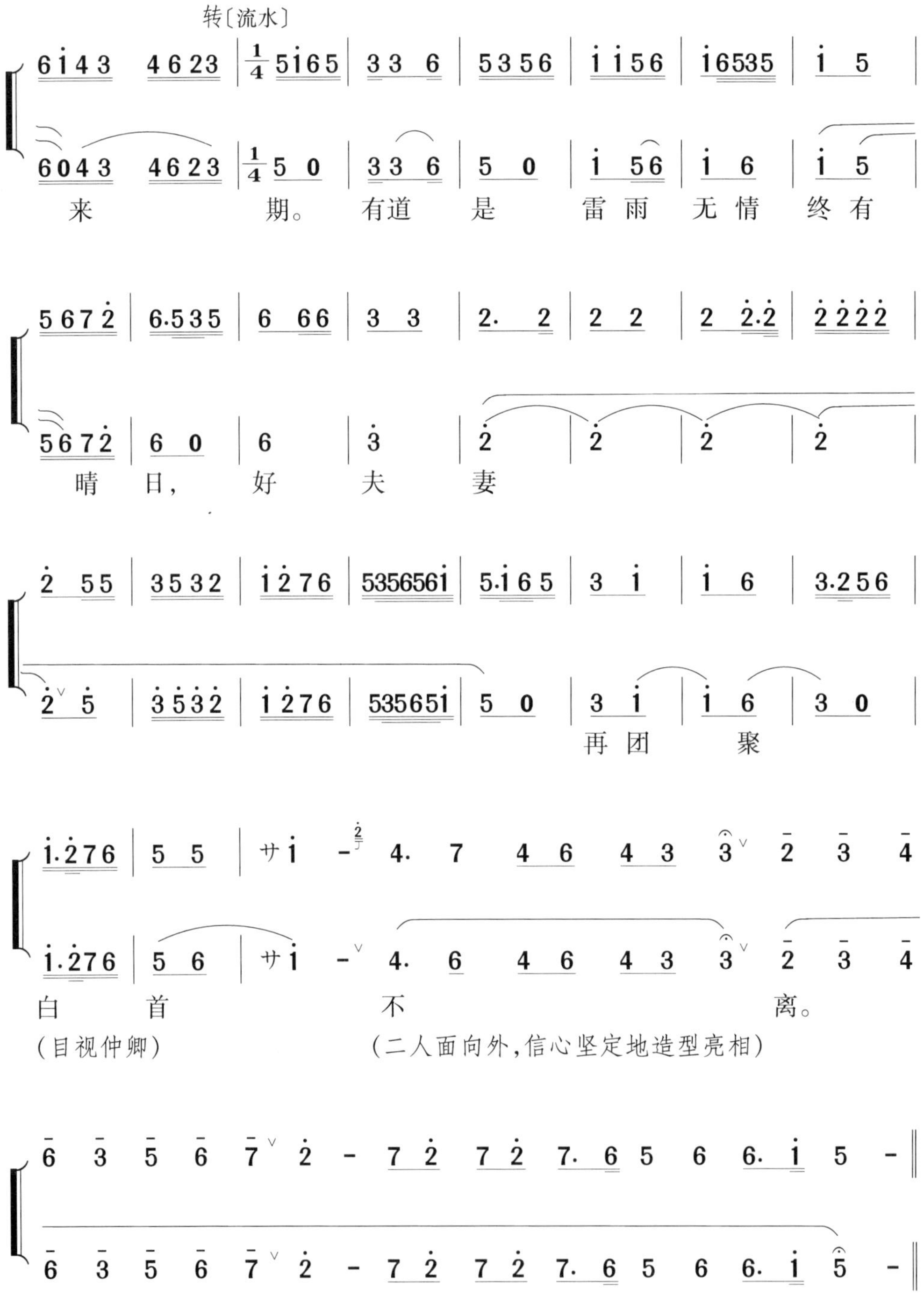

〔【回头】二人目视，先退，后快行几步，双搭相抱，再现难舍难分情景。

焦仲卿　【一锤锣】娘子你保重……

刘兰芝　你我订有盟言，彼此不要忘怀。

焦仲卿　我焉能忘怀，你回去吧！

刘　洪　你赶紧走，赶紧走！

刘兰芝　（二人难舍离去）官人…… 【一锤锣】

焦仲卿　娘子……（二人哭介，跺足左转身“下场门”下）

刘　洪　（向“下场门”对焦仲卿）怎么又回来了？从今以后，别让我再瞧见你！

刘兰芝　（回头，呆立向内望）官人你……（哭介）

刘　母　儿呀，不要哭了，回去吧！（刘母与刘兰芝进门）

刘　洪　妹妹！别哭了，快进去吧，**【冲头】**你看多寒碜哪！

〔刘母坐“小座”，刘兰芝“大边”站，刘洪“小边”站。

刘　母　唉！

刘　洪　妈呀，您别叹气呀！您听我说，庐江太守少爷托我说媳妇，不如把我妹妹许配给他，是享有尽的荣华，受不尽的富贵，咱们也气气那姓焦的小子！

刘兰芝　啊，母亲，女儿情愿常依膝下，再也不离开母亲了……（哭介）

刘　母　是啊，她做媳妇做怕了。

刘　洪　什么，做媳妇做怕了？难道说你就在家里吃一辈子吗？告诉你，哥哥我可不养活闲人。

刘　母　同胞兄妹怎说她是闲人。

刘　洪　闲人也罢，不是闲人也罢，这屋子里头我是一家之主，你得听我的！常言说的好呀，有父从父，无父从兄，如今咱爸爸死了，干脆说，我就是……

刘　母　嗯！这是怎么讲话！

刘　洪　我是主意已定，说走就走哇！**【小锣五击】**（出门至“小边”台口）我赶紧提亲去。（“上场门”下）

刘兰芝　**【大锣叫头】**母亲那！儿与焦郎订有盟言，他不另娶，我不改嫁，此事万万使不得……（哭介）**【小锣一击】**

刘　母　儿啊！你夫妻虽有恩义，怎奈你那婆母不收留于你，也是妄然。你那兄长性情不好，为娘也执拗他不过，倒不如听你兄长之言，改嫁那朱公子吧！

刘兰芝　母亲那！

【大锣凤点头】　サ（7 6 6 5 i 3 2 6 2 1 －）

i 5 7 6 5 6 35 6（65 35 6）
恩 爱 夫 妻 情 非 浅，（仓）

36 5 i 6 i 5 6i 5 － ‖
难 忘 途 中 盟 誓 言。

刘　洪　哈……**【小锣抽头】**（“上场门”上至“小边”台口）

〔西皮摇板〕

（7 6 5 55 36 55 32 11 65 55）

2 2 1 2 3 2 3 2 （3 2 1 6 1 2）
三 言 两 语 亲 说 定，

6 2 1 3 2 6 1 6 1 －（1 1 7 2 1 0）‖
回 到 家 中 禀 娘 亲。

（进门，“挖”至“小边”站）
恭喜母亲，贺喜妹妹。

刘　母　喜从何来？
刘　洪　我去到太守衙门，三言两语就把亲事说成了。
刘兰芝　哦！【大锣一击】怎么，你把亲事说成了么？
刘　洪　说成了。
刘兰芝　好个不体谅人的兄长……（哭介）
刘　洪　别这么说，过了门去，管保你享福啊，哥哥我也跟你沾点光。
刘兰芝　小妹的性命断送你手！（气愤地抖右袖）【大锣一击】（哭介）
刘　洪　这越说越不像话了，妈呀！您劝劝她。
刘　母　你做此事也特意地莽撞了。（搀刘兰芝，刘兰芝哭泣。二人“下场门”下）
刘　洪　什么莽撞不莽撞，反正对于焦家这口气我算出了！（“上场门”【一锤锣】下）

〖【缓锣】闭二幕。【急缓锣】拉开二幕。

第三场

〖夜间，太守府中。【撕边】焦仲卿内白：“走哇！”【快纽丝】“上场门”急上。（匝匝匝）回看。

焦仲卿　【双槌大锣凤点头】唉！

〔西皮散板〕

サ（6 6 6 5 i 3 2 6 2 1）i 5
适 才

5 6 6 5 5 7 6 （6 5 3 5 6）
府 中 听 人（呐）言， （仓）

i 5 7 6 5. i 6 5 3 － 5 －‖
恩 爱 夫 妻 难（呐）周 全。

【大锣叫头】哎呀且住，适才府中听人言讲，太守公子聘定刘兰芝为妻，今晚就要迎娶。我二人分别之时，指天为誓，我不另娶，她不改嫁，今改嫁太守公子是何缘故？**【大锣一击】**哦！是了！**【大锣五击】**想是受她母兄逼迫，岂不害了我妻的性命？这……（仓）这……（仓）这……**【乱锤】**（左转身小圆场，搓手焦急，右转身至台中）**【大锣叫头】**哦哦，是了！待我假做承应，混进府去，观看她的动静便了。**【撕边八仓】**

〔**【大锣水底鱼】**圆场，“下场门”至“大边”台口，右转跑“八字”，左转至“小边”，再到台中，进门（末锣切住）看“上场门”。

〔奏唢呐曲牌<小傍妆台>，二青袍、丫鬟与轿夫、二青袍从“上场门”上过场，“下场门”下；焦仲卿藏在暗处观看。

〔幕内声：“一拜天地”，（仓）焦上右袖看“下场门”；“二拜高堂”，（仓）焦上左袖看“上场门”；“夫妻对拜”，（仓）焦双上袖看正前；“送入洞房”。

〔**【撕边八大仓】**焦仲卿气愤地上翻水袖，甩掉学士巾，露出甩发，“屁股座子”。

焦仲卿 （冷笑）哈哈哈**【大锣一击】**兰芝啊！兰芝！你可记得路上盟誓之言吗？**【大锣一击】**哎呀！**【大锣住头】**（站起）我就藏入这后花园，待等夜静更深，寻找兰芝，问她几句，然后我再自尽，看她有何脸面对我。我就是这个主意，**【大锣一击】**嗯，**【撕边大锣一击】**我就是这个**【硬三锣】**主意了。

〔**【扫头】**圆场，“小边”台口“吊毛”，站起。**【撕边】**跪甩发（八大仓）（连续六个）**【撕边】**起，（八大仓）亮相。**【大锣原场】**焦仲卿踉跄地“下场门”下。

第四场

〔鼓响，起三更。**【大锣导板头】**

〔刘兰芝内唱。

〔反二黄导板〕

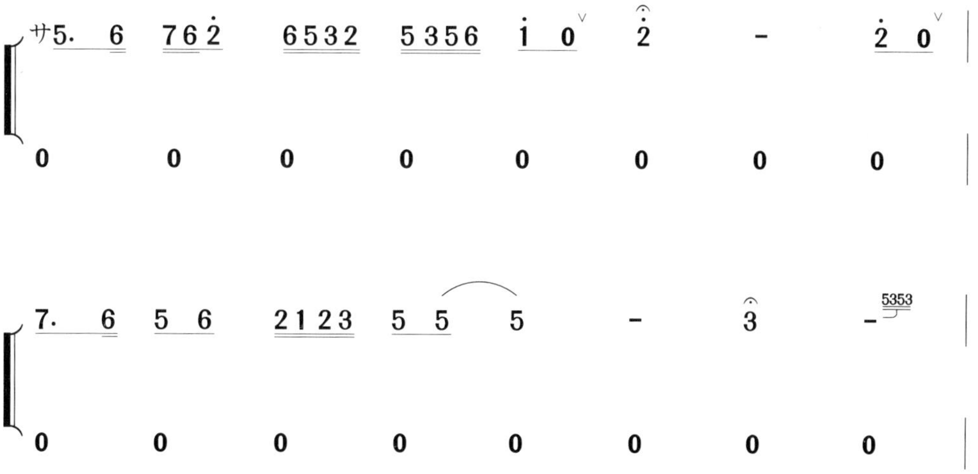

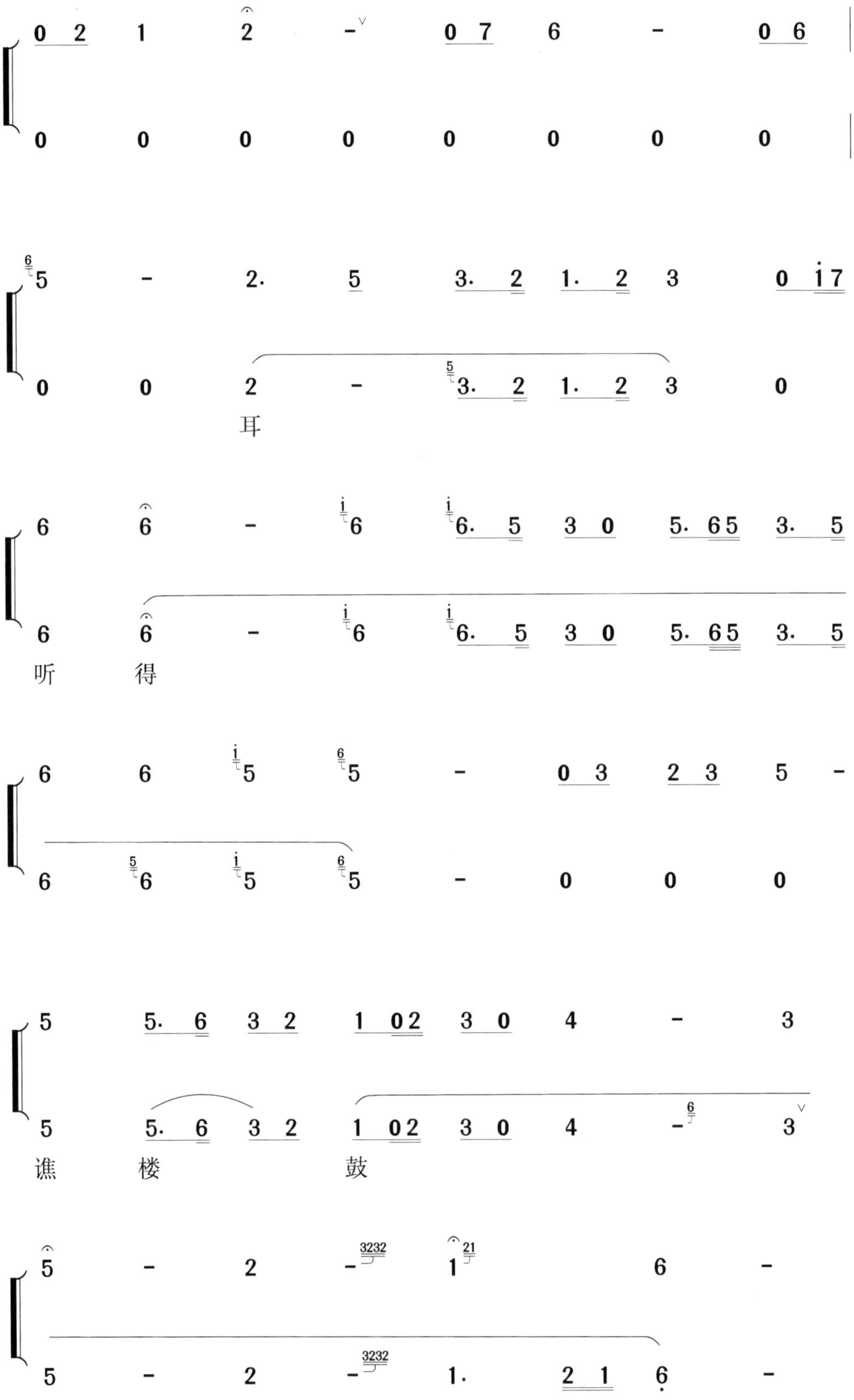
耳
听
得
谯
楼
鼓

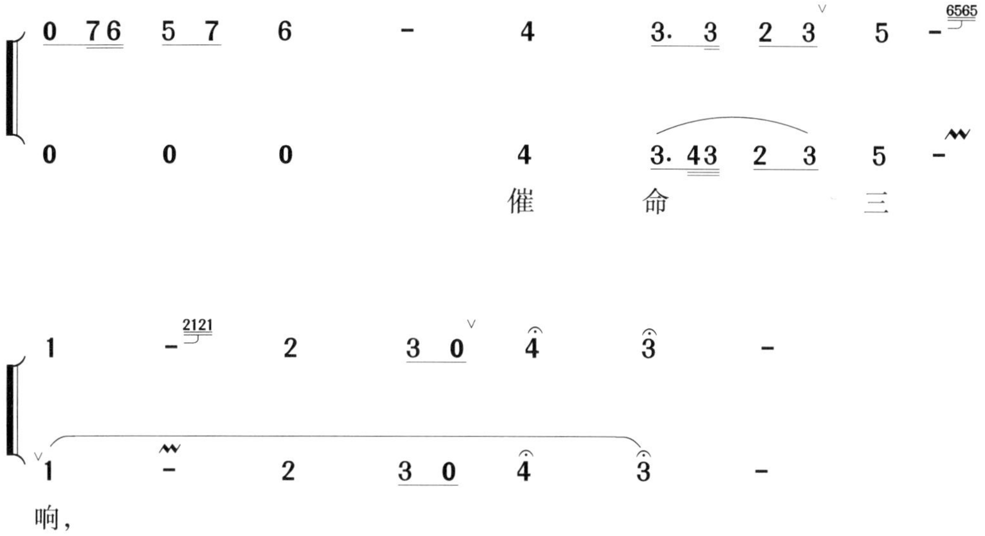

〔【软四击头】刘兰芝“上场门”上“九龙口”亮相。【乱锤】退着走，至“大边”台口左转，前扑，蹲下，【撕边】站起。（顷仓）

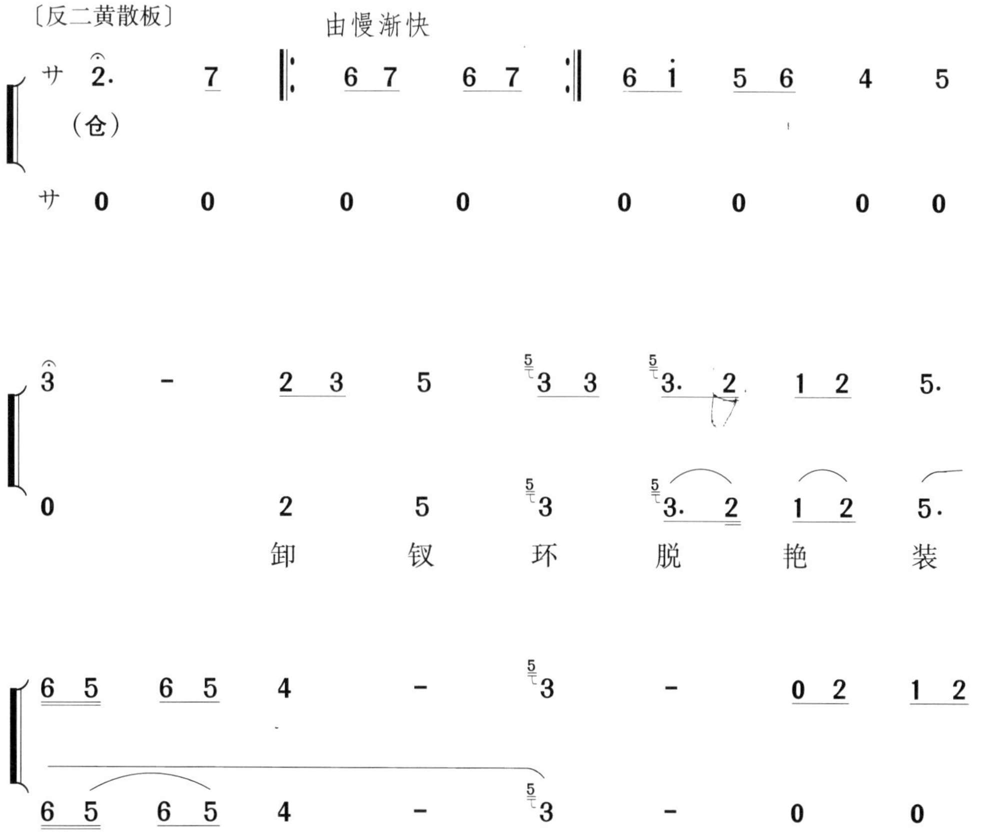

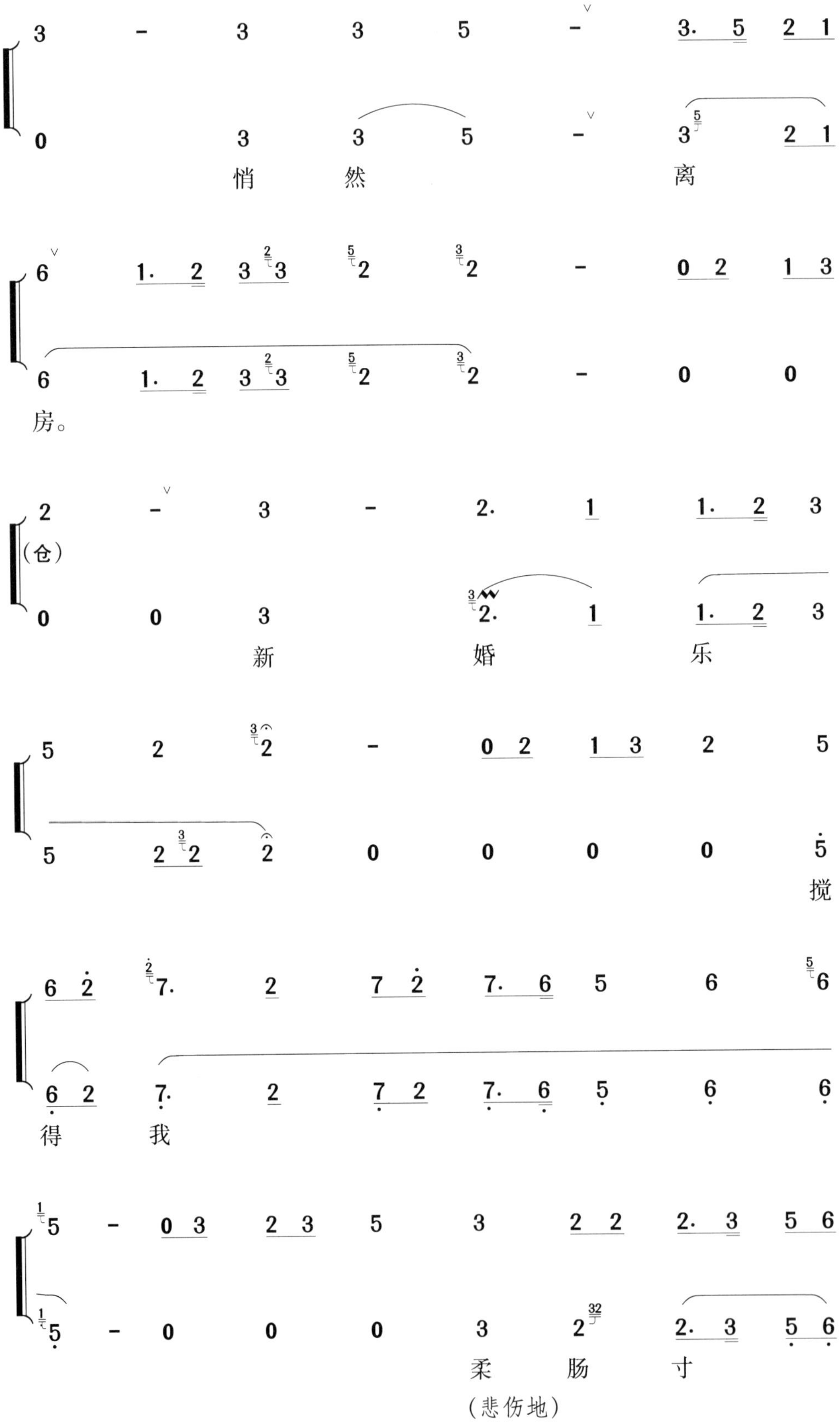
悄 然 离
房。
(仓)
新 婚 乐
搅
得 我
柔 肠 寸
(悲伤地)

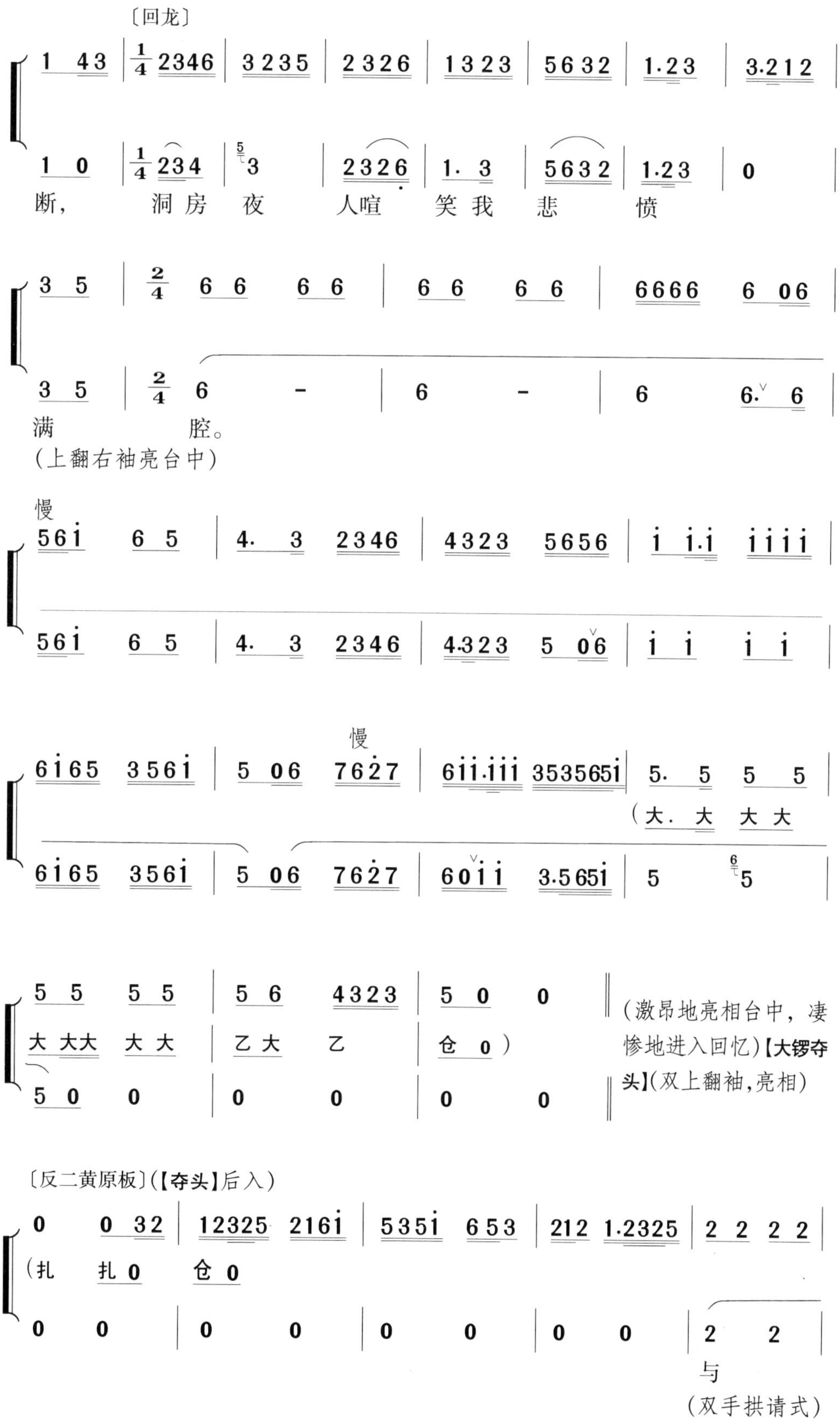
〔回龙〕
断，洞房夜人喧笑我悲愤
满腔。
(上翻右袖亮台中)
慢
慢
(大. 大 大 大
大 大大 大 大 乙 大 乙 仓 0)
(激昂地亮相台中，凄惨地进入回忆)【大锣夺头】(双上翻袖，亮相)
〔反二黄原板〕(【夺头】后入)
(扎 扎 0 仓 0
与
(双手拱请式)

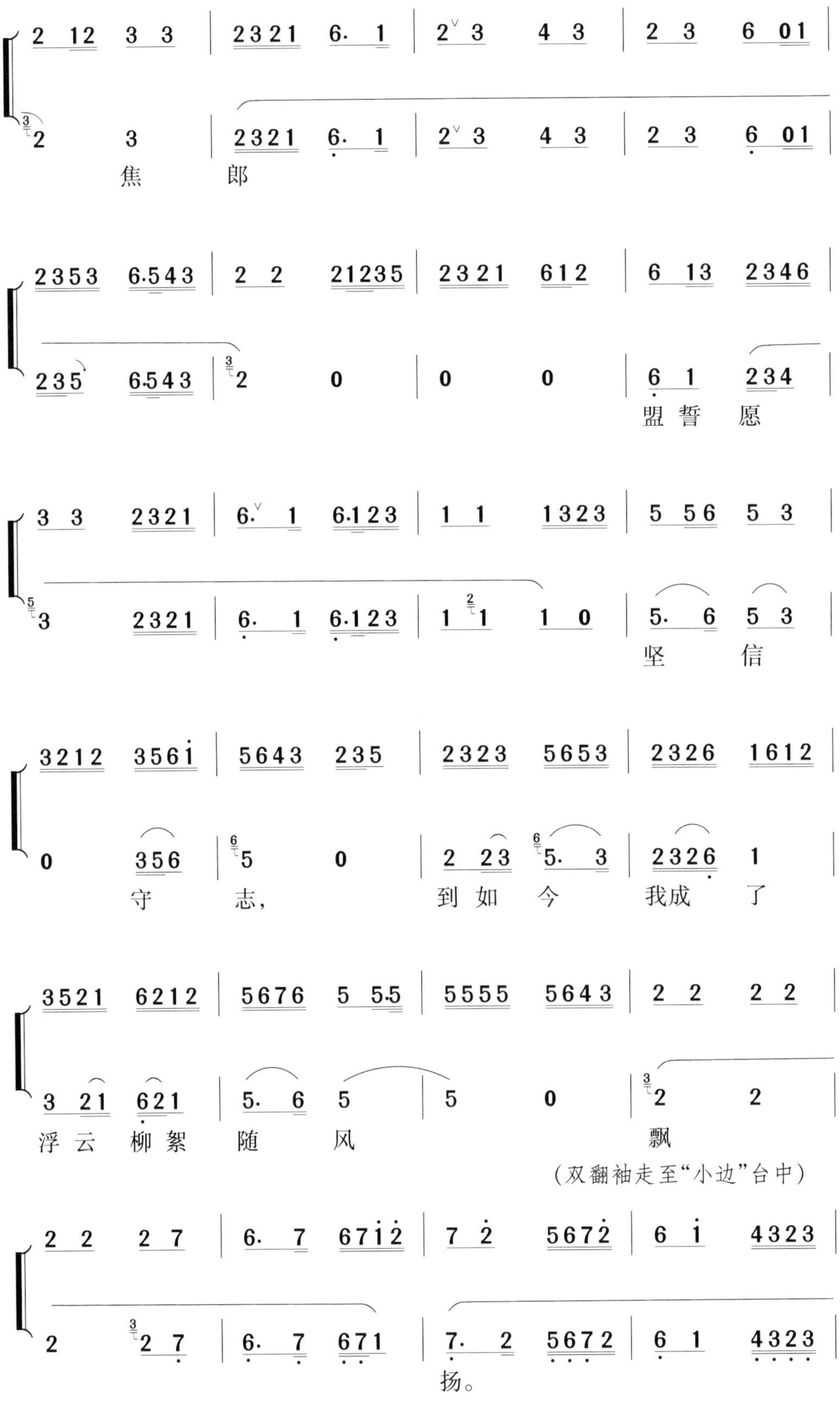
焦 郎
盟 誓 愿
坚 信
守 志，
到 如 今
我成 了
浮 云 柳 絮 随 风
飘
（双翻袖走至“小边”台中）
扬。

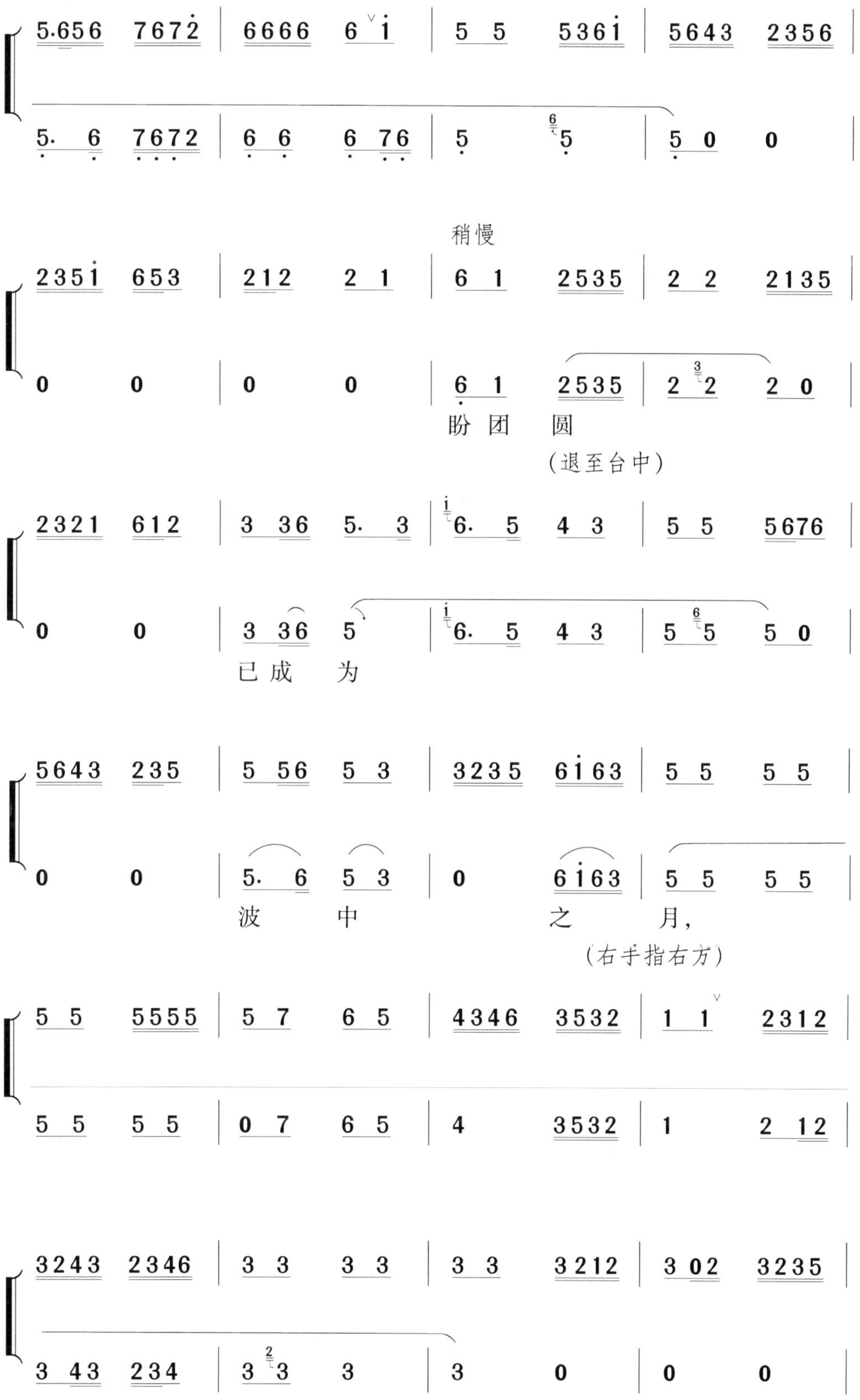
稍慢
盼团圆
(退至台中)
已成为
波中之月,
(右手指右方)

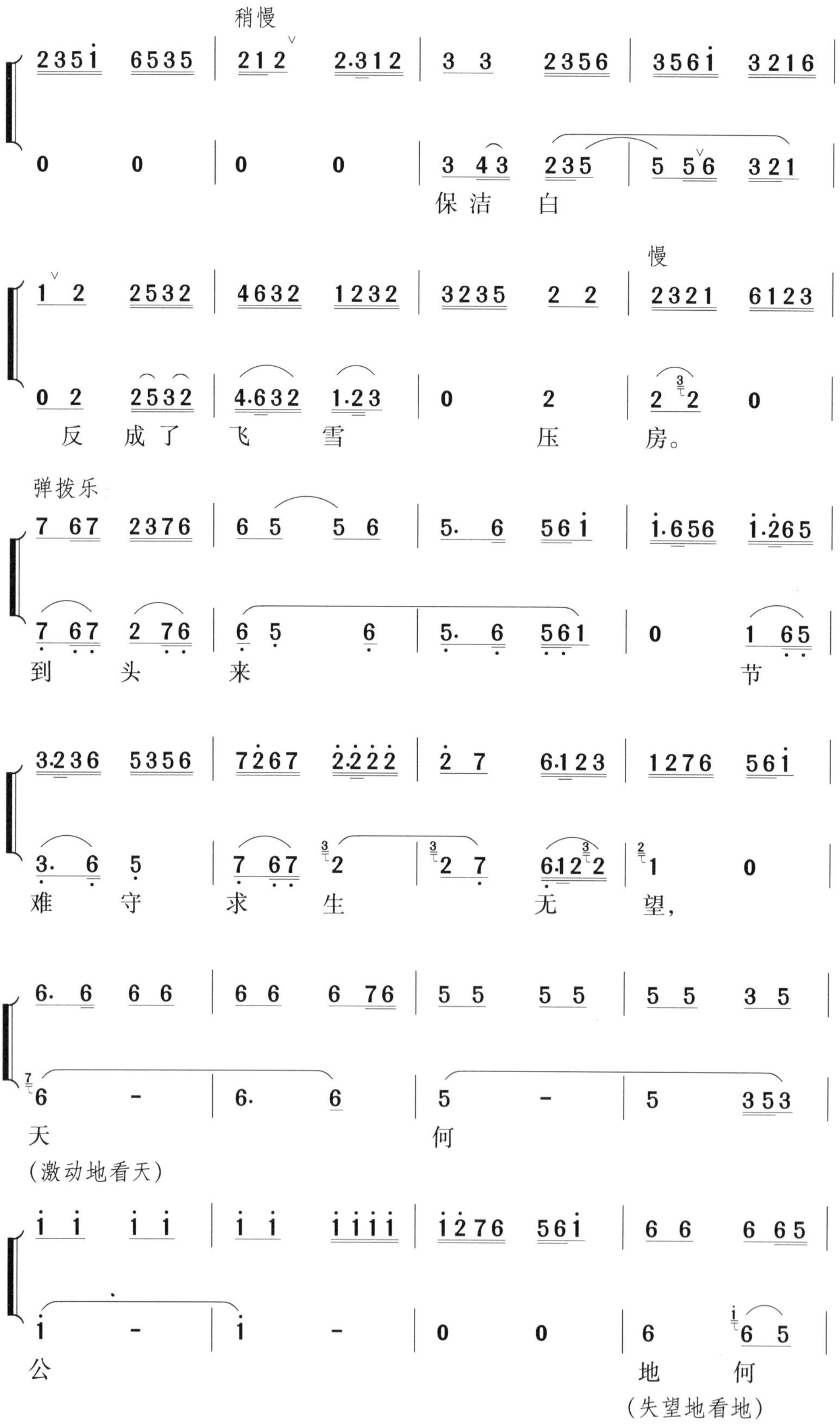
稍慢
保洁白
慢
反成了飞雪压房。
弹拨乐
到头来节
难守求生无望，
天何
（激动地看天）
公地何
（失望地看地）

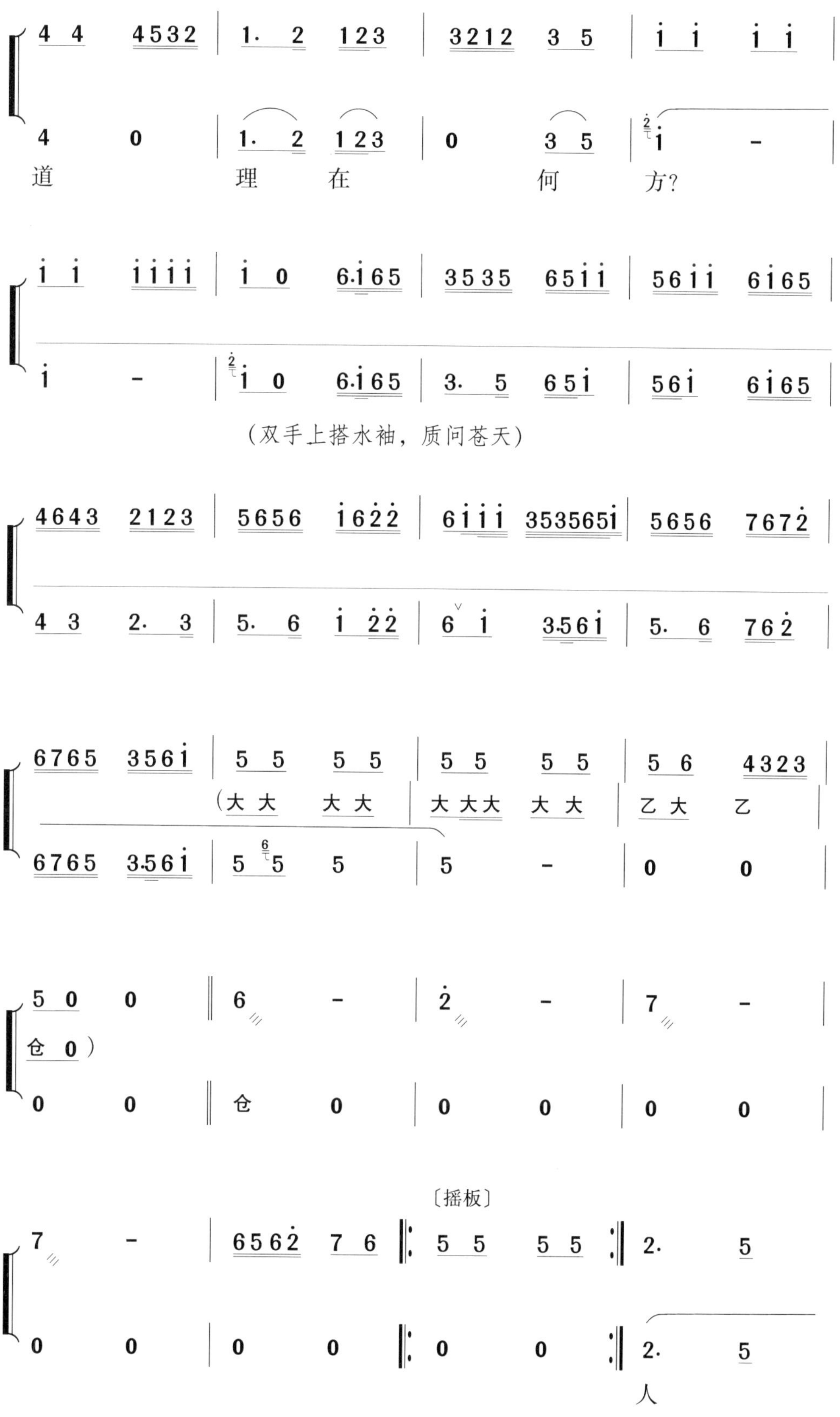
道 理 在 何 方？
（双手上搭水袖，质问苍天）
（大 大 大 大 大 大大 大 大 乙 大 乙 仓 0）
仓
〔摇板〕
人

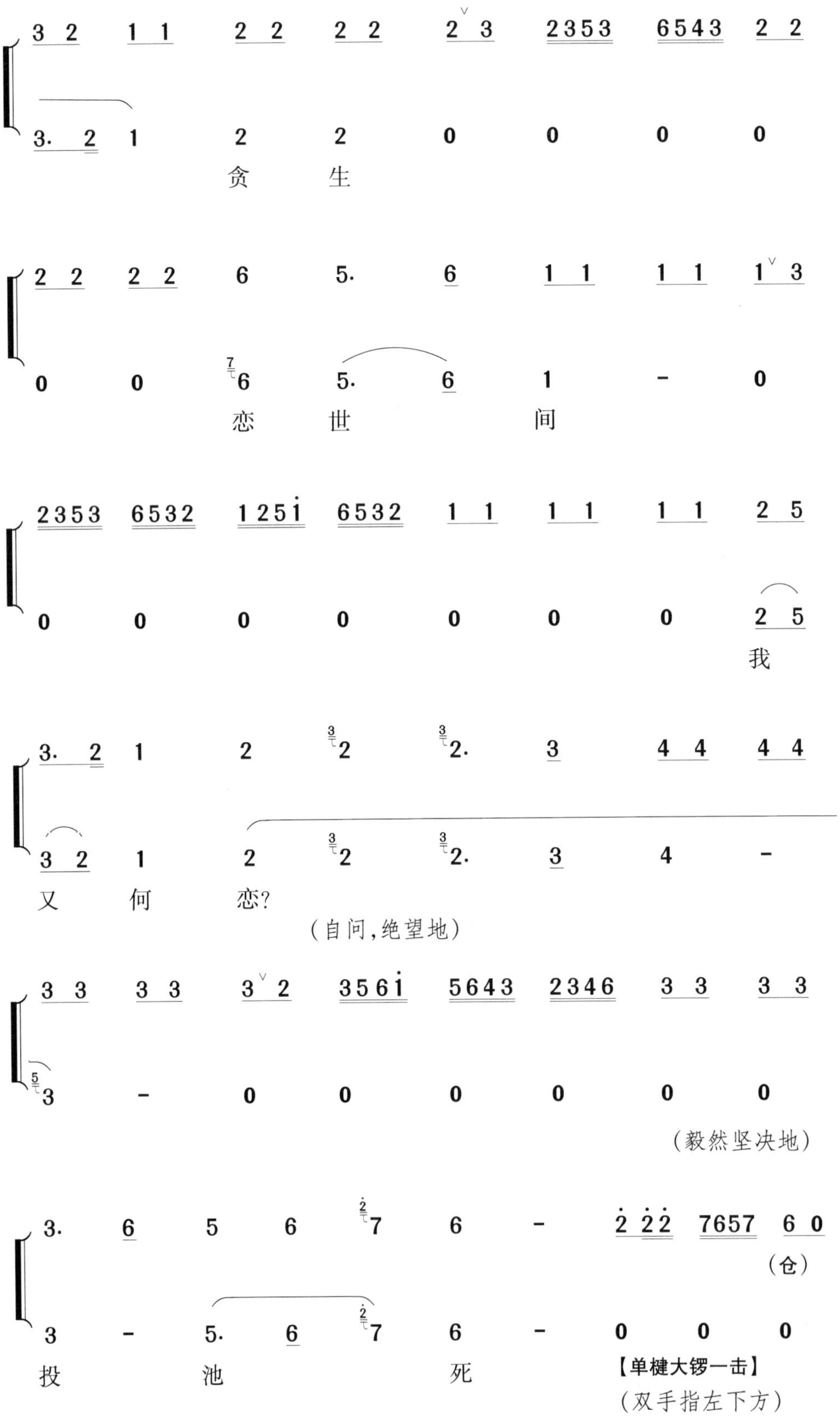
贪 生
恋 世 间
我
又 何 恋?
(自问,绝望地)
(毅然坚决地)
(仓)
投 池 死
【单键大锣一击】
(双手指左下方)

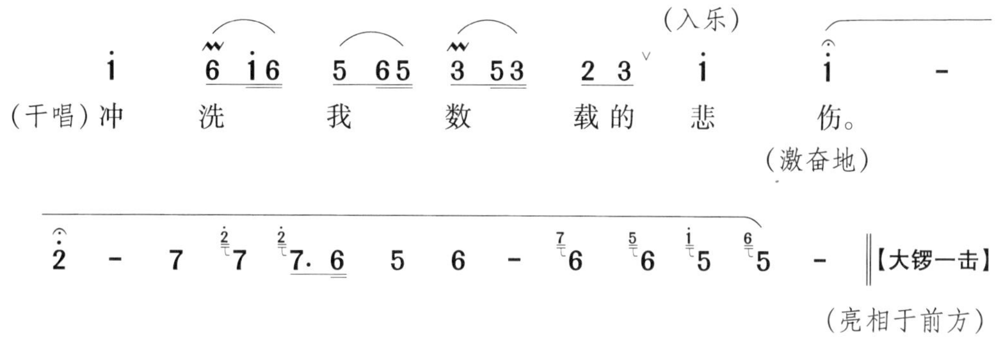

〔刘兰芝“小边”台口右翻袖亮相。【大锣水底鱼】圆场“小边”台口至台中，与焦仲卿相遇。【大锣一击】刘兰芝右转至“小边”，右翻水袖台口亮相看焦仲卿，焦仲卿左转身上翻水袖至“大边”中场亮相看刘兰芝。（【大锣轻击】三下）黑夜里二人警惕地走近，当互相辨认后，【撕边八大仓】焦仲卿生气，不理刘兰芝。

刘兰芝 你……不是焦郎么?

焦仲卿 你……你可是兰芝么?

刘兰芝 你怎能到此?

焦仲卿 我是府中小吏，公子娶亲，理应在此侍候。闻听公子大醉，我才私入内衙，探听你的动静来了。【大锣一击】

刘兰芝 哎呀，你忒冒险了。

焦仲卿 只因你负心，我才冒险。【大锣一击】

刘兰芝 怎么见得我负心?

焦仲卿 这还不算你负心吗?【大锣叫头】兰芝啊，兰芝，我二人分别之时，指天为誓，我不另娶，你不改嫁。如今改嫁太守公子，是何缘故?【大锣一击】

刘兰芝 官人，我来问你，你在我家之时，我母道你无情，你、你、你是怎样回答的?

焦仲卿 不得已而为之。

刘兰芝 着哇。我也被母兄逼迫，不得已而为之。【大锣一击】（面向焦仲卿，双抛袖）

焦仲卿 好一个不得已而为之。从今以后，你是太守了妇，我是府中小吏，贵贱悬殊，再也不能相见了，但是一件?

刘兰芝 哪一件?

焦仲卿 宁人负我，我不负人。你虽另婚他姓。我焦仲卿决不另娶，谨守盟誓之言。【大锣硬一击】（双抛袖于刘兰芝）

刘兰芝 焦郎啊!

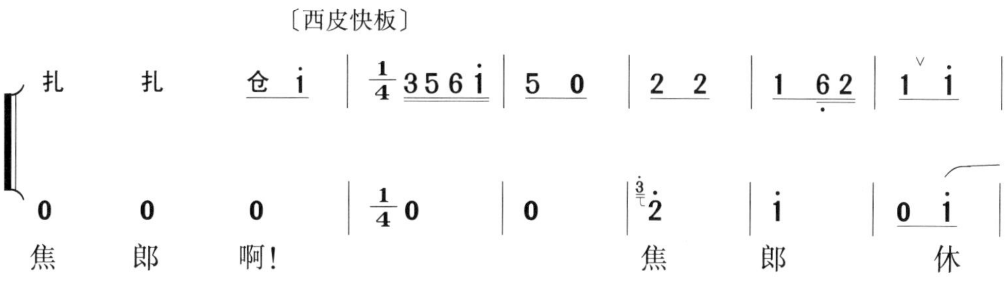

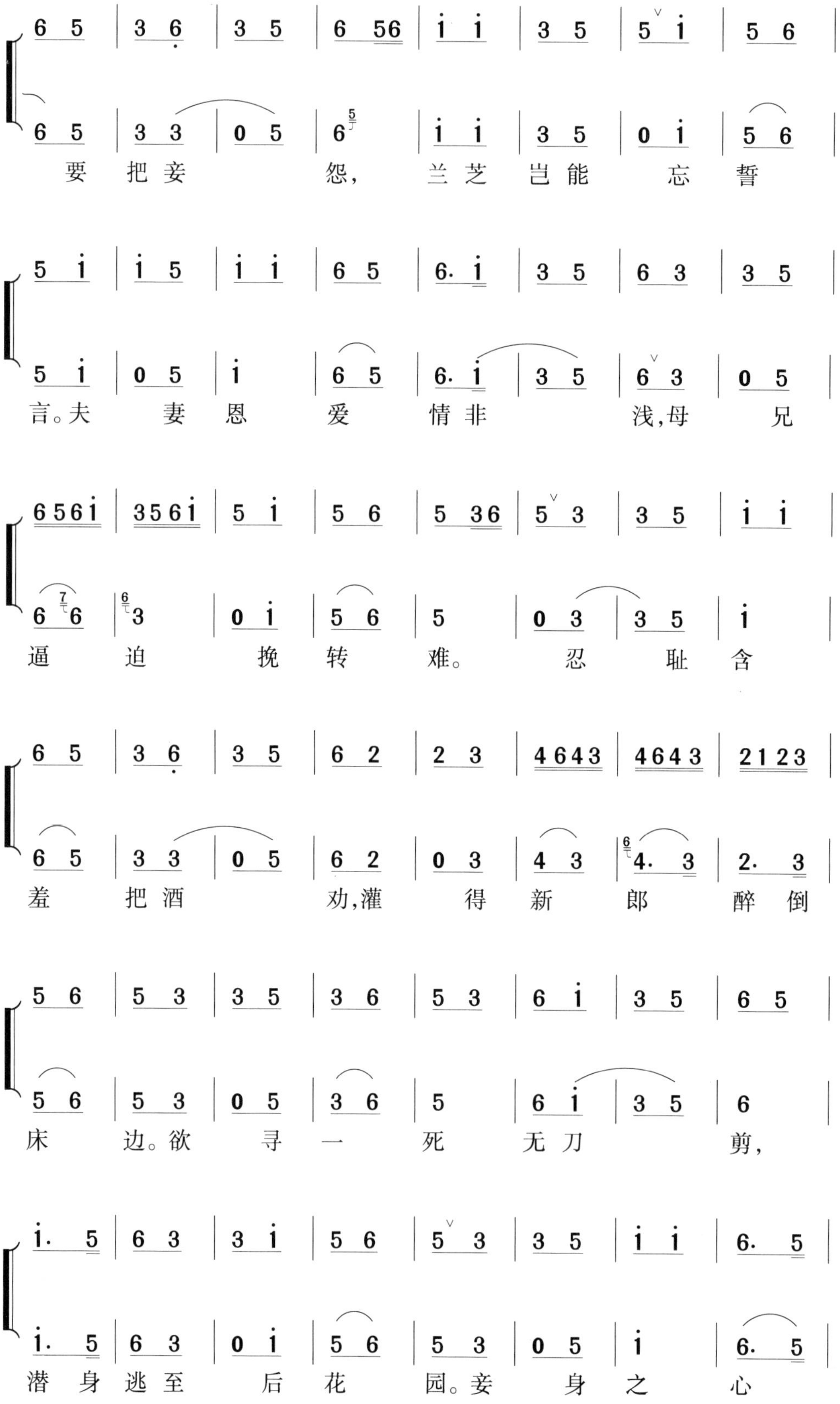
要 把妾 怨，兰芝 岂能 忘 誓
言。夫 妻 恩 爱 情非 浅，母 兄
逼 迫 挽 转 难。 忍 耻 含
羞 把酒 劝，灌 得 新 郎 醉 倒
床 边。欲 寻 一 死 无刀 剪，
潜 身 逃至 后 花 园。妾 身 之 心

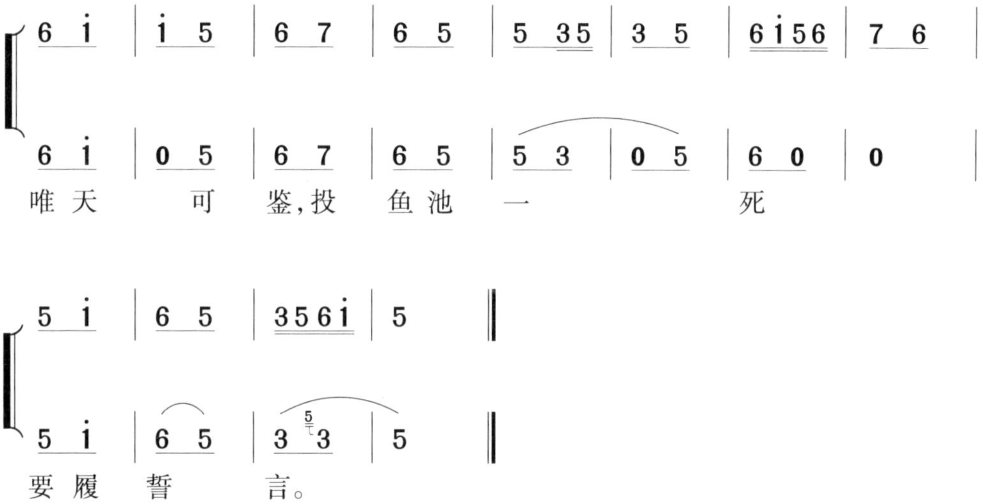

焦仲卿　【叫头】哎呀娘子呀，你先前对我言讲，为人不可轻生，总要耐心忍性，怎么你也要寻起死来了？【大锣一击】

刘兰芝　此一时，彼一时。今日再若不死，你我夫妻的情意就不能保全了……（哭介）（八大仓）（焦仲卿立即醒悟地亮相）

焦仲卿　好哇！【大锣软四击头】你为我而死，我为你而亡。【大锣住头】你我若投鱼池而死，唯恐被人相救。你来看【大锣一击】（焦仲卿指“下场门”，刘兰芝看“下场门”，半蹲亮相）这衙外有条长河（二人从左走到右），水流甚急（从右走到左），你我投河一死，做一对同命鸳鸯！（八大仓）

刘兰芝　但凭官人！

（二人双搭袖，半蹲，亮相，目视，摇头无奈地）（二人站起，紧紧相抱）

（加“广东板”渐快）

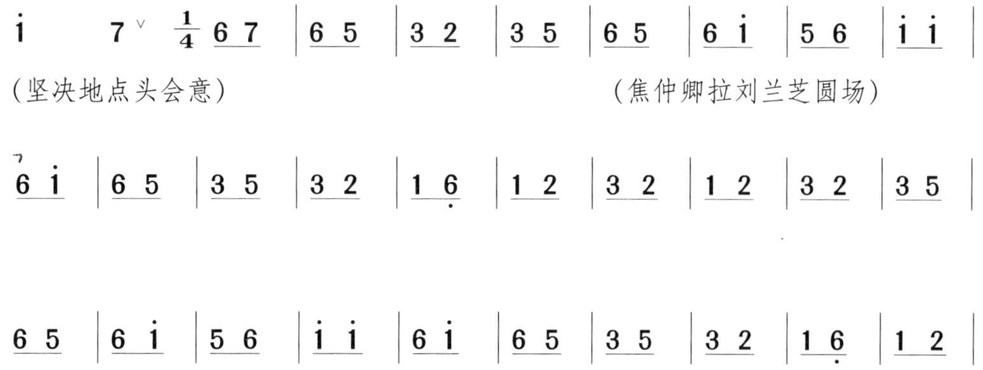

3 2 | 1 2 | 3 2 | 3 5 |: 6 5 | 3 5 :| サ 7 - 6 0

（嘟……仓0）

（二人“小边”台口）〔水声〕

⌈二人斜走至台中，“下场门”看河，刘兰芝右转身至“小边”台口身向内亮相看焦仲卿，焦仲卿左转身至“大边”“九龙口”面向外看刘兰芝亮相。（仓）

⌈**【急急风】**反圆场至台中，二人分开又至台中心，双搭袖半蹲，站起。

⌈**【急急风】**二人同时右转身至“小边”台口，焦仲卿扶兰芝后肩，刘兰芝左袖搭右肩，上翻右袖。

0 6 2̇ 5 6 7 6 - 6 - 2̇ - i.

00都 仓 仓 台七 台 仓

（二人同步左转身跳入河中）〔水声〕 （二人贴背推磨，刘兰芝

7 6 5. 6 i 7 6 7 6 5 3 2 5 7 6 - ‖

前，焦仲卿后，二人台中高矮造型亮相）

⌈**【撕边大锣一击】**〈尾声〉**【大锣原场】**

——剧终

蔡英莲 **整理** 曹宝荣 **记谱** 杨广同 **锣经整理**

状 元 媒

根据 1986 年天津市青年京剧团版本整理

《状元媒》又名《潼台阵》，剧情如下：宋王与柴郡主边关射猎，辽将巴若里闻报，袭击，挑宋王落马，欲擒郡主回国。适杨延昭返家探母，路经潼台救宋王，并救回柴郡主。大臣傅龙之子傅丁奎亦至，宋王误认丁奎为救己之将，乃将郡主许婚。而郡主慕延昭英俊，赠诗寄意，并赠珍珠衫。延昭回京，请教八贤王。新科状元吕蒙正解破诗意，奏明宋王。宋王问延昭姓名，始知误会。郡主力证救驾者乃杨延昭，并请在金殿辨明真假。杨继业、傅龙各率子上殿，吕蒙正命杨延昭、傅丁奎当面奏明救驾经过，真假立判。宋王称先王遗训，获得郡主珍珠衫者为郡马。延昭立献珍珠衫，与郡主成婚。

在“四大名旦”之后，京剧旦角成就最大、流行最久、受众最多、传唱最广的当属张君秋创立的张派艺术。而如果把张派的唱念做舞各方面的成就做一个横向比较，那么，张派的唱，也就是张派声腔艺术的成就最为突出。

张君秋设计演唱的声腔，华丽清新，优美流畅，高低自如，节奏多变。上世纪五六十年代，他把京剧旦角的演唱推上了新的高峰。其时，张君秋与马连良、谭富英、裘盛戎所在的北京京剧团，与李少春等领衔的中国京剧院，有一个不成文的分工：中国京剧院侧重改编新戏，北京京剧团偏重继承老戏。唯一例外的是，张君秋不仅演《四郎探母》、《红鬃烈马》、《玉堂春》、《二进宫》等一大批老戏，还创演了《怜香伴》、《望江亭》、《秋瑾传》、《诗文会》、《西厢记》、《状元媒》等一大批新戏。在新戏中，张君秋颇多建树。不夸张地说，这当中的每个戏都有一批创新唱段，都留下了不少既新且美的经典乐章。其中，最为人称道、最为戏迷喜学乐唱的就是《望江亭》和《状元媒》。

清新华贵的张派声腔，与《望江亭》中的学士遗孀谭记儿、《状元媒》中的金枝玉叶柴郡主有着天然的契合点，特别是《望江亭》、《状元媒》中固有的喜剧色彩，更为流畅华彩的张派声腔提供了纵横捭阖的广阔天地。

《状元媒》演的是宋朝时柴郡主与杨延昭的一段爱情故事，系北京京剧团叶德霖自汉剧改编。20世纪60年代初始，《状元媒》首演，广告上的主演沿用了“马连良、谭富英、张君秋”这样的传统排序，可是，戏一经演出，正值艺术巅峰时期的张君秋的夺目光彩迅即覆盖全场。未几，马连良退出，广告主演为“谭富英、张君秋”。再后，谭富英退出，《状元媒》则成了地地道道的张派剧目。

张君秋在《状元媒》中的唱腔并非以篇幅大、唱段多取胜。不太长的几段唱腔，段段有新创造，句句有闪光点。初识六郎，柴郡主惊羡六郎的武艺，钟情世代忠良的杨家门第，一句〔西皮导板〕“天波府忠良将宫中久仰”，气势磅礴，行腔高亢，把青春少女被青年男子所救，对救命恩人萌生爱慕之情的惊、喜、羞、怕等情感一展无遗。第七场，柴郡主闷坐宫中，思念六郎，这时的〔二黄原板〕长达十六句。这是全剧的核心唱段。其中“乱军中多亏他救我回还”，“但愿得八主贤王从中周旋早成美眷扫狼烟叫那胡儿不敢进犯保叔王锦绣江山”的两个拖腔，摇曳多姿，恣肆奔放，尤其是气息的运用，在行、止、收、放当中显示着张君秋独有的高难的演唱技巧。也正因如此，这段“自那日与六郎阵前相见”才成为戏迷们争相传唱的“流行戏曲”，在多种多样的京剧演唱会上，十有八九少不了这段“自那日”。

张派的唱，十分讲究变换节奏。一字一板的〔流水板〕，张君秋可以唱出许多新颖样式。《状元媒》中“傅丁奎休要发癫狂”的一段唱中，有六字句、七字句、八字句，甚至有十三、十四字句，错落不齐的句式，要在一字一板的〔流水〕节奏中展现，张君秋唱得慢而不断，快而不乱，跌宕起伏，跳跃奔腾，其驾驭节奏的技巧，实在非同一般了。

此剧据天津市青年京剧团 1986 年版本整理，剧本改编：王雁、李瑞环、张君秋、刘雪涛、谢虹雯，唱腔设计：张君秋，音乐设计：何顺信。

赵晓东

人物行当

柴郡主	青衣	**杨继业**	老生
吕蒙正	老生	**四女兵**	旦
宋　王	老生	**八宫女**	旦
杨延昭	武生	**四大铠**	杂
赵德芳	小生	**四男兵**	杂
傅丁奎	净	**八番兵**	杂
呼延赞	净	**大太监**	丑
巴若里	净	**二小太监**	丑
傅　龙	净		

服装扮相

柴郡主　俊扮。红绒球蝴蝶盔、红穗子、翎子、大头、后三件、线帘子、水钻泡子、双鬓彩花（统一色），黄绣花斗篷、白珠衫、黄色古装裙，浅黄彩裤，红绣花彩鞋。（第三场改大头、凤冠、宫装；第四场改凤冠、大头、绿色紫边白牡丹绣花裙、玉带）

吕蒙正　俊扮。改良学士盔、黑三，红官衣、玉带，红彩裤，厚底靴。

宋　王　俊扮。黑三、髯口、九龙顶冠，红斗篷、红风帽、杏黄马褂、红箭衣，红彩裤，厚底靴。（第二、三场换明黄团龙帔、红色彩裤；第四场换王帽、黄蟒、玉带）

杨延昭　俊扮。白绒球将巾，白龙箭衣、皎月边丁子甲（坎肩腰箍）、白褶子，红彩裤，厚底靴。

赵德芳　俊扮。红绒球紫金冠、红穗子，深黄色帔、红色大龙坎肩、红色排穗，红彩裤，厚底靴。

傅丁奎　揉脸。红降巾，红团花箭衣、黄大带，红彩裤，厚底靴。

呼延赞　俊扮。侯帽，黪髯口，红蟒，彩裤，厚底靴。

巴若里　勾黑碎脸。黑额子、翎子、黑扎，黑色大靠，黑彩裤，厚底靴。

傅　龙　勾老白瓦脸。黪髯口、侯帽，紫蟒、玉带，彩裤，厚底靴。

杨继业　俊扮。黪髯口、金大镫，香色绣龙蟒、玉带，香色彩裤，厚底靴。

四女兵　俊扮。湖色包头布，湖色女兵衣，湖色彩裤，皎月薄底靴。

八宫女　俊扮。过桥、网子、线帘子，浅粉色衣裙，彩裤，彩鞋。

四大铠　俊扮。穿大铠衣帽，薄底靴。

四男兵　俊扮。小兵盔，浅蓝兵衣，彩裤，黑薄底靴。

八番兵　揉脸。风帽，黑布紫边箭衣，黑彩裤，黑薄底靴。

大太监　俊扮。太监帽，彩裤，薄底靴。

二小太监　俊扮。太监帽，彩裤，薄底靴。

道具

单　枪	十二杆	**单　刀**	四把
马　鞭	六根	**腰　刀**	四把
荷包枪	四杆	**弓**	一张
金瓜锤	一个	**香　炉**	一个
银链子	一条	**金　锏**	一个
宝　剑	一口	**蝇　帚**	两把
提　灯	两盏	**提　炉**	两个
瓜锤棍	四个	**黄车旗**	一面
大　刀	一把	**珍珠衫**	一件
桌　子	两张	**椅　子**	六把
红桌围椅披	一份（一桌三椅）	**黄桌围椅披**	一份（一桌三椅）
湖蓝桌围椅披	一份		

第一场

〔郊外。【大锣原场】【急急风】八番兵手持长枪“站门”，【四击头】巴若里上，“九龙口”亮相，归台中。【大锣归位】

巴若里 （念）探子报军情，
宋王到来临。【大锣住头】
某，【大锣一击】巴若里。（仓匝）今有宋王带领郡主在此行围射猎，趁此机会不免将他国郡主掠抢过来，岂不是大功一件！巴图鲁！【大锣一击】

众番兵 有。

巴若里 听某令下！

众番兵 啊。

〔奏唢呐曲牌<八声甘州歌>（又名<三换头>）巴若里掏翎子，从中台口到“大边”、再到“小边”、回至台中亮相。八番兵“斜胡同”亮相，【急急风】“下场门”下。巴若里跟下。

第二场

〔【缓锣】傅丁奎内白：“马来！”【撕边】（八大仓）“上场门”上，【纽丝】手持马鞭“九龙口”亮相。【纽丝】

〔西皮散板〕

傅丁奎 サ（7 6 65 i3 2 62 1 －）3 3 32 2 3 2 － 2 |【纽丝】
长江后 浪推前 浪，

（65 i3 2 62 1）3 3 32 2 3 21 1 － ‖【大锣住头】
英雄出 于少年 郎。

俺，（仓）傅丁奎。（仓匝）爹爹傅龙，官居定山王。是俺正在校场跑马射猎，家人报道，今有万岁带领郡主去往潼台行围射猎，闻听人言那柴郡主生得十分美貌，可称天姿国色，绝代的佳人。为此赶赴潼台偷看一番，就此马上加鞭。

〔西皮流水〕

1/4（7 | 6 | 5 | 55 | 36 | 56 | 32 | 1 21 |

65 | 55）| 4 | 3（2 | 3）3 | 03 | 23 | 4 |
爹 爹 官 居 定 山

3（2 | 3）3 | 2 3 | 1 | 2 3 | 1 2 | 3 | 1（62 |
王 一 人 有 福 满 门 光。

1）2 | 2 2 | 3 | 3 | 2 | 2 3 | 1 2 | 3 | 2 ‖
加 鞭 催（呀）马 我就 往 前 闯，

〔【快长锤】走至“下场门”、“九龙口”。

〔西皮摇板〕

（7 6 5 55 36 55 32 11 ……）3 1 2 -
偷 看 皇

2（35 21 61 20）1 25 3 2 - 2 2 16 1 - ‖
家 美 红 妆。

〔【回头】【一锤锣】圆场“下场门”下。

第 三 场

〔宋王内唱。

〔西皮导板〕

【大锣导板头】（6 - 65 5 - i - 3 - 2 - 7 6 2 1 -）4
蛟

3 3 3 4· 6 3 - 3· 21 3 3 4 - 4 3 -【撕边】（八大仓）
龙 得 意（呀） 上 九 天，

〔柴郡主内白：“侍儿们（仓）撤下围场。”

〔【急急风】四宋兵持刀先上，四女兵持枪随上，前后两排观望，双分“斜胡同”站。【四击头】【撕边】柴郡主上场，（顷仓）亮相“九龙口”接“趟马”组合，【四击头】柴郡主勒马内亮相。四大铠护驾与宋王上，【撕边】勒马，宋王“小边”，柴郡主“大边”。

〔西皮原板〕

（嘟 仓大 4 | 2/4 3532 1232 | 3 1 1 2 | 3235 6535 |

宋 王 2165 3212 | 6·125 3·612 | 1 6） 3512 | 1235 3（6）|
凤 凰

3（5）2·5 3（4·6 | 3532 123）| 1·165 3532 | 1 6 4 4 |
展 翅 奔 山 川。

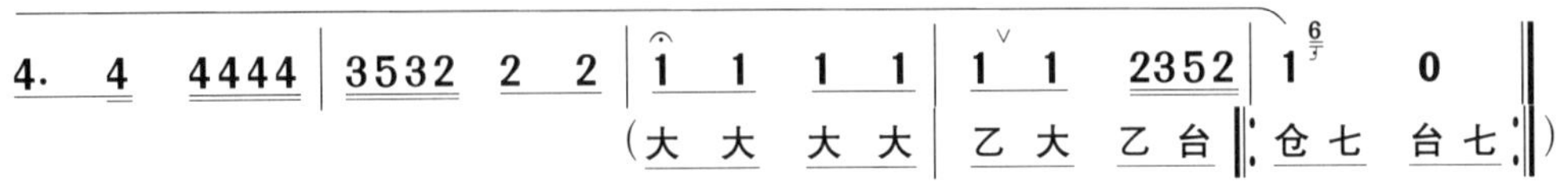

〔【长锤】中柴郡主、宋王打马、“过合”，柴郡主“小边”，宋王“大边”，同时勒马亮相。【大锣夺头】宋王磕马鞭、柴郡主右转身、上马鞭、左手掏翎、亮相。

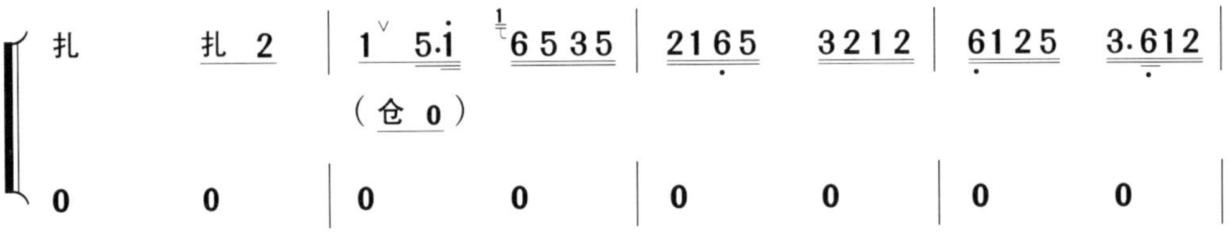

（柴郡主归“小边”前台口亮蹲相；宋王归“大边”，上马鞭亮相，四大铠归后一排站定，四男兵、四女兵外翻，与四大铠站齐）

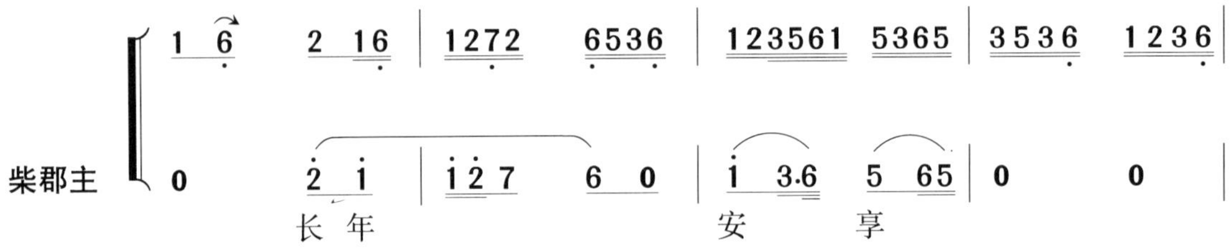

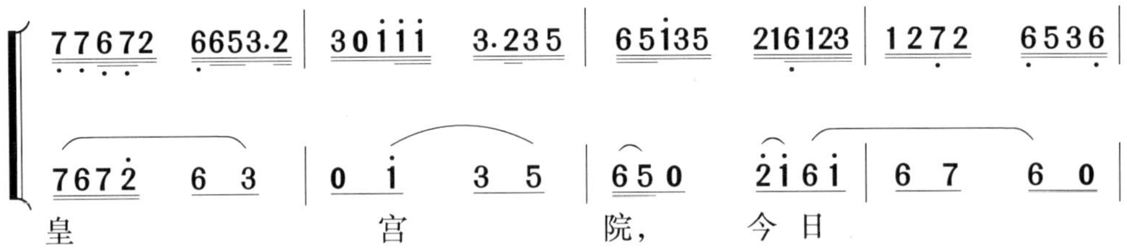

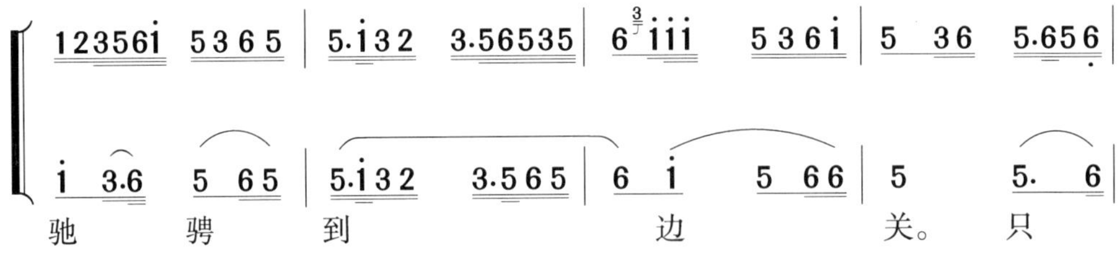

（突看见左前方有动物出现，左手指出）

〔【夺头】柴郡主至“大边”，与宋王磕马鞭、右转身、上马鞭（扎扎仓），双勒马亮蹲相。宋王过至“小边”，磕马鞭、勒马亮相。

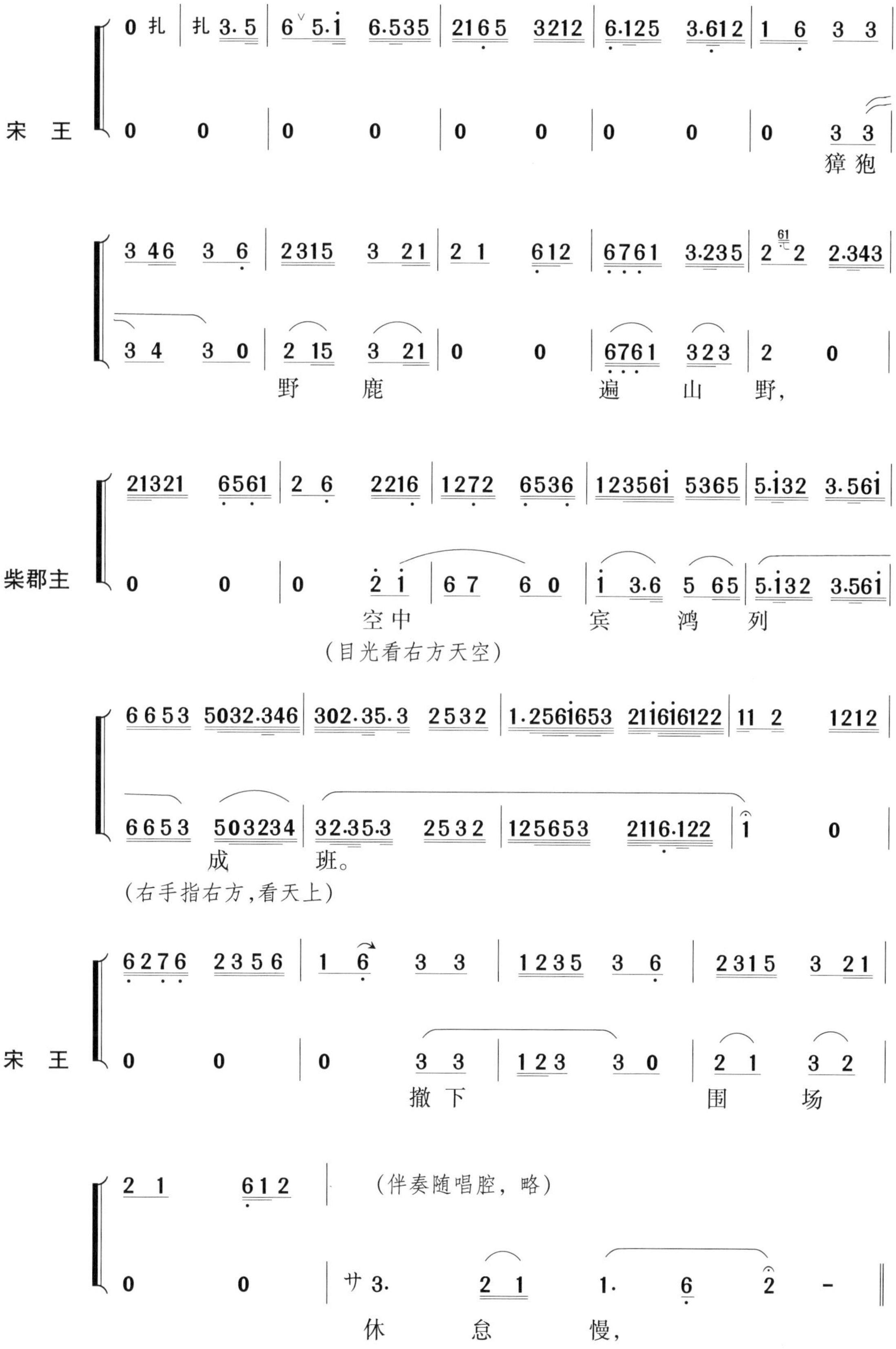
宋　王
獐 狍
野　　鹿　　　遍　　山　　野，
柴郡主
空 中　　　　宾　　鸿　　列
（目光看右方天空）
成　　班。
（右手指右方，看天上）
宋　王
撤 下　　　　围　　场
（伴奏随唱腔，略）
休　　息　　慢，

〔【堂鼓架子】幕内众人呐喊，宋王、柴郡主回身内看。【大锣凤点头】

〔西皮散板〕

宋　王　サ（7 6 65 i3 2 62 1）62 1 13 2 1 2 2 1 - ‖
何　处人　马闹喧　天。

〔【急急风】四大铠“下场门”下。柴郡主与宋王归台中后，八番兵与巴若里“上场门”上，四女兵打巴若里封头，架住、“推磨”。四宋兵与八番兵分别打封头，架住、圆场、“推磨”。宋王与郡主“上场门”加鞭，斜一字，圆场“下场门”下。巴若里与四女兵开打“过合”，四女兵下。【四击头】巴若里亮相追下。【急急风】四番兵与二宋兵架下。四番兵打开【四击头】亮相，【急急风】架下。

第四场

〔【缓锣】收住。杨延昭内白：“马来呀！”【快长锤】【单楗大锣一击】杨延昭左手抱枪、持马鞭“上场门”上，“九龙口”亮相【闪锤】至台中。

〔西皮摇板〕

杨延昭　（7 6 5 55 36 55 32 11 …… ）1 2 3
父子威

2 1 2 2（35 21 61 21 65 55 …… ）32
镇瓦桥关，杨

3 1 2 3 12 1（3 21 62 12 65 55 …… ）
家将士美名　传。

（右手赞美式）

2 2 15 3 21 2 21 1 2 - ‖
天　波　府　内　把　娘　探。

〔【堂鼓架子】杨延昭向“上场门”观望，【快扫头】“下场门”下。【急急风】二宋兵、二番兵上开打。杨延昭“下场门”上，解围，【撕边】（八大仓）亮相。【急急风】与四番兵对打“五股档”，【四击头】亮相、追下。【急急风】宋王手持宝剑、马鞭,与二宋兵“上场门”上，后跟巴若里带二番兵追上，宋王“小边”台口被打下马来。【撕边一击】杨六郎上前救驾，巴若里“下场门”下。杨延昭“上场门”观望，急追巴若里“下场门”下。【冲头】傅丁奎“上场门”上，“大边”台口下马，至“小边”救起宋王。

傅丁奎　万岁受惊了。

〔【撕边、大锣一击】扶起宋王，站“大边”。

宋　王　噢，这员小将，你是何臣之子，哪家之后?

傅丁奎　我爹爹定山王傅龙，小臣傅丁奎。

宋　王　小爱卿疆场救驾，真乃大功一件。

〔【冲头】探子与四大铠“上场门”上。

探　子　报，郡主被擒。

宋　王　再探。

探　子　啊！（“上场门”【冲头】下）

宋　王　【大锣叫头】哎呀小爱卿，你虽然救了孤王，只是郡主被那番贼擒去，只怕凶多吉少。【撕边】【大锣一击】

傅丁奎　万岁但放宽心，待臣单锤匹马搭救郡主还朝！【大锣一击】(宋王抓住傅丁奎右臂)

宋　王　只要你将郡主救回，孤王亲口许婚与你，赐你回朝招亲。

傅丁奎　谢万岁！

〔【冲头】傅丁奎双手拱拜，“大边”台口上马，“下场门”下。宋王担忧地向“下场门”观望。【撕边】【大锣一击】

宋　王　收了围场吧！

〔【一锤锣】四大铠先下，最后大铠带马，宋王骑马“下场门”下。转【大锣原场】

第五场

〔郊外。【急急风】四番兵引巴若里上，杨延昭追上，开打，四番兵“下场门”斜一排，巴若里“大边”，杨延昭站中场“小边”。转【快纽丝】

〔西皮散板〕

杨延昭　サ（7 6 65 i3 2 62 i）4 3 3 3 35
冲锋陷阵战

12 3（6 1 2 3）32 3 1 23 21 6 1
场 到，（仓）来 了老爷 杨 延昭。

（7 62 1）3 21 63 2.1 1 3 21 2 ³2（7
（仓）侵犯 我 郡 主其罪 非小，

61 2）1 3 2 3 1 2 32 35 21 1 - ‖
（仓）快通名爷要尔性 命 一 条。

巴若里　听了！【双键大锣凤点头】

（7 6 65 53 2 62 1）2 1 2 3 32
你老爷巴若

2 62 12 3 2（7 6 1 2）3 1 2
里 领 兵 来 到，（仓）小孺子

3 1 2ᵛ 3 2 1 6 1 （7 6 2 1） 2 1
你 也 敢 来 把 战 交。 （仓） 你 国

2 2 5 3 2 1 （7. 2 1 0） 3 2 1 2 2 - ‖
的 柴 郡 主 （顷 仓 0） 被 某 擒 了，

杨延昭 尔大胆！**【大锣凤点头】**

（7 6 6 5 i 3 2 6 2 1 - ） 3 2 5 3 2 2 1
顷 刻 间 管 叫

1 2 - （2 21 6. 1 2 - ） 2 1 1 2 3 3 2 - 2 2 616 i - ‖
尔 （顷 仓） 血 染 荒 郊。

〔**【撕边】**杨延昭与巴若里、番兵开打，四番兵败下。**【大锣夺头】**杨延昭耍枪花、左转身、骗腿**【四击头】**台中亮相，**【急急风】**追下。

第六场

〔郊外。

〔柴郡主内唱。

〔西皮导板〕

【大锣导板头】（サ 3. 5 6 -ᵛ 6 5 5 i - 3 - 2 - 6 2 1 - ）

i 3 3 6 5 （2 3 6 5） 2 i 2 2 i - ‖①
今 日 做 了 笼 中 鸟，

〔**【急急风】**三番兵押车，柴郡主项带锁链、手扶囚车、“上场门”上，圆场，由“上场门”至“大边九龙口”。巴若里提刀跟上，杨延昭追上。台中，杨延昭打巴若里“腰封”。

〔西皮散板〕

柴郡主 **【双楗大锣凤点头】**サ（7 6 - 0 6 5 i 3 - 2 - 7 6 2 1 - ）3 6 5 i 6
闪 出 年 少

① 此处也可唱成：7 6 5 - 5 6 - ‖ 。
笼 中 鸟

5 i 6 5 3 5 (2 3 6 5 –) 4 3 3 1 2 2. (7 6 1 2 –)
将 英 豪。 (仓) 郡 主 休 慌 (顷 仓)
(杨延昭接唱)

〔杨延昭、巴若里“一刺、腰封、过合”，杨六郎“大边”、巴若里“小边”背向外架住。【撕边】(八大仓)

0 5 3 1 2 4 3 3 2 – ‖
俺 来 到 (哇),

〔杨延昭、巴若里架住圆场，杨于唱中与巴若里开打，“一盖封头”，(八大仓)亮相。【双楗大锣凤点头】柴郡主归台中。

柴郡主 サ(7 6 0 6 5 i – 3 – 2 – 7 6 2

1 –) i 5 6 6 (6. 5 3. 5 6) 3 6 5 6 5
孤 掌 难 鸣 怎 把 兵

6 – i 6. 5 4 4. 5 6 – 6. i 5 – ‖
交。

〔杨延昭与巴若里、二番兵开打，柴郡主从台中到“小边”台口、圆场。杨延昭回身枪挑车夫，柴郡主“下场门”下。【急急风】杨延昭与巴若里对打【四击头】亮相，巴若里“上场门”【回头】败下。【一锤锣】杨延昭怒视巴若里，回看“下场门”，于“小边”台口下马。【缓锣】杨延昭至台中，面向“下场门”。

杨延昭 贼兵已退，请郡主下车。

〔【乱锤】柴郡主双手托链，“下场门”背身上场。杨延昭背供向外示意；郡主左转身走至“大边”台口，【撕边大锣一击】看双手铁链。

柴郡主 番兵虽退，这刑具怎开？【大锣一击】(看双手)

杨延昭 郡主不必着慌，待小将扭断这枷……

〔杨延昭回身向前，欲扭断锁链，柴郡主双手付于杨延昭，二人对视，【单楗大锣一击】思觉不妥，各自后退，杨延昭躬身施礼，二人背供。柴郡主羞状，“大边九龙口”观望。〔亮弦〕 (2. 3 4 6 5 –)

〔西皮摇板〕

杨延昭 【闪锤】(7 6 5 5 5 3 6 5 5 3 2 1 1 ……) 3 3 2 3 4
她 本 是 皇

3 3 3 3 1 2 3 3 (4 3 2 1 2 3 7 6 5
家 女 宫 中 娇 美,

5 5 ……） 3 2 1 1 6 2 1 2 1 3 2 1 6 1 （3
失 礼 节 唯 恐 怕 贻 笑 大 方。

2 1 6 2 1 2 6 5 5 5 3 6 5 5 ……） 3 2 1 1 3 6 2
行 一 个 君 臣

1 1 2 1 1 2 （3 2 1 6 1 2 1 6 5 5 5 ……） 5
礼 郡 主 请 上， 扭

6 2 1 2 1 3 2 3 1 3 2. 1 6 1 － ‖
刑 具 恐 仰 面 欺 了 君 王。

柴郡主 哎！【单楗大锣凤点头】

（7 6 5 5 5 3 2 1 2 6 5 5 5 ……） 5 i i 3
乱 军 中

3 3 6 5 （6 5 3 6 5 ……） 5 6 6 5 3 5 －
为 救 我 岂 把 罪 降，

〔行弦〕

5 － 6 －（仓大）‖: 6535 6. 7 6535 6 7 :‖

〔杨延昭跪至台中，柴郡主右手伸向杨延昭，【小锣一击】杨延昭扭断其右手锁链。【大锣一击】柴郡主惊喜万分，小步圆场从"大边"至"小边"台中。向杨延昭伸出左手，杨延昭扭断其左手锁链。【大锣一击】柴郡主下意识敬佩杨延昭，右手齐眉、赞美式，小步圆场从"小边"至"大边"台中，双手托胸前锁链、半蹲，杨延昭为其扭断项上锁链。（仓）【乱锤】柴郡主懒翻身，杨延昭帮其摘链，【双楗大锣凤点头】柴郡主对杨延昭刮目相看，在揉肩、托腕中起唱。

〔西皮散板〕

柴郡主 サ（7 6 0 6 5. i 3 － 2 － 7 6 2 1 －） 3 3 6 5
我 问 你

5 3 3 5 6 （6. 5 3. 5 6 －） i 6 5 5 3. 5 3 5 － ‖
名 和 姓 家 住 哪 厢？

（"大边"台中，双手摊掌相问）

杨延昭 郡主！【双楗大锣凤点头】（柴郡主"下场门"观望）

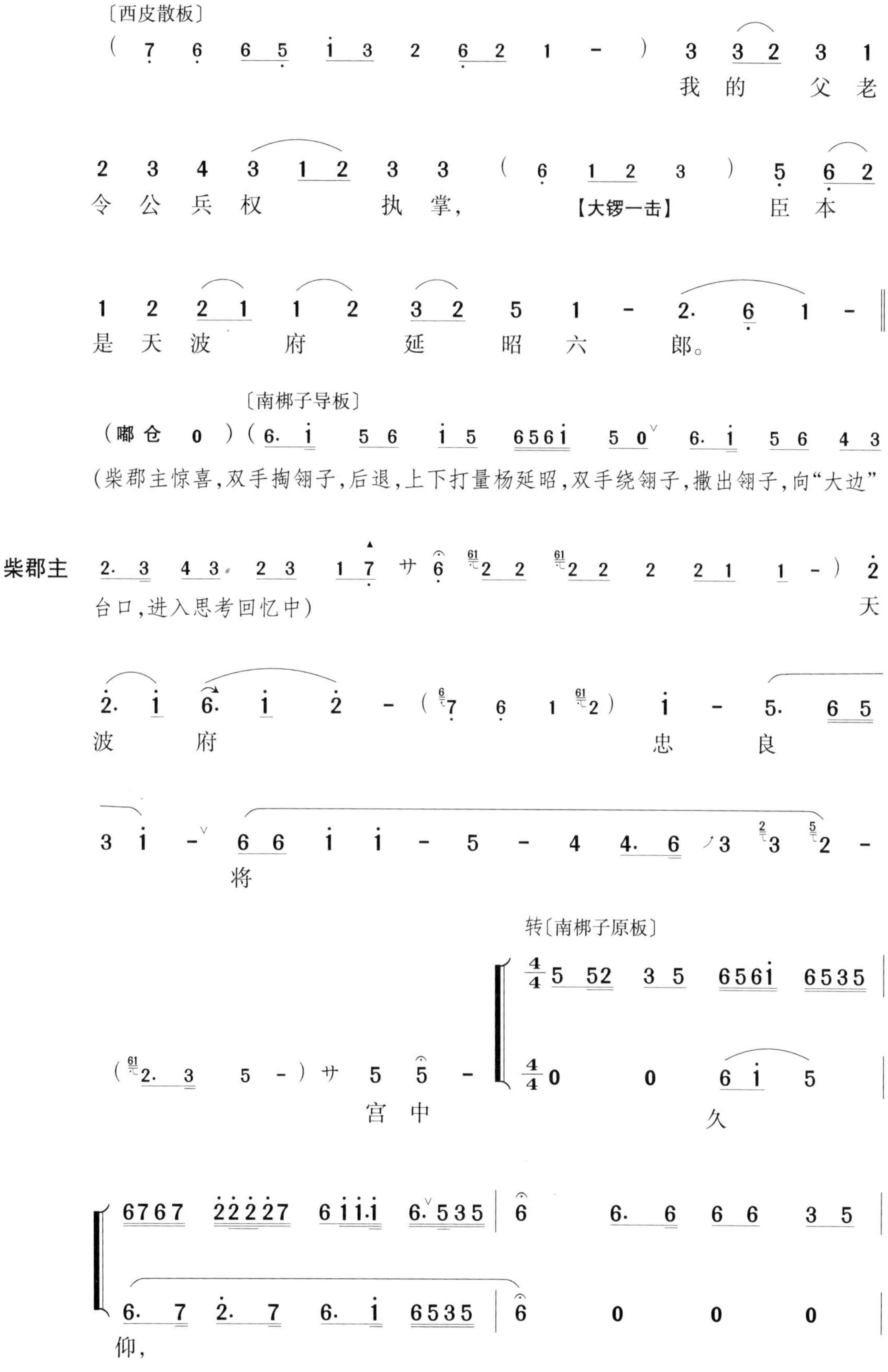
〔西皮散板〕
我的父老
令公兵权执掌，
【大锣一击】
臣本
是天波府延昭六郎。
〔南梆子导板〕
（嘟 仓 0）
（柴郡主惊喜，双手掏翎子，后退，上下打量杨延昭，双手绕翎子，撒出翎子，向“大边”
柴郡主
台口，进入思考回忆中）
天
波府
忠良
将
转〔南梆子原板〕
宫中
久
仰，

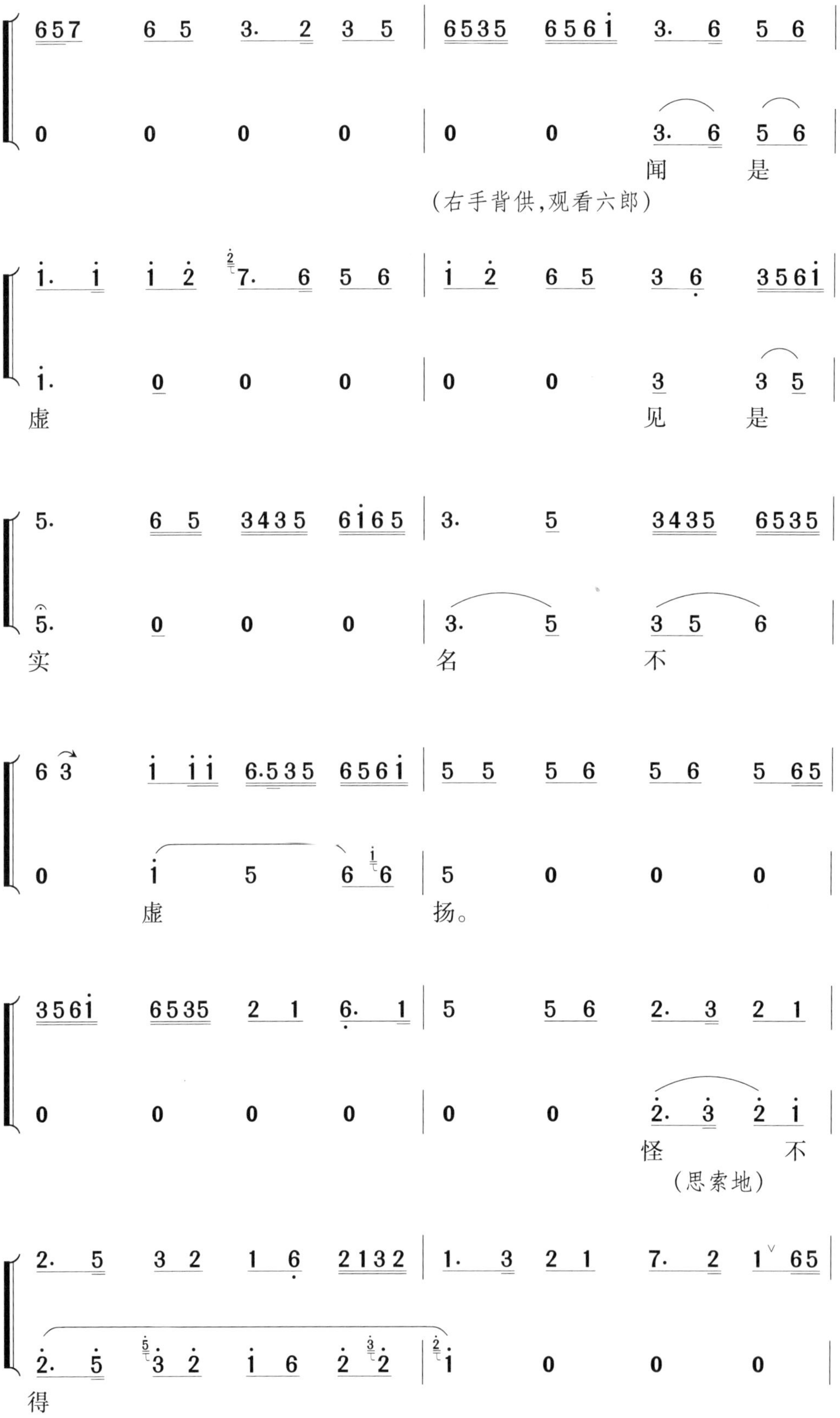
闻 是
(右手背供,观看六郎)
虚
见 是
实
名 不
虚
扬。
怪 不
(思索地)
得

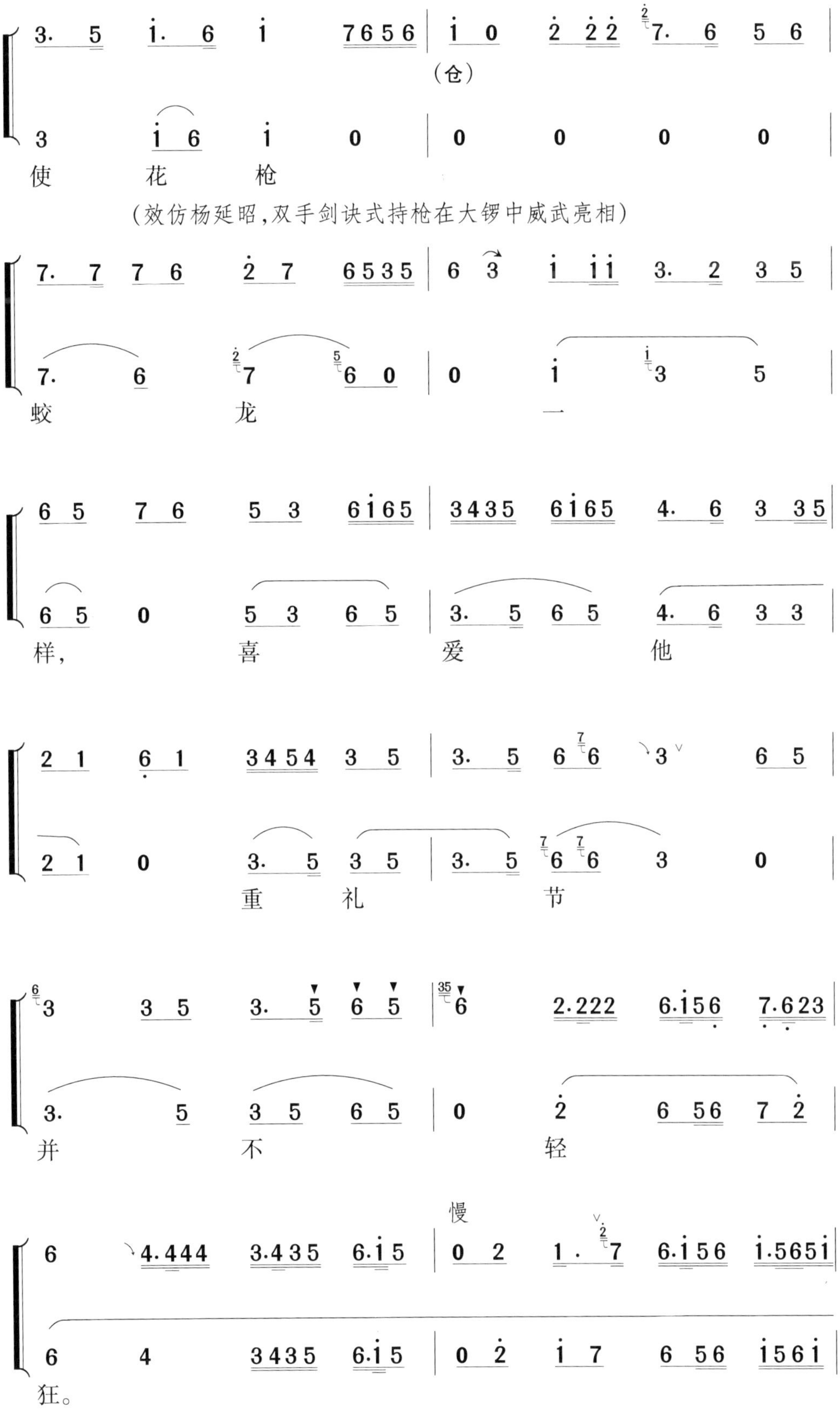
(仓)
使 花 枪
(效仿杨延昭,双手剑诀式持枪在大锣中威武亮相)
蛟 龙 一
样, 喜 爱 他
重 礼 节
并 不 轻
慢
狂。

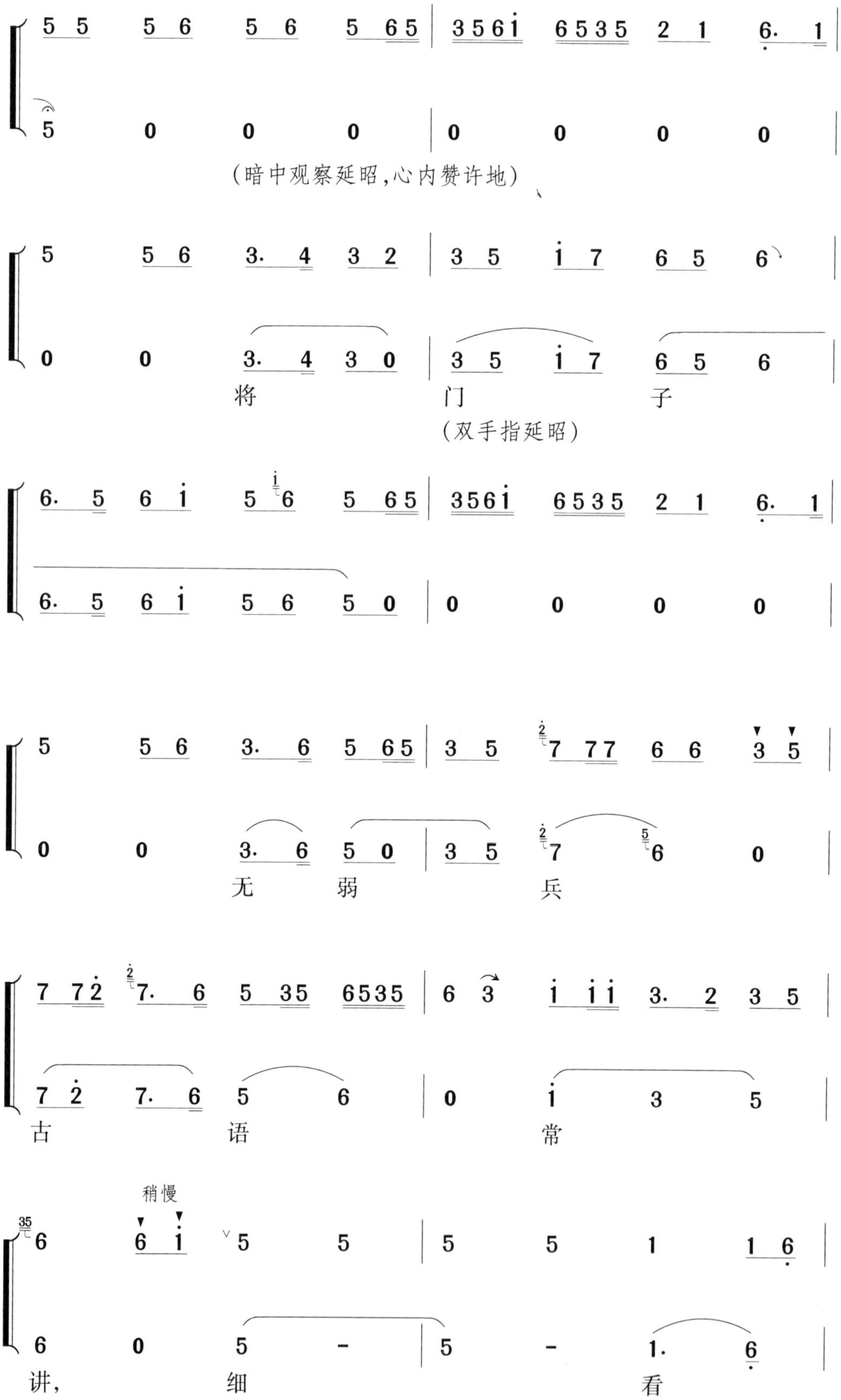
(暗中观察延昭,心内赞许地)
将 门 子
(双手指延昭)
无 弱 兵
古 语 常
稍慢
讲, 细 看

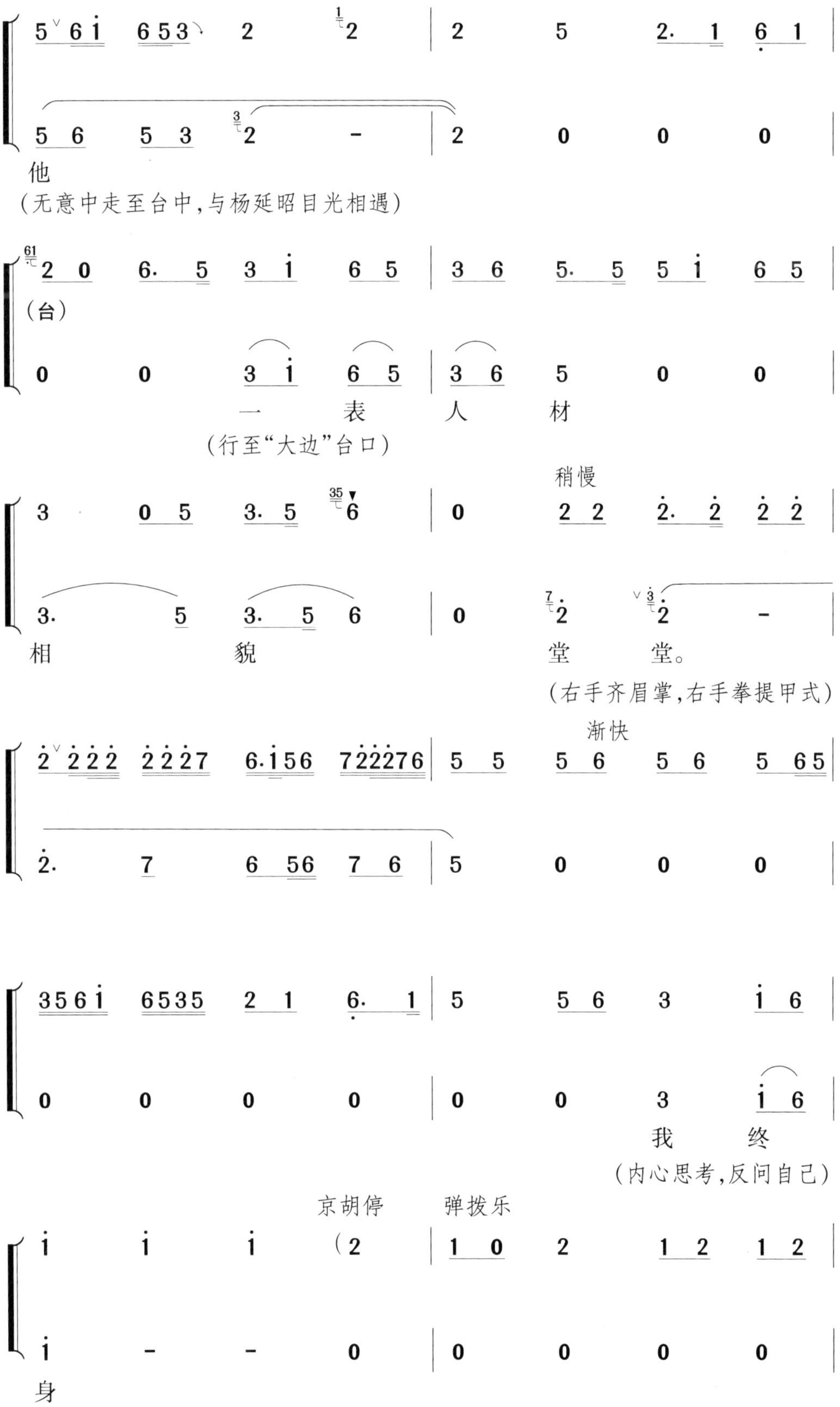
他
（无意中走至台中，与杨延昭目光相遇）
（台）
一 表 人 材
（行至“大边”台口）
稍慢
相 貌 堂 堂。
（右手齐眉掌，右手拳提甲式）
渐快
我 终
（内心思考，反问自己）
京胡停
弹拨乐
身

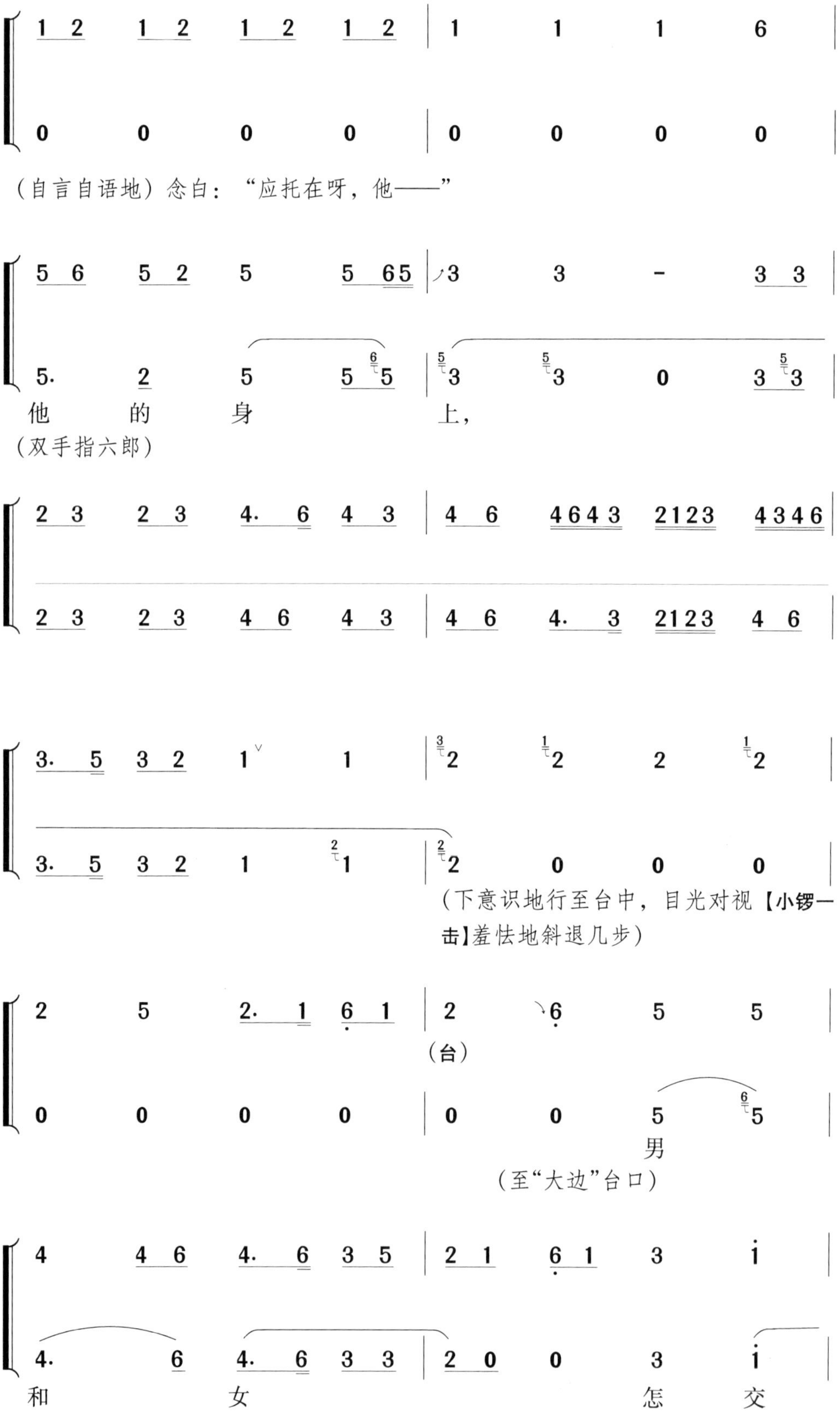
（自言自语地）念白：“应托在呀，他——”
他 的 身 上，
（双手指六郎）
（下意识地行至台中，目光对视【小锣一击】羞怯地斜退几步）
（台）
男
（至“大边”台口）
和 女 怎 交

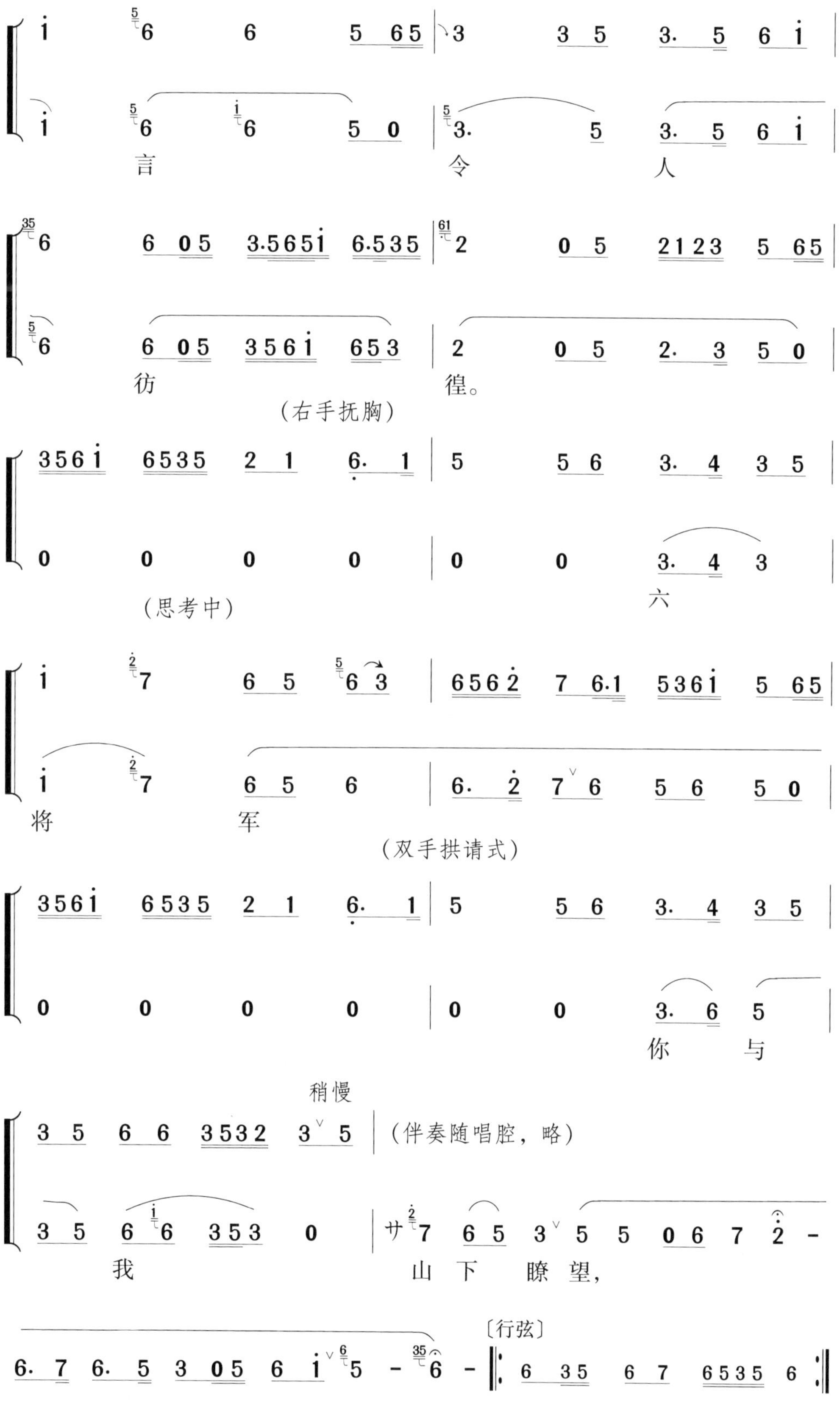
言 令 人
彷 徨。
（右手抚胸）
（思考中） 六
将 军
（双手拱请式）
你 与
稍慢
（伴奏随唱腔，略）
我 山 下 瞭 望，
〔行弦〕

〔柴郡主向杨延昭示意暂且回避，杨延昭巡视着“上场门”下。柴郡主掏翎子“顺风旗”亮相，向“上场门”观望。**【大锣一击】**退至台中，思考并赞美延昭，双手“剑诀式”再次效仿杨延昭威武之气概。**【大锣一击】**双手无意间触摸到胸前的珍珠衫，决定将定情信物赠与延昭。双手托起珍珠衫，羞意绵绵退步圆场“下场门”下。杨六郎“上场门”上，警惕地巡视，看“下场门小边”台口，左手背供，右手赞美式称赞柴郡主，突然觉得高攀不上，双手拱请式低首等待。柴郡主双手托珍珠衫“下场门”（紧锤）中慢圆场，面向内上场，至“大边”台中。

〔流水〕

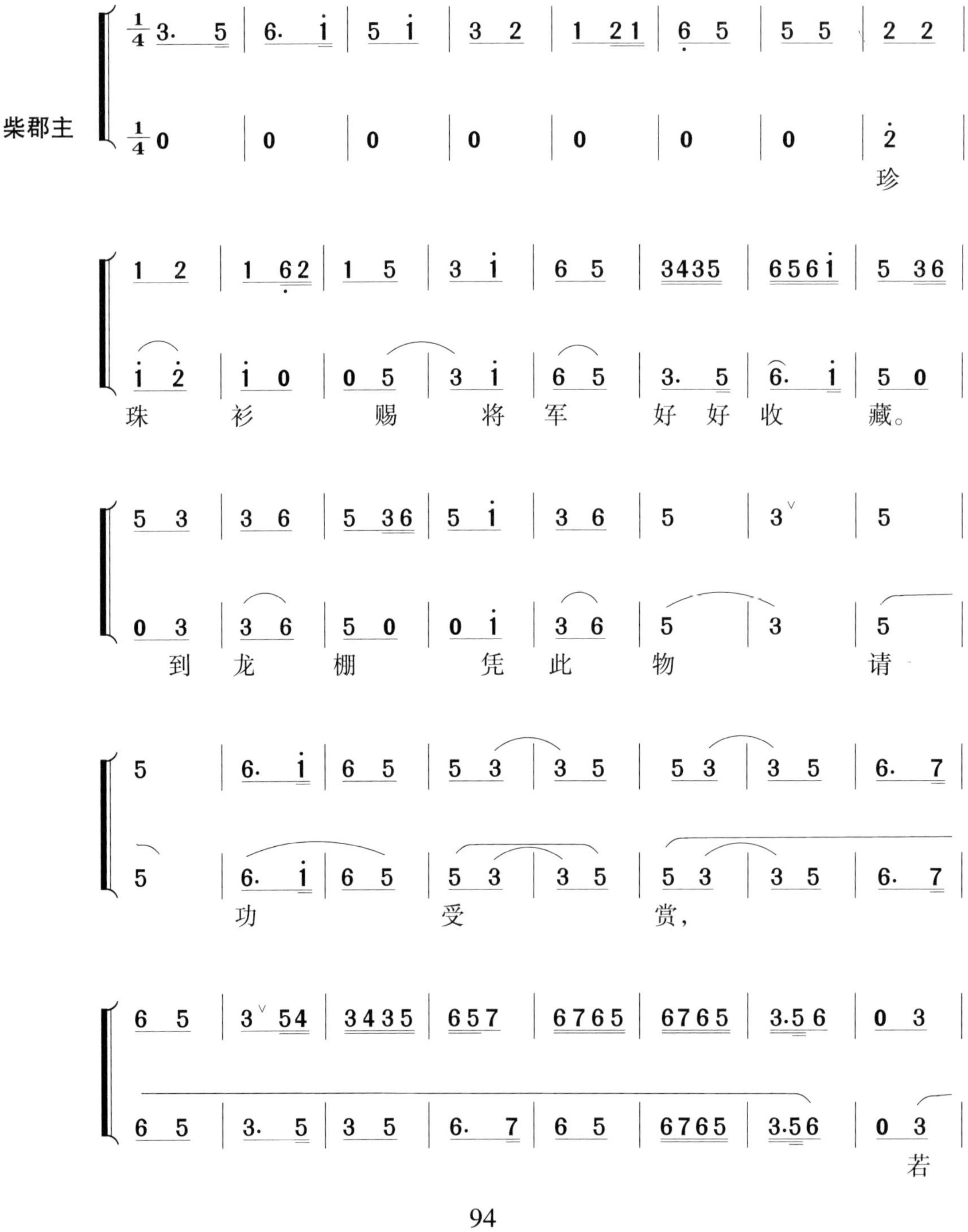

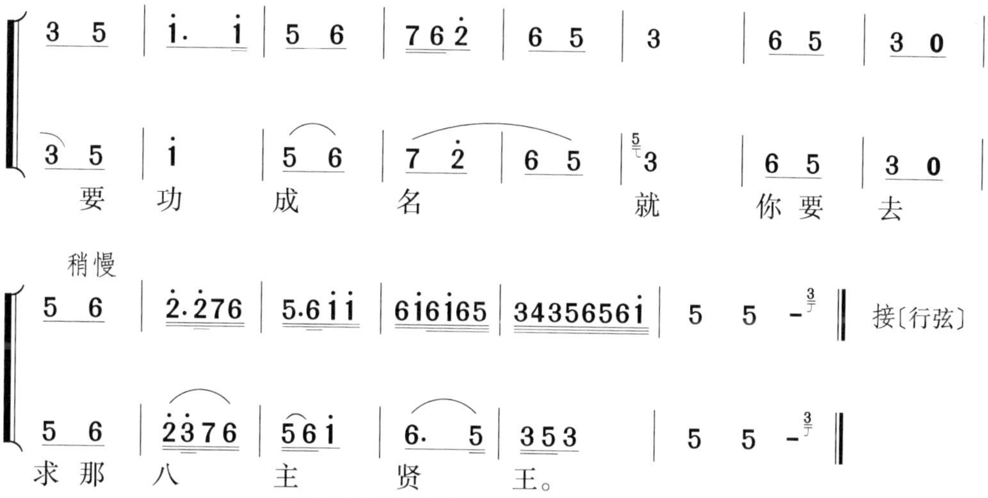

（将珍珠衫交与杨延昭，杨延昭欣喜地接过来）

杨延昭 多谢郡主。

柴郡主 我有一言你且听了。

杨延昭 哦，是！是！

柴郡主 “老王言在先，（杨延昭细听，心中暗暗谨记）贤王做周全。若要事成就，须得一状元。”

杨延昭 哦，“须得一状元！”（边念边想**【大锣一击】**〔行弦〕收。杨延昭看看珍珠衫会意地点头，喜出望外）哦，哦，哦！多谢郡主！**【大锣凤点头】**（将珍珠衫放在衣襟内，大有所悟，兴奋中起唱）

〔西皮散板〕

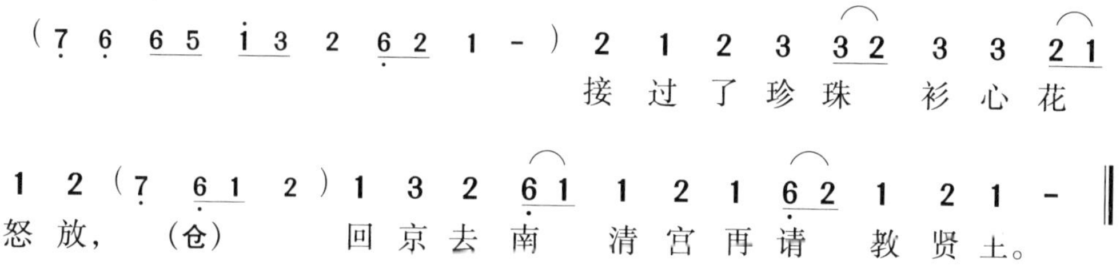

〖**【堂鼓架子】【急急风】**杨延昭、柴郡主“上场门”观望。

杨延昭 **【大锣叫头】**郡主，贼兵又返途而来，那旁宋军已到，请郡主先回宋营，待臣杀退贼兵。**【撕边大锣一击】**

柴郡主 小心了。

〖**【急急风】**杨延昭“小边”台口拉马，上马，郡主从后至“小边”台口，二人亮相，**【急急风】**杨延昭“下场门”下。**【水底鱼】**傅丁奎“上场门”上，郡主“下场门”“望门”。傅丁奎见郡主，“小边”台口下马。**【急急风】**

傅丁奎 郡主受惊了！**【大锣一击】**

柴郡主 （看傅）你是何人？

傅丁奎 小臣傅丁奎，奉了万岁旨意搭救郡主还朝。

柴郡主 这……（看杨延昭，犹豫不决）

傅丁奎 臣这里有战马，请郡主乘骑。

柴郡主 好，带马！

〔【扫头】傅丁奎带马，郡主台中上马，内亮相，【冲头】“下场门”下。【撕边大锣一击】傅丁奎追至“下场门”观望。（八仓）右手赞美式得意状。

傅丁奎 哈哈，我来着了。

〔（八大仓）得意地“下场门”下。【大锣原场】

第七场

〔南清宫。湖色蝴蝶幕。正场桌，“小座”。红色桌围椅披。【快长锤】二小太监“上场门”上，大太监抱金锏，小太监拿蝇帚“站门”。【单楗大锣一击】赵德芳“上场门”上，“九龙口”亮相。【闪锤】

〔西皮摇板〕

赵德芳 （7 6 5 55 36 55 32 11 ……）3 6 5 5 7 6 -
海 晏 河 清

6 5 6 7 7 6 - （7 6 5 55 36 55 32
干 戈 靖，

（【闪锤】至台中）

11 ……）| i 5 6 6 6 5 5 2 3 5 - （5 65
君 臣 同 享 太 平 春。

65 36 55 32 11 ……）i 5 7 6 7 6 5 5. 3
叔 王 潼 台 行 围 猎，

6 - （7 6 5 55 36 55 32 11 ……）3 3 6
定 打

（【闪锤】转身归“小座”）

5 i 5 5 3 i 6 6 5 5 - 3 5 3 5 - ‖
来 珍 禽 奇 兽 转 回 京。

〔呼延赞内白：“走哇！”【快纽丝】“上场门”上。

〔西皮散板〕

呼延赞 サ（65 i3 2 62 1）4 3 3 25 3 32 4 3 -
闻 得 万 岁 遭 围 困，

〔【快纽丝】进门，站“大边”。

（6̲5̲ i̲̇3̲ 2 6̣̲2̲ 1）1̲3̲ 2 2̲1̲ 1 2 1̲2̲ 1̲6̣̲ 1 – ‖

把 本奏 与 贤 爷 听。

【大锣叫头】哎呀千岁呀！只因万岁潼台射猎，郡主保驾前往，不想北国胡儿人马侵入边界，万岁遭困，郡主被擒。啊贤爷，你要速速救驾要紧！

赵德芳 哎呀老爱卿啊！【大锣五击】命你速到天波府调那杨家将，去往潼台救驾不得有误。快去，快去！

呼延赞 是是是！（【急急风】出门。杨延昭"上场门"上，二人台中相遇）你是……？

杨延昭 杨延昭。

呼延赞 （认出杨延昭）你来得好！【大锣住头】（转身一同进宫）啊贤爷，臣未到天波府，就搬来杨六郎。

杨延昭 参见千岁！

赵德芳 哎呀六将军啊！【大锣五击头】（站立）你速回天波府，点齐杨家将，去往潼台救驾不得有误。

杨延昭 我道为了何事，原来叫臣潼台救驾呀。哈哈哈……【撕边大锣一击】

赵德芳 啊！如今万岁被困、郡主被擒，你还笑什么哇？

杨延昭 千岁请坐，容臣慢慢讲来。

赵德芳 快些讲来。

〔赵德芳坐，呼延赞"大边"跨椅坐下。

杨延昭 臣奉父帅之命回府问候母安，行至潼台正遇胡儿巴若里与万岁交战，那贼十分骁勇，将万岁挑下马来，又将郡主打入囚车，那时为臣奋不顾身，匹马单枪杀退贼兵救了万岁，又截下囚车，救了郡主，如今万岁、郡主已安然回朝了。

赵德芳 怎么讲？

杨延昭 已安然回朝了。

赵德芳 哈哈哈……【撕边大锣一击】六将军建此奇功，等万岁回朝定当请功受赏。

杨延昭 臣启千岁，臣不为请功受赏而来。

赵德芳 为着何来？

杨延昭 在两军阵前郡主讲了几句言语为臣不解，要在千岁台前请教。

赵德芳 哦！郡主她讲些什么？

杨延昭 郡主言道：老王言在先，贤王做周全。若要事成就，须得一状元。

赵德芳 哦，须得一状元？【小锣一击】内侍。

大太监 有。

赵德芳 宣新科状元吕蒙正速到南清宫。

大太监 遵旨。【小锣住头】（"下场门"下）

赵德芳 啊，老爱卿。命你晓谕文武百官前去接驾，本御随后就到。

呼延赞 遵旨。【小锣五击头】（"下场门"下）

〔大太监内白："状元公，随咱家来呀。"

〔【快长锤】大太监引吕蒙正"上场门"上，"九龙口"亮相，至"大边"台口。【闪锤】

吕蒙正

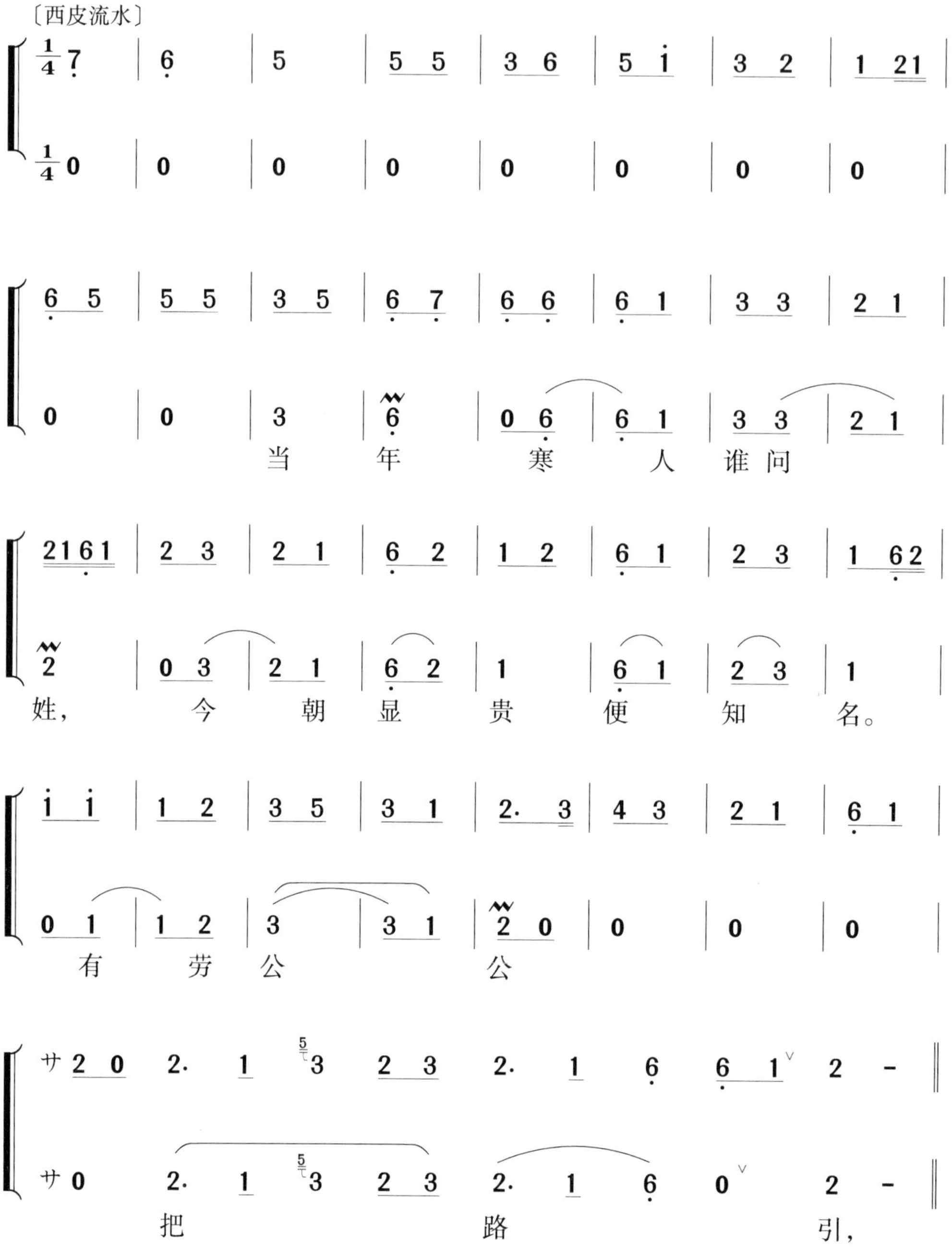

〔【闪锤】太监先进门，吕蒙正后进门，“大边”站。

吕蒙正

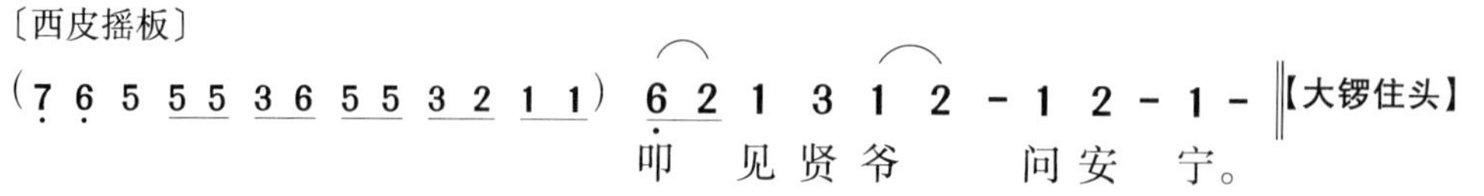

（面向内）臣，吕蒙正见驾，贤爷千岁。

赵德芳 新贵人平身。

吕蒙正 千千岁。

赵德芳 将军，见过新科状元。
杨延昭 状元公。
吕蒙正 杨六郎将军。
赵德芳 二卿坐下。
杨延昭
吕蒙正 （同）谢坐。【大锣住头】（吕蒙正“大边”座，杨延昭“小边”座）
吕蒙正 宣臣进宫有何旨意？
赵德芳 只因六将军潼台救驾，郡主在两军阵前说了几句言语，其中有你状元公在内，故而将你宣进宫来共同细解。
吕蒙正 为臣请教。
赵德芳 郡主言道：“老王言在先，贤王做周全。若要事成就，须得一状元。”啊卿家。
吕蒙正 哦！
赵德芳 老王在世可曾讲些什么哇？
吕蒙正 哎呀呀，为臣乃是新科状元未曾见过老王，怎知老王说些什么哇？
赵德芳 是啊！这贤王做周全。叫本衙我周全什么哇？
吕蒙正 只要千岁知道的事情就可以周全那！
赵德芳 “若要事成就，须得一状元。”
吕蒙正 一状元？【小锣一击】
赵德芳 啊！有你在内呀。
吕蒙正 请问千岁，郡主可曾招赘否？
赵德芳 未曾招赘呀。
吕蒙正 既不曾招赘想必是……【小锣一击】（与八贤王二人示意）
赵德芳 啊，这——哈哈哈哈……哎呀呀，我这一笑么你就明白了。
吕蒙正 哎呀呀，我倒糊涂了。
赵德芳 状元公有所不知，只因老王临终之时为御妹终身留诗一首。
吕蒙正 千岁请讲。
赵德芳 “掌上明珠作衣衫，终身莫当等闲观。状元为媒君做主，雀屏慎选如意男。”
吕蒙正 可有细解？
赵德芳 怎的无有？“天子做主，状元为媒。宝衫为聘，凤凰于飞。”
吕蒙正 哦，状元为媒。【小锣一击】（思考地）
赵德芳 这个现成的媒人就是你的了哇。
吕蒙正 哎呀呀，此事重大，若无万岁的旨意，蒙正是不敢为媒呀。
赵德芳 怎么着，本御说话就不算数了？
吕蒙正 不是啊，想柴郡主乃先帝柴王之女，万岁爱如掌上明珠，她的婚姻大事若无万岁的旨意，蒙正是焉敢为媒呀。
赵德芳 状元公。
吕蒙正 哦！
赵德芳 你的胆量……
吕蒙正 怎样？
赵德芳 忒小了。【闪锤】

吕蒙正 哎呀，不得不小啊。（三人站起）

〔西皮摇板〕

赵德芳 （7 6 5 55 36 55 32 11 ……）3 36 5 i 53 7
吕 蒙 正说 此

6 6 5 6 6 35 6 （65 35 65 32 11 65 55）
话 把 本 御 笑 坏，

3 36 5 36 53 i 6 i 65 5 2 3 3 5 -
何 劳 你 假 小 心 装 痴 作 呆。

〔行弦〕

（仓大）（55 36 5 - 5 36 5 i 65 36 5 0）

吕蒙正 非是为臣假作痴呆，郡主的终身非同小可。

赵德芳 卿家呀！**【大锣单楗凤点头】**

〔西皮摇板〕

（7 6 5 55 36 55 32 11 ……）3 36 5 7 7 6 6 56 6 6 35 6
有 什 么 塌 天 祸 有 本 御 担 待，

赵德芳 （5 36 5 i 65 36 36 5i 32 11 65 55）3 36 5
你 只 管

吕蒙正夹白：“有千岁担待？”

转〔流水〕

53 i - 6（7 6）5 | 1/4 3. 5 | 6 i | 5 65 | 3 5 | i 6 |
学 姜 尚 就

1/4 3. 5 | 6 i | 5 | 3 | i |
稳 坐 钓 鱼 台。 六 将

i656 | i i | 3 6 | 5 3 | 6 5 | 3 5 | 6 5 | 3 2 | 3 6 |

i | 0 i | 3 6 | 5 | 6 5 | 3 5 | 6 | 3 2 | 3 6 |
军 请 回 府 权 宜 等 待，奏 万

杨延昭 谢千岁！【闪锤】

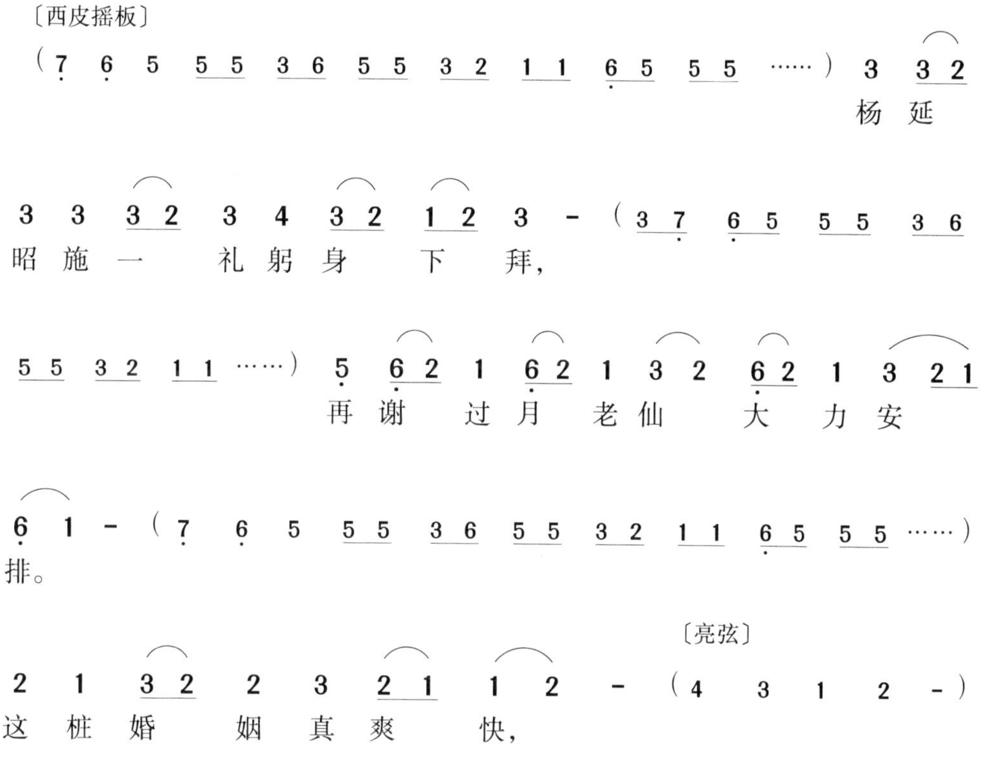

赵德芳 出宫去吧。

〔【闪锤】赵德芳“下场门”下。杨延昭出门“大边”“下场门”，二幕外下。吕蒙正出门至“大边”台口。

吕蒙正

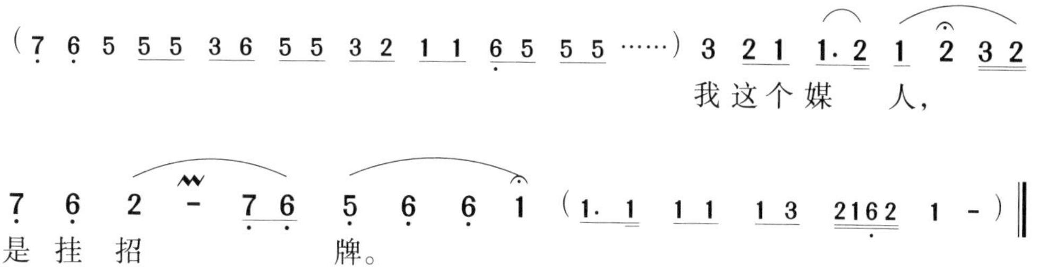

〔【大锣抽头】“下场门”二幕外下。转【大锣原场】【撤锣】

第八场

〔宫中，正场桌，黄蝴蝶幕黄桌围椅披，“小座”。**【小锣夺头】**二太监上，“站门”；宋王“上场门”上，“九龙口”亮相。

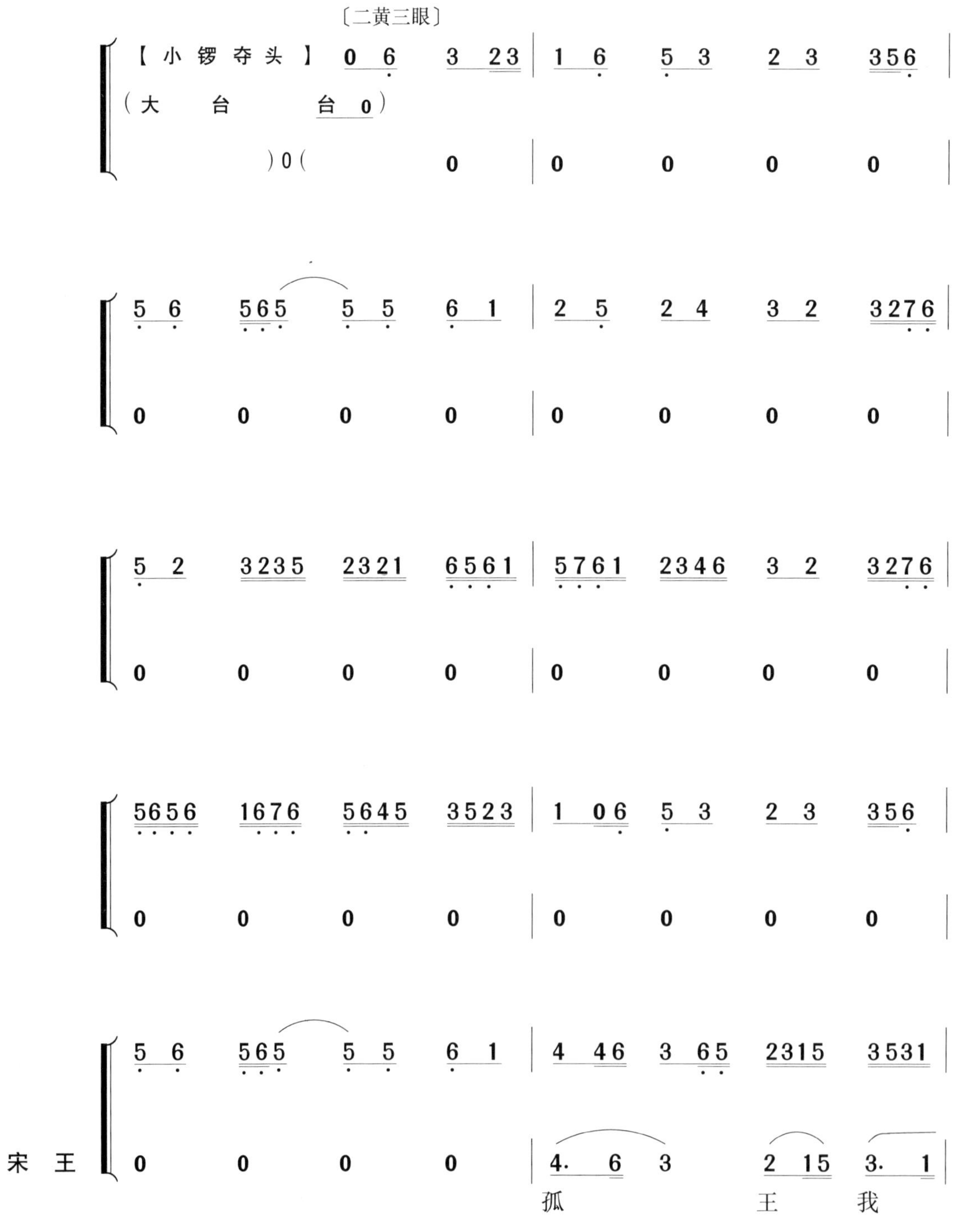

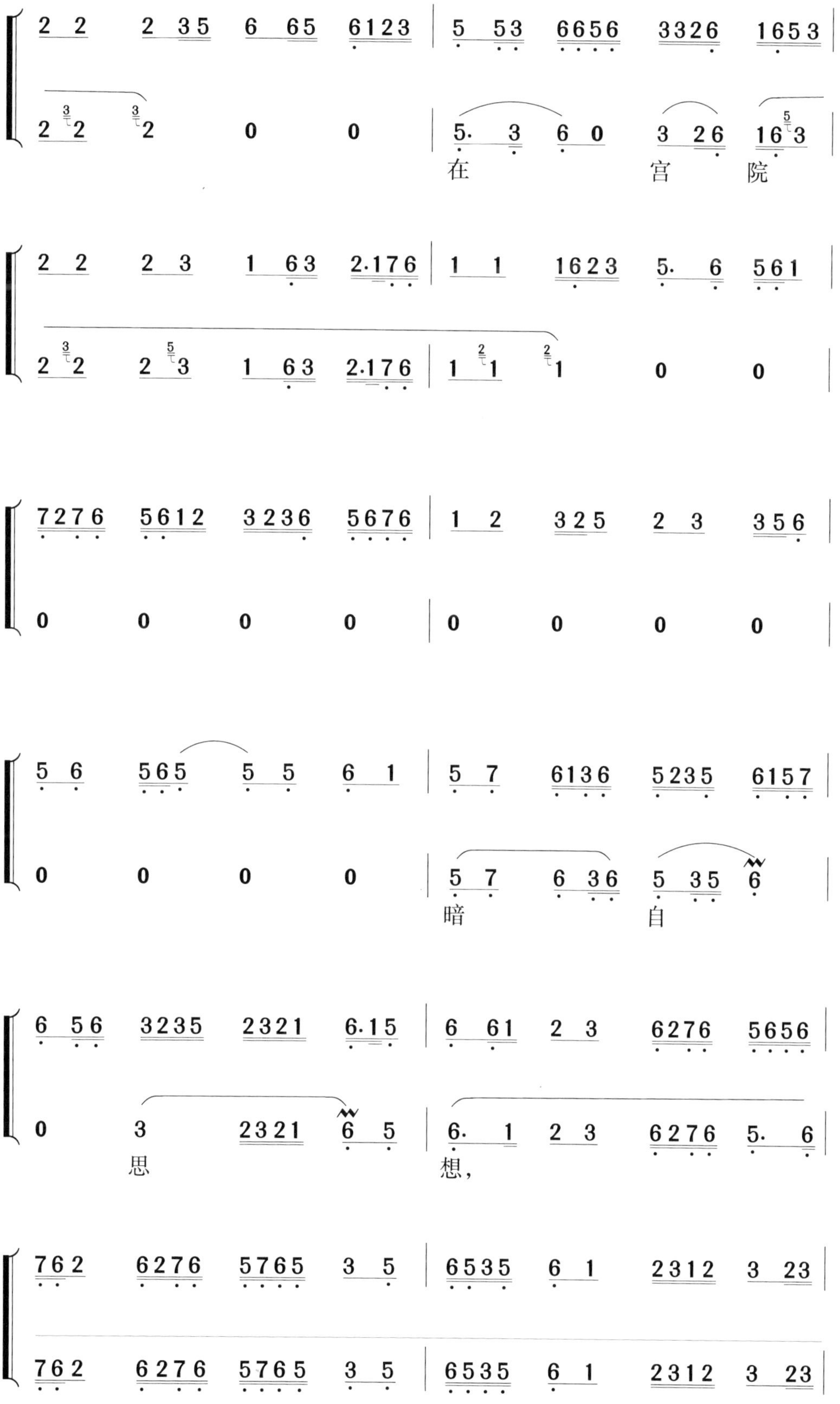
在 宫 院
暗 自
思 想，

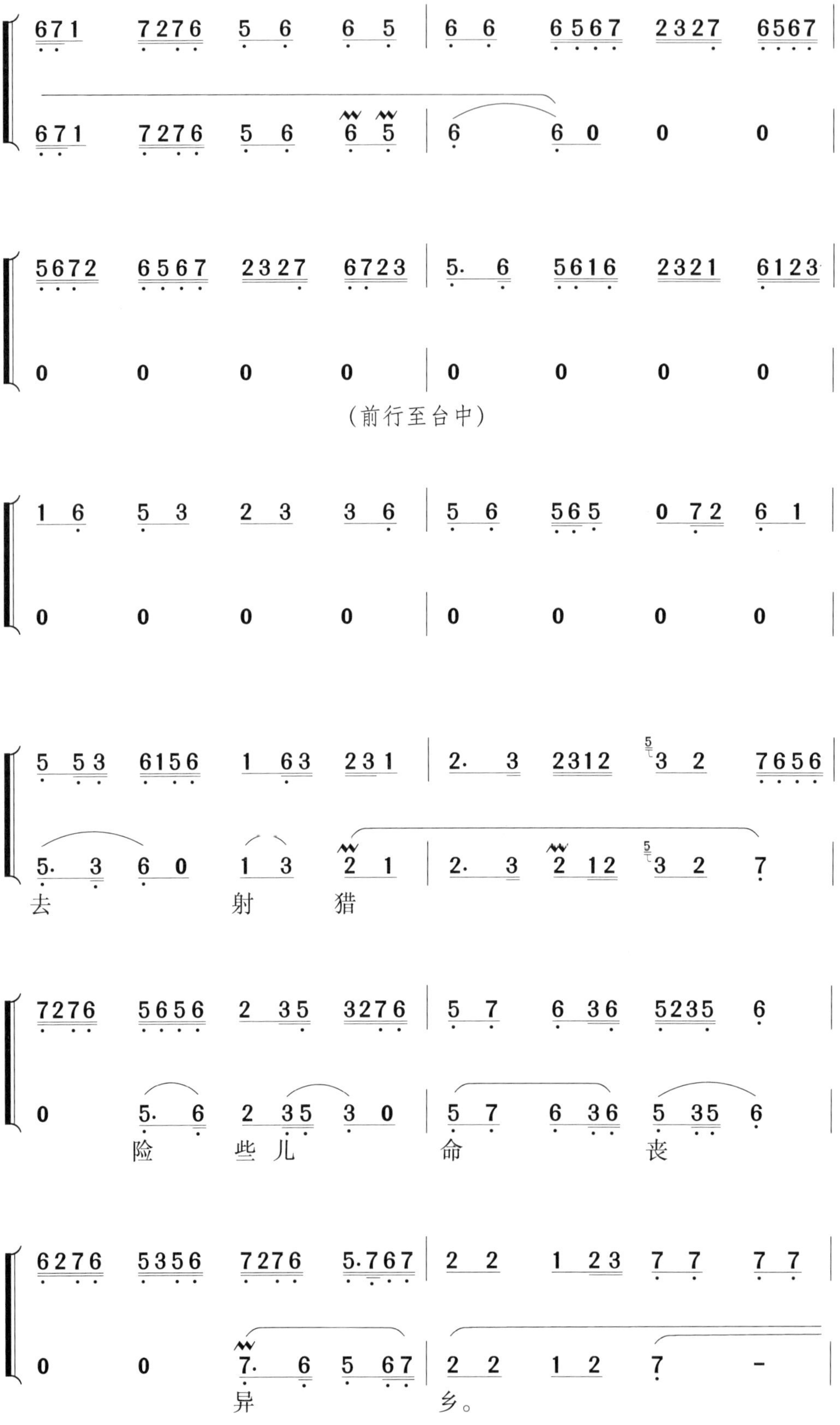
(前行至台中)
去 射 猎
险 些儿 命 丧
异 乡。

状元媒

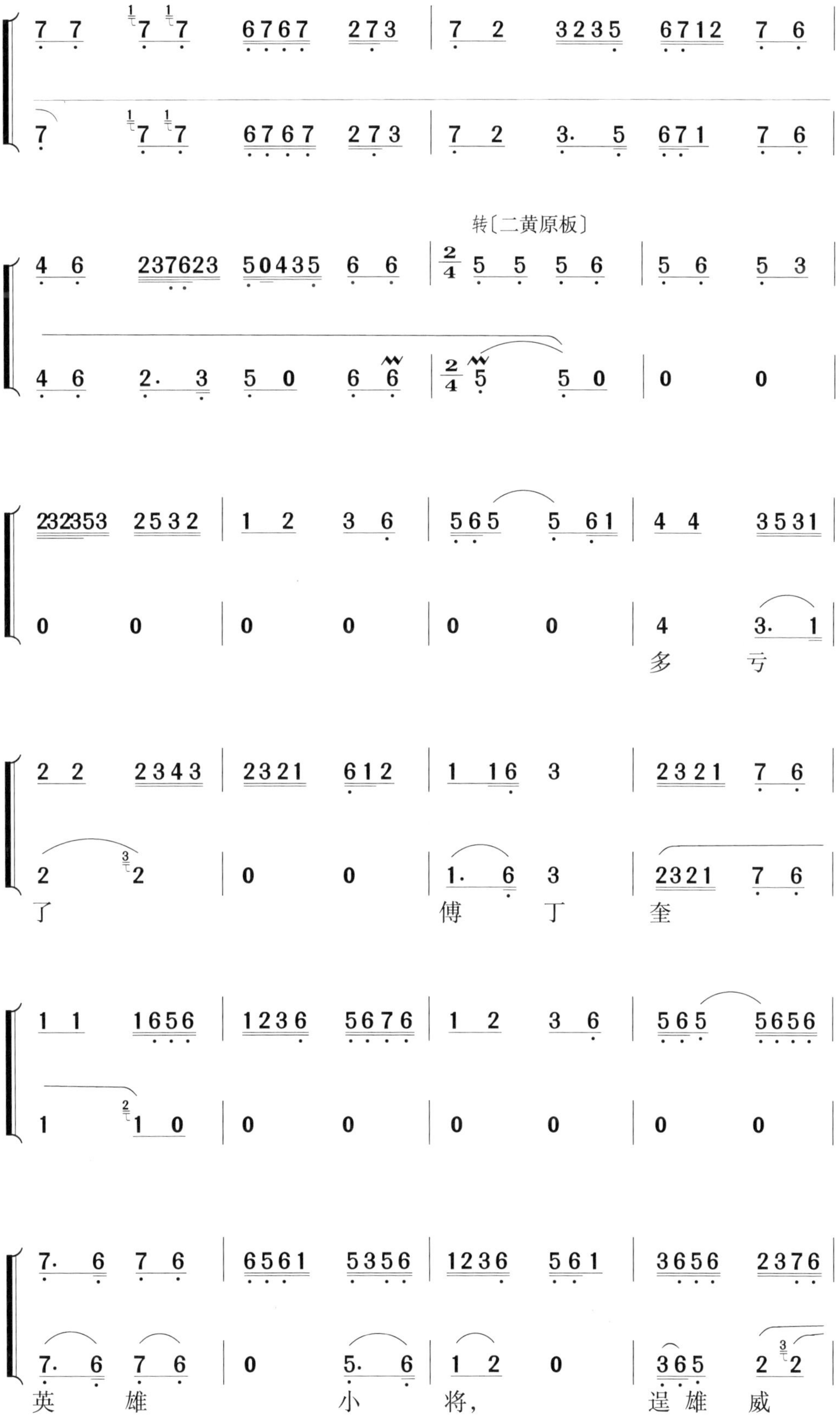

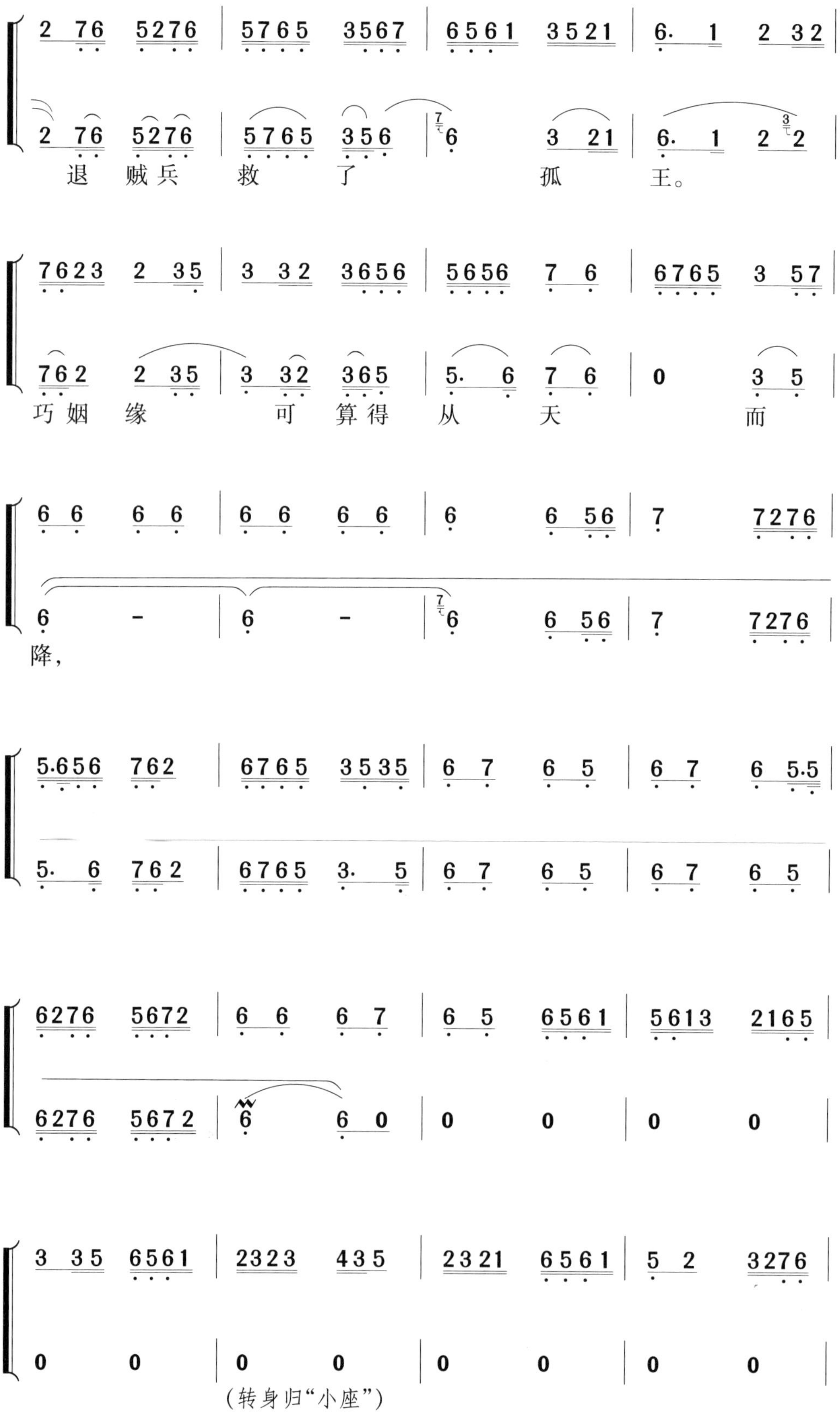
退 贼 兵 救 了 孤 王。
巧 姻 缘 可 算 得 从 天 而
降，
（转身归“小座”）

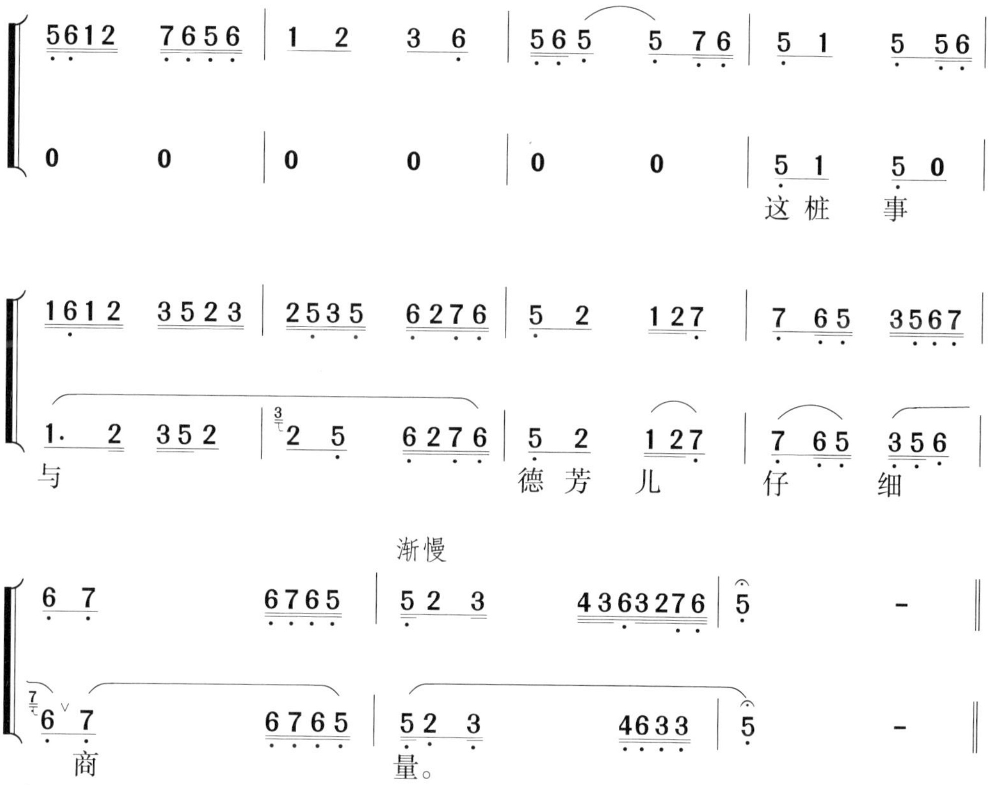

〔【大锣五击】宋王坐下。赵德芳“上场门”上，至“九龙口”。

赵德芳　（念）御妹终身得配良将，德芳进宫拜见叔王。**【大锣住头】**（进宫）儿臣见驾，叔王万岁。

宋　王　皇儿平身。赐座！

〔**【撕边大锣一击】**赵德芳“大边”外椅落座。

赵德芳　万万岁！啊叔王，此番潼台多受惊苦。

宋　王　潼台之事叫皇儿与满朝文武悬念了。

赵德芳　儿臣罪该万死！

宋　王　皇儿何罪之有？孤此番转祸为祥，满朝文武还要加官晋爵。

赵德芳　儿臣敢问叔王，此番潼台救驾何人之功？

宋　王　乃是一员英勇小将。

赵德芳　噢，乃是一员英勇小将。救御妹的又是何人？

宋　王　也是这员英勇小将。

赵德芳　也是这员英勇小将。啊叔王，你可记得状元媒之事？

宋　王　老王遗命焉能忘怀，孤有意明日早朝命新科状元吕蒙正为媒，将你柴御妹的终身许配那救驾的小将，不知皇儿意下如何？

赵德芳　啊叔王，状元现在宫外，何不宣他进宫共同商议御妹的终身大事？

宋　王　好，宣他进宫。

赵德芳　遵旨！（至台中）万岁有旨新科状元吕蒙正进宫。（归原座）

〔吕蒙正内白：“领旨。”**【小锣原位】**上。

吕蒙正 郡主婚姻老王定，蒙正今日做媒人。**【小锣一击】**（进宫、拜）臣吕蒙正见驾，吾皇万岁。

宋　王 平身，赐座。

吕　蒙 谢座。**【小锣一击】**（归“小边”，见赵德芳拱请式）

宋　王 吕蒙正。

吕蒙正 臣。

宋　王 状元公。

吕蒙正 不敢不敢，折杀为臣了。（忙站起躬身下拜）

宋　王 **【小锣一击】**哈哈哈……坐下坐下。（吕蒙正归“小边”椅坐下）卿家有所不知，当年老王托孤之时说道，柴郡主的婚姻需得天子做主，状元为媒。眼前这桩喜事少不得卿家为媒呀。哈哈哈……

吕蒙正 领旨。（躬身拜）

〔西皮摇板〕

宋　王 （7 6 5 55 36 55 32 11 ……）1 32 3 － 3
救 驾 的 小

4 3 62 12 3 3 （46 32 12 37 65 55 ……）
将 军 少 年 英 俊，

63 21 1 32 1 2 － 63 21 161 6 1 －
父 子 们 保 宋 朝 四 海 闻 名。

（3 21 62 12 65 55 ……）1 2 2 1 35
赵德芳夹白：“将门虎子名不虚传。” 这 桩 事 德 芳

1 2 － 13 2· 12 35 2· 1 1 2 － ‖:〔行弦〕（2 61
儿 你 看 得 准，

2 3 21 61 2 :‖ 2 61 2 3 21 61 20 ‖

赵德芳 儿臣不敢，叔王英明。

宋　王 哈哈哈…… **【单楗大锣凤点头】**

（7 6 5 55 36 55 32 11 ……）5 62 1 3
这 才 是 天

3 21 62 1 2 － 63 21 6 1 －（3 21 62 12 65
缘 巧 配 人 同 此 心。

5 5 ……）2 1 2 2 5 3 1 2 - 1 3 2 2. 1 1 2 -
吕蒙正是 一 个 现 成谋 证，

吕蒙正 领旨。（站起）**【单楗大锣凤点头】**

（7 6 5 5 5 3 6 5 5 3 2 ……） 3 2 1
辞 王

1 1 3 1 3 2 - 7 6 7 2 6 6 1 -
驾 到 天 波 府 去 报 喜 音。

〔至台中欲出宫。**【大锣住头】**

宋 王 啊回来回来。（吕蒙正止步，退回“小边”）卿家你要往哪里去呀？

吕蒙正 奉了万岁的旨意前去做媒呀。

宋 王 你到天波杨府做甚呢？孤将郡主许配了救驾的小将，与那杨家何干哪？

赵德芳 啊叔王，救驾小将是天波府的杨延昭，杨六郎哇。

吕蒙正 是啊，杨延昭就是救驾的小将啊。

宋 王 哈哈，孤就晓得你们是张冠李戴了。**【小锣一击】**（吕蒙正与赵德芳对视不解）

赵德芳 儿臣敢问叔王，救驾小将是何臣之子，哪家之后哇？

宋 王 乃是开国元勋定山王傅龙之子，名叫傅丁奎。**【大锣一击】**（赵德芳与吕蒙正背供向外，大吃一惊）

赵德芳 错了。清清楚楚是天波府的杨延昭，杨六郎哇。

吕蒙正 明明白白是杨家将的杨延昭哇。

赵德芳 啊叔王，你，错了。（指宋王）

宋 王 （生气地站起）奴才，大胆。

〔**【闪锤】**吕蒙正、赵德芳即刻站起，二太监搬椅归位。

〔西皮摇板〕

（7 6 5 5 5 3 6 5 5 3 2 1 1 ……） 1 4 3 3 3 2 5
傅 丁 奎 他 救

3 4 3. 2 1 2 3 （3 3 7 6 5 5 5 3 6 5 5 3 2
了 孤 王 的 性 命，

1 1 ……） 1 2 1 2 2 1 1 2 1 2 1 6 5 6 1 （3
又 将 你 柴 御 妹 救 回 御 营。

2 1 6 2 1 2 6 5 5 5 ……） 6 3 2 1 6 3 2 1 1 6 3
快 到 那 天 波 府 毁

2 1 6 1 2 2 1 2 3 5 2 1 6 1 2 6 1 2. 5 3. 2 1
婚 退 聘，有 半 点 好 和 歹 将 你 赶 出

〔亮弦〕

1· 2 35 2 2 2· 1 6 i ‖【单槌大锣一击】（7 2 1 -）

朝 门。

出宫去吧！

〔（扎扎仓）宋王双手抓袖、背袖内亮相，【快长锤】“下场门”下，二太监跟下。赵德芳与吕蒙正“下场门”观望，【单槌大锣一击】扫兴状。

赵德芳 哎！【单槌大锣凤点头】

（7 6 5 55 36 55 32 11 ……）3 36 5 i 57 6

赵 德 芳 今 日 里

7 6 6 35 6 （65 35 65 32 12 65 55 ……）

真 正 倒 运，

3 36 5 5 57 6 i 5 3i 65 33 5 - ‖【大锣住头】

似 这 样 痛 责 我 心 内 不 平。

哎！【大锣一击】我御妹许配那杨六郎才是天作之合，叔王偏偏将御妹许配那傅丁奎了，反说我张冠李戴，真真岂有此理！【小锣一击】啊新贵人，我御妹许配哪一个才好啊？

吕蒙正 自然招赘杨延昭的好，怎奈万岁的旨意，蒙正也无可奈何。

赵德芳 怎么讲？

吕蒙正 无计奈何。

赵德芳 哼。【闪锤】

〔西皮摇板〕

（7 6 5 55 36 55 32 11 ……）3 36 5 i 57

吕 蒙 正 休 得

6 5 6 6 35 6 （65 35 65 32 12 65 55 ……）

要 摇 摆 不 稳，

3 36 5 35 5 37 6 53 i 65 53 i 6· 3 5

可 笑 你 中 状 元 是 非 不 明。

（65 36 55 32 12 65 55 ……）3 36 5 57 6 5

你 速 到 定 山 府 毁

6 6 35 6 （65 35 65 32 1）3 36 5 5 5 35

婚 退 聘， 有 半 点 好 和

状 元 媒

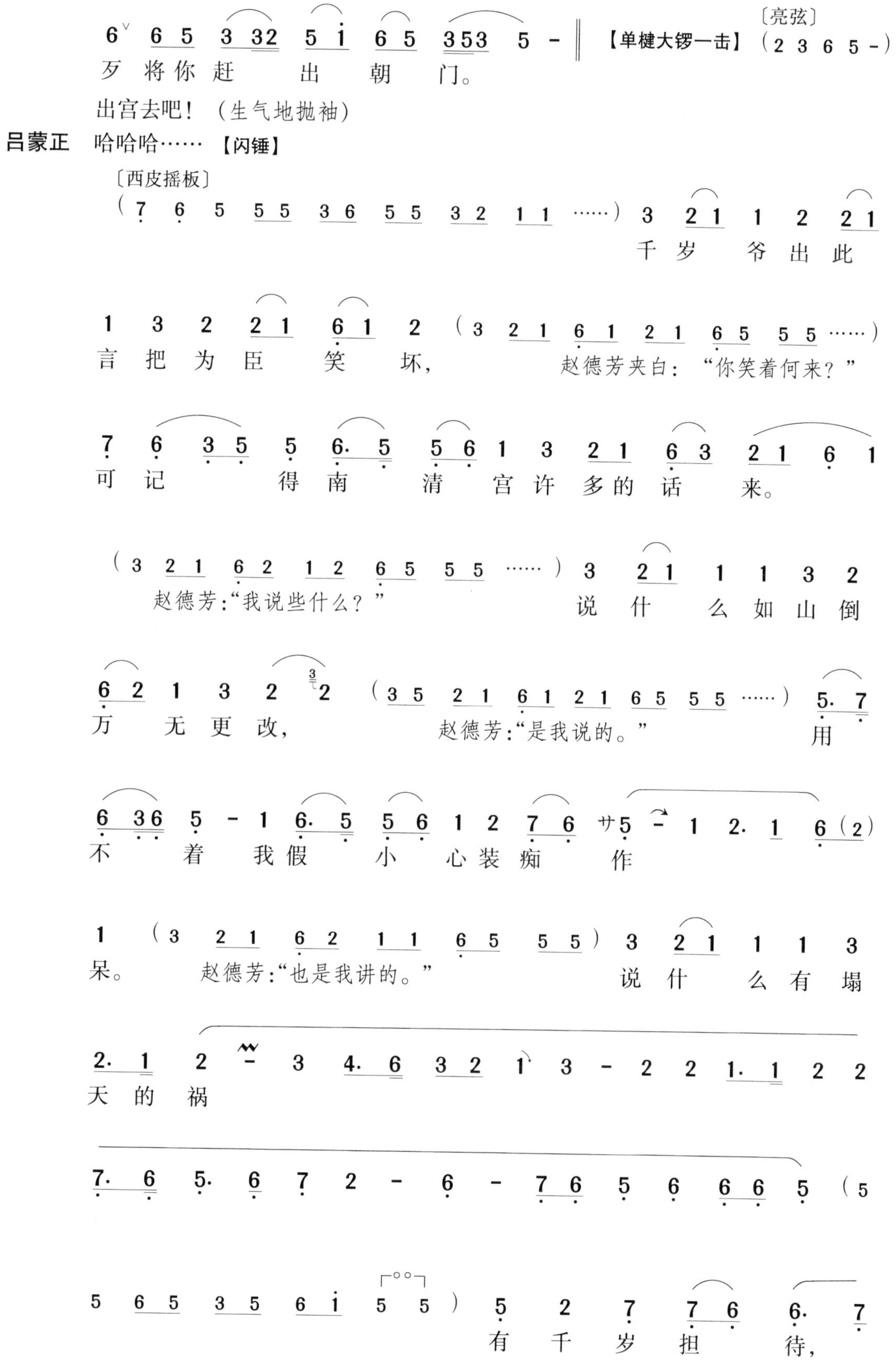
〔亮弦〕
【单槌大锣一击】
歹将你赶出朝门。
出宫去吧！（生气地抛袖）
吕蒙正 哈哈哈……【闪锤】
〔西皮摇板〕
千岁爷出此
言把为臣笑坏，
赵德芳夹白："你笑着何来？"
可记得南清宫许多的话来。
赵德芳："我说些什么？"
说什么如山倒
万无更改，
赵德芳："是我说的。"
用
不着我假小心装痴作
呆。
赵德芳："也是我讲的。"
说什么有塌
天的祸
有千岁担待，

2 3 2 7 6· 5 3 5· 6 7 2 6 7 1 7 6 –

〔行弦〕

（仓 大 .）（6 5 3 5 6 7 6 5 3 5 6 0）

赵德芳："嗯，有我担待呀。"

吕蒙正 千岁呀！【单楗大锣凤点头】

（7 6 5 5 5 3 6 5 5 3 2 1 1 ……）3 2 1 1 1 3 2

为臣 我学姜尚

3 2 1 2 2 1 6· 1 2 – 0 2 1 1 0 2 2 1 –‖

稳坐在钓鱼 台，赵德芳："啊，不错！"我要 下 不 来（呀）！

赵德芳 哎呀，好了好了。你哪有许多的啰嗦，你快想个妙计，叫柴郡主与杨六郎成亲的才是啊。
吕蒙正 贤爷去到郡主宫中，问过郡主便知明白。
赵德芳 啊？我问什么？
吕蒙正 啊附耳上来。（二人耳语）
赵德芳 哈哈哈……【闪锤】

〔西皮摇板〕

（7 6 5 5 5 3 6 5 5 3 2 1 1 ……）3 3 6 5 5 5 7 6 7

一席 话把本 御忧

6 6 3 5 6（6 5 3 5 6 5 3 2 1 1 ……）3 3 6 5 5 5 3 i

愁全 解， 不愧 你中状

6 – 3 6 5 – 6 6 5 –‖: 5 3 6 5 i 6 5 3 6 5 0 :‖

元 满 腹 文（那）才。

吕爱卿。

吕蒙正 臣。
赵德芳 你随我去见郡主。
吕蒙正 哎呀，郡主宫中为臣焉能去得。
赵德芳 啊不妨事，有本御担待。
吕蒙正 怎么？又有贤爷担待？
赵德芳 有我担待。
吕蒙正 哎呀，我实实的不敢领教哇。
赵德芳 随我来呀，哈哈…… （〔行弦〕止）

〔【一锤锣】赵德芳携吕蒙正"下场门"下。转【大锣原场】

第九场

〔宫中。粉蝴蝶幕，牡丹屏风，湖色桌围椅披，正场桌，“小座”。

〔八宫女大“站门”，**【慢长锤】**上场。

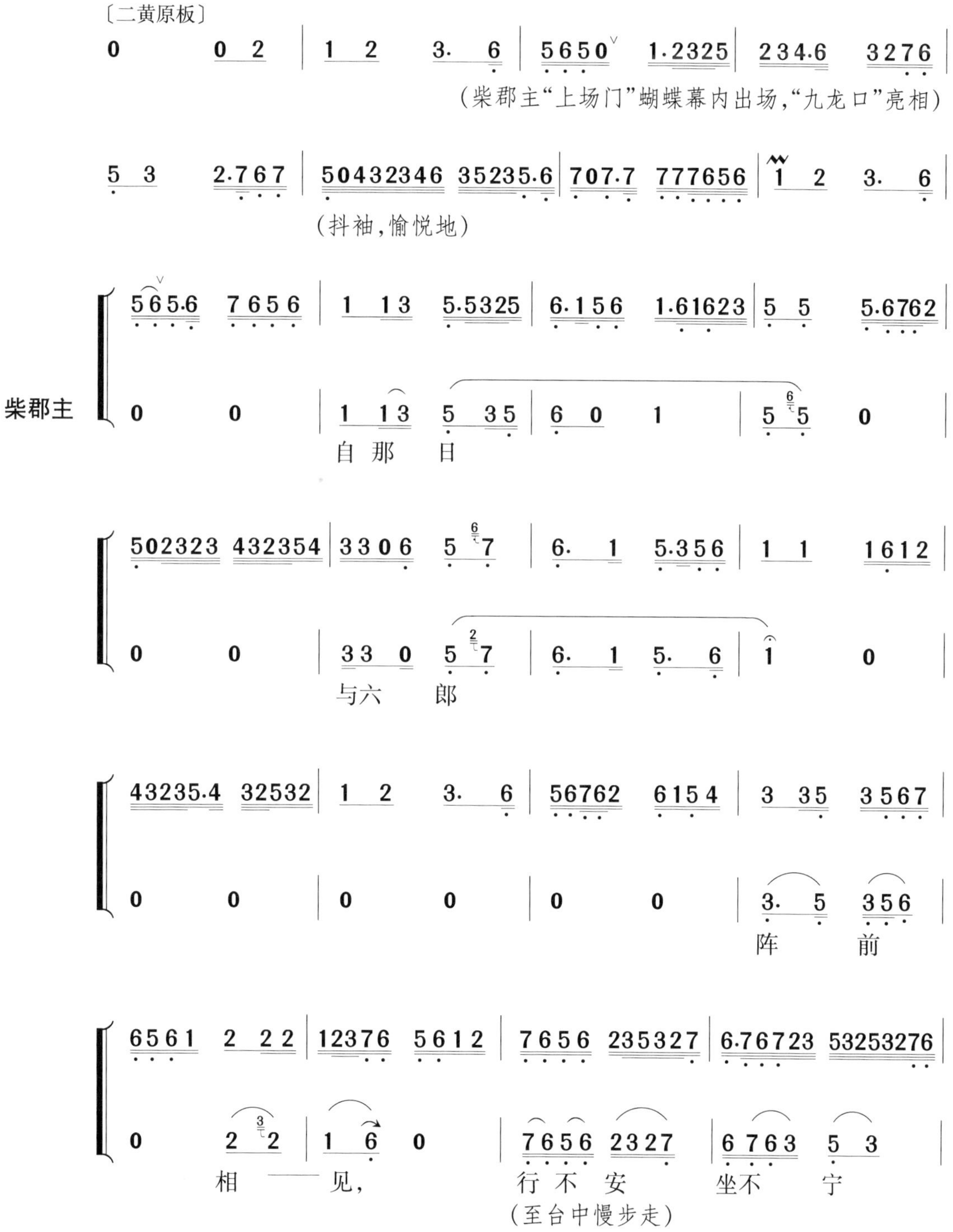

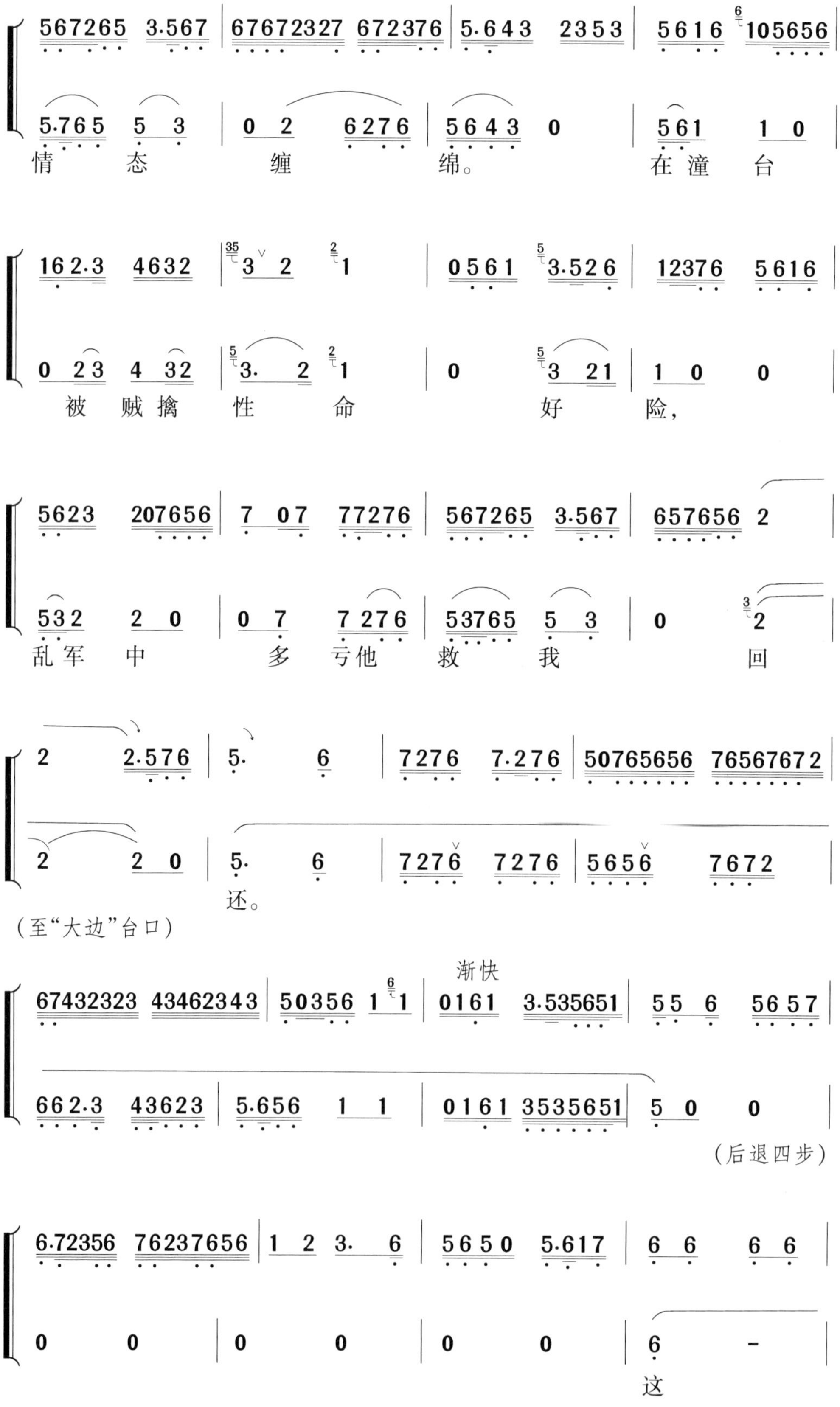
情 态 缠 绵。在 潼 台
被 贼 擒 性 命 好 险，
乱 军 中 多 亏 他 救 我 回
还。
（至“大边”台口）
渐快
（后退四步）
这

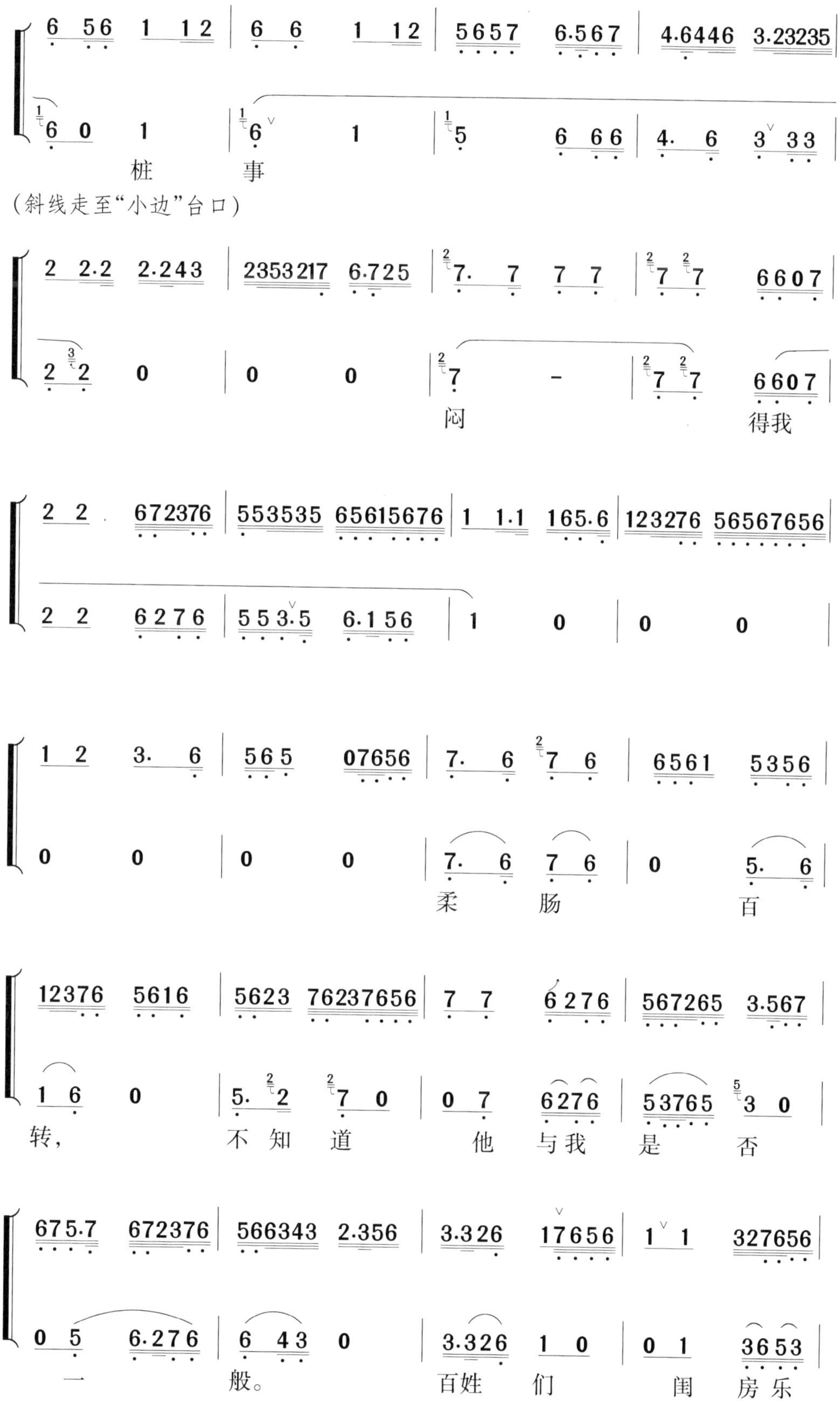
桩 事
(斜线走至“小边”台口)
闷 得我
柔 肠 百
转, 不 知 道 他 与我 是 否
一 般。 百姓 们 闺 房 乐

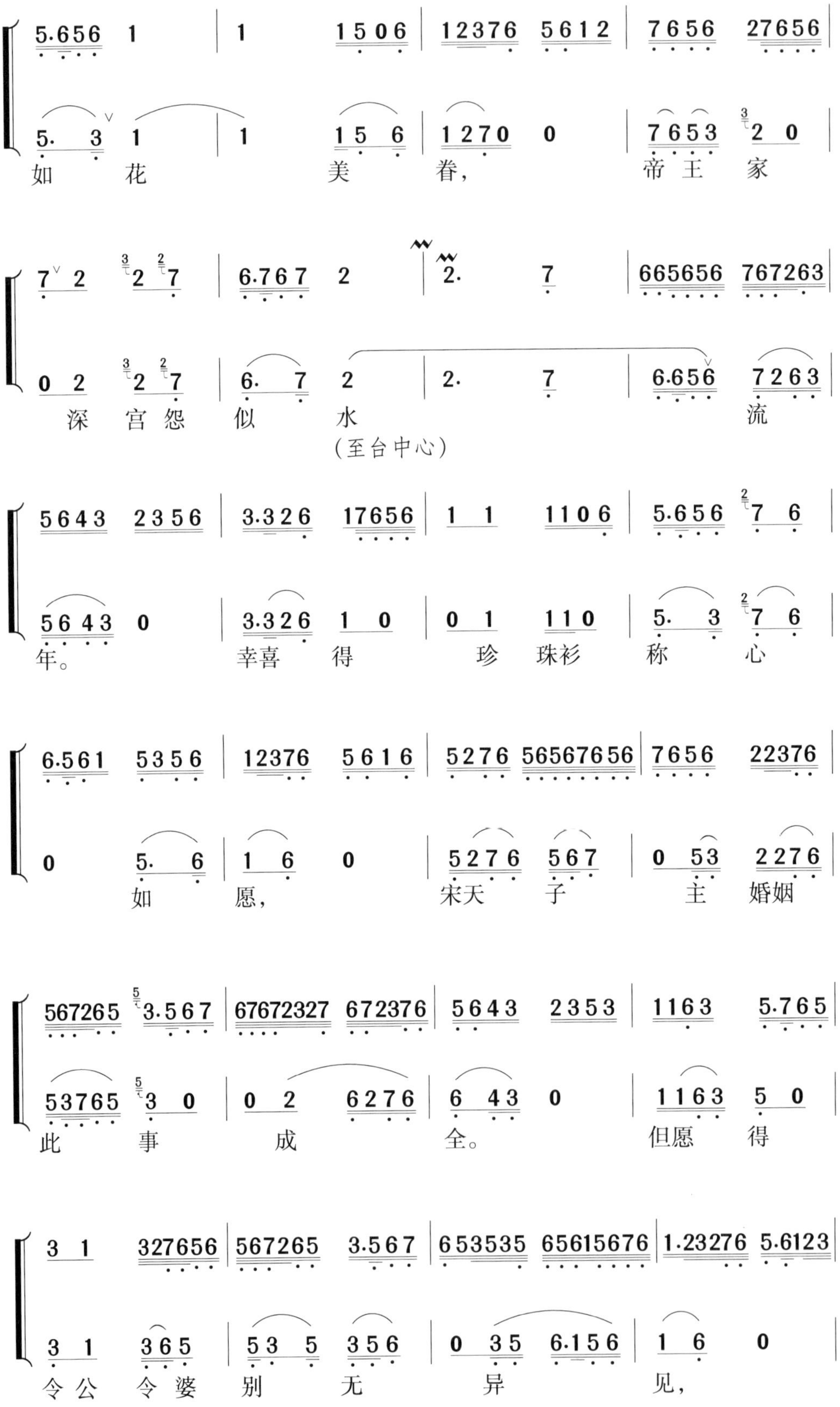
如花美眷，帝王家
深宫怨似水流
(至台中心)
年。幸喜得珍珠衫称心
如愿，宋天子主婚姻
此事成全。但愿得
令公令婆别无异见，

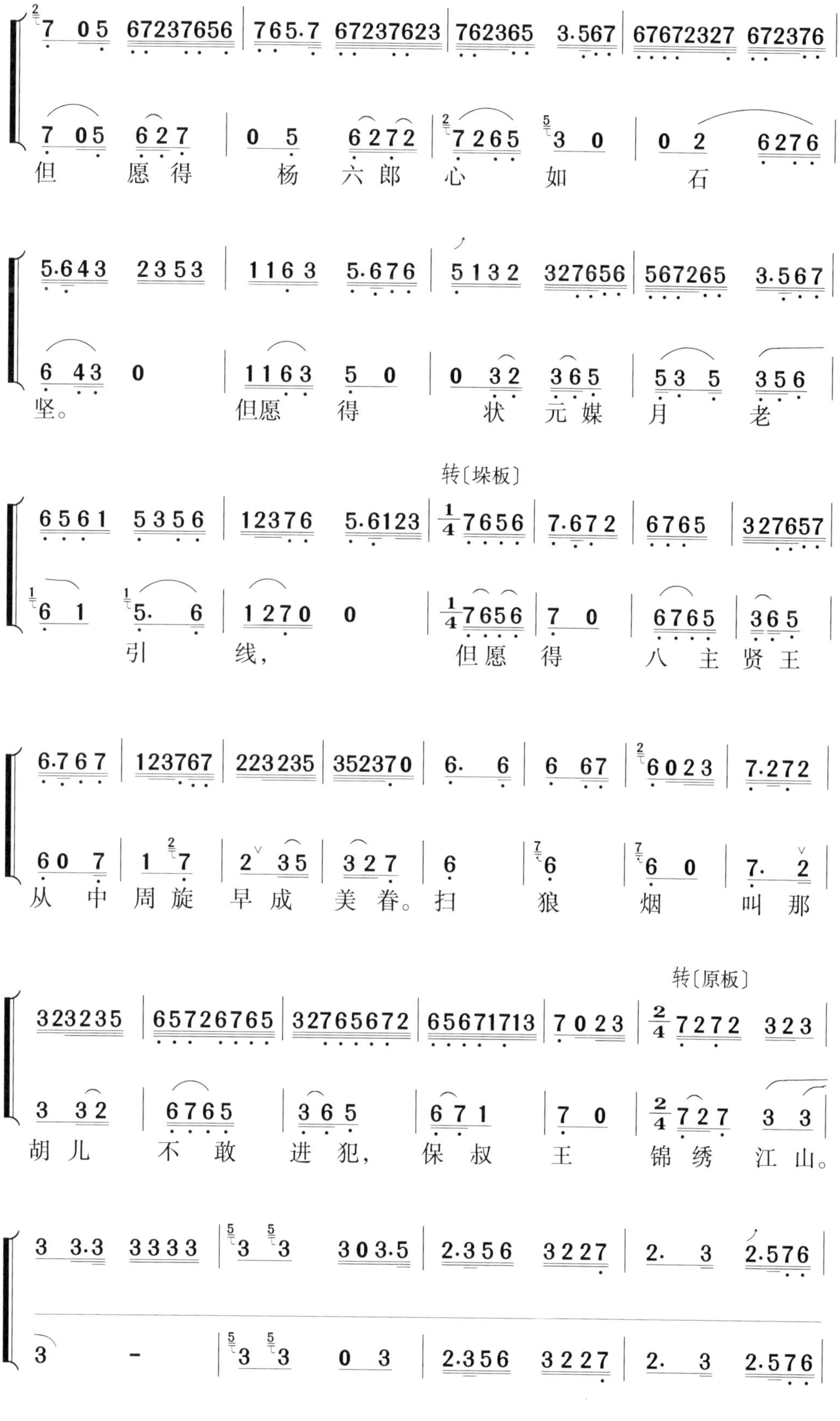
但 愿得 杨 六郎 心 如 石
坚。 但愿 得 状 元媒 月 老
转〔垛板〕
引 线， 但愿 得 八 主 贤 王
从 中 周 旋 早 成 美 眷。 扫 狼 烟 叫 那
转〔原板〕
胡 儿 不 敢 进 犯， 保 叔 王 锦 绣 江 山。

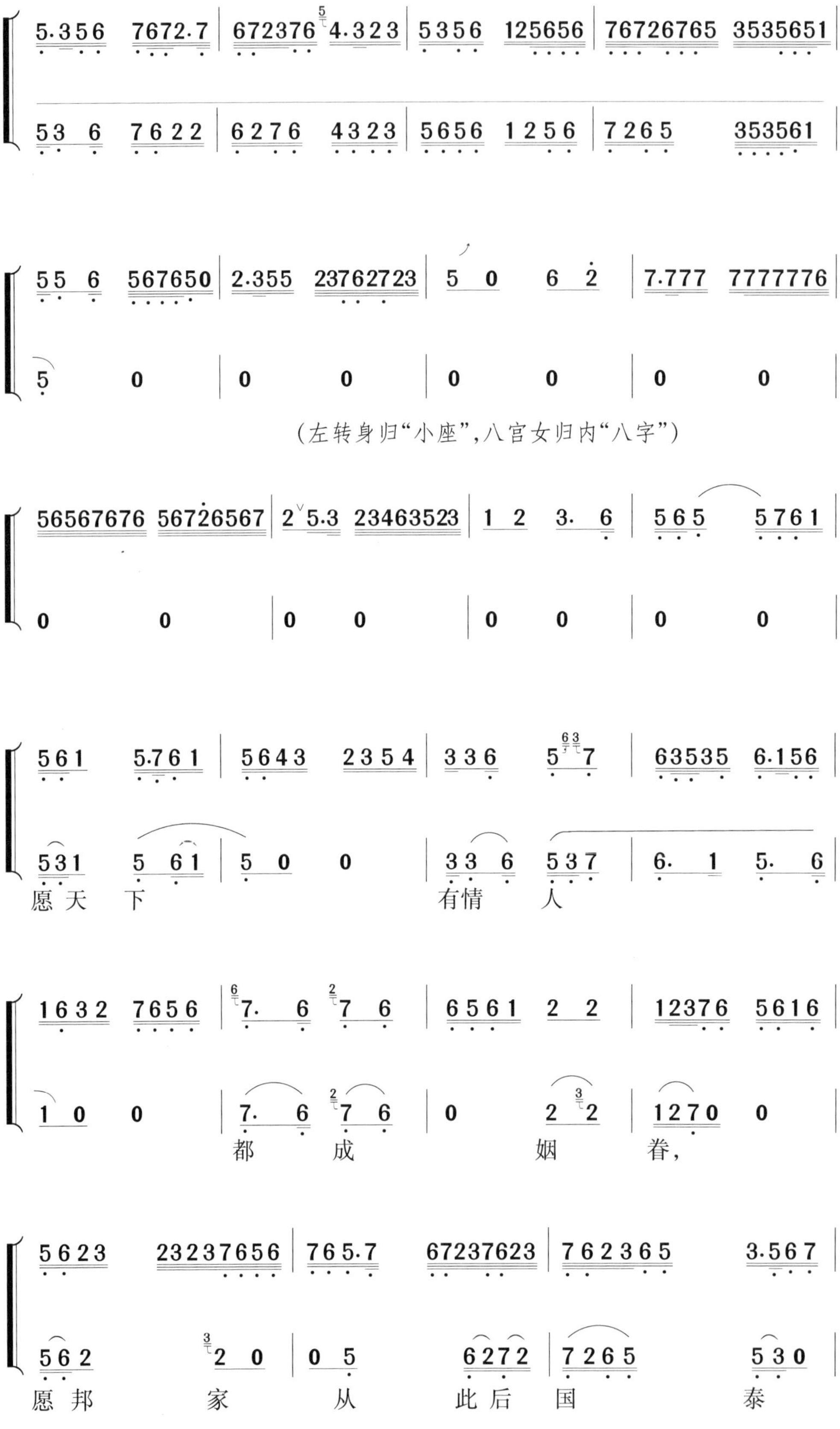
(左转身归“小座”,八宫女归内“八字”)
愿天下
有情人
都成
姻
眷,
愿邦
家
从
此后
国
泰

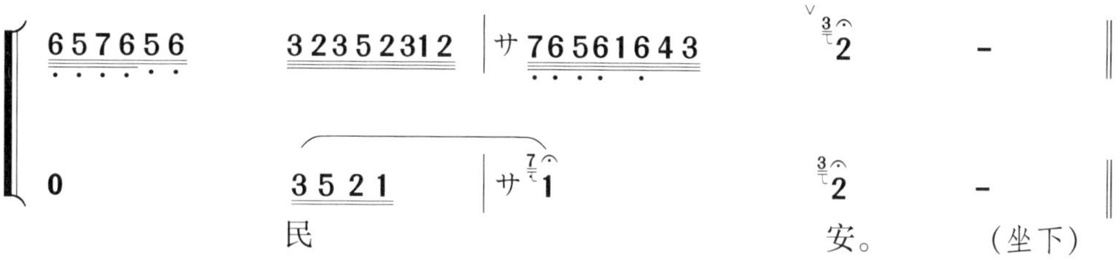

〔【大锣五击】八贤王二幕外“上场门”上，至“小边”台口。

赵德芳 （念）适才叔王将我怨，问清御妹解疑团。【大锣住头】

〔大宫女出门至台中，蹲拜。

宫　女 迎接八贤爷。

赵德芳 本御到了。

宫　女 是。（进门）启禀郡主，八贤爷驾到。

柴郡主 有请。

宫　女 是。有请八贤爷。

〔【一锤锣】郡主离座，整衣相迎，赵德芳整冠进门，“挖”至“大边”台口。

赵德芳 御妹在哪里？御妹在。

柴郡主 皇兄。

赵德芳 御妹。

柴郡主 请坐。

赵德芳 御妹请。

〔【大锣原场】宫女搬“八字椅”，二人归座。【大锣一击】二人欲言，赵德芳示意八宫女回避，郡主会意。

柴郡主 你们退下。【大锣住头】（宫女两边分下）

赵德芳 啊御妹，此番潼台，你受惊了啊。

柴郡主 受惊事小，有劳皇兄挂心。

赵德芳 兄妹之情哪有不担心之理。

柴郡主 啊皇兄，不在金殿陪王伴驾，来到深宫有何赐教？

赵德芳 哎呀呀，不是御妹提起我倒忘怀了。恭喜御妹，贺喜御妹！

柴郡主 啊？【小锣一击】（眼神左顾右盼思之）我喜从何来呢？

赵德芳 哎呀呀，真菩萨面前你可不要烧假香啊。难道说你忘了不成？

柴郡主 你有话请讲，无话就不要说了。

赵德芳 御妹，你我虽非同胞，情同手足，我为了御妹的终身大事不知操了多少心，我呀，我还挨了骂了。

柴郡主 （微笑）小妹我也不多谢你呀。

赵德芳 啊御妹，我来问你，此番潼台救驾何人之功？

柴郡主 你问这做什么？

赵德芳 我是受人之托，忠人之事啊。

柴郡主 你既受人之托,何必来问我呀？

赵德芳 我并非拿你取笑，我是不得不问那！

柴郡主 你问的是什么？

赵德芳　此番潼台救驾何人之功？
柴郡主　乃是……（看赵德芳，说不出口）
赵德芳　哪个？
柴郡主　乃是……（面向外，犹豫不决）
赵德芳　哎呀呀，这乃是到底是谁呀？
柴郡主　唉，这有什么大惊小怪呀！
赵德芳　并非我大惊小怪，到底是哪一个哇？
柴郡主　是瓦桥三关的杨……【小锣一击】（右手指右方，脱口而出）
赵德芳　杨什么？
柴郡主　杨延昭。【小锣一击】（羞怯地低头不语，赵德芳高兴地双手击掌）
赵德芳　哦，救御妹的又是何人？【小锣一击】（搭右腿，再次追问。柴郡主假装生气地站立）
柴郡主　我早晓得你是来者不善，善者不来。全不像哥哥的样子哦！（抛出左袖）
赵德芳　御妹有所不知，其中有了缘故，我是不得不问。多亏何人啊？
柴郡主　多亏……
赵德芳　何人？
柴郡主　哎呀，你好麻烦那！
赵德芳　哦，是不是那天波府的杨六郎？
柴郡主　你既知道何必多问那！（左背供，含羞地低头）
赵德芳　救御妹的还有何人？
柴郡主　并无别人。
赵德芳　这就不对了。
柴郡主　怎么不对了？
赵德芳　叔王言道，救驾小将名叫傅丁奎。
柴郡主　傅丁奎？【小锣一击】（右手扶鬓，思之、忽想起）
赵德芳　正是。
柴郡主　哦，他是奉叔王之命接我回朝来的呀。
赵德芳　唉，叔王就将御妹终身许配那傅丁奎了，气死我也！【大锣一击】

〔亮弦〕
【大锣一击】（2. 3　4 6ᵛ　5 －）

〔【双楗大锣凤点头】赵德芳搭右腿，右翻袖，左手上搭袖，放在腿上。柴郡主大吃一惊，站起、又坐下、再站起，前行两步，意想不到状。

〔西皮散板〕
柴郡主　サ（6 65 55 i3 2 6 21 －）3 36 5 － i i 3. 6
这才是平白
5（2 3 6 5）7 6 6 6i 35 6 －（6. 5 3 3. 5
的 张冠李 戴，
6 －）5 i 65 53 35 6（6. 5 3 3. 5 6 －）i i 55
（仓）好姻缘 变 成 了 无安

6 5 6 6. i 5 - (2 3 6 5) 3 6 5 3 6 5 i. i
之 灾。（仓）眼 前 若 有 老
（拭泪）

5 6 i 6. 2 i 2 3 - 2 - 7. 2 6 5 5 5 2. 3 4 6
王 在，儿 的 亲 娘(啊)！
（上翻左袖双手拱请式，悲伤地，赵德芳同情地看着郡主感叹）

3. 5 3 5 6 0 2 - 7. 2 7 2 7. 6 5 6 6 5 - |

〔【双楗大锣凤点头】柴郡主哭泣，拭泪。赵德芳走至“大边”台中。

柴郡主 (6 - 6 5 5 5 i 3 2 7 6 2 1 -) i 6 5 3. 5
岂 容 你

6 (6. 5 3 3. 5 6) 5 i 6 5 3 5 3 5 - ‖【大锣住头】
等 乱 胡 来！
（看着赵德芳，不满地）

柴郡主 你们姓赵的无有一个好人！（左手指赵德芳）【大锣一击】（指责地看着赵德芳）

赵德芳 怎么连我也骂在其内了哇？

柴郡主 不要在此虚情假意，快快与我请了出去吧。【大锣一击】（气愤地双抛袖，左转身，走向“小边”跨椅前）

赵德芳 唉！【双楗大锣凤点头】

〔西皮散板〕
(7 6 6 5 i 3 2 6 2 1 -) i 5 5 7 6 5 6 3 5 6 (6. 5
叔 王 责 来 御 妹 怪，

3 3 5 6) 3 6 5 5 3 i 6 3 5 i 6 5 3 5 3 5 ‖【大锣住头】
（仓）此 事 叫 我 怒 满 胸 怀。

唉！【大锣一击】这都是杨六郎害人不浅，进得南清宫说什么“老王言在先，贤王做周全。若要事成就，须得一状元”。东拉西扯把我就拉在其内了。这还不算，还将一位新科状元也拉在其内了哇！

柴郡主 （边听边转过身来）哦，是哪位状元？

赵德芳 新科状元吕蒙正。

柴郡主 吕蒙正。【小锣一击】（思之）

赵德芳 御妹，此人足智多谋，何不宣他进宫共同商议御妹终身大事啊？

柴郡主 好，就依皇兄。（右转身）

赵德芳 待我宣他进宫。【小锣一击】（欲出门又退回原位）御妹你这儿来。

柴郡主 （左转身问）何事啊？

赵德芳 我问问你，我们这姓赵的有好人没有？

柴郡主 哎呀，方才我骂的不是皇兄啊。

赵德芳 哦，骂的不是我，那么你骂谁呢？

柴郡主 嗯！是叔王。

赵德芳 哈哈，**【小锣一击】**你敢背地里骂皇上，好大的胆子呀。

〔柴郡主心惊，自知失口，忙哀求赵德芳。

柴郡主 小妹我一时性急，皇兄不要启奏。

赵德芳 我是焉能启奏。方才为了御妹的终身大事被叔王骂了一顿，我这心中有些不服。御妹你这一骂呀，倒给我出了气了。（会意地一笑）

柴郡主 哎呀，不要多讲了。

赵德芳 **【单键大锣凤点头】**御妹呀。（八宫女两边分上）

〔西皮摇板〕

（7 6 5 55 36 55 32 11 ……）3 36 5 53 7
这才 是好

6 7 6 35 6 （65 35 65 32 12 65
事多磨 难，

55 ……）3 36 5 53 i 6 5 6i 43 3 53 5 – ‖
御妹 你垂 珠帘好见 状 元。

（二人回身内看）（柴郡主点头会意）

〔赵德芳出门，“上场门”下，柴郡主至台中。

柴郡主 **【闪锤】**（7 6 5 55 36 55 32 11 ……）i 5 7
忙将宫

7 5 6 5 6 3 5 6 （65 35 65 32
娥 一 声 唤，

11 65 55）i 65 5 35 6 53 ii 6
安排 座 位 垂 珠 帘，

（双翻袖到台口） （左转走小圈）

65 3（2） 5i 6（i）5（2） 3（56i） 5 – ‖
我要 见 一见 状 元。

（双搭袖拱请式）

〔宫女将“八字椅”搬回“小座”，柴郡主入座，内二宫女放珠帘。

〔【长锤】赵德芳拉吕蒙正上，至“小边”台口，赵德芳左，吕蒙正右。【长锤】切住。

〔亮弦〕

赵德芳 状元公，你走哇！

吕蒙正 我不去呀。

赵德芳 卿家呀。

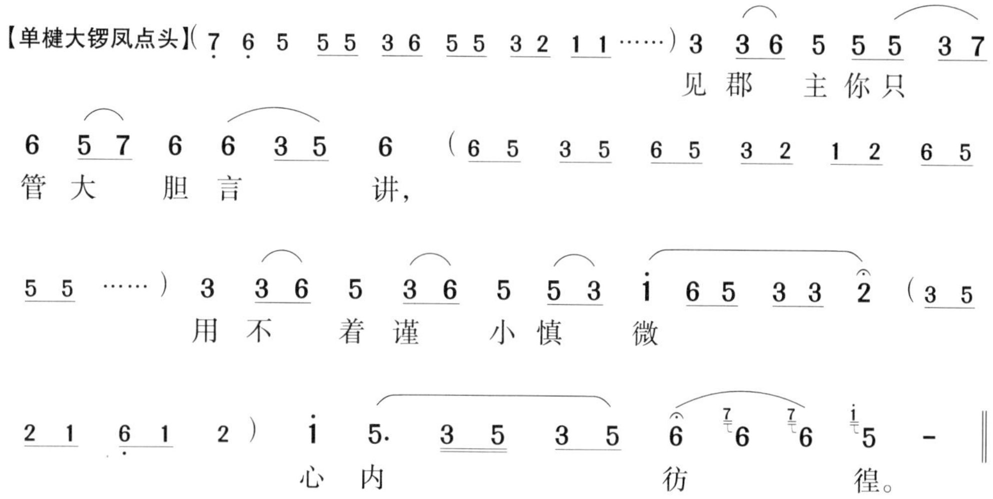

〔【单槌大锣一击】吕蒙正“拱请式”看赵德芳。

吕蒙正 千岁呀【闪锤】！

〔西皮流水〕

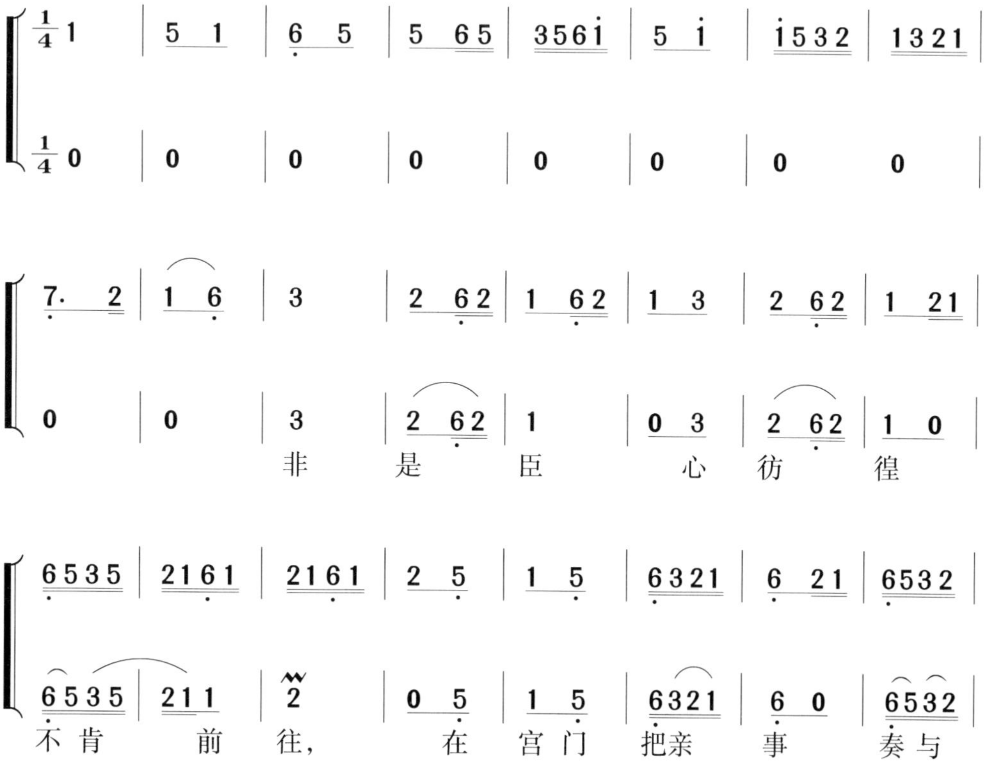

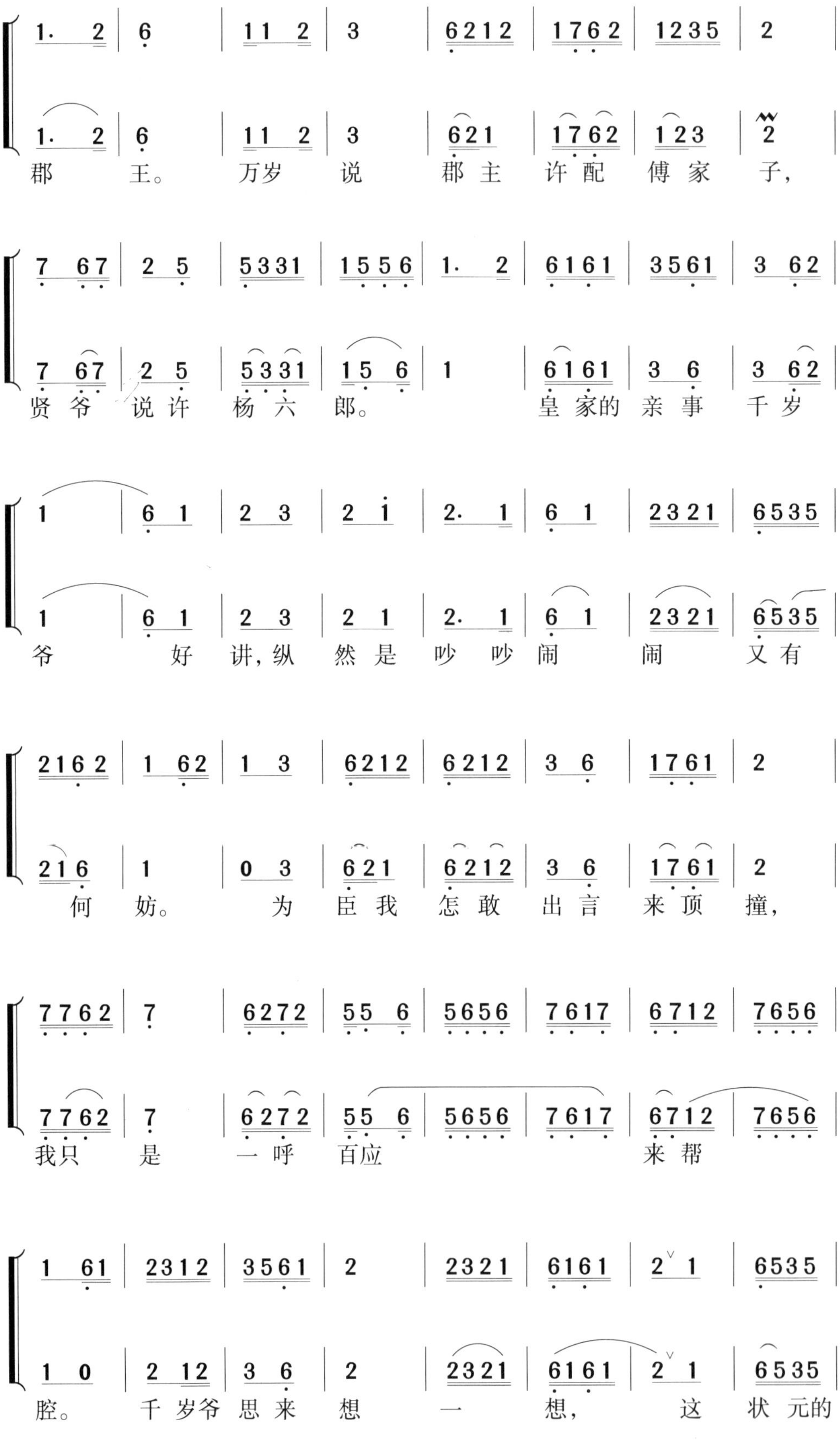
郡 王。万岁 说 郡 主 许 配 傅 家 子，
贤 爷 说 许 杨 六 郎。皇 家的 亲 事 千 岁
爷 好 讲，纵 然 是 吵 吵 闹 闹 又 有
何 妨。为 臣 我 怎 敢 出 言 来 顶 撞，
我只 是 一 呼 百 应 来 帮
腔。千 岁 爷 思 来 想 一 想，这 状 元的

6161 | 2 1 | 6. 5 | 6 1 | 2 22 | i ‖

6161 | 2 1 | 6. 5 | 6 1 | 2 2 | i ‖

媒人 我 实 不好 当(啊)。

赵德芳 卿家呀。**【单楗大锣凤点头】**

〔西皮摇板〕

(7 6 5 5 5 3 6 5 5 3 2 1 1 ……) 3 3 6 5 i 5 7

柴 郡 主 诚 请

6 5 7 6 6 3 5 6 (6 5 3 5 6 5 3 2 1 2 6 5

你 同 把 计 想,

5 5 ……) 3 3 6 5 5 5 3 i 6 4 4 3 3 3 3 5 - ‖**【大锣住头】**

有 本 御 我 在 此 料 也 无 妨。

〔二人进门,赵德芳挖至“大边”。“大边”宫女搬椅,赵德芳就座。吕蒙正台中拱拜。

吕蒙正 臣吕蒙正见驾,郡主千岁。

柴郡主 平身。

吕蒙正 千千岁。

柴郡主 赐座。

吕蒙正 谢座。**【大锣五击头】**(“小边”宫女搬椅,吕蒙正落座)

赵德芳 啊新贵人,状元媒之事何人做主?

吕蒙正 哎呀,千岁知道怎么问起为臣来了?

赵德芳 (背供)郡主问的是你呀。

柴郡主 状元公!

吕蒙正 臣。

柴郡主 请讲。

吕蒙正 臣启郡主,状元媒之事乃是万岁做主。

柴郡主 招赘的郡马是何臣之子,哪家之后?

吕蒙正 乃是定山王傅龙之子,名叫傅丁奎。

赵德芳 你看如何?

〔**【大锣导板头】**音乐中柴郡主又惊又气看着赵德芳,吕蒙正无可奈何地双抛袖坐下。

〔西皮导板〕

(0 6 ⋮ 5 6 i 2 ⋮ 6 i 5 2 ⋮ 4 5 6 5 i ⋮ 5 -)

慢

柴郡主 サ i 6 5. 6 5 6 2 1 2. 3 5 (5 5 5) 2 2. i

到 此 时 顾 不 得 抛 头

(站起)

6 i (3) 2. 3 2160 i 6. i 2 2 i i -

露 面,

珠帘卷起。

〔【慢长锤】二宫女将珠帘卷起，吕蒙正、赵德芳站立，柴郡主心情沉重地走至正中台口。吕蒙正整冠、右拉袖、躬身下拜，柴郡主右翻袖，示意平身。

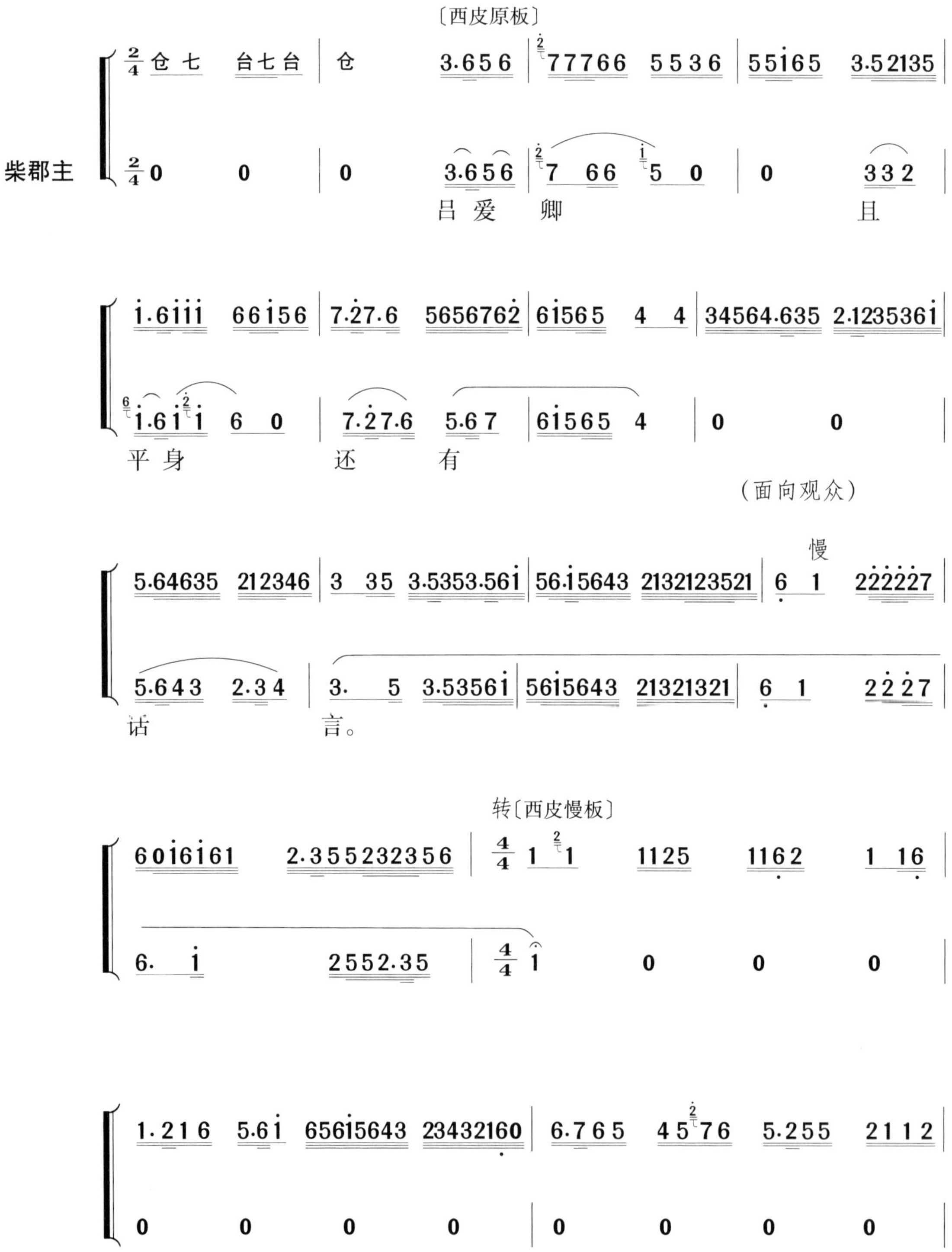

（音乐中夹白：“赐座。”吕蒙正白：“谢座。”宫女将桌外“小坐”向前移出至

台正中，柴郡主左转身吩咐众宫女：“你们退下。”宫女两边分下。三人同坐。吕蒙正夹白：“郡主有何金言，当面请讲。”）

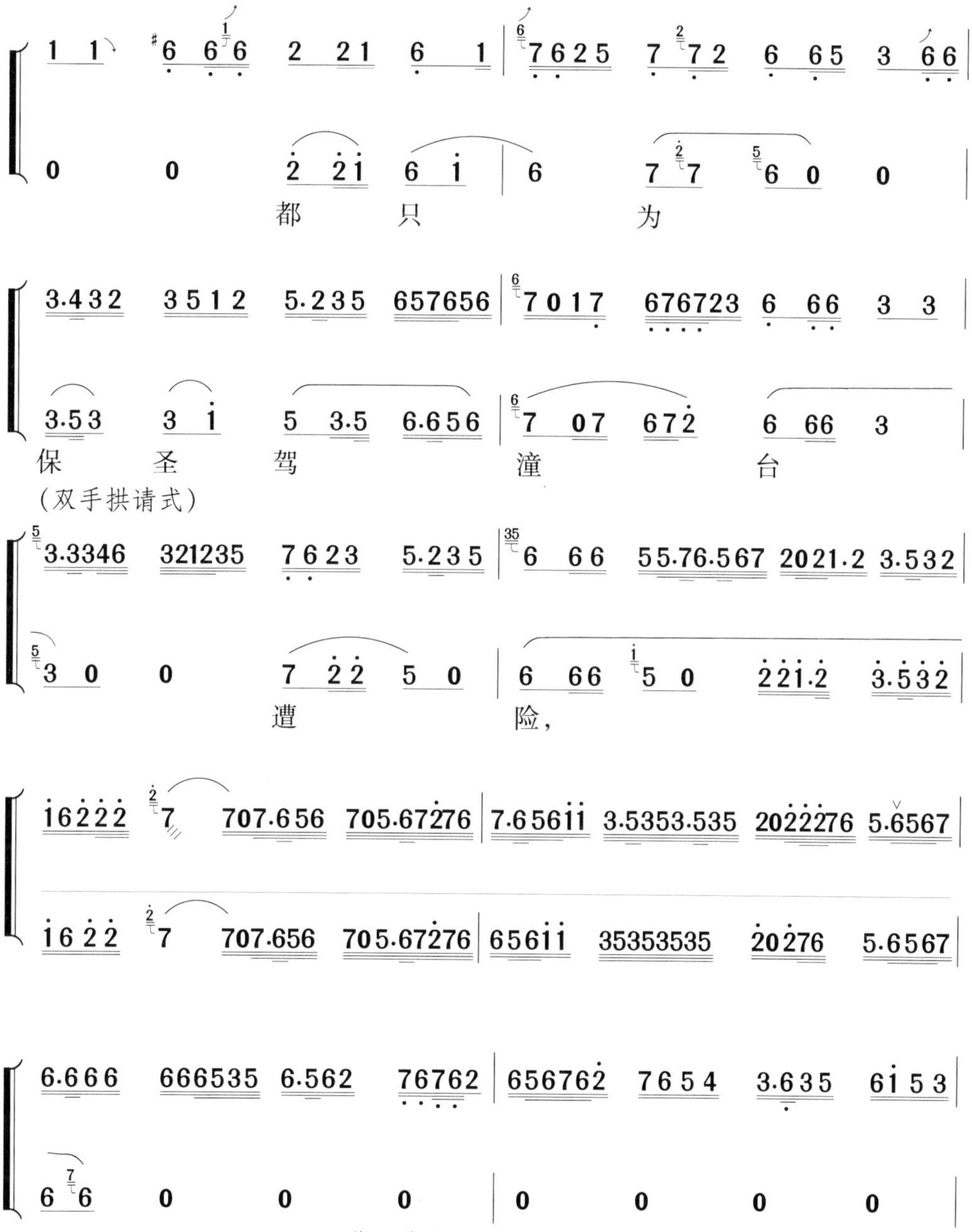

吕蒙正夹白:“臣启郡主,潼台救驾之事微臣一一尽知。”

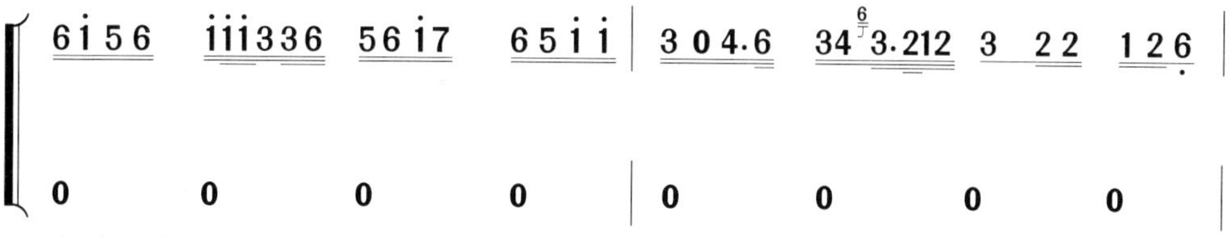

赵德芳夹白：“是啊，他已然知道了。”（柴郡主回忆起当时遇险的情景）

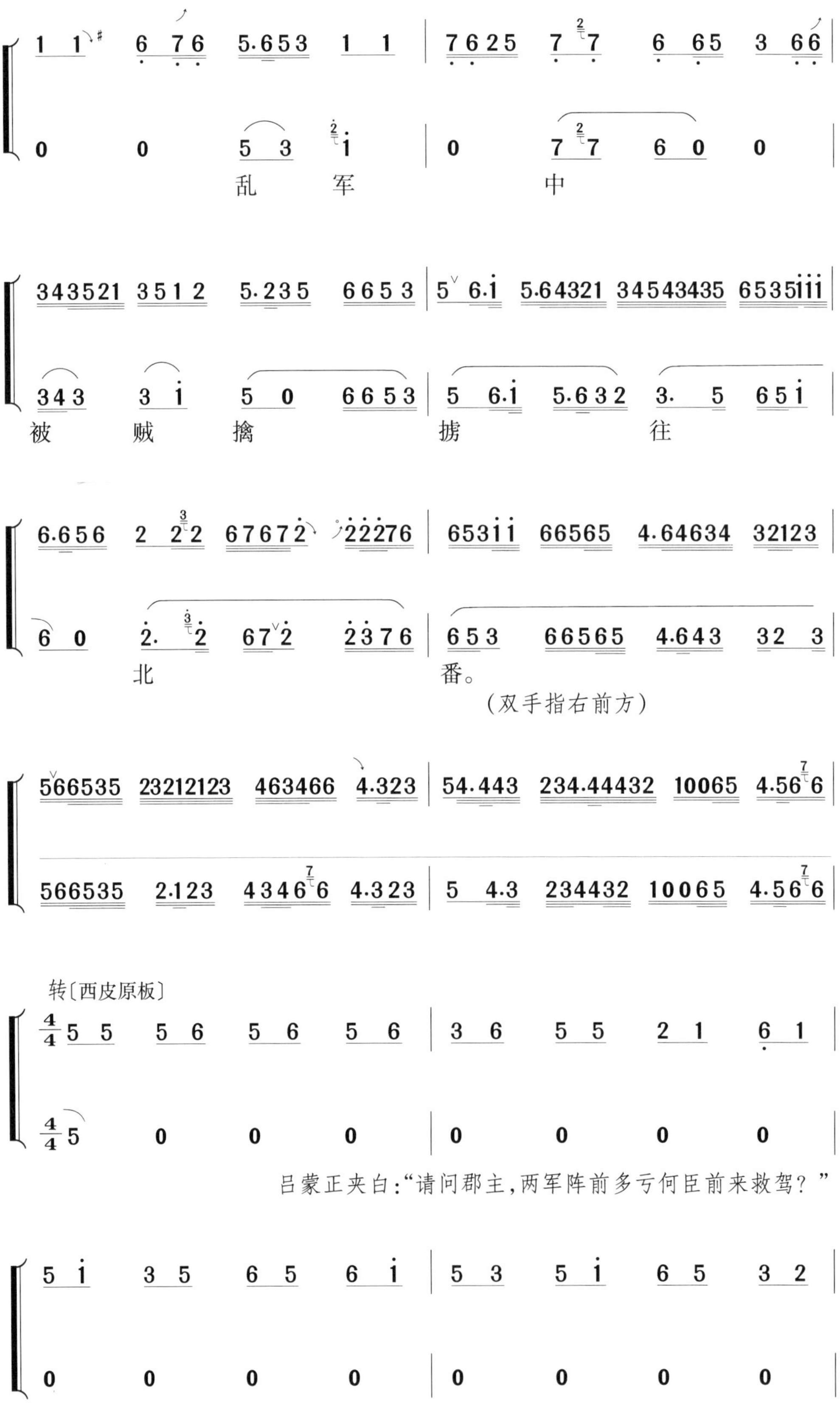

乱 军 中
被 贼 擒 掳 往
北 番。
(双手指右前方)
转〔西皮原板〕
吕蒙正夹白:“请问郡主,两军阵前多亏何臣前来救驾?”

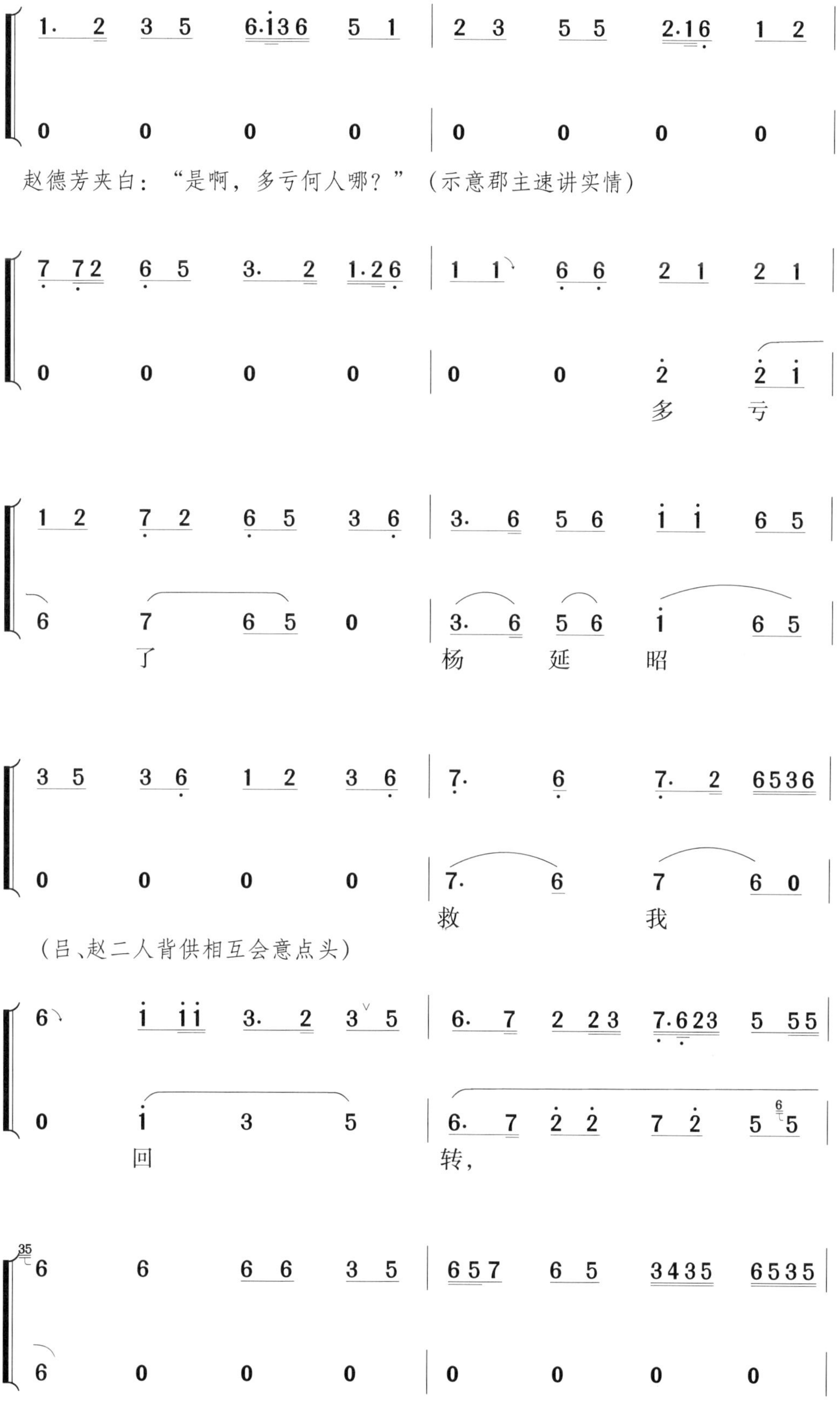
赵德芳夹白："是啊，多亏何人哪？"（示意郡主速讲实情）
多 亏
了
杨 延 昭
救 我
（吕、赵二人背供相互会意点头）
回
转，

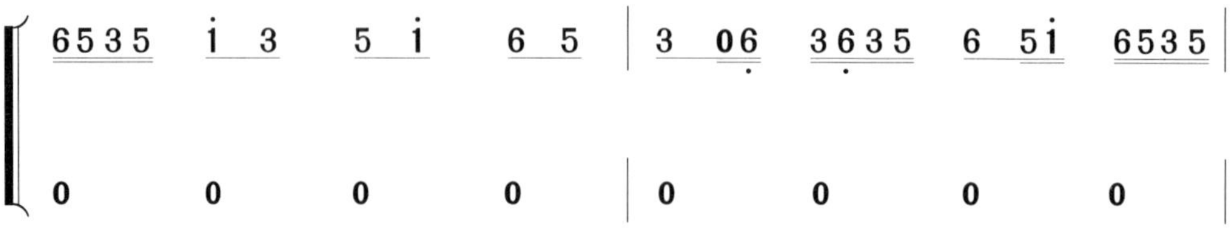

吕蒙正夹白："救驾之臣还有哪个？"

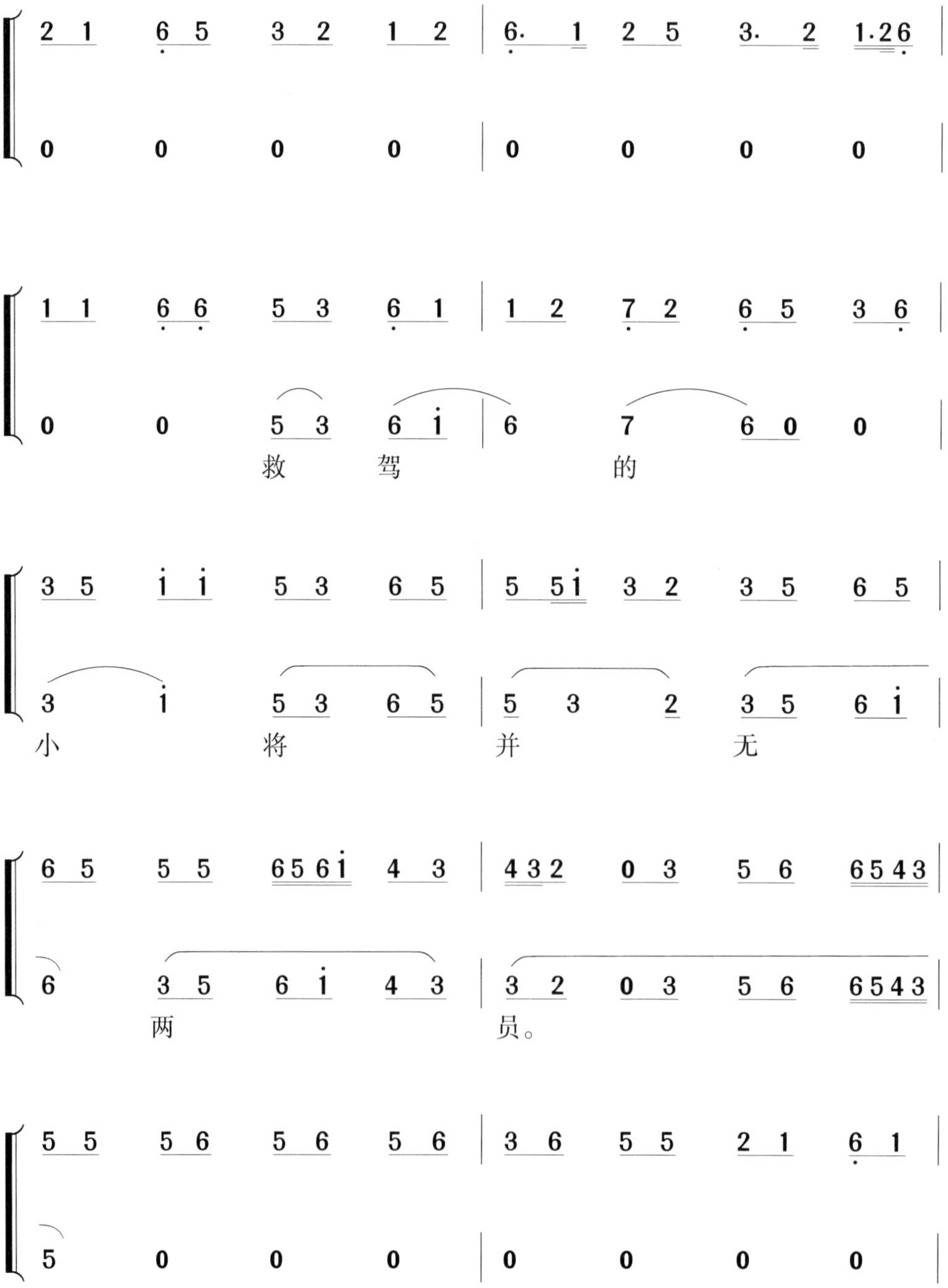

吕蒙正思考，问："并无两员，请问郡主与这员小将可曾讲些什么？"

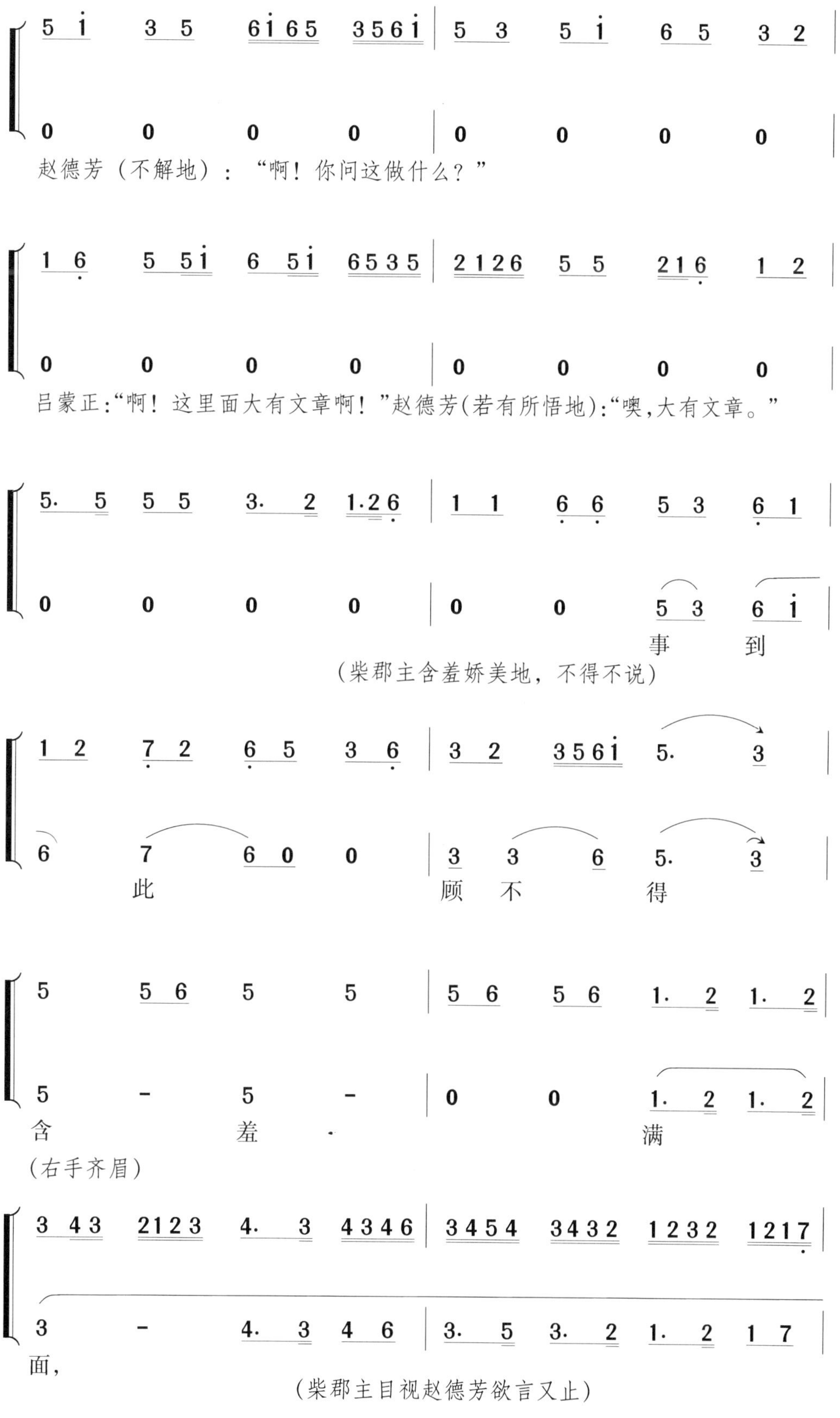
赵德芳（不解地）："啊！你问这做什么？"
吕蒙正:"啊！这里面大有文章啊！"赵德芳(若有所悟地):"噢,大有文章。"
事　到
（柴郡主含羞娇美地，不得不说）
此
顾　不　得
含　羞
满
（右手齐眉）
面,
（柴郡主目视赵德芳欲言又止）

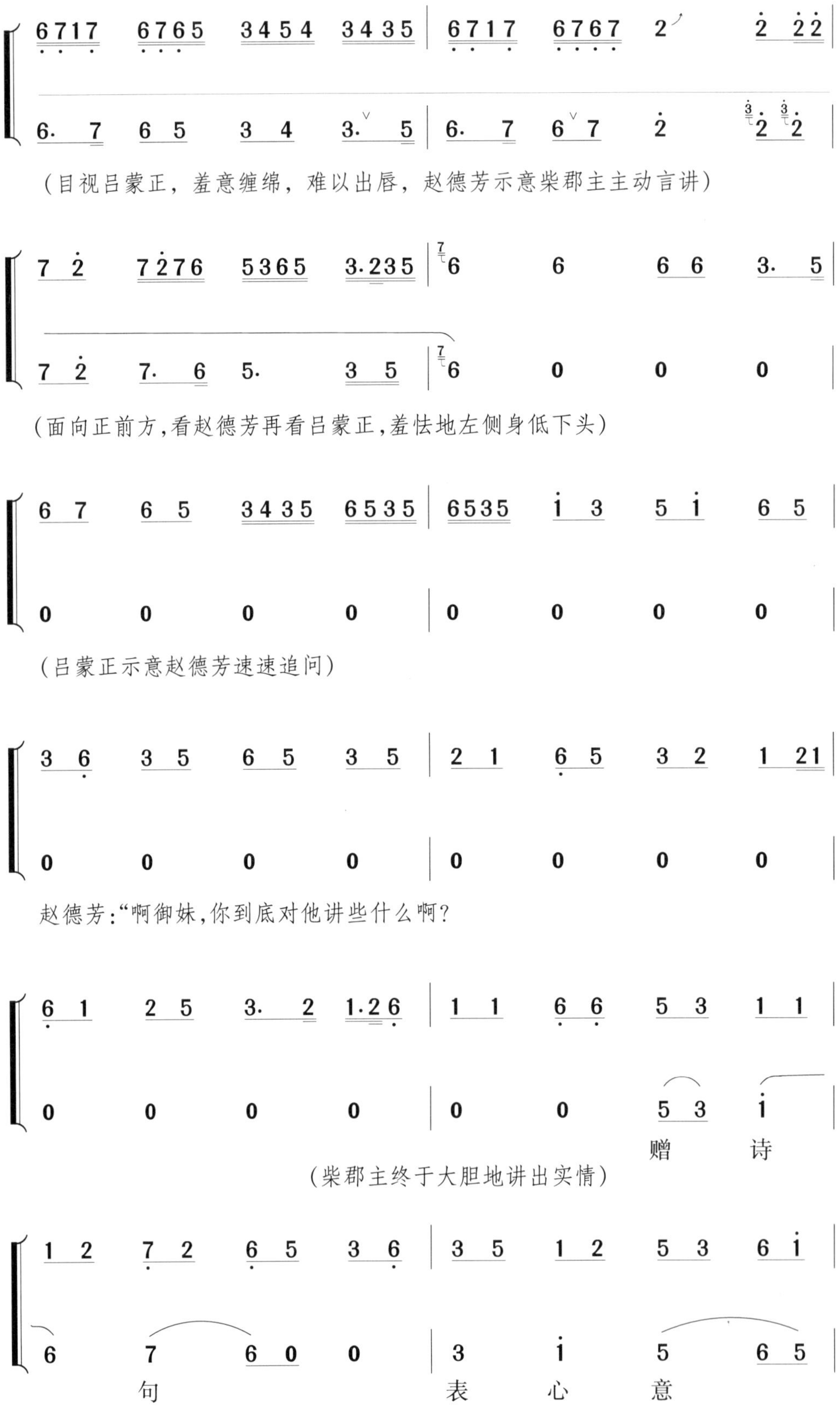
(目视吕蒙正，羞意缠绵，难以出唇，赵德芳示意柴郡主主动言讲)
(面向正前方,看赵德芳再看吕蒙正,羞怯地左侧身低下头)
(吕蒙正示意赵德芳速速追问)
赵德芳:“啊御妹,你到底对他讲些什么啊?
赠 诗
(柴郡主终于大胆地讲出实情)
句 表 心 意

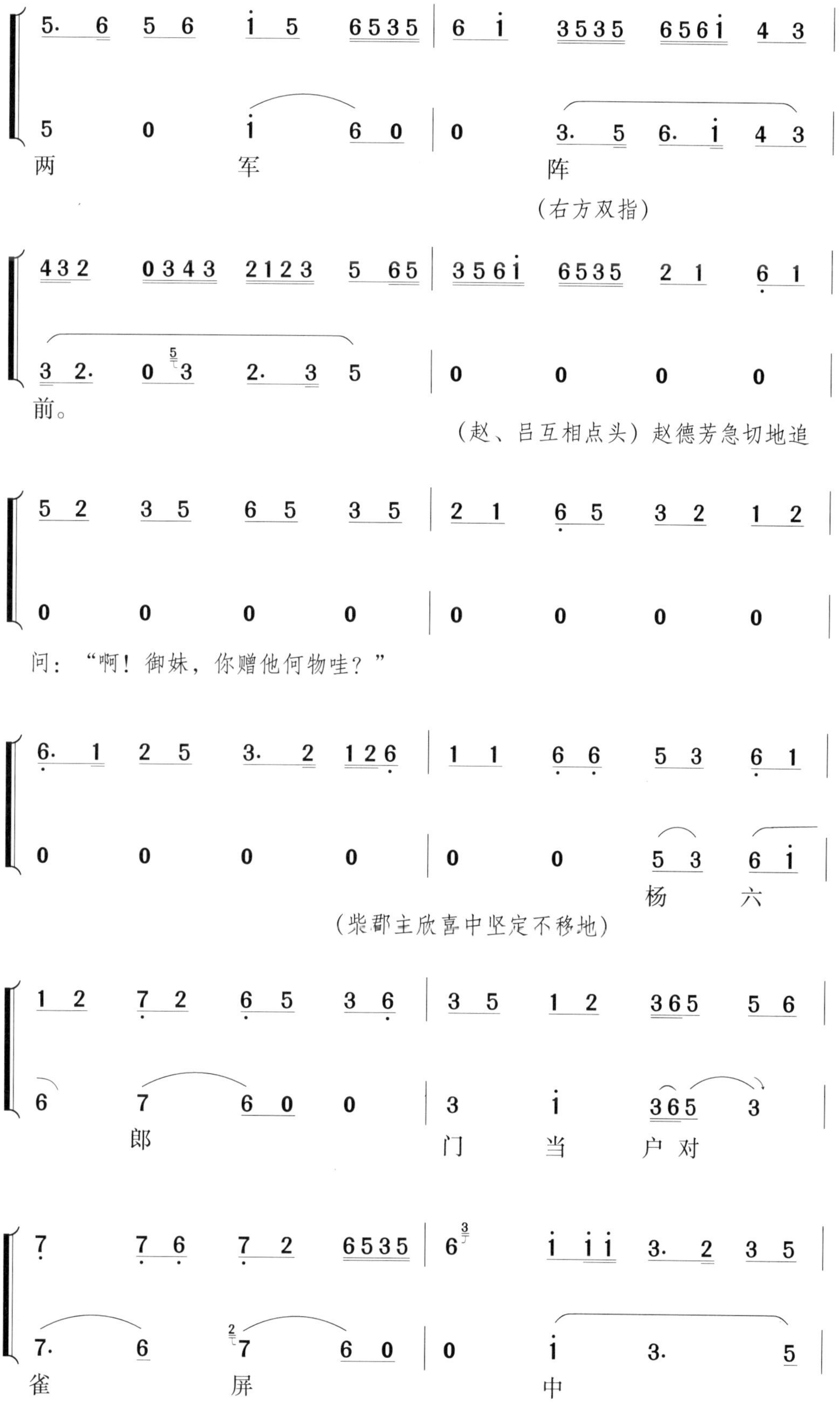
两 军 阵
（右方双指）
前。
（赵、吕互相点头）赵德芳急切地追
问：“啊！御妹，你赠他何物哇？”
杨 六
（柴郡主欣喜中坚定不移地）
郎
门 当 户 对
雀 屏 中

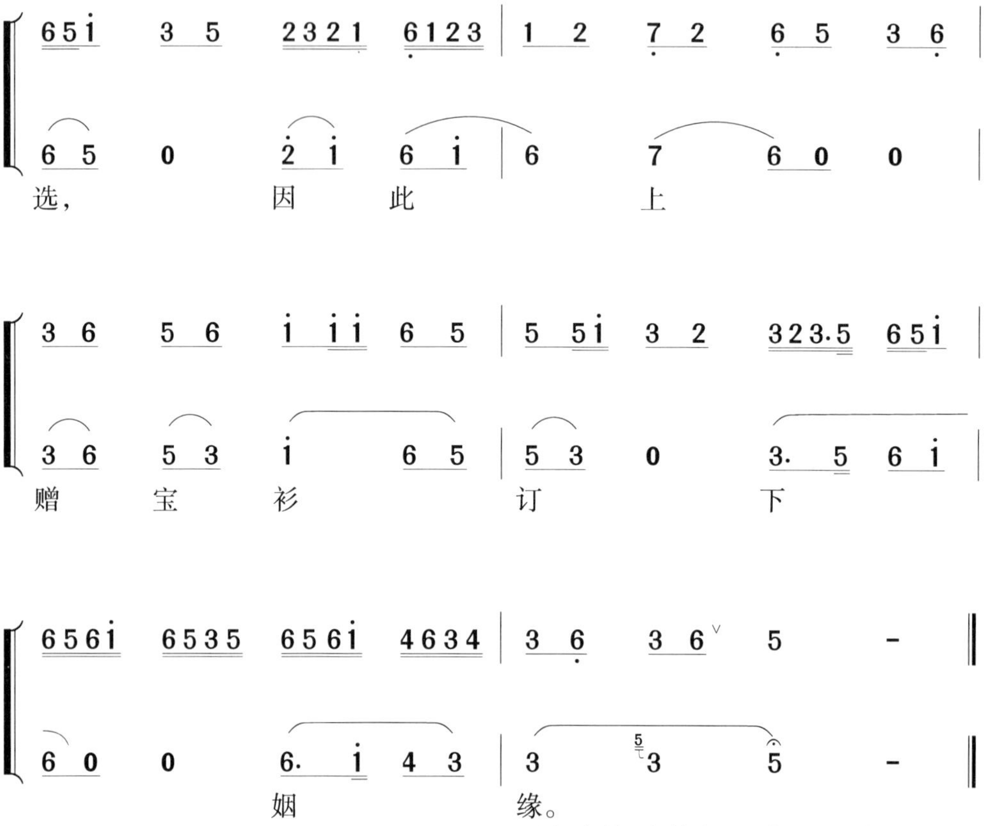

（右背供，左转身，侧身低头，含羞不语）

〔【大锣住头】二边宫女分上，站“八字”。吕蒙正得意地问赵德芳。

吕蒙正 千岁你看如何？

赵德芳 高才呀，高才。（兴奋地）

〔幕内白：“万岁驾到哇。”

宫　女 万岁驾到。【单楗大锣一击】

赵德芳 哎呀，糟了，糟了。

〔赵德芳忙站立，吕蒙正、柴郡主同时离座。宫女把柴郡主椅子归桌前正椅，将吕蒙正、八贤王椅子搬回桌边。

柴郡主 为了何事呀？

赵德芳 御妹呀！【大锣凤点头】

〔西皮摇板〕

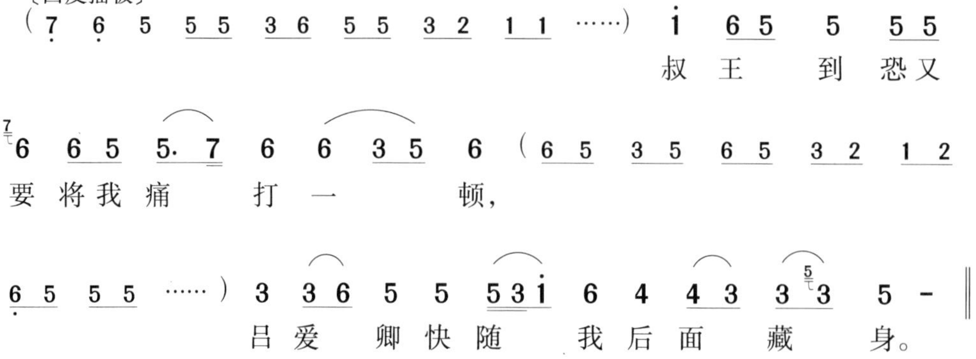

状元媒

吕蒙正 千岁呀！**【大锣凤点头】**

（7 6 5 55 36 55 32 11 ……）2 1 2 2·5 32 21

我是个状元媒

3 21 2 2（35 21 61 21 65 55 ……）5 62 1 11 13

明正言顺，用不着去藏

〔行弦〕

2 2 7 76 72 66 1 － ‖（1 62 1 3 21 62 1）

躲我不怕见君。

赵德芳 你随我来呀。

〔赵德芳拉吕蒙正往“下场门”走去。

吕蒙正 哎呀，拉拉扯扯成何体统啊。

赵德芳 哎呀，你来呀！

吕蒙正 哎呀呀，这。

〔**【快长锤】**二人“下场门”下。柴郡主目视赵、吕下，出门，“大边”台口迎接宋王。二太监“上场门”上，站“一条鞭”。宋王上至“小边”台口。

〔西皮摇板〕

宋　王 （7 6 5 55 36 55 32 11 ……）1 3 3 3 3

可恨那赵德

4 3 4 35 1 2 3（46 32 12 31 65 55）

芳胡言乱论，

13 21 1 6 13 2· 1 6 1 2 2 1 － ‖

见了我皇侄女细问分明。

〔柴郡主：“叔王千岁！”（蹲拜）

〔**【一锤锣】【原场】**宋王进门归正场“小座”，二太监跟进，柴郡主进门至台中参拜。

柴郡主 参见叔王。（半蹲内拜，宫女搬椅至“小边”）

宋　王 皇儿平身，赐座。

柴郡主 谢座。**【大锣住头】**（柴郡主入座）

宋　王 哈哈哈哈…… **【撕边大锣一击】**

柴郡主 （看宋王大笑，不解地）啊叔王，今日为何这等欢悦？

宋　王 皇儿有所不知，孤今日早朝传下旨意，命新科状元吕蒙正为媒，将皇儿的终身许配了救驾的小将，了却孤王一桩心事，岂不可喜？哈哈哈哈…… **【撕边大锣一击】**

柴郡主 啊叔王，这员小将是何臣之子，哪家之后？

宋　王 乃是开国元勋定山王傅龙之子，名叫傅丁奎。

柴郡主 哎呀，这就不对了。
宋 王 怎么？
柴郡主 救驾小将也曾讲过，乃是杨老令公之子名叫杨延昭。
宋 王 皇儿啊！

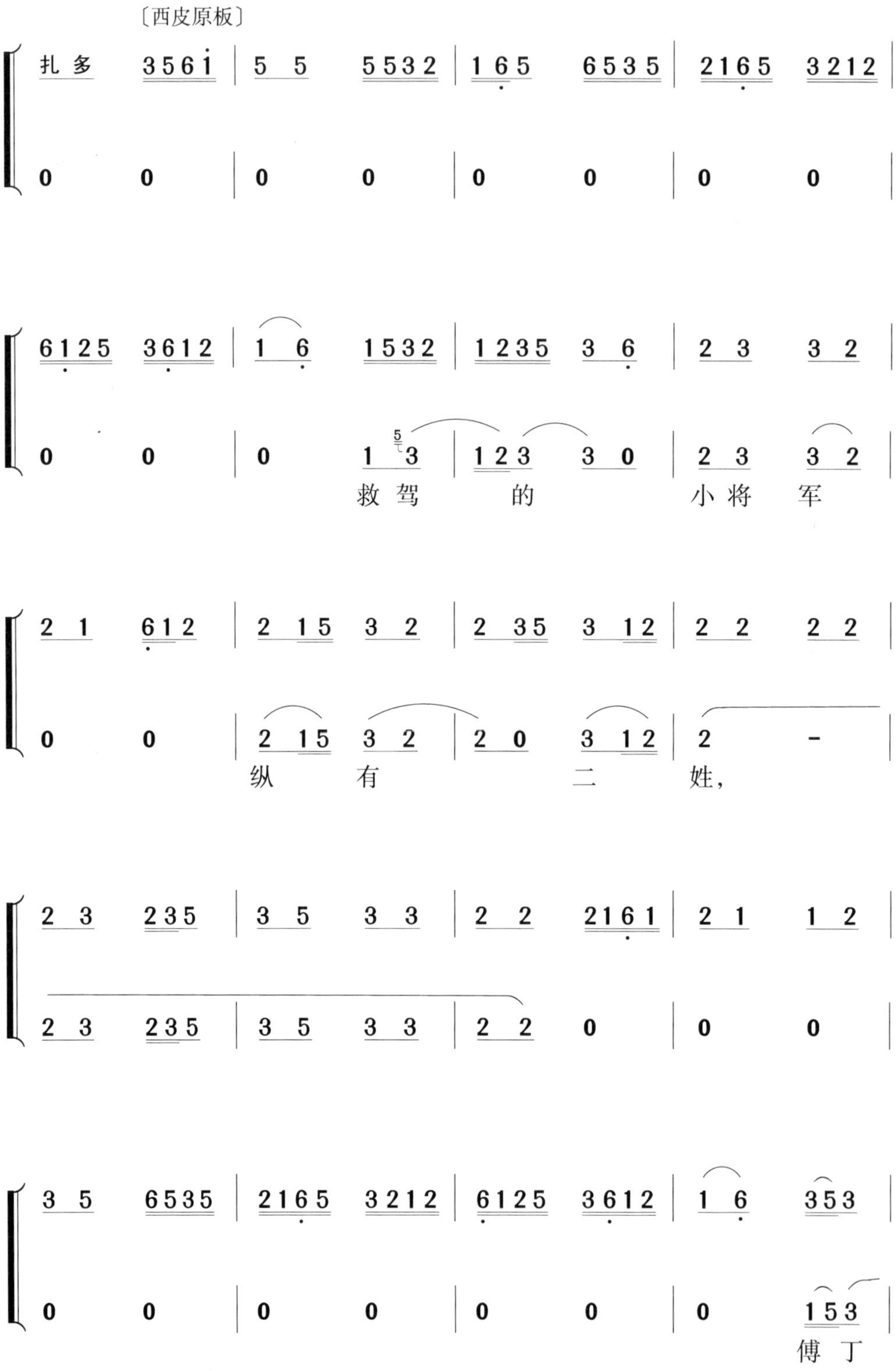

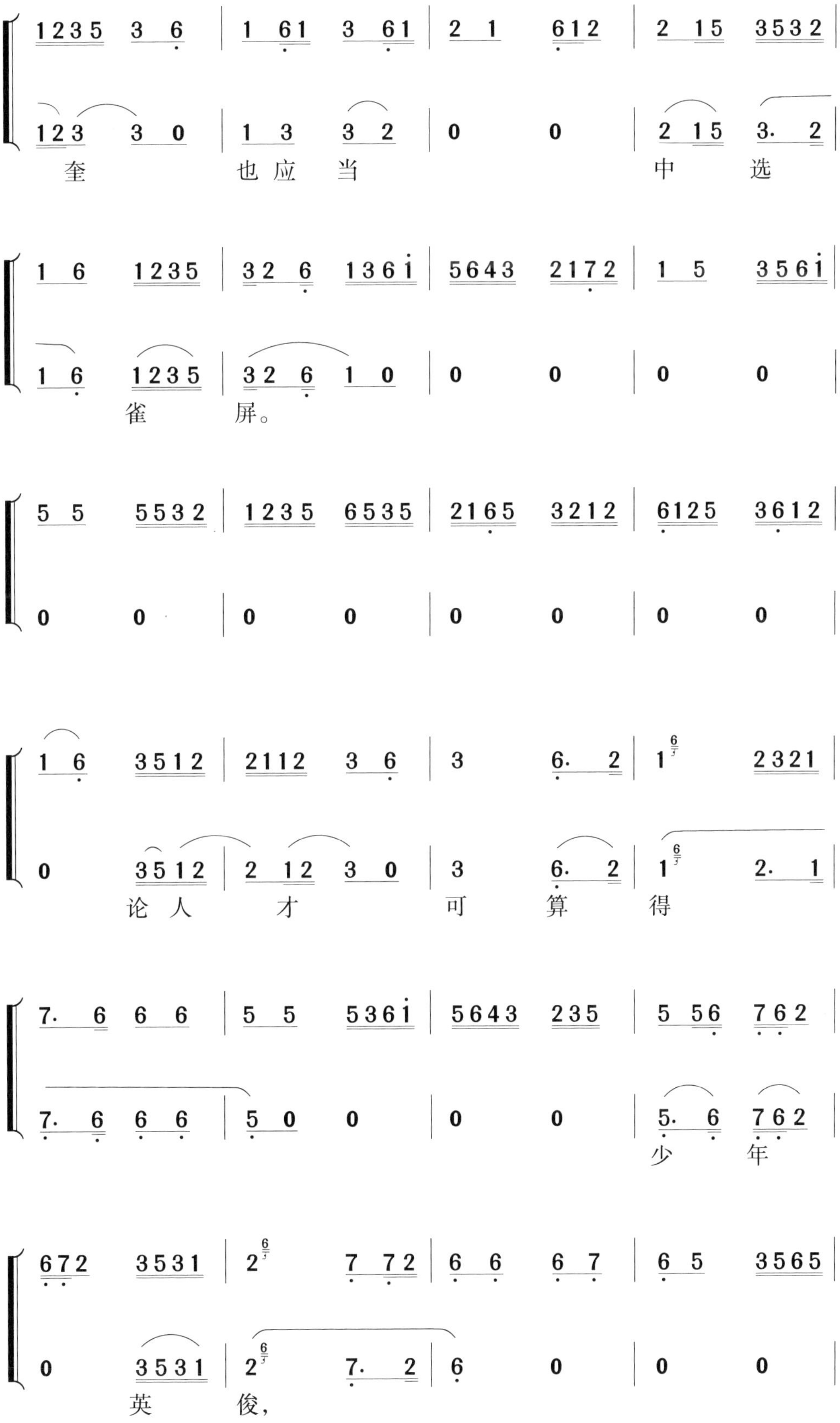
奎 也应当 中选
雀 屏。
论人 才 可 算 得
少 年
英 俊，

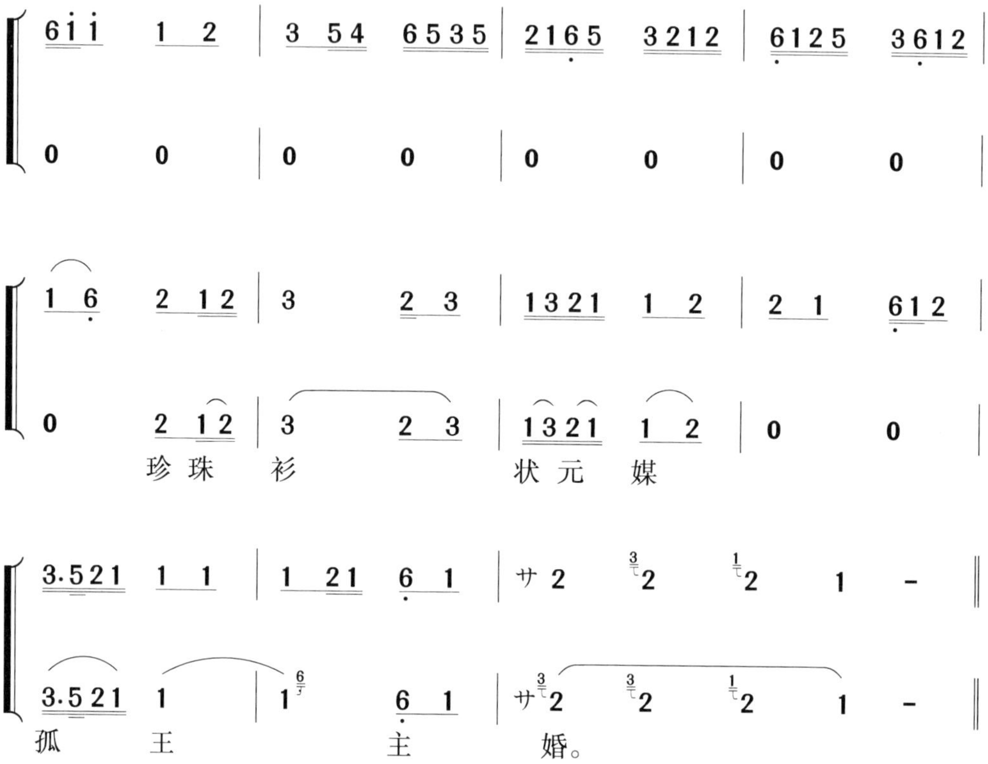

柴郡主 【单槌大锣一击】（站起）叔王啊！（二宫女将椅搬回桌边）

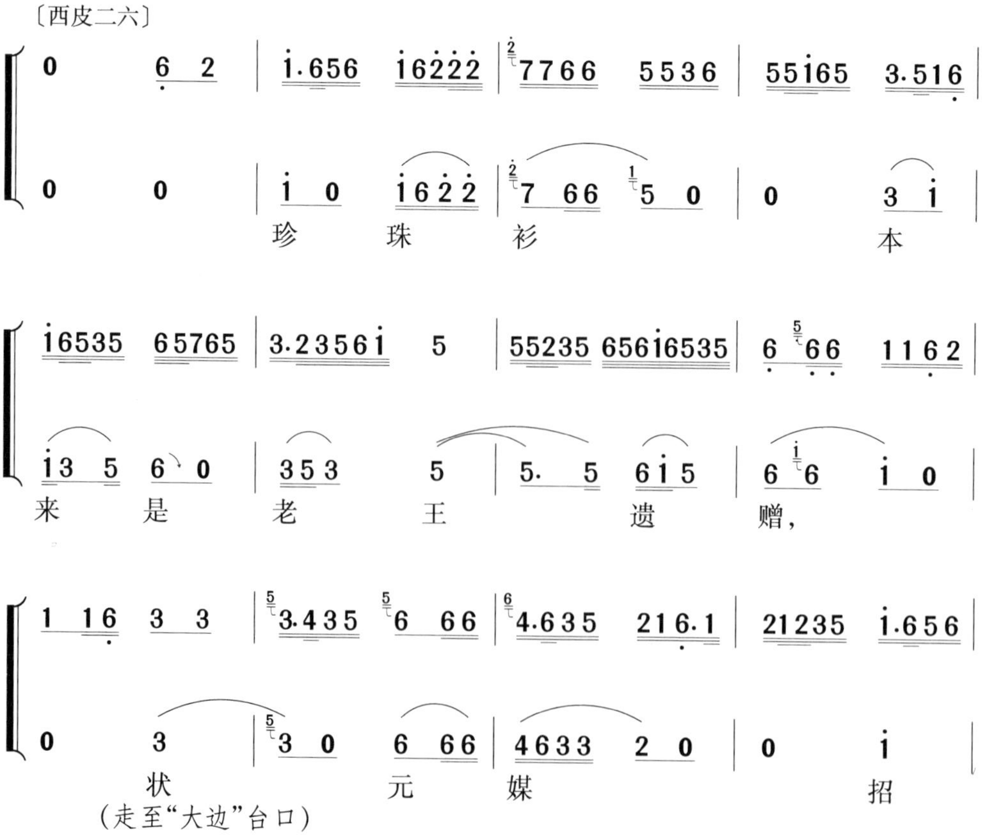

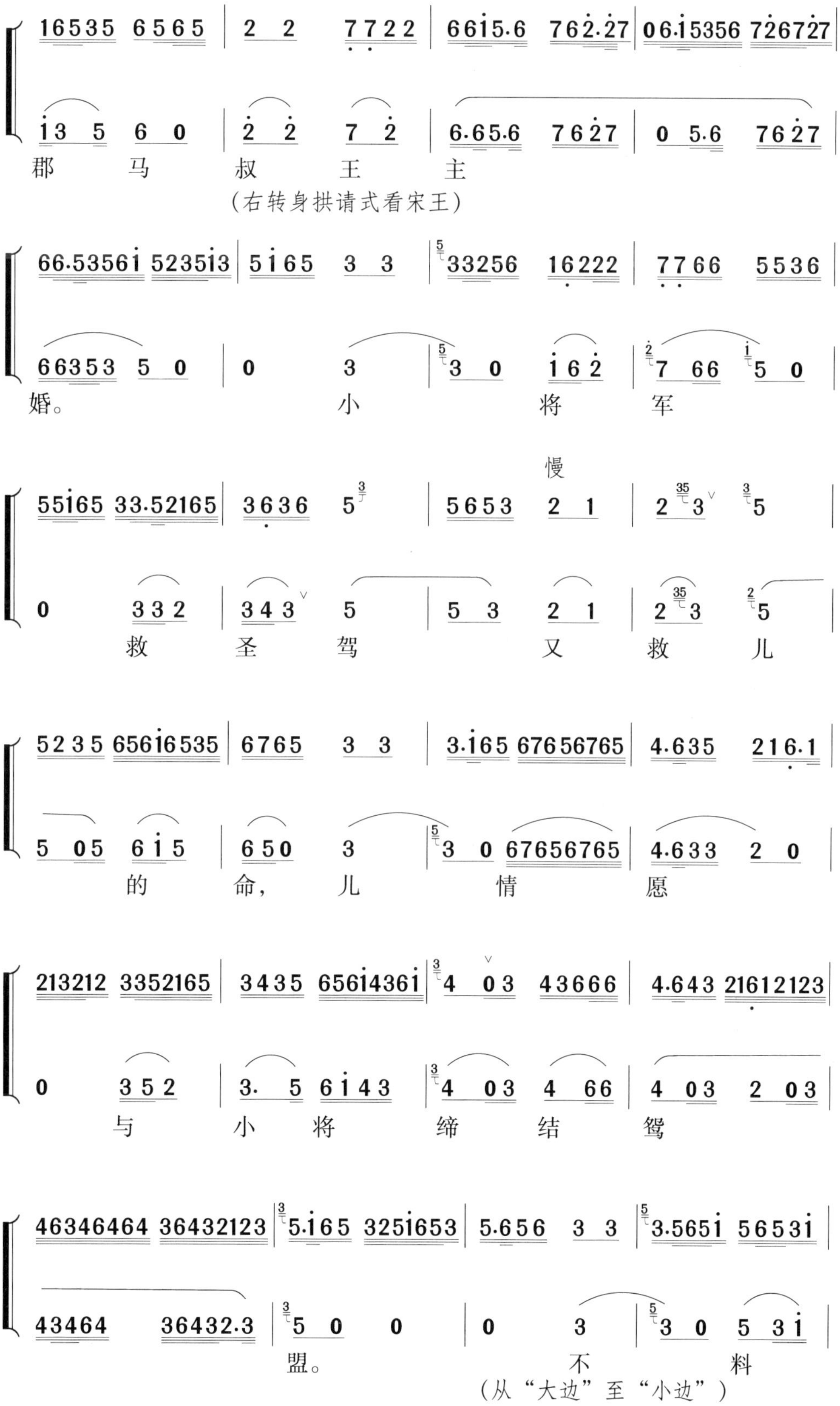
郡 马 叔 王 主
(右转身拱请式看宋王)
婚。 小 将 军
慢
救 圣 驾 又 救 儿
的 命， 儿 情 愿
与 小 将 缔 结 鸳
盟。 不 料
(从“大边”至“小边”)

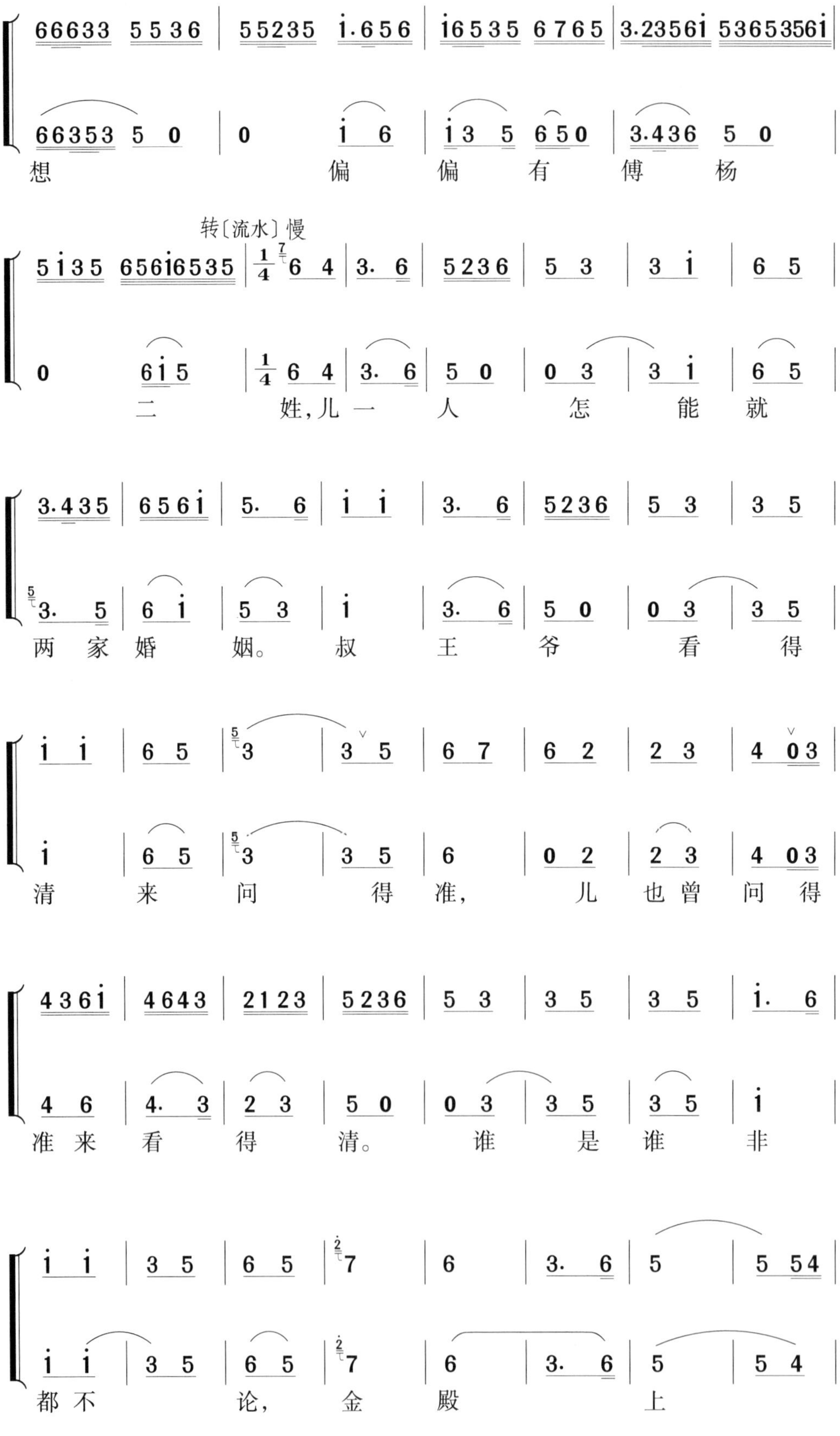
想 偏 偏 有 傅 杨
转〔流水〕慢
二 姓,儿 一 人 怎 能 就
两 家 婚 姻。叔 王 爷 看 得
清 来 问 得 准, 儿 也 曾 问 得
准 来 看 得 清。谁 是 谁 非
都 不 论, 金 殿 上

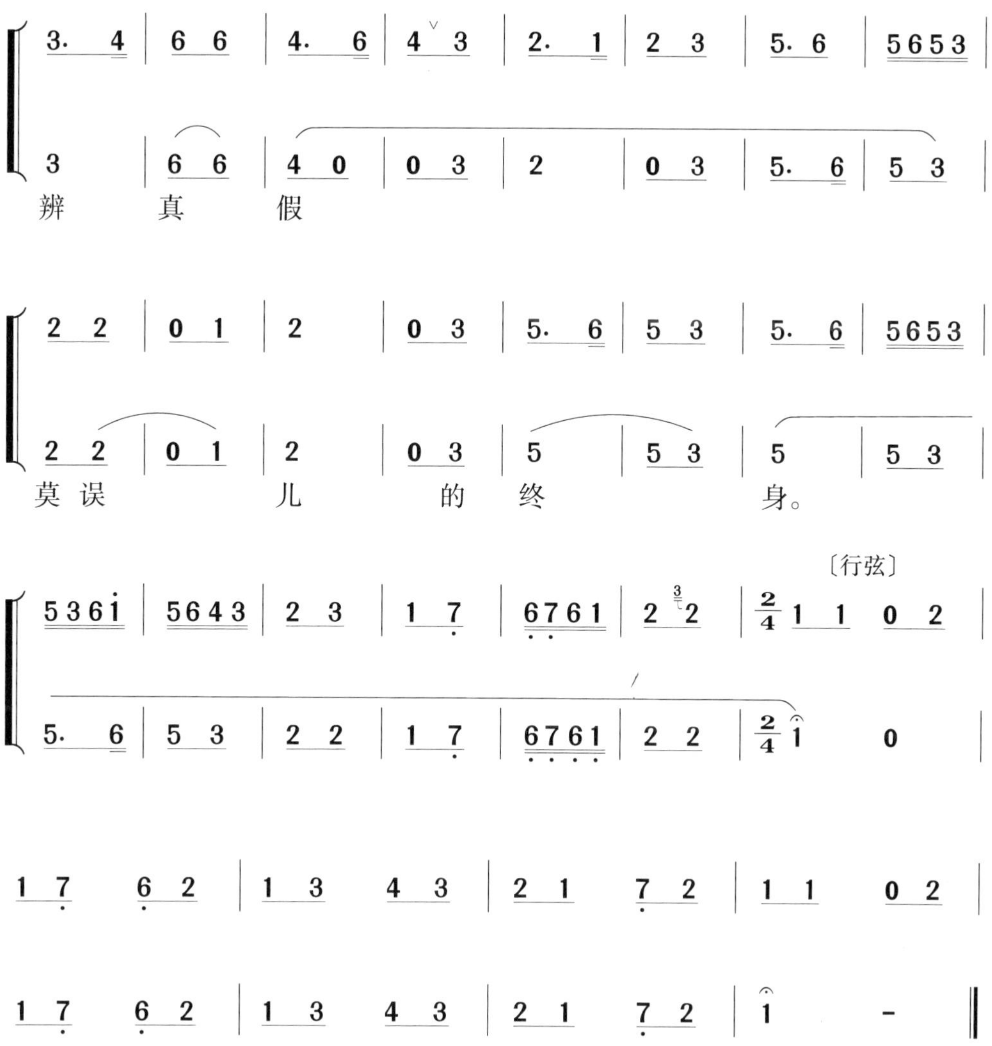

宋 王 皇儿啊！（站起）【单楗大锣一击】(柴郡主也站起，宫女把椅子搬回正桌“小边”)

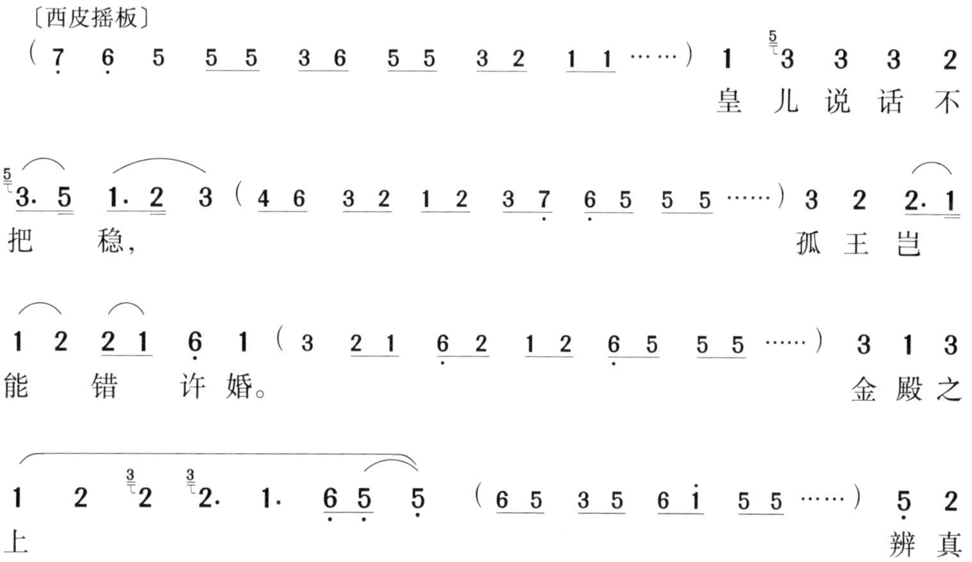

〔行弦〕

7 7 6 - （仓 大.）（65 35 6 7 65 35 6 0）
假，（面对郡主，摊手试问）

柴郡主 （十分赞同地）谢叔王！（施礼叩拜）

宋　王 摆驾。

〔【快长锤】二太监出门，“小边”台口“一条鞭”，宋王出门至“小边”台口，柴郡主出门至“大边”台口。

宋　王 （7 6 5 55 36 55 32 11……）13 2 21 1
那 时 叫 你

2 2（3 21 61 2 0）サ 33 21 1. 3 2 1 - ‖
无有 话 云。

柴郡主 送叔王。（半蹲送别）

宋　王 免。（扎扎仓）

〔宋王“上场门”下，二太监随下。【快长锤】转【闪锤】柴郡主进门台中左转。

柴郡主 （7 6 5 55 36 55 32 11……）i 3 5 7
叔 王 爷 他
（双手拱请式）

6 3 5 5 6 6 35 6（65 35 6i 55 32
为 何 这 样 自 信，

11……）5 i 6 5 3 6 i 65 3.5 6i 5 - ‖
请 出 了 八 贤 君 新 科 的 贵 人。
（右指“下场门”）

宫　女 有请八贤爷。

〔【大锣五击】赵德芳、吕蒙正“下场门”上。

赵德芳 隔墙须防人有耳，

吕蒙正 君子不听背后言。

赵德芳 哎，这可不算我偷听啊。

〔赵德芳至“大边”台中，吕蒙正至“大边”台口。郡主至台中。

吕蒙正 不算千岁偷听，算我偷听也就是了。

赵德芳 岂有此理。

柴郡主 皇兄既已听见，要拿个主意才好。

赵德芳 御妹，我已命杨老令公带子上殿，金殿之上辨明真假，辨明之后…… 【小锣一击】（低头思之）

吕蒙正 千岁往下讲啊。

赵德芳 哎呀我都忘了，还是你说吧。

吕蒙正 哎呀呀，皇家之事微臣不敢多口。

赵德芳 什么？皇家之事你不敢多口，哪个主意不是你出的？

吕蒙正 哎呀呀，如此说来越发的不敢讲了。

柴郡主 状元公。

吕蒙正 臣。

柴郡主 请讲。

吕蒙正 臣启郡主，待等金殿之上，辨明傅杨二家之后，郡主将珍珠衫之事当殿奏明，为臣乃是钦赐的状元媒人，哪怕亲事不成！

赵德芳 啊，御妹，你瞧，我这做哥哥的替你想的周到不周到？你可得好好的谢谢我呀。

柴郡主 嗯，小妹我是不谢…… （看着赵德芳，右手摇动）

赵德芳 啊？

柴郡主 你呀。

［柴郡主目视赵德芳，右手先指、后拜，含羞地慢步圆场“上场门”下，宫女两边分下。

赵德芳 哈哈哈哈…… **【小锣一击】**

吕蒙正 啊千岁，亲事未成就叫人家谢你呀！

赵德芳 卿家呀。**【单楗大锣凤点头】**

（7 6 5 55 36 55 32 11 ……）3 36 5 5 57
我与 那柴郡

6 5·7 6 6 35 6（65 35 65 32 12 65
主 虽 是 异 姓，

55 ……）3 36 5 53 i 6 - 4 4·3 23 5
胜过 那同 胞妹 母 同 生。

（5 65 36 55 32 11 65 55 ……）3 36 5 i
你去 到天

57 6· 6 57 6 7 7 - 2 - 2 2 6 -
波 府 把 令 公 相 请，

［**【闪锤】**赵德芳出门“下场门”下。吕蒙正出门至“小边”台口。

吕蒙正 （7 6 5 55 36 55 32 11 ……）3 62 1
杨六 郎

1 22 12 3 - 2（43 12 61 2 2）2
有 珍珠 衫 （呐） 亲

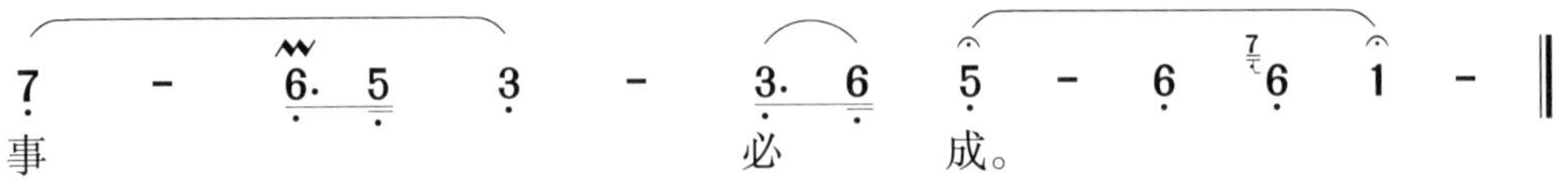

〔【大锣抽头】吕蒙正“下场门”下。拉二幕。

第十场

〔二幕外。【快长锤】四家将“上场门”上、“站门”，傅丁奎先上，傅龙后上。

〔西皮摇板〕

傅龙

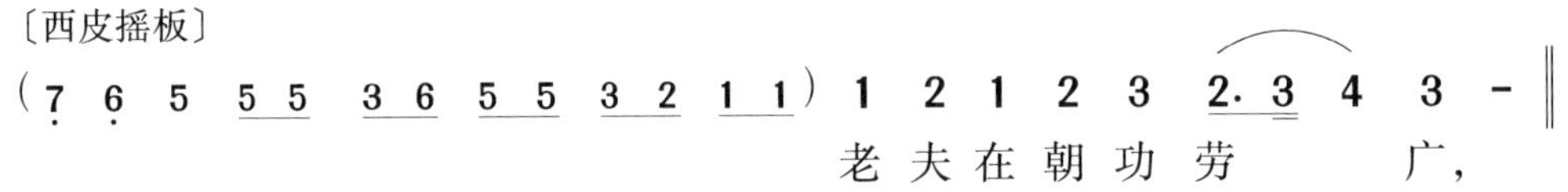

〔西皮流水〕

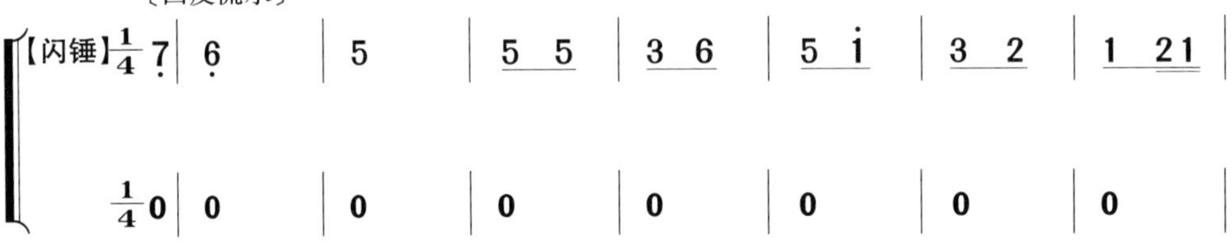

（至台中）

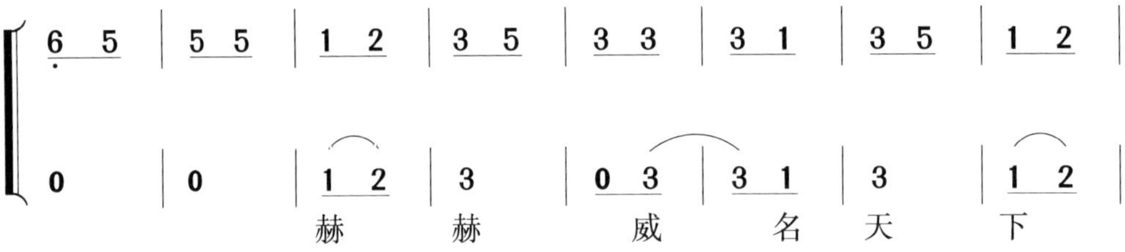

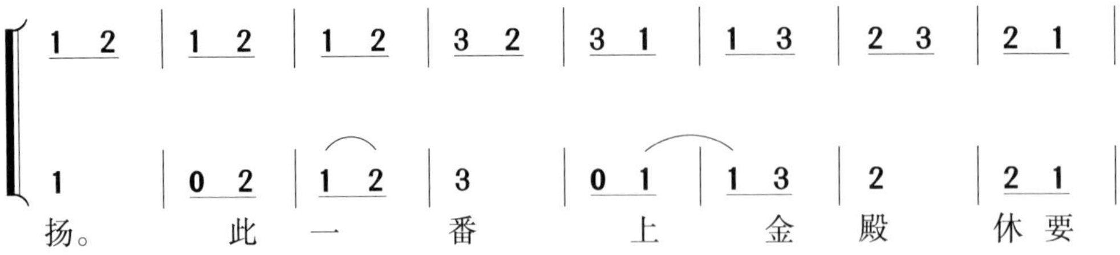

2 | 1 | 2 | 4· 6 | 3 2 | 1 | 2 | サ 3 5

2 | 1 | 2 | 4· 6 | 3 2 | 1 | 2 | サ 0

我 的 儿 招 郡 马

2 1 6 1 2 0 2· 1 6 1 2 2 2 1 - ‖

0 2 1 3 2 - 2 1· 1 6 1 2 - ‖

是 父 心 (呐) 所 望,

〔四家将“插门”“上场门”下,傅龙下。傅丁奎走至“下场门”,右转身至台中。

〔西皮摇板〕

傅丁奎 **【快长锤】**(7 6 5 5 5 3 6 5 5 3 2 1 1 ……) 2 3 3 2 3

小 豪 杰 从 今

1 2 (3 2 1 6 1 2) 2· 1 6 1 2 2 2 1 - ‖

后 四 海 名 扬。

〔**【大锣抽头】**傅丁奎万般得意地“下场门”二幕外下。

第十一场

〔**【缓锣】**金殿。黄桌围椅披,人龙屏风,小平台,大龙书案,“大座”。

幕间曲 1=E $\frac{2}{4}$

0 i 6 65 | 3 5 6 | 0 i 6 i | 2 32 i 2 |

(末锣入)

(四小太监“八字”站,二大太监左右站,宋王归“大座”。平台上左、右各一跨椅,赵德

i27 6 |: 6 5 6i65 | 3· 5 321 | 2· 3 5645 |

(第二遍郡主上场,亦由此起乐)

芳左手抱金锏坐“大边”跨椅。正中吕蒙正。“大边”傅龙、傅丁奎。“小边”杨继业、杨

3· 3 2 | 1232 1761 | 2321 615 | 3532 123 |

延昭。大家齐整冠、转身,傅龙、杨继业、吕蒙正三人手抱牙笏参拜宋王)

0 i2 6 5 | 3. 5 656 | 0i7 6 i | 232 i2 | i27 6 :‖

众　臣　臣等见驾，吾皇万岁。

宋　王　众卿平身。

众　臣　万万岁。

〔众臣归坐。杨延昭站“小边”台口，傅丁奎站“大边”台口。曲牌中四宫女“上场门”上，进殿。柴郡主上，进殿施礼，归平台“小边”跨椅。曲牌收。

宋　王　啊皇儿，潼台救你出险可是那员小将？【小锣一击】

柴郡主　（先望傅丁奎，怀疑地；后望杨延昭，肯定地）啊叔王，救儿出险是这员小将！

宋　王　啊皇儿，你看错了吧。

柴郡主　叔王，阵前救儿的是杨延昭，宫中说的也是杨延昭，金殿认的还是杨延昭。

宋　王　啊不不不，在潼台救孤出险的是傅丁奎，在宫中说的也是傅丁奎，今日在金殿相认的还是这个金瓜锤。【小锣一击】

傅　龙　啊万岁，我儿名叫傅丁奎，金瓜锤乃是我儿的兵刃哪。

宋　王　我晓得他叫傅丁奎。孤被你们都闹糊涂了。杨延昭孤从未见过。

杨延昭　臣启万岁，万岁与胡儿交战不慎落马，臣正要救驾见御林军赶到，臣又追赶囚车去了，因此万岁不曾见着为臣。

宋　王　哦，如此说来，胡儿的人马是你杀退的？

杨延昭　是为臣杀退的。

傅丁奎　臣启万岁，那胡儿的人马乃是我杀退的。

宋　王　哦，是你杀退的。

杨延昭　是我杀退的。

傅丁奎　是我杀退的。

杨延昭　是我杀退的。

〔傅丁奎、杨延昭至台中，二人对视各不相让。

吕蒙正　啊慢来，慢来。【撕边大锣一击】臣启万岁，何不请傅丁奎小将将潼台救驾之事当殿奏明。

宋　王　小爱卿。

傅丁奎　臣。

宋　王　将潼台救驾之事当殿奏来。

傅丁奎　容奏。【大锣归位】（站“大边”台口）

闻听万岁去行围，
我放心不下紧跟随。【小锣二击】
单人独骑带着锤，
赶赴潼台就遇番贼。

〔流水〕

【大锣硬三击】 1/4 7 | 6 | 5 | 5 5 | 3 6 | 5 i | 3 2 | 1 21 |

1/4 0 | 0 | 0 | 0 | 0 | 0 | 0 | 0 |

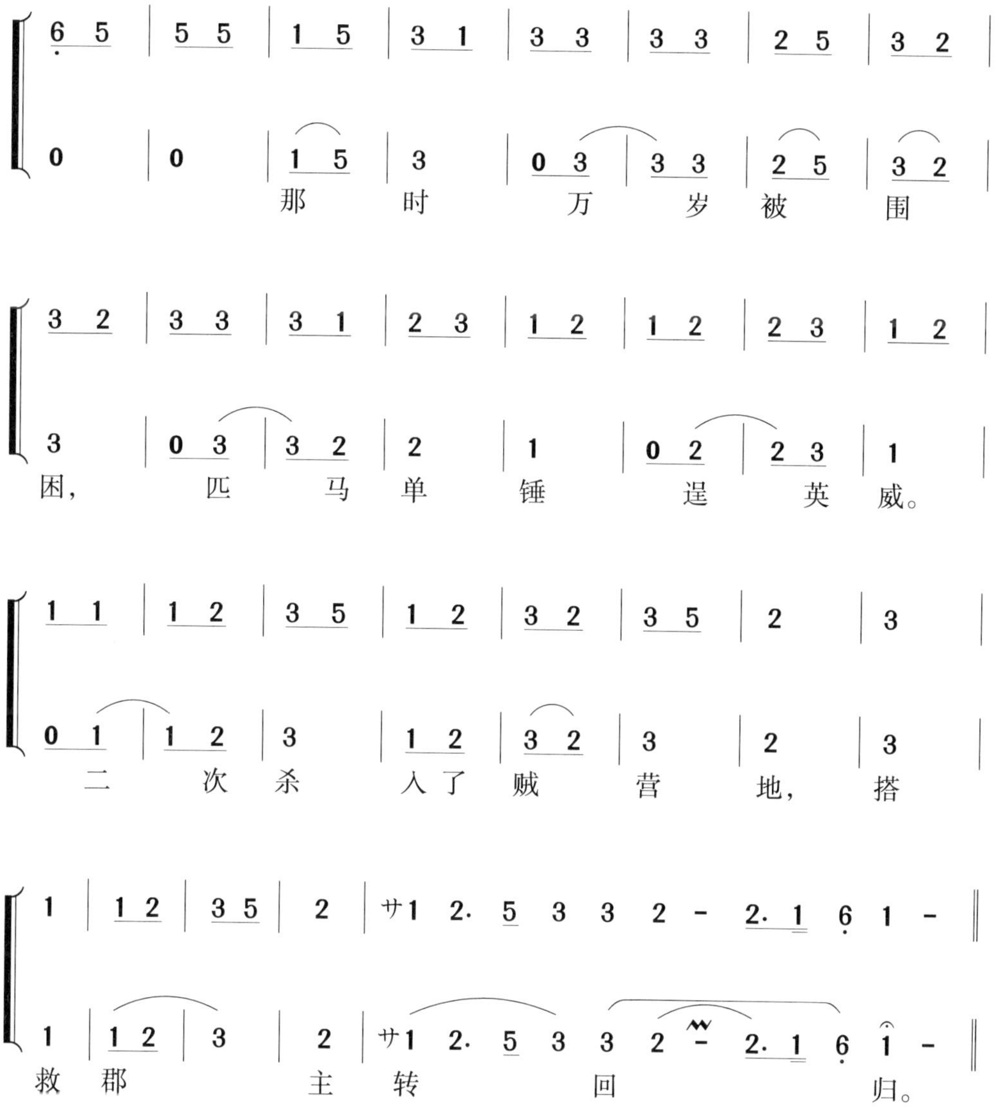

杨延昭 傅丁奎，【大锣住头】我来问你，那贼他头戴、身穿？

傅丁奎 头戴霸王盔，身穿王八甲。

杨延昭 啊？

傅丁奎 哎，霸王甲。

杨延昭 他使何兵刃？

傅丁奎 啊，红缨枪啊。

宋　王 啊小爱卿，胡儿使用的乃是大刀哇。

傅丁奎 啊，对对对，那时万岁昏倒，我这一锤把他的刀给打掉了，他又换了枪了。

杨延昭 我再来问你，那贼的相貌如何？

傅丁奎 啊这个？

杨延昭 哪个？

傅丁奎 得了吧你。【大锣一击】我是前来招赘的，又不是来进京赶考的，你干什么问的那么仔细，你干什么呀。【大锣一击】

吕蒙正 （站起）臣启万岁，听傅丁奎小将言语支吾，请万岁明察秋毫，辨明是非，以免铸成大错。

赵德芳 啊叔王，状元公所奏甚是有理，请叔王圣裁。

宋　王 杨延昭。

杨延昭 臣。

宋　王 你也将潼台救驾之事当殿奏来。

杨延昭 容奏！**【大锣归位】**

胡儿生来青脸黑发，

项下胡须赛凶煞。**【大锣二击】**

头戴鹰盔银光闪，

身穿锁扣连环甲。**【大锣导板头】**

〔西皮导板〕

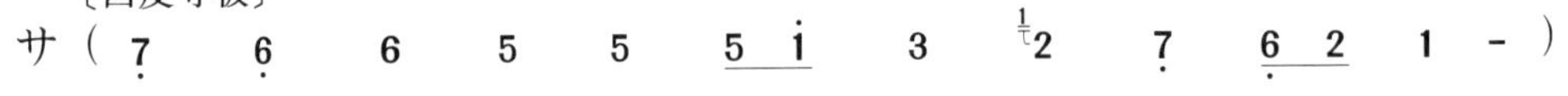

傅丁奎 得了吧！那胡儿分明叫若里巴。

宋　王 啊小爱卿，那胡儿是叫巴若里。

傅　龙 嘿嘿，我儿的婚事去了一大半了。

〔西皮快板〕

杨延昭

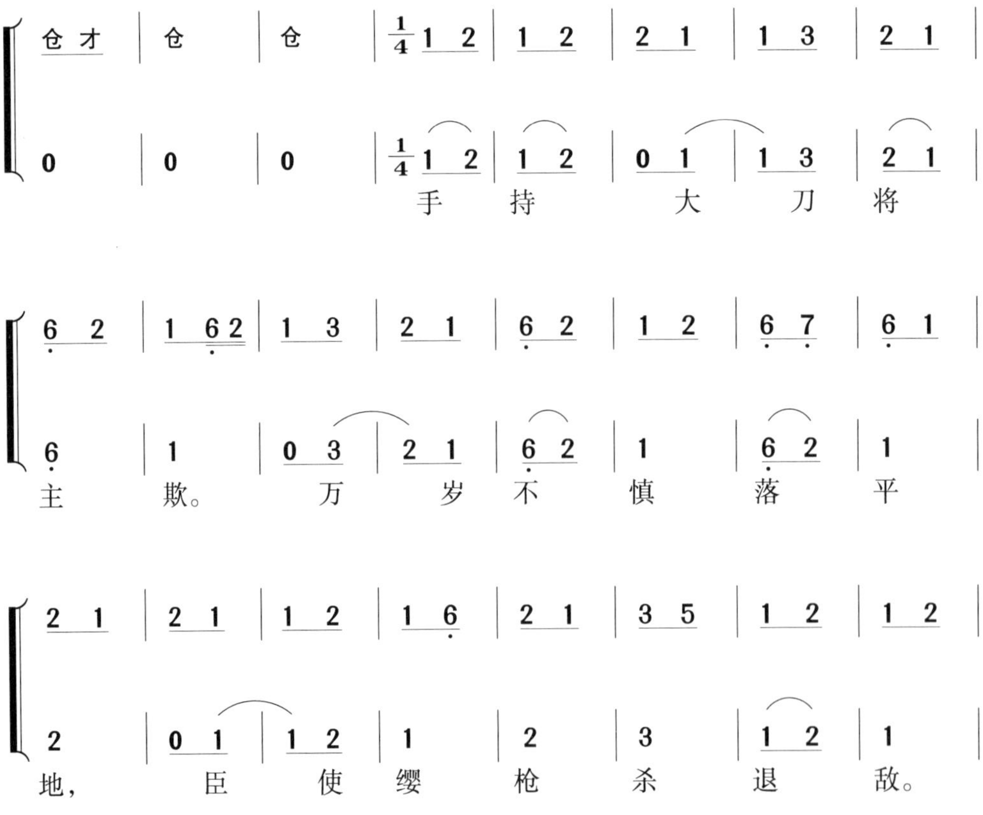

| 1 3 | 1 2 | 3 5 | 2 1 | 6 7 | 6 1 | 2 | 6 2 |
| 0 3 | 1 2 | 3 | 2 | 6 2 | 1 | 2 | 6 2 |
追 赶 囚 车 贼 营 地，搭

| 1 2 | 1 3 | 2 1 | サ2 - 5 1 2 2 1 - ‖
| 1 | 1 3 | 2 1 | サ2 - 5 1 2 2 1 - ‖
救 郡 主 平 安 回。

傅丁奎 万岁！**【大锣双楗凤点头】**

〔西皮散板〕

（7 6 65 i3 2 62 1 -）1 2 1 2 3 1 2
万 岁 完 全 知 底 细，

（7 6 1 2）3 25 3 1 2 2· 1 6·2 1 1 1 - ‖
（仓） 柴 郡 主 是 微 臣 我 救 回 来 的。

柴郡主 （忍耐不住地站起）傅丁奎，**【大锣一击】**你是怎样搭救与我，当殿奏来。

傅丁奎 臣**【大锣一击】**遵旨。（背供）

（念**【扑灯蛾】**）这一问那要把原形现，
保驾的事儿要戳穿。
他们女儿家爱体面，
我说上几句奉承的好话来周旋。
（转身）柴郡主的武艺令人羡，
她一人抵挡胡儿有万千。
当面刺贼的穿心剑，
回头削尔的马蹄尖。
郡主在阵前把威风显，
我怕她一人力气不足杀不完，
因此上我单人独骑把阵助，
好让郡主奏凯还。
郡主此时脱了险，
我才保驾**【大锣收头】**回营盘。
【大锣一击】

柴郡主 住了！（柴郡主站起，走至“小边”台中）

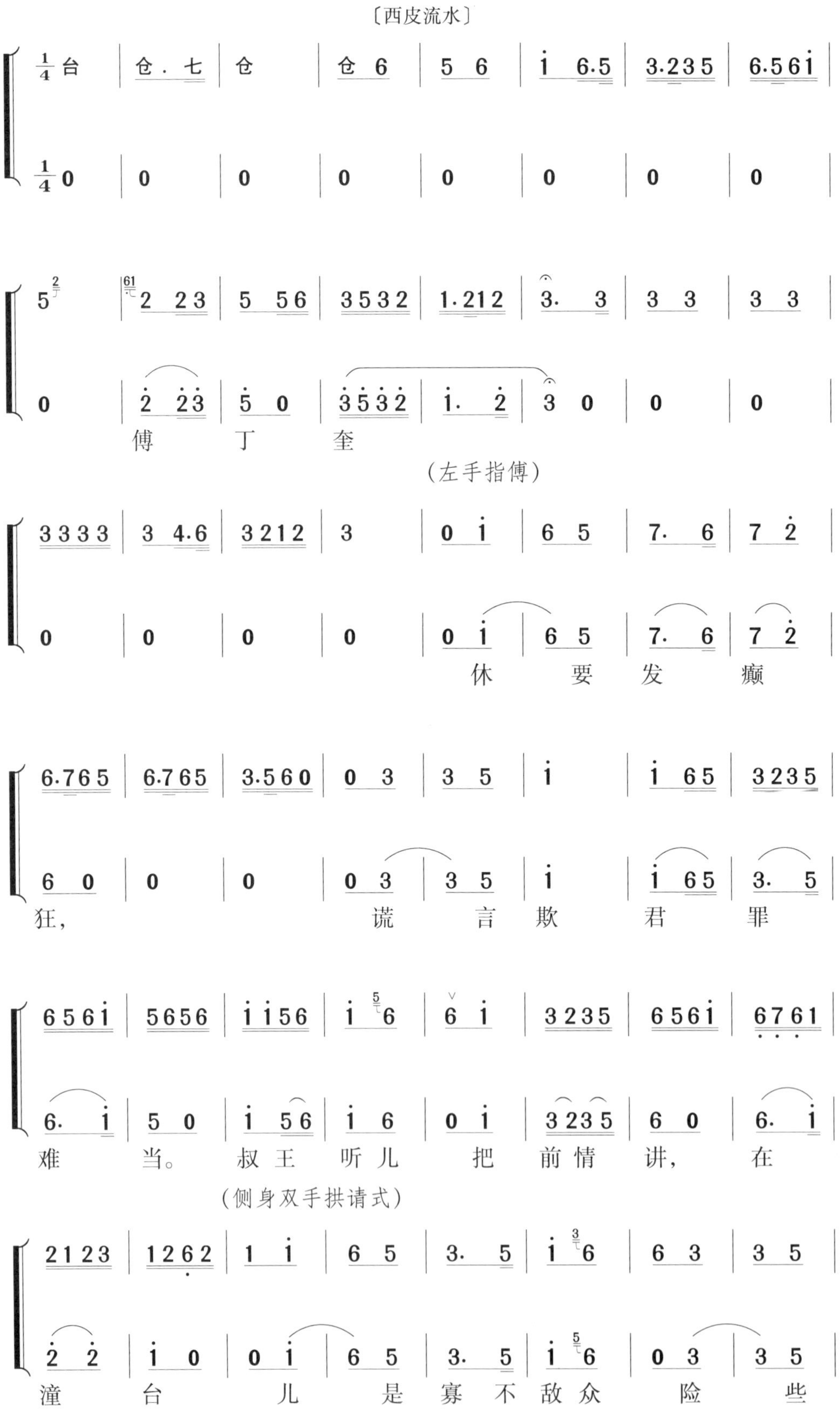
〔西皮流水〕
傅 丁 奎
(左手指傅)
休 要 发 癫
狂，
谎 言 欺 君 罪
难 当。 叔 王 听 儿 把 前 情 讲， 在
(侧身双手拱请式)
潼 台 儿 是 寡 不 敌 众 险 些

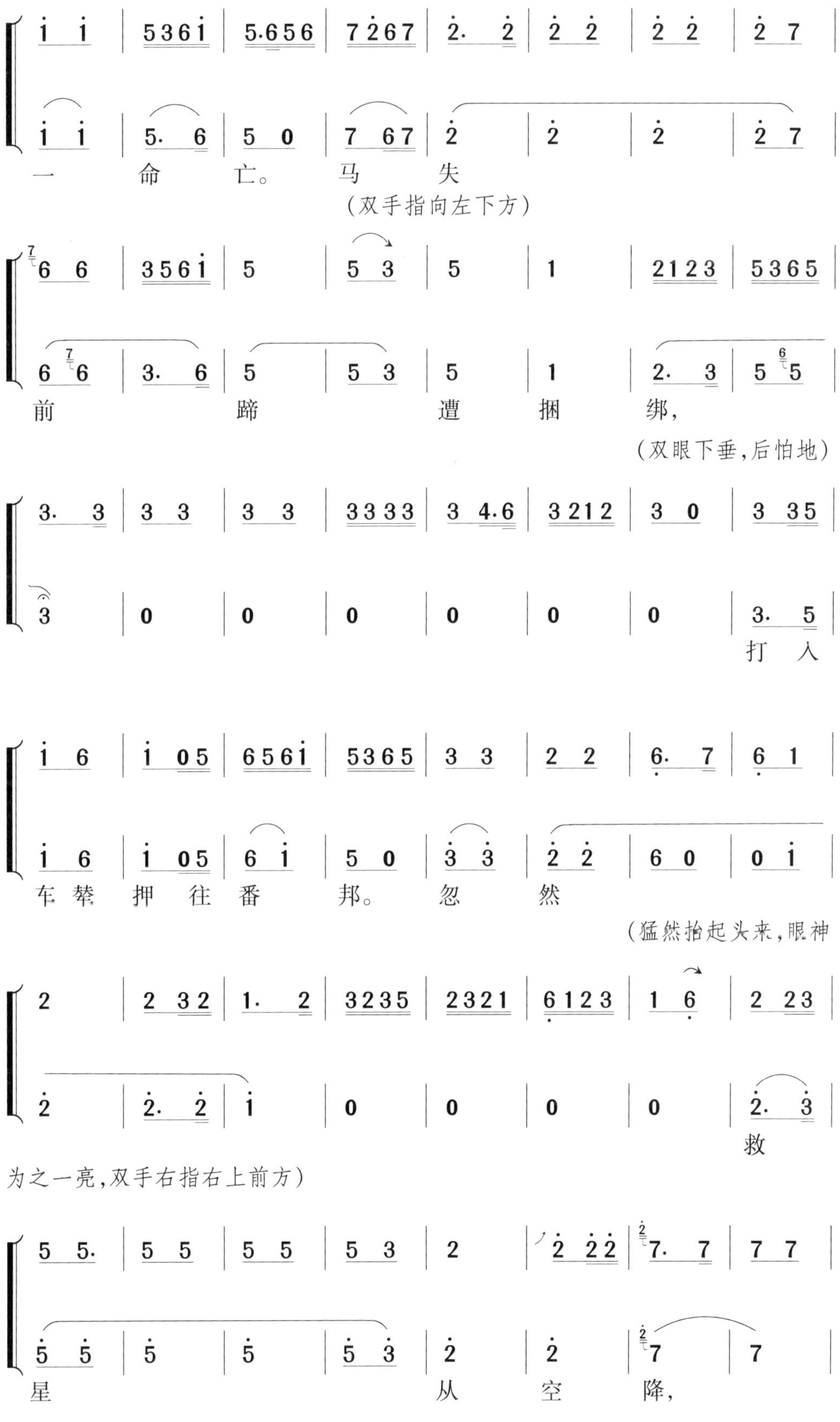
一命亡。马失
(双手指向左下方)
前蹄遭捆绑,
(双眼下垂,后怕地)
打入
车辇押往番邦。忽然
(猛然抬起头来,眼神
救
为之一亮,双手右指右上前方)
星从空降,

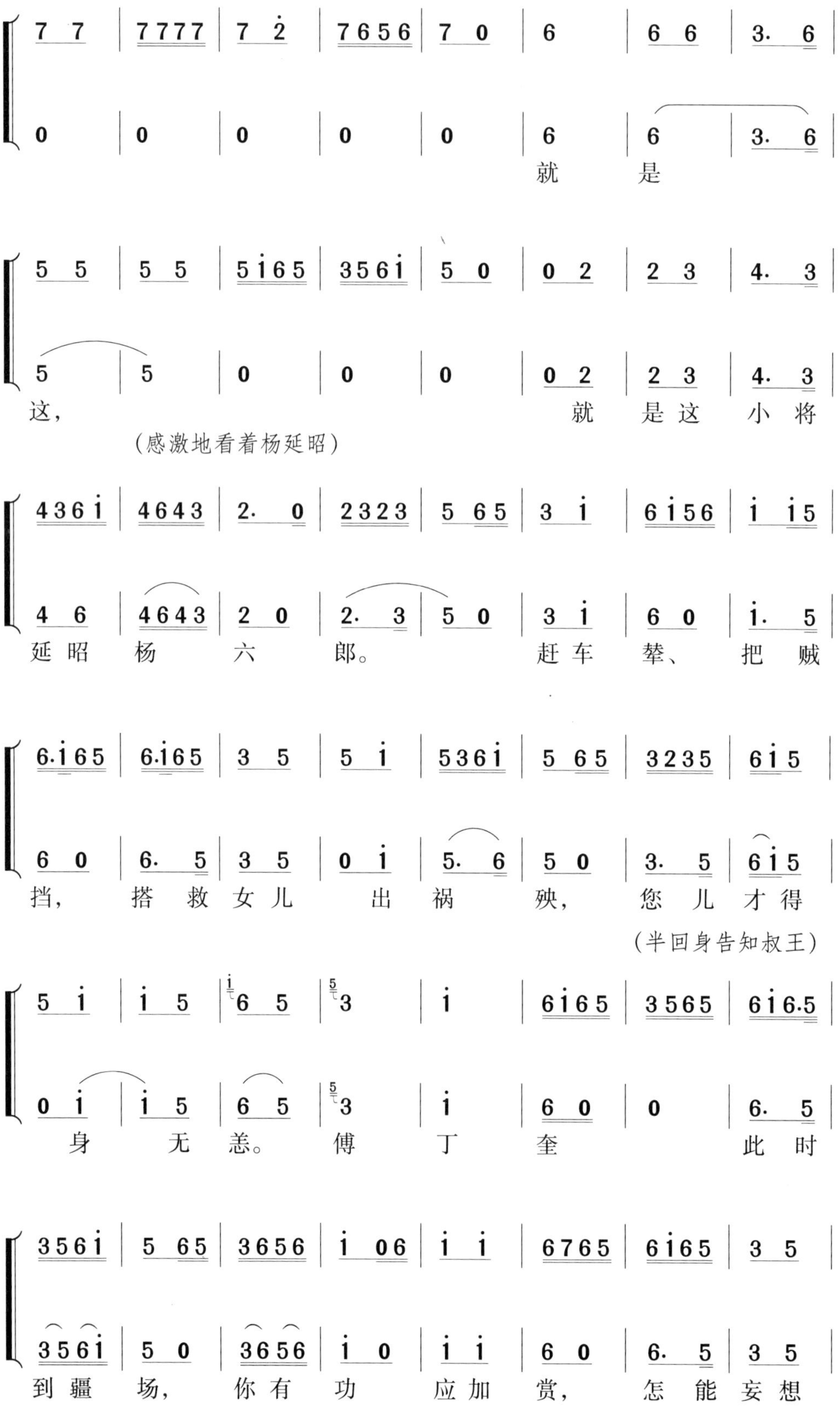
就 是
这，
（感激地看着杨延昭）
就 是这 小 将
延昭 杨 六 郎。
赶车 辇、 把 贼
挡， 搭 救 女儿 出 祸 殃，
您 儿 才得
（半回身告知叔王）
身 无 恙。
傅 丁 奎 此 时
到疆 场， 你有 功 应加 赏，
怎 能妄想

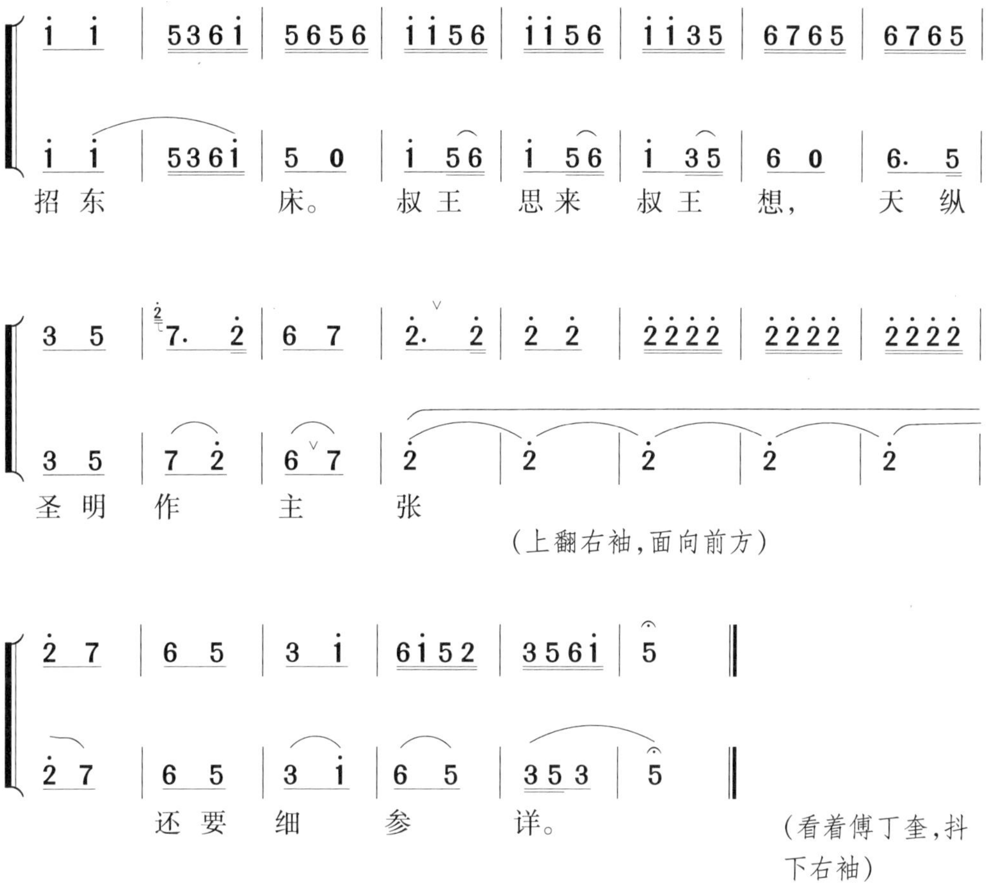

〔【大锣住头】柴郡主归位入座。

傅　龙　（站起）啊万岁，还是招赘我儿的好。

宋　王　招赘你儿的好？（面向傅龙）

杨继业　（站起）啊万岁，还是招赘我儿的好。

傅　龙　招赘我儿的好。（向面傅龙）

杨继业　招赘我儿的好。

宋　王　（不知所措）哎！【大锣一击】（傅、杨二人互相抛袖、生气状，宋王左右为难状。柴郡主示意赵德芳快快出面讲话）

赵德芳　（急切地）啊叔王，郡主已将珠衫赠予救驾小将，请叔王圣裁。

宋　王　（点头）吕爱卿。

吕蒙正　臣。

宋　王　与孤传旨，郡主的珍珠宝衫现在谁手，孤就招他为郡马。

吕蒙正　（站起）领旨。哎呀呀，如此说来，我这个媒人那就好当了。（至台中）傅杨两家听旨，【大锣一击】万岁有旨，郡主的珍珠宝衫现在谁手，就招谁为郡马。我这个媒人那，嘿嘿，是认衫不认人。

杨延昭　（惊喜地）宝衫现在我身，万岁！【大锣软四击】（走至台中，跪下亮相）请看！（解开衣襟）【撕边】

〔杨延昭身穿郡主赠与的珍珠宝衫，得意地亮相。宋王、赵德芳、吕蒙正、杨继业等全场人的目光都集中在杨六郎身上，郡主低头含笑。傅丁奎、傅龙狼狈不堪。奏唢呐曲牌<尾声>接**【大锣原场】**。

——剧终

蔡英莲 **整理** 曹宝荣 **记谱** 杨广同 **锣经整理**

望江亭

根据庆祝张君秋舞台生活五十周年演出录像整理

京剧《望江亭》故事情节如下：北宋年间，谭记儿因夫学士李希颜亡故，为免受太尉杨戬之子杨衙内的无理纠缠，避居清安观，为观主白道姑抄写经卷。白道姑之侄白士中得中进士，官授潭州太守，赴任途中，路经清安观探望姑母。经白道姑撮合，白士中与谭记儿一见倾心，结成良缘，一同登程。杨衙内得知，怀恨在心，串通其父，假造圣旨，私带尚方宝剑，至潭州缉拿白士中。白士中闻知，焦虑无措。谭记儿乃扮成渔妇，在望江亭内将杨衙内灌醉，盗去假圣旨及尚方宝剑。次日，杨衙内至潭州府衙，方知阴谋败露。白士中以假冒钦差罪名，将杨衙内捕拿。

京剧《望江亭》是张君秋 1955 年在北京京剧院三团工作时首创的流派精品代表作。该剧移植自川剧《谭记儿》，并参考了元代戏剧家关汉卿的原著《望江亭中秋切鲙旦》杂剧，由王雁改编，张君秋、刘雪涛、李四广、耿世华共同参与创作，何顺信音乐设计。全剧四场戏，第一场“庙遇”，第二场“释疑（猜书）”，第三场“盗旨”，第四场“斥贼”。谭记儿是古代具有反抗和斗争意识的女性。第一场谭记儿为青衣行当，举止端庄、沉稳大方，对自己境遇自优自怜。第二场谭记儿为花衫行当，温柔聪慧，有智有谋，对杨衙内的阴谋无所畏惧。第三场谭记儿为花旦行当，深入虎穴、迷惑敌人、大胆沉着、机警善变。该戏体现了张派青衣唱、念、做、表的综合性，不但唱腔难度极大，表演上亦要求表演者对角色进行多层次的处理。第一场〔二黄慢板〕转〔原板〕“蒙师父发恻隐把我怜念”是全剧的重点唱段，起头是〔二黄摇板〕，突出生活化、自由化、口语化，节奏明快，像是亲切的说唱式，要能做到摇而不散，摇中有板，摇中见圆。垛唱中“排解忧烦”四字的行腔是这段声腔的难点，垛句快起渐慢，顿挫鲜明，“忧烦”二字高腔险峭、跌宕，后面以扩展式的长腔曲折委婉下降到低音区，始终在中八度与高八度之间上下盘旋，从音域来讲，这个腔也是对演员极大的考验。

〔二黄原板〕中“随师父同修道……身列仙班”转入垛唱，随后有个极其难唱的大腔，这是这段唱的第二个难点。这时腔随着人物心情在第四小节内缠绵迂回，以低旋律为主，行至第五个小节倏然大跳进入高八度，“5”音符点与颤音同步演唱。第六小节以极其夸张的旋音形式又回归到六十四分音符小而密致的结尾腔中。这句唱腔张先生借鉴了程砚秋腔《锁麟囊》“且莫高声”的前半部分，后半部分再次腾飞盘高是张先生继承中的创新。腔难唱往往是由学习者声与气不和谐不统一而造成的。此腔的变幻抒发了谭记儿内心的压抑、对人生的淡漠与对杨衙内按捺不住的仇恨。

〔南梆子〕“只说是杨衙内又来搅乱”是谭记儿又一核心唱段，从听觉到视觉又是一个新鲜灵动的卖点。据我所知，张先生格外喜欢〔南梆子〕腔体，因其没有老的框框，创作的空间很大，容易创新。“只说是……”唱腔长达十六句，是当前〔南梆子〕板式中所少见的套式腔体。结构新颖、情意缠绵、节奏舒缓、绚丽多姿。“似曾相见，手弄罗衫”低回婉转；“死后生还”先抑后扬，形成了张派特点的音型与音调；“穿红举案”以轻柔而曲折的小旋音，穿插在大型旋音之间高低错落，有张有弛，其中“生还、举案”两个大长腔是此段最难把握的唱句，体现出张先生行腔的华丽别致、舒展清新。这段唱腔既要唱功也要做功，一定要把谭记儿内心的思维活动通过面部神情和外在身段同时呈现。根据台词内容，可以把此段〔南梆子〕归纳为谭记儿的八个情绪的转换：从仇恨转为惊叹；从观察转为惊喜；从心动转为羞怯；从思夫转为赞赏；从思考转为自问；从允婚转为向往；从剪断转为惋惜；从犹豫不决转为以诗表心。我认为此段〔南梆子〕是张派声腔艺术中之经典，在跨越了半个世纪的今天仍让人百听不厌、回味无穷，这种新颖独特的腔体正是张派美学以声传情、以腔塑像之风格。

《望江亭》第一场“庙遇”是谭记儿青衣行当的重头戏，是以大青衣的气质与表演来揭示人物内心的状态。第二场“释疑”（猜书）有轻松的〔二六〕、俏皮的〔西皮慢板〕、紧凑的〔导板〕、〔流水〕及顿挫鲜明的〔散板〕，张先生板式的设置充分展现了谭记儿婚后幸福美满的生活及闻知杨衙内企图陷害白士中后的愤慨。面对灭顶之灾谭记儿聪慧机敏，敢于大胆深入虎穴，突出了有胆有识、有谋有略的女性形象。第三场“盗旨”（亭子）一场为充分演绎谭记儿的渔妇身份，张先生要求用花旦的步法、花旦的眼神。1978 年再次加工整理演出时，把原来念的韵白改为京白，并加了主要的唱段〔流水〕“大人那……”和〔散板〕“听他言……”，进一步补充了“亭子”一场缺少唱段的不足。为突出人物个性，在“盗旨”千钧一发之际，张先生运用了一系列紧张有序的形体表演，深刻描绘了谭记儿的大智大勇，沉着、冷静。最后的〔流水〕以欢快的花旦小步走出亭外，在自信得意中圆场下场。这场戏表演繁重，突出眼神的运用，着重运用花旦的手势与造型，使谭记儿向真实的张二嫂靠拢，蒙蔽了仇人杨衙内。《望江亭》这出戏极其难演，好的张派演员才能完成全剧人物的塑造。该剧是“角”演戏，而不是戏托“角”，学此戏要进一步理解唱腔、台词和人物内心的表演，挖掘人物的个性，全剧贯穿起来要演得有血有肉。第四场“斥贼”的〔二六〕，吸收了小生〔娃娃调〕声腔，显示了谭记儿揭露杨衙内罪行的声腔力度与刚柔并济的张派风格。

蔡英莲

人物行当

谭记儿	旦	李　龙	净
白士中	小生	书　童（后赶门子）	杂
白道姑	老旦	四家丁	杂
杨衙内	丑	四校尉	杂
张　千	丑	四牢子	杂
李　万	丑	四龙套	杂

服装扮相

谭记儿　俊扮。古装头套、古装发髻、贴大绺、点翠大正凤、鬓边两个小偏凤、点翠蝴蝶，白色金银绣菊花裙，湖色彩裤，彩鞋。〔第二场换水钻正凤（一边偏凤，一边草花，右方一小桃红色团花对）、牡丹彩花裙子；第三场换一小号发髻（正中一朵大花，鬓边都戴草花）、香色蓑衣、深蓝色绣边坎肩、腰箍、深蓝色绣边筒裙、蓝绸子湖色绣边袄裤、湖色彩鞋；第四场换水绿色绣花褶子、牡丹绣花彩裙〕

白士中　俊扮。学士盔，紫色学士官衣，湖色彩裤，黑厚底靴。（第二场换纱帽、红色团花对帔；第四场换纱帽、浅湖色绣龙蟒）

白道姑　俊扮。道姑冠，发髻，浅灰褶子，古铜坎肩，绦子，黑彩裤，大袜、福字履。

杨衙内　勾丑脸。绿色八宝棒槌巾，绿八宝褶子，红彩裤，朝方靴。（第三场换纱帽、刀翅，红色绣龙蟒，红彩裤，朝方靴；第四场受刑后换小甩发，红褶子、绦子，彩裤）

张　千　勾丑脸。大板巾，蓝色绣边箭衣、黑马褂、大带，黑彩裤，朝方靴。

李　万　勾丑脸。大板巾，蓝色绣边箭衣、黑马褂、大带，黑彩裤，朝方靴。

李　龙　勾三块瓦。大板巾、黑扎，紫色绣金边箭衣，红彩裤，厚底靴。

书　童　俊扮。孩儿发，湖色茶衣、小腰巾子，湖色彩裤，福字履。

门子（书童赶）　俊扮。黑罗帽，青褶子，黑彩裤，厚底靴。

四家丁　俊扮。黑罗帽，青褶子，黄大带，黑彩裤，黑薄底靴。

四校尉　俊扮。大板巾，紫箭衣、大带，马褂，薄底靴。

四牢子　揉脸。黑布箭衣、卒坎、大带，黑彩裤，薄底靴。

四龙套　俊扮。红大板巾，红箭衣，红彩裤，黑薄底靴。

道具

佛　珠	一串	经　卷（线装本）	一本
书　信	一封	扇　子	一把
马　鞭	一个	桌　灯	一个
食盒扁担	一副	酒　壶	三个
文房四宝	一份	小宫灯	一个
尚方宝剑	一口（外套加长）	黄色绣龙宝剑套（口用绳收束，能打开）	一个
圣　旨	一道	素黄布（假圣旨）	一个
婚约纸	一张	鱼篮（内有鲤鱼一条）	一个
小匕首	一个	鱼盘（内有鲜鱼一条）	一个
签　筒（内放签子）	一个	印　盒	一个
惊堂木	一个	招供词（白纸）	一张
开门刀	四把	鸭子棍	四根

第一场

庙堂

〔【大锣原场】幕前曲。

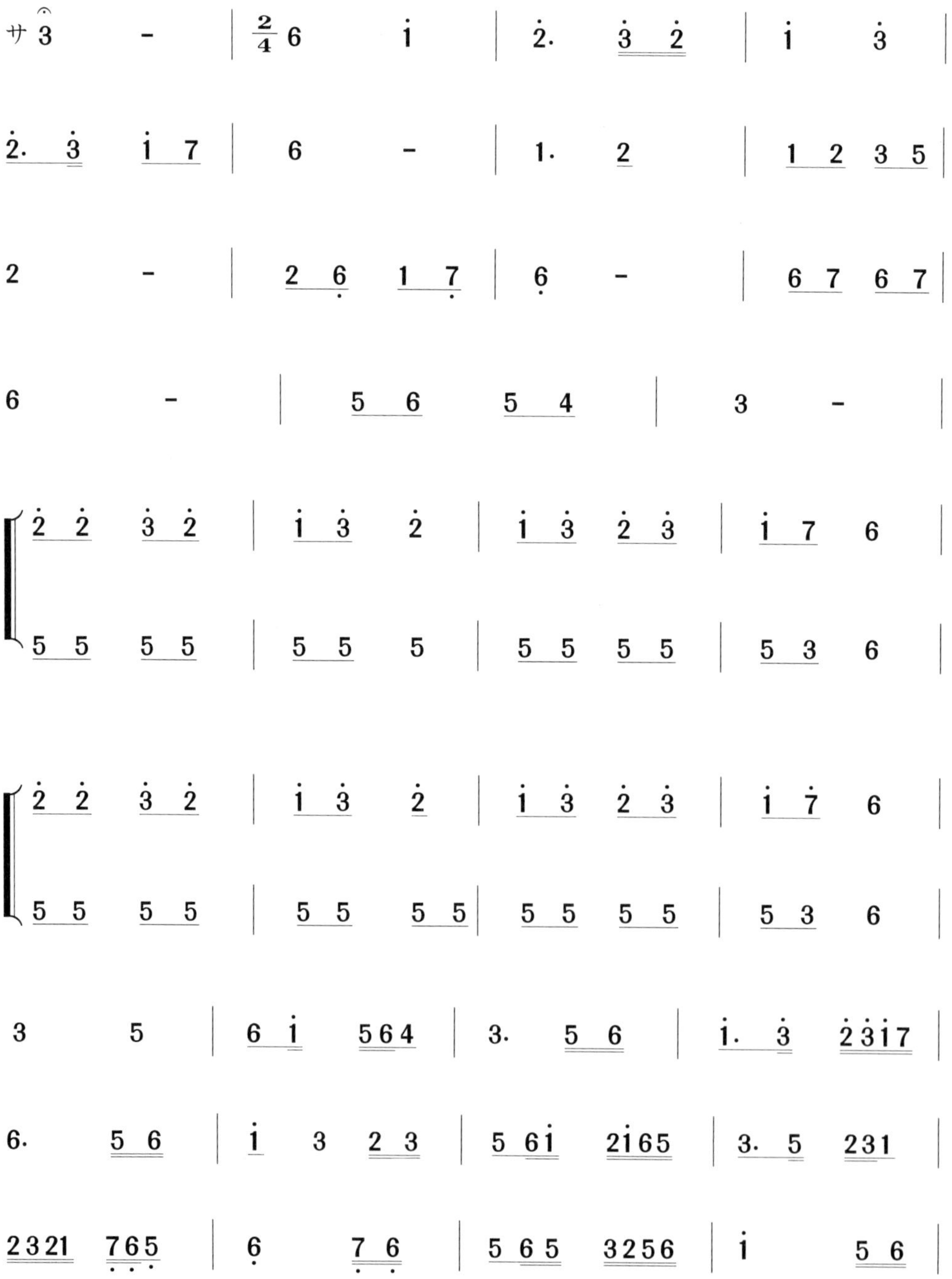

望江亭

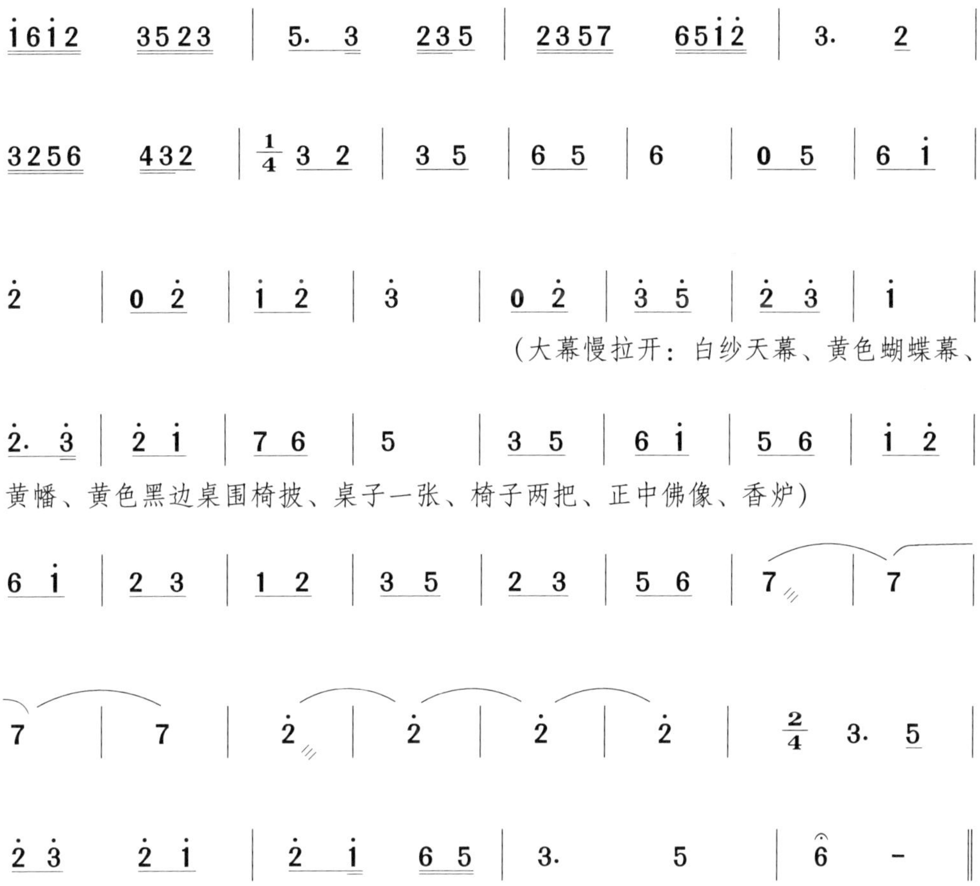

〔白士中内白：“书童！”

〔书童内白：“有！”

〔白士中内白：“带路！”

〔书童内白：“是啦！”

〔**【小锣抽头】**书童“上场门”上到“大边”台口，白士中随后上至“九龙口”亮相至台中。

〔西皮摇板〕

白士中 **【小锣凤点头】**

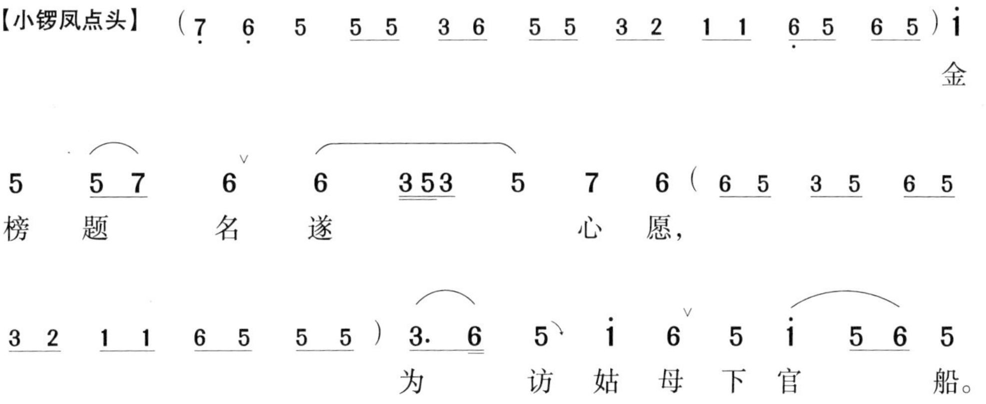

（白士中从台中走至“小边”台口。书童从后面跟过来，“小边”台口站）

（5. 65 36 55 32 11 65 55）3. 6 5 57 6 7 65 5 6
不 觉来 到清安 观，

〔【小锣一击】（白士中至中场面向内，右手叩门，再回至“小边”台口。
〔白道姑内白：“来了！”
〔【小锣抽头】白道姑左手持佛珠，“下场门”上。

〔西皮摇板〕

白道姑 （5. 6 5 3 6 5 5 3 2 1 1 6 5 5 5）3 2 2 1
忽 听 有人

2 1 2 3 2 321 6 1（1 1 7 2 1 -）
叩 门 环。
（边走边唱至台中）

是哪一位？（开门、出门）

白士中 啊，姑母！【小锣一击】
〔白士中深施一礼下拜，白道姑忙搀扶。

白道姑 你这位大人是哪一位？

白士中 侄男白士中，姑母就不认得了么？

白道姑 噢！【小锣一击】（手擦眼，细看，惊喜地）果然是士中侄儿。几年不见，我哇，都认不出来了，快到里面讲话。

白士中 是。（向书童）下面歇息去吧。
〔白士中、白道姑双进门；书童跟进，“上场门”下。

白道姑 侄儿请坐。

白士中 告坐。【小锣住头】【小锣一击】
〔白道姑、白士中归正“八字”坐，道姑坐“大边”，士中“小边”坐。

白道姑 侄儿，你哪里来的这身荣耀哇？

白士中 侄儿官拜潭州太守，今日赴任，路过此地，将官船停在江边，特地前来看望姑母。

白道姑 这就好了！这就好了！【小锣一击】（远看）

白士中 啊，姑母，看什么？

白道姑 既是乘官船到此，为何不将我那侄媳妇一同请到观中，住上几日再走？

白士中 你那侄媳妇么？【小锣一击】唉！她已亡故三年了。

白道姑 怎么？【小锣一击】我那侄媳妇她……她跨鹤西去了？

白士中 正是。【小锣一击】

白道姑 唉！真是红颜多薄命！侄儿，有道是男儿无妻心无主，你就该再续娶一房。

白士中 只是无有称心如意之人。

白道姑 这，【小锣一击】（看白士中，忽想起谭记儿，笑）哈哈……看来算是有缘的了。

白士中 啊，姑母，什么有缘哪？【小锣一击】

〔白道姑站起示意制止，目望“上场门”，白士中站起至“大边”台中，白道姑站台中“小边”。

白道姑 侄儿有所不知。本城有一少妇，名唤谭记儿，乃学士李希颜之妻。不幸李学士在三年前亡故，留下谭记儿一人，少年寡居，甚是可怜。（从“小边”走至“大边”，白士中至“小边”）本城有个杨衙内，乃是太尉杨戬的儿子，横行霸道，仗势欺人，也曾托人向谭记儿求亲。谭记儿为避狂徒，搬到我这观中居住。此人聪明机智，才貌双全。你若得她为妻，真是缘分不浅。你二人，一个未曾续妻，一个不曾再嫁，岂不是有缘么？【小锣一击】

白士中 听姑母之言，这一女子她倒是天仙化人了哇？

白道姑 可称得天仙化人了。（赞美地）

白士中 哦！

白道姑 侄儿，如今她正在后面为我抄写经卷，你呀，可到那厢躲藏一时，待我将她请了出来，你一看么，就知道了。

白士中 果若如此，就请姑母待为做媒，侄儿得与淑女为配，终身不忘大恩也。

白道姑 好，少时我先用言语试探于她，她若依允，我哇……【小锣一击】（低头思考）

白士中 怎么样？

白道姑 我就咳嗽一声，你便出来与她相见，这亲事么？就算成了喔！

白士中 侄儿那旁恭候佳音。（出门）

白道姑 快去藏好。（白士中走至“下场门”“九龙口”，白道姑猛想起）啊，侄儿！侄儿！（白士中听见呼叫急忙转身回至台中）【小锣一击】若是不咳嗽，你千万不要出来呀！（白士中会意一笑）

白士中 侄儿我谨记就是。【小锣二击】（“下场门”下）

白道姑 （至台中，面向“上场门”）啊，学士夫人，不要写了，请出来吧！

〔谭记儿内白：“啊，师傅，方才何人到此？”

白道姑 哦！乃是进香的施主，此刻已然走去，此处无人，快请出来吧！

〔谭记儿内白：“来了！”白道姑听、点头，至“大边”“小座”坐下。

〔【小锣平板夺头】“上场门”蝴蝶幕边，谭记儿左手拿经卷上。

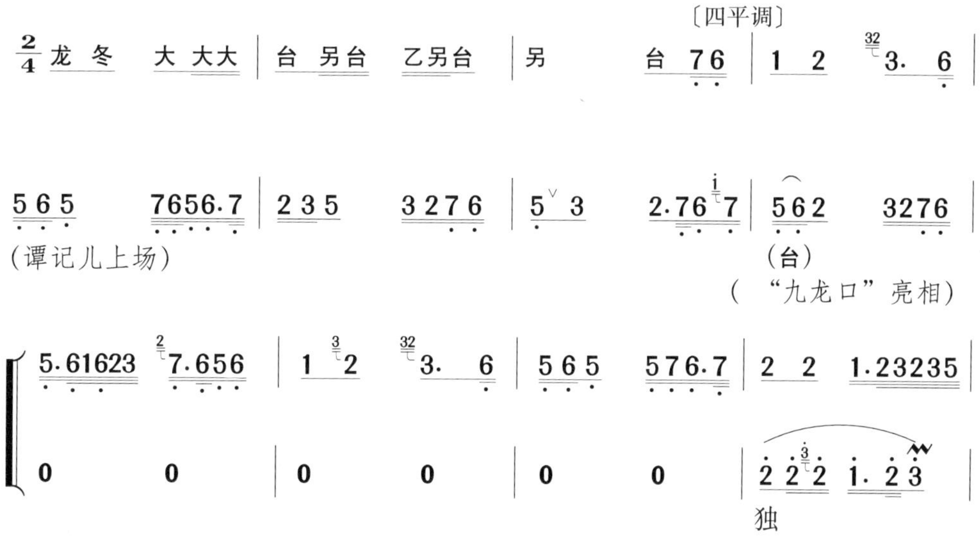

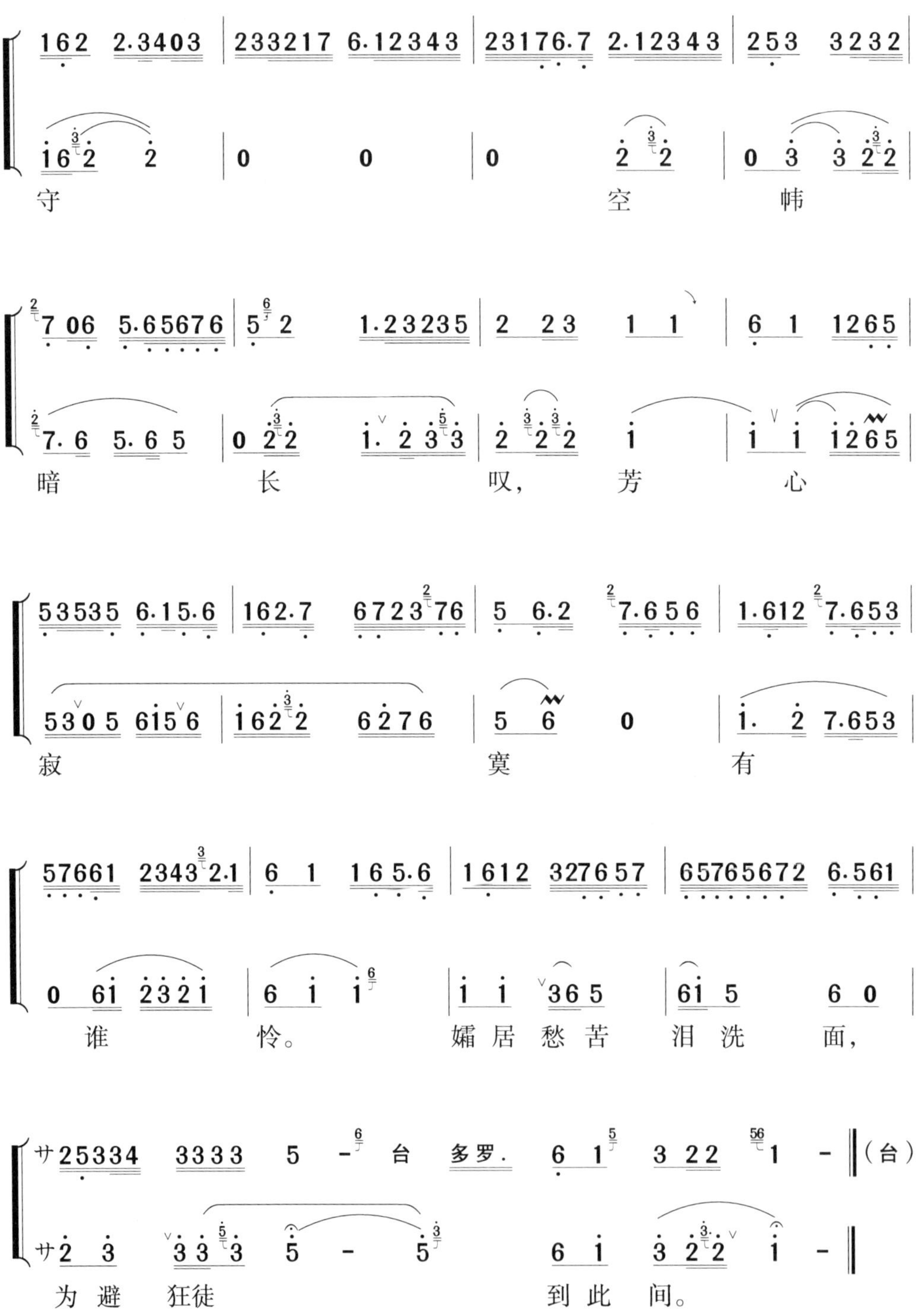

〔谭记儿至中场“小边”台口站，道姑迎出站“大边”。

白道姑 啊，夫人！【小锣一击】

谭记儿 “夫人”二字实在不敢当，就叫我谭记儿吧。

白道姑 岂不是太无理了？

谭记儿 我乃苦命之人，一年来蒙师傅怜念，情同骨肉，理应唤我的名字，才像是一家人哪！

望 江 亭

白道姑 好个一家人！如此我就不再称呼你夫人就是。

谭记儿 这便才是。（将经卷交于白道姑）

白道姑 请坐。

谭记儿 师傅请坐。**【小锣一击】**（白道姑、谭记儿各归座）

白道姑 啊，记儿！（亲切地）

谭记儿 师傅！

白道姑 有劳你每日替我抄写经卷，我心中实实地不安那！

谭记儿 （摇头、叹气）哎！师傅啊！**【小锣单楗凤点头】**

〔二黄摇板〕

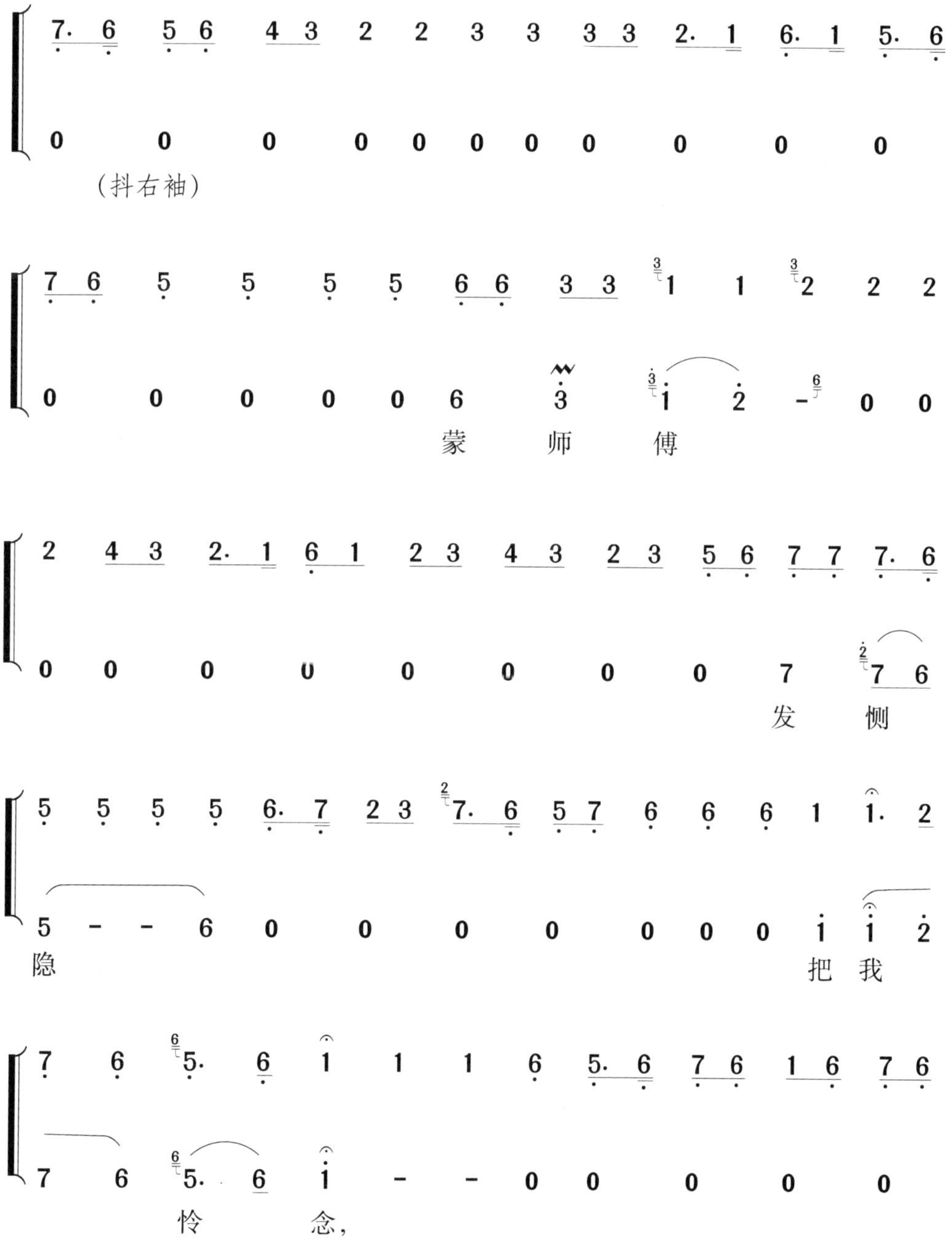

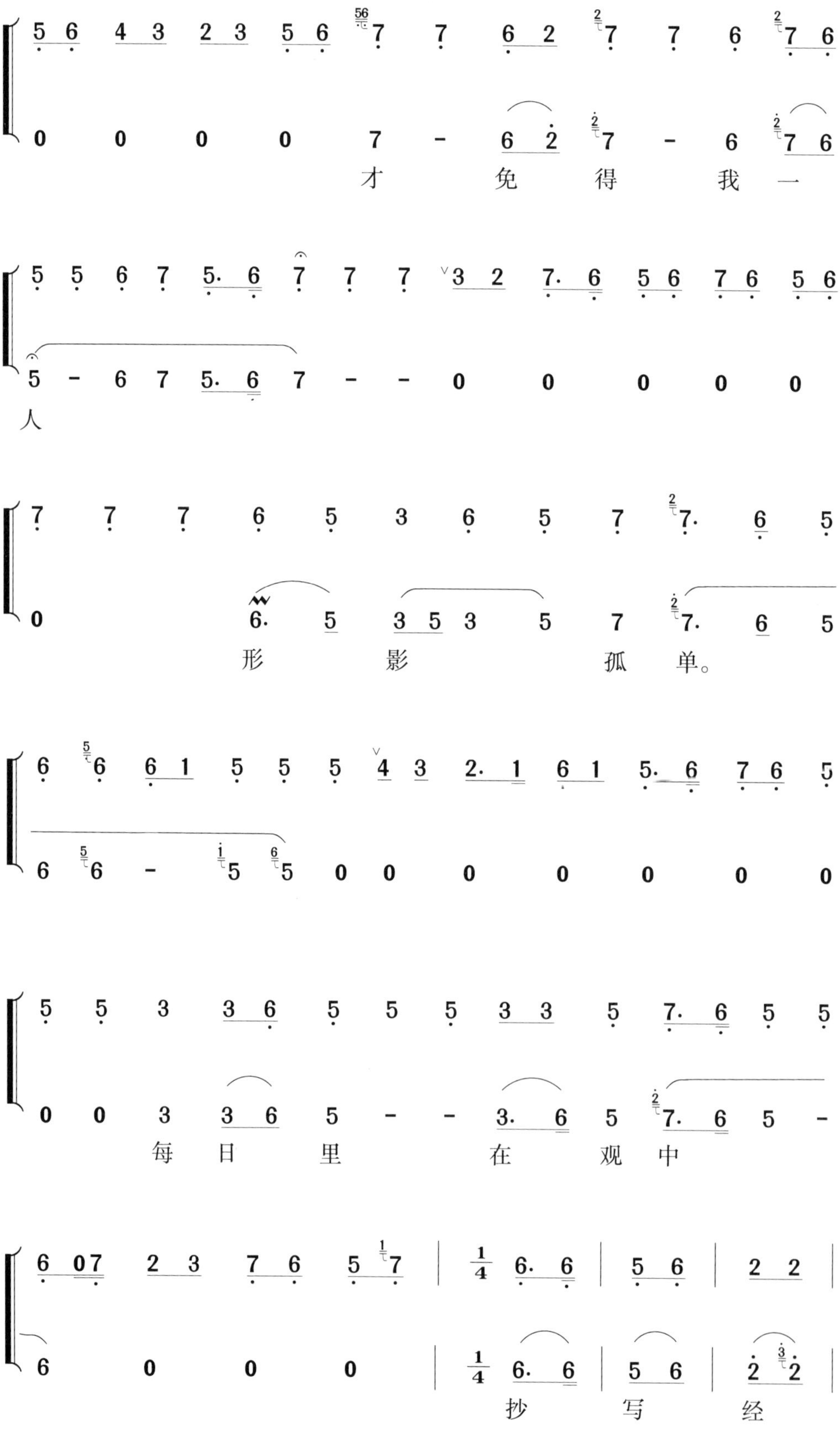
才 免 得 我 一
人
形 影 孤 单。
每 日 里 在 观 中
抄 写 经

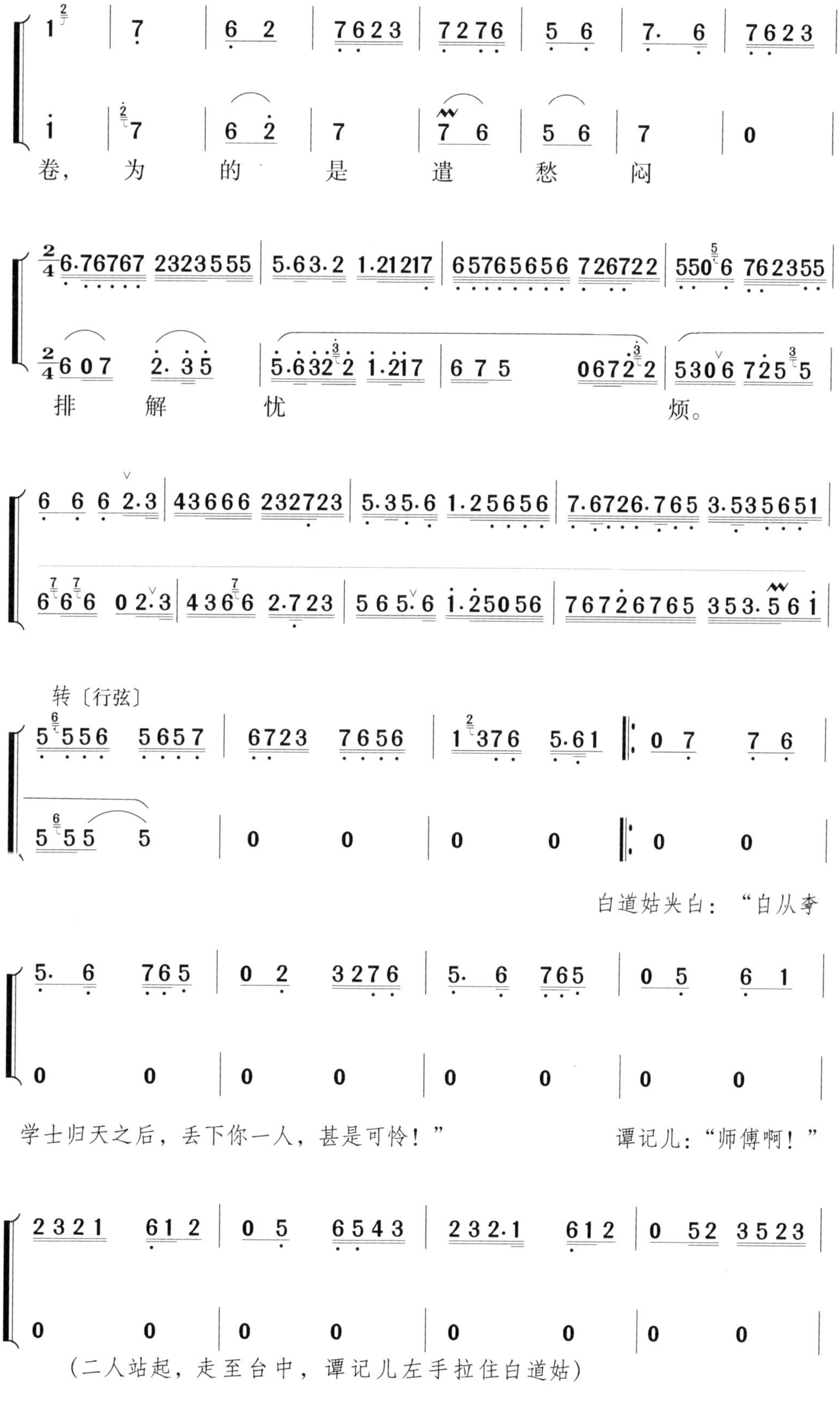
卷，为的是遣愁闷
排解忧烦。
转〔行弦〕
白道姑头白：“自从李
学士归天之后，丢下你一人，甚是可怜！”
谭记儿：“师傅啊！”
（二人站起，走至台中，谭记儿左手拉住白道姑）

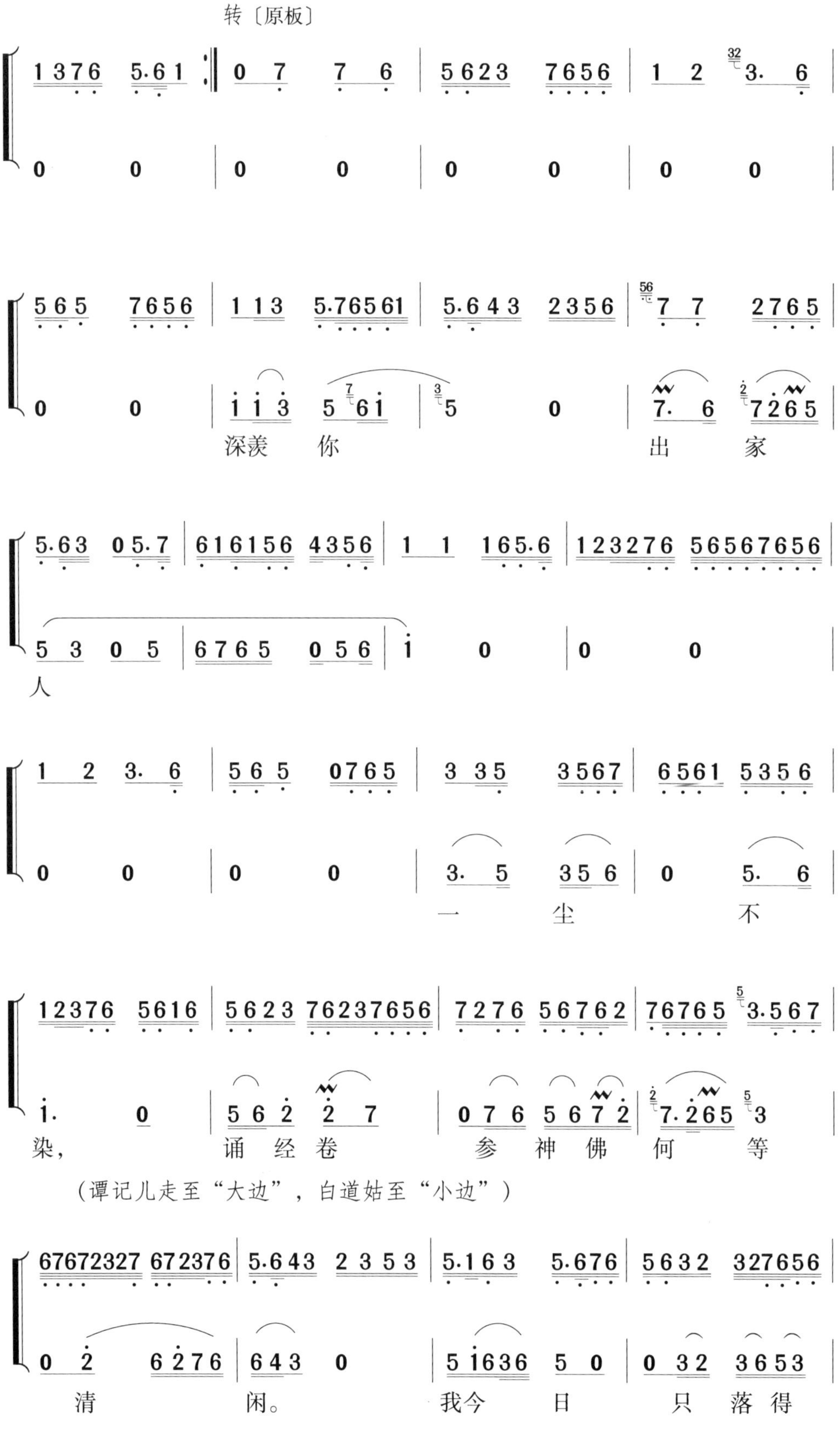
转〔原板〕
深羡 你 出 家
人
一 尘 不
染， 诵 经 卷 参 神 佛 何 等
（谭记儿走至“大边”，白道姑至“小边”）
清 闲。 我今 日 只 落 得

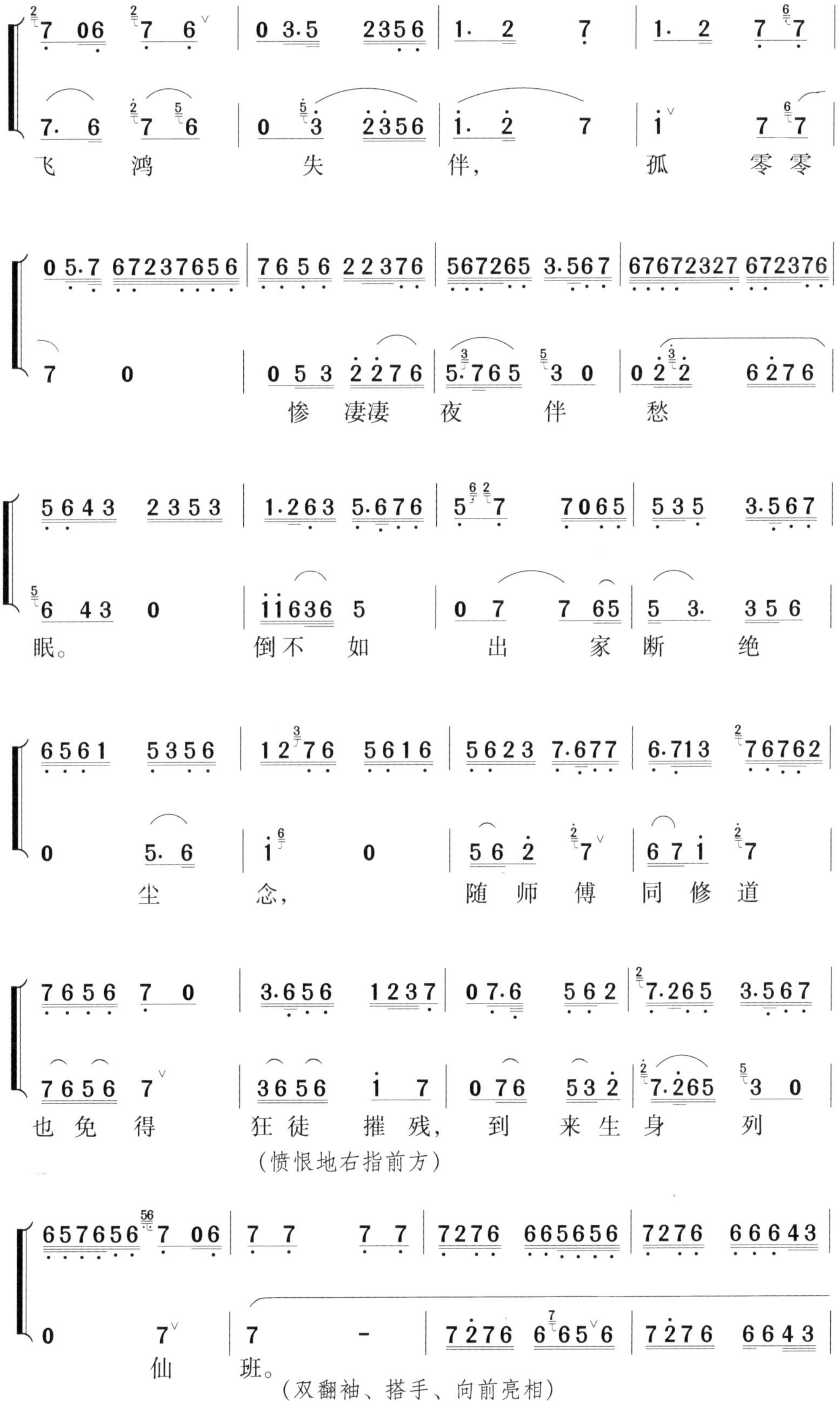
飞 鸿 失 伴， 孤 零零
惨 凄凄 夜 伴 愁
眠。 倒不 如 出 家 断 绝
尘 念， 随 师 傅 同 修 道
也免 得 狂徒 摧 残， 到 来生 身 列
（愤恨地右指前方）
仙 班。
（双翻袖、搭手、向前亮相）

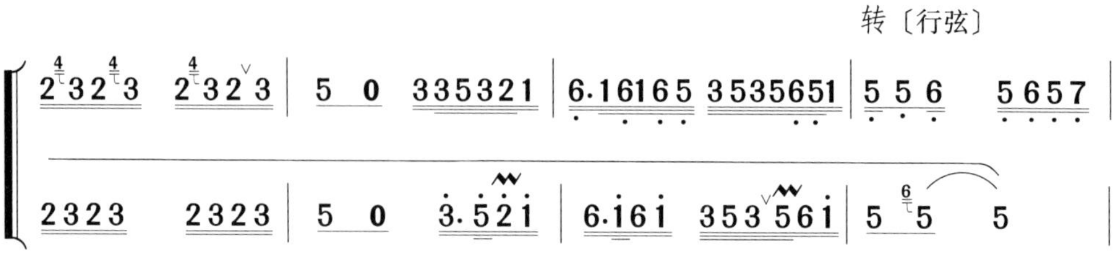

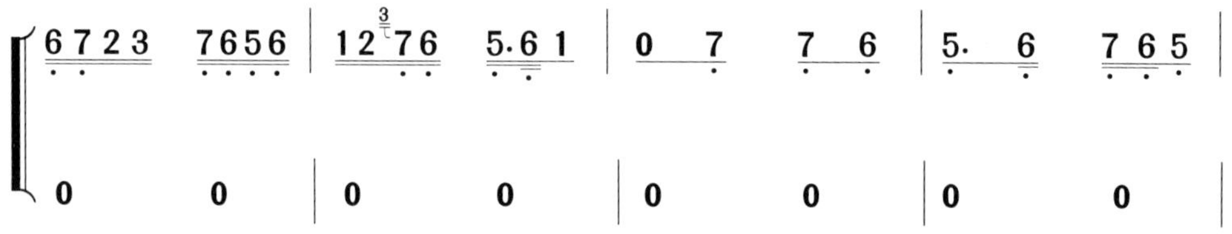

（谭记儿退走两步，右侧身拭泪）

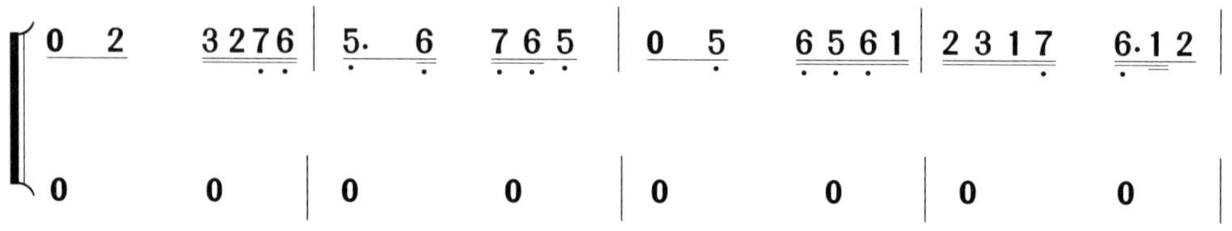

白道姑夹白：“说来说去，竟说到出家来了，像你这样如花

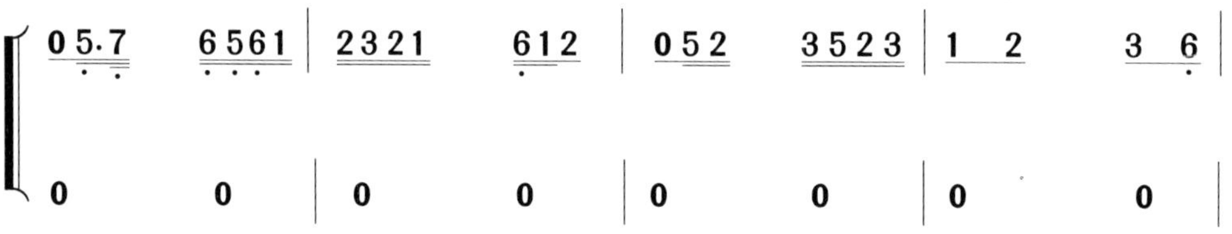

似玉之人，若效卓氏文君还愁无有凤求凰的司马相如么？”谭记儿：“师傅啊！”

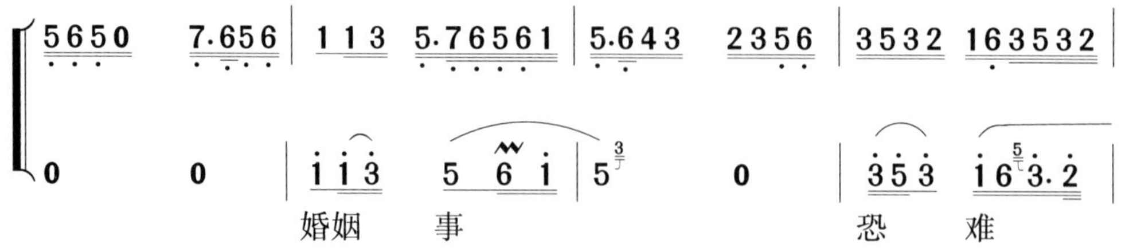

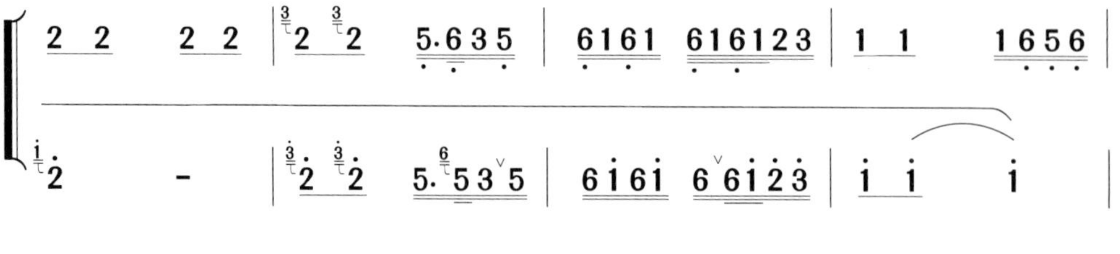

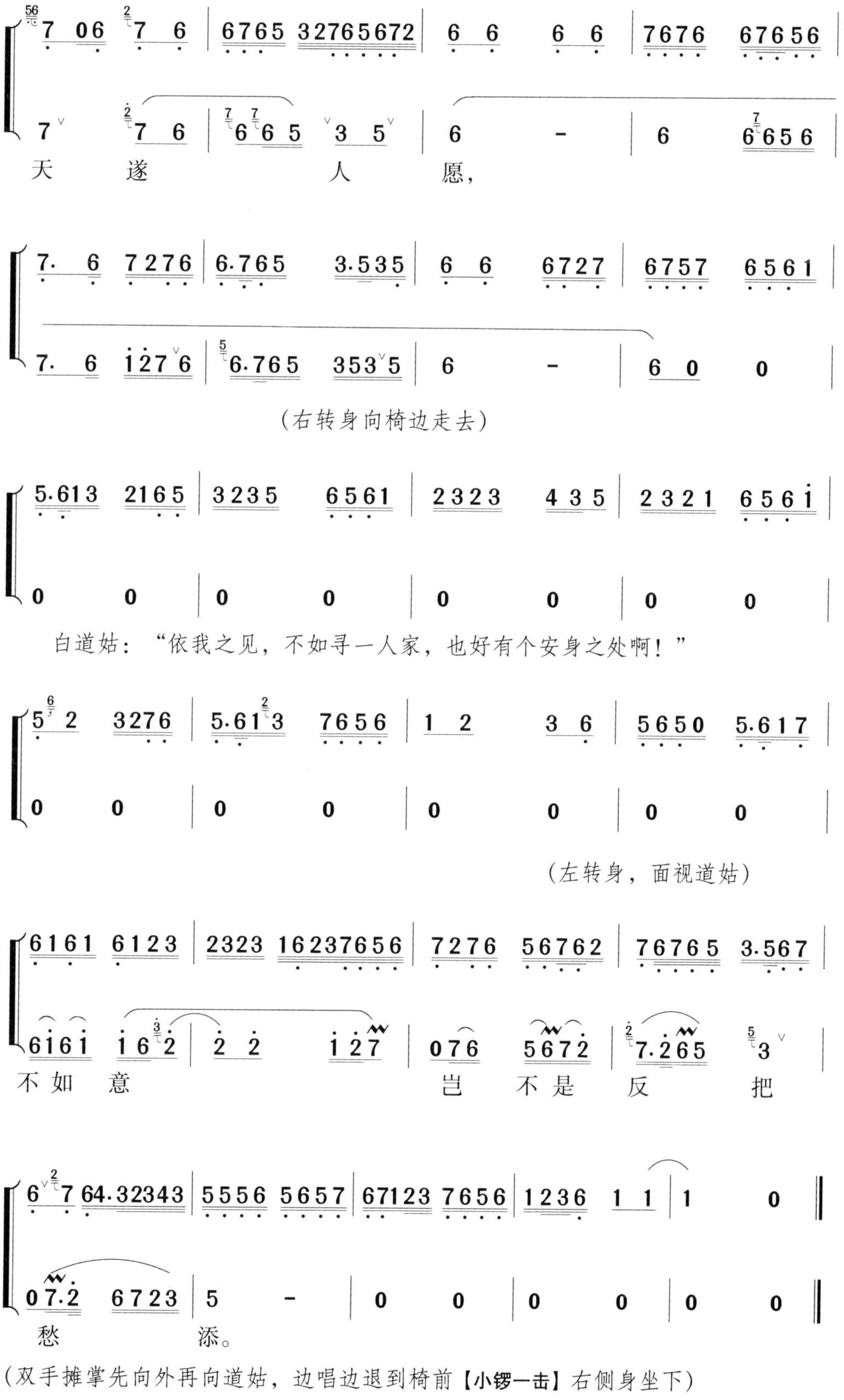
天 遂 人 愿，
（右转身向椅边走去）
白道姑：“依我之见，不如寻一人家，也好有个安身之处啊！”
（左转身，面视道姑）
不 如 意 岂 不 是 反 把
愁 添。
（双手摊掌先向外再向道姑，边唱边退到椅前【小锣一击】右侧身坐下）

白道姑 如今有一人托我说亲，此人虽不比那李学士，倒是一表人才；况且，也是官宦人家的子弟呦？

谭记儿 哦！【小锣一击】怎么是官宦人家子弟？

白道姑 正是。

〔谭记儿转过身思考，猛然联想起杨衙内，吃惊。【大锣一击】

谭记儿 我明白了！【大锣五击】（站起至“小边”台中）想是那依权仗势、无恶不作的杨衙内，知我住在此处，托师傅前来说亲，我是不能从命！（抖左袖、思考）

白道姑 你，你…… （咳嗽不止）【小锣一击】

〔白士中“下场门”上，整冠，至“大边”台口欲进门。

谭记儿 从今以后，我再也不来打扰，我告辞了！（施礼，出门）

白道姑 你错怪我了！

白士中 学士夫人！【小锣一击】

〔谭记儿突见白士中一惊，急忙进门回避，站“小边”台口。白士中进门“大边”台口站立。白道姑站台中。

白道姑 你怎么出来了哇？（走近白士中）

白士中 姑母咳嗽，我焉能不出来呀！

白道姑 谁叫你出来呀？（埋怨地）

谭记儿 啊！师傅……此位是……

白道姑 哦！（走近谭记儿）他就是我的侄儿白士中，新拜潭州的太守哇！

白士中 小生白士中，方才姑母为媒，（白道姑示意制止白士中，白士中未曾看见）蒙夫人允下亲事，真乃三生有幸！（谭记儿听后羞怯一旁）

白道姑 哎呀！坏了哇！【小锣一击】

谭记儿 啊师傅！什么坏了哇？

白道姑 哦！只管与你们讲话，我的斋饭怕是烧坏了，你二人在此稍坐，我去去就来。（出门，“小边”台口，谭记儿忙追出门外）

谭记儿 啊师傅！师傅！

〔谭记儿至台中，右手拉住白道姑，白士中也随之出门站“大边”。

白道姑 就烦你陪伴我的侄儿，我去去就来呦！（轻推谭记儿并示意白士中，谭记儿与白士中目光相遇）

谭记儿 啊，师傅！师傅！（紧追白道姑，至“上场门”“九龙口”，面向内上前两步）师傅！

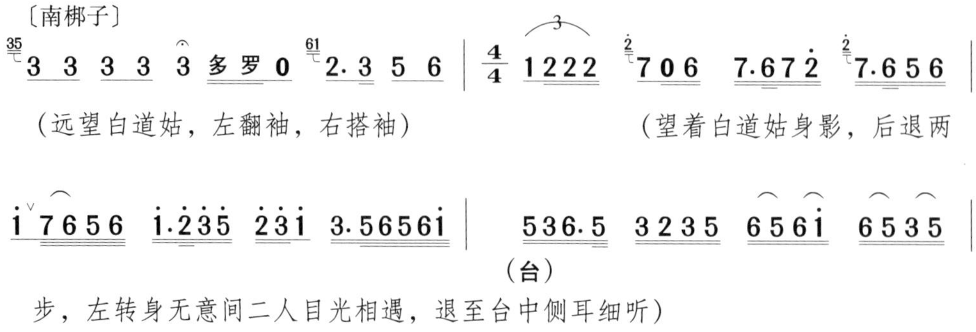

望江亭

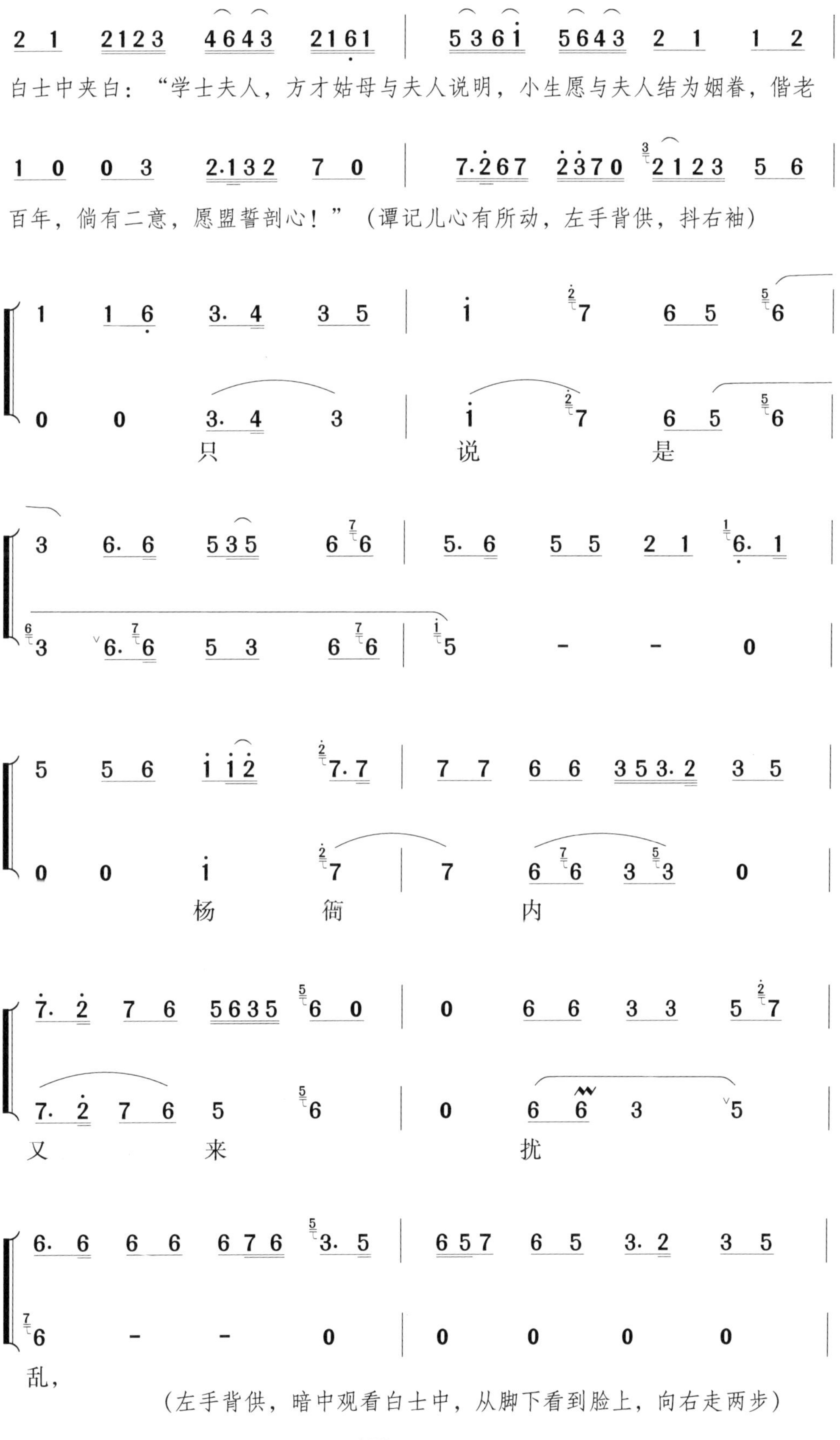
白士中夹白：“学士夫人，方才姑母与夫人说明，小生愿与夫人结为姻眷，偕老
百年，倘有二意，愿盟誓剖心！”（谭记儿心有所动，左手背供，抖右袖）
只 说 是
杨 衙 内
又 来 扰
乱，
（左手背供，暗中观看白士中，从脚下看到脸上，向右走两步）

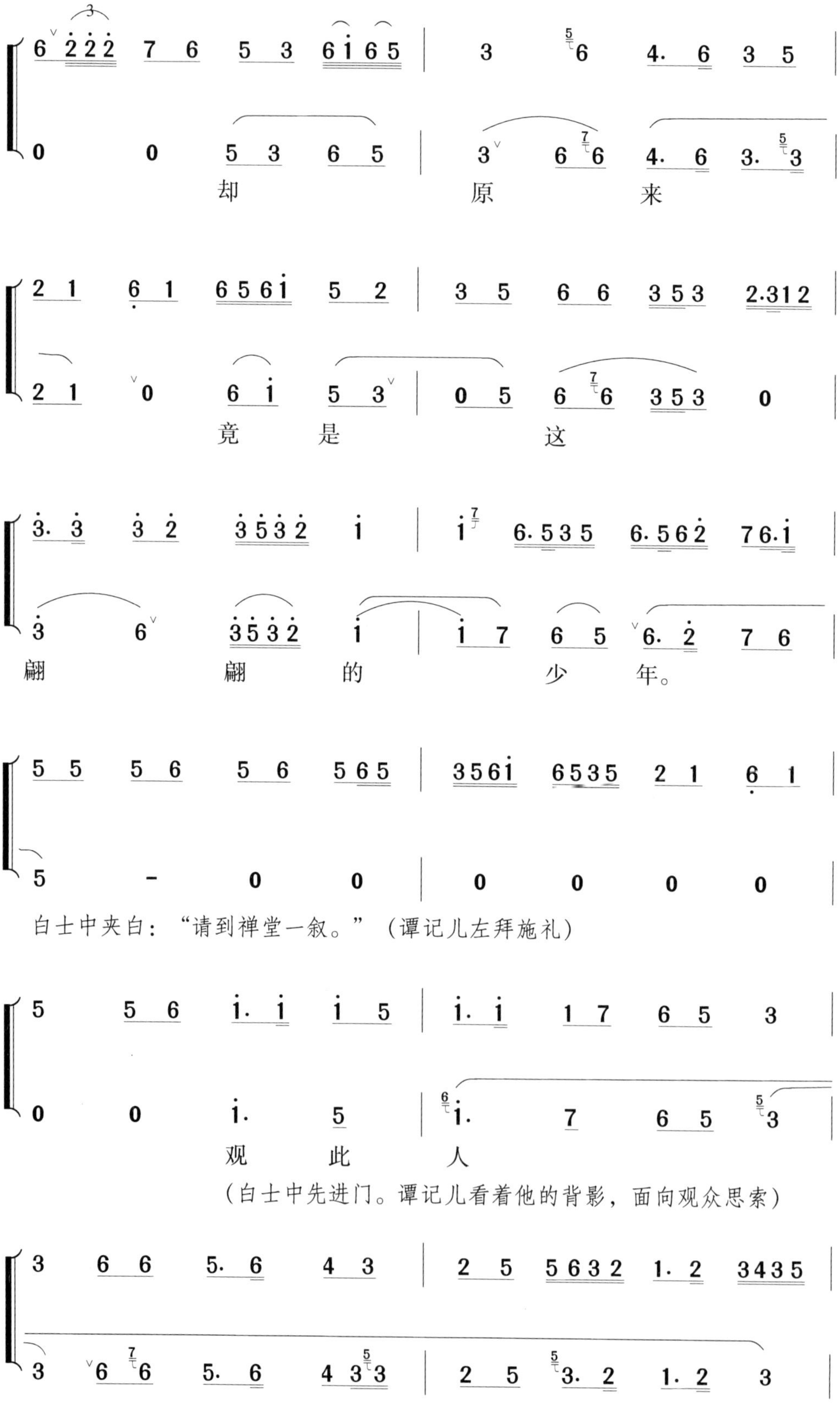
却 原 来
竟 是 这
翩 翩 的 少 年。
白士中夹白：“请到禅堂一叙。”（谭记儿左拜施礼）
观 此 人
（白士中先进门。谭记儿看着他的背影，面向观众思索）

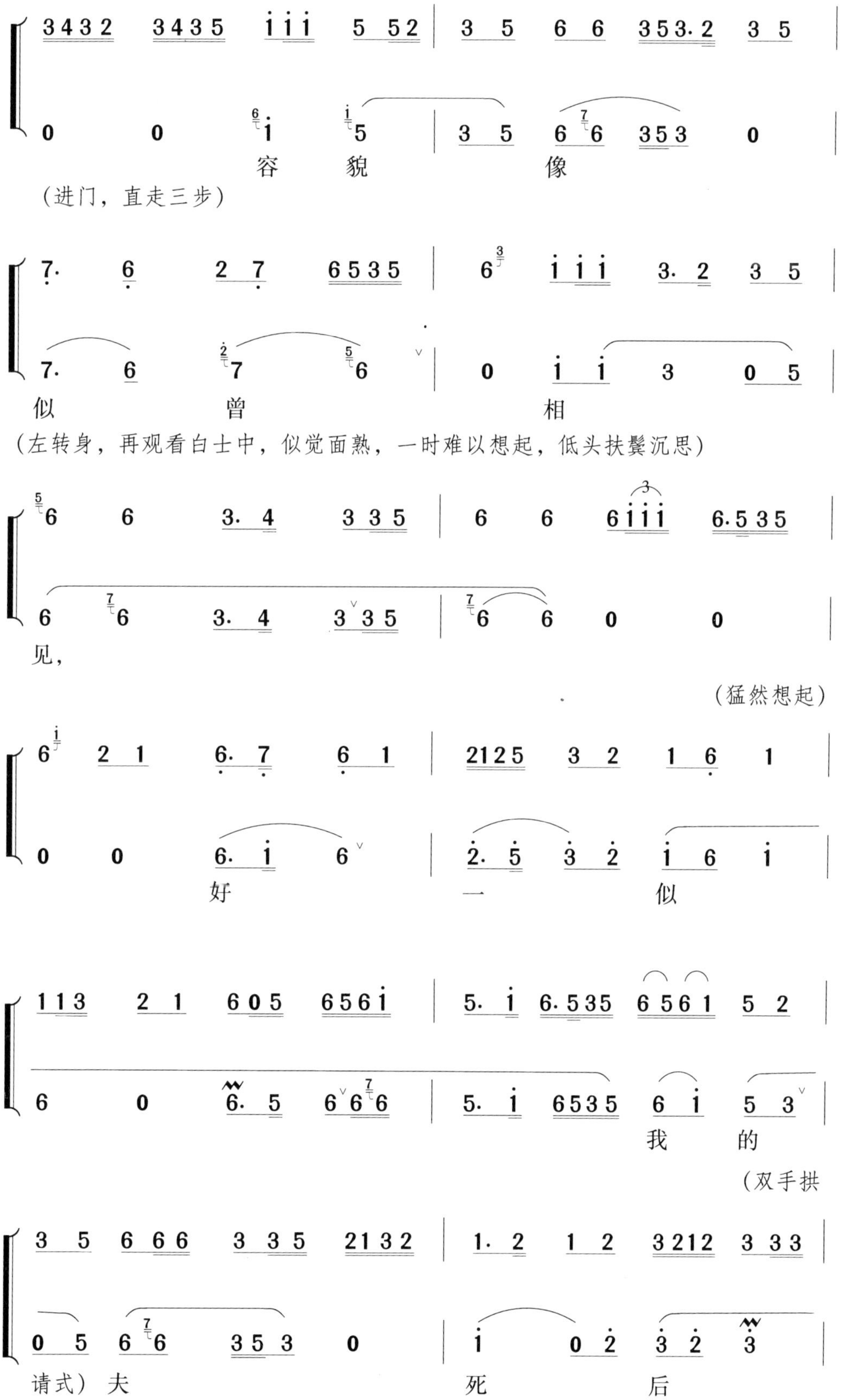
容 貌 像
（进门，直走三步）
似 曾 相
（左转身，再观看白士中，似觉面熟，一时难以想起，低头扶鬓沉思）
见，
（猛然想起）
好 一 似
我 的
（双手拱
请式）夫 死 后

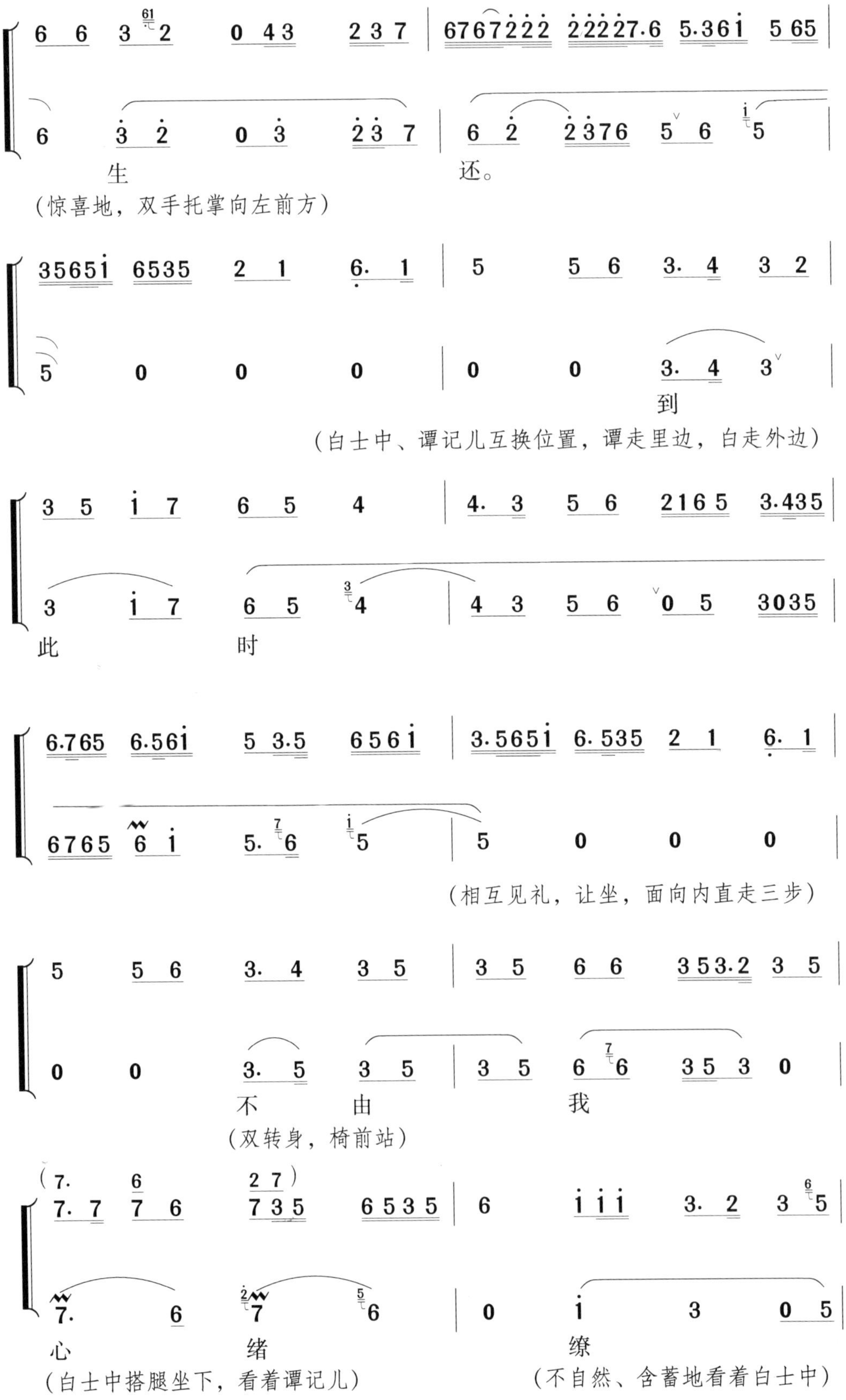
生
还。
(惊喜地，双手托掌向左前方)
到
(白士中、谭记儿互换位置，谭走里边，白走外边)
此
时
(相互见礼，让坐，面向内直走三步)
不
由
我
(双转身，椅前站)
心
绪
缭
(白士中搭腿坐下，看着谭记儿)
(不自然、含蓄地看着白士中)

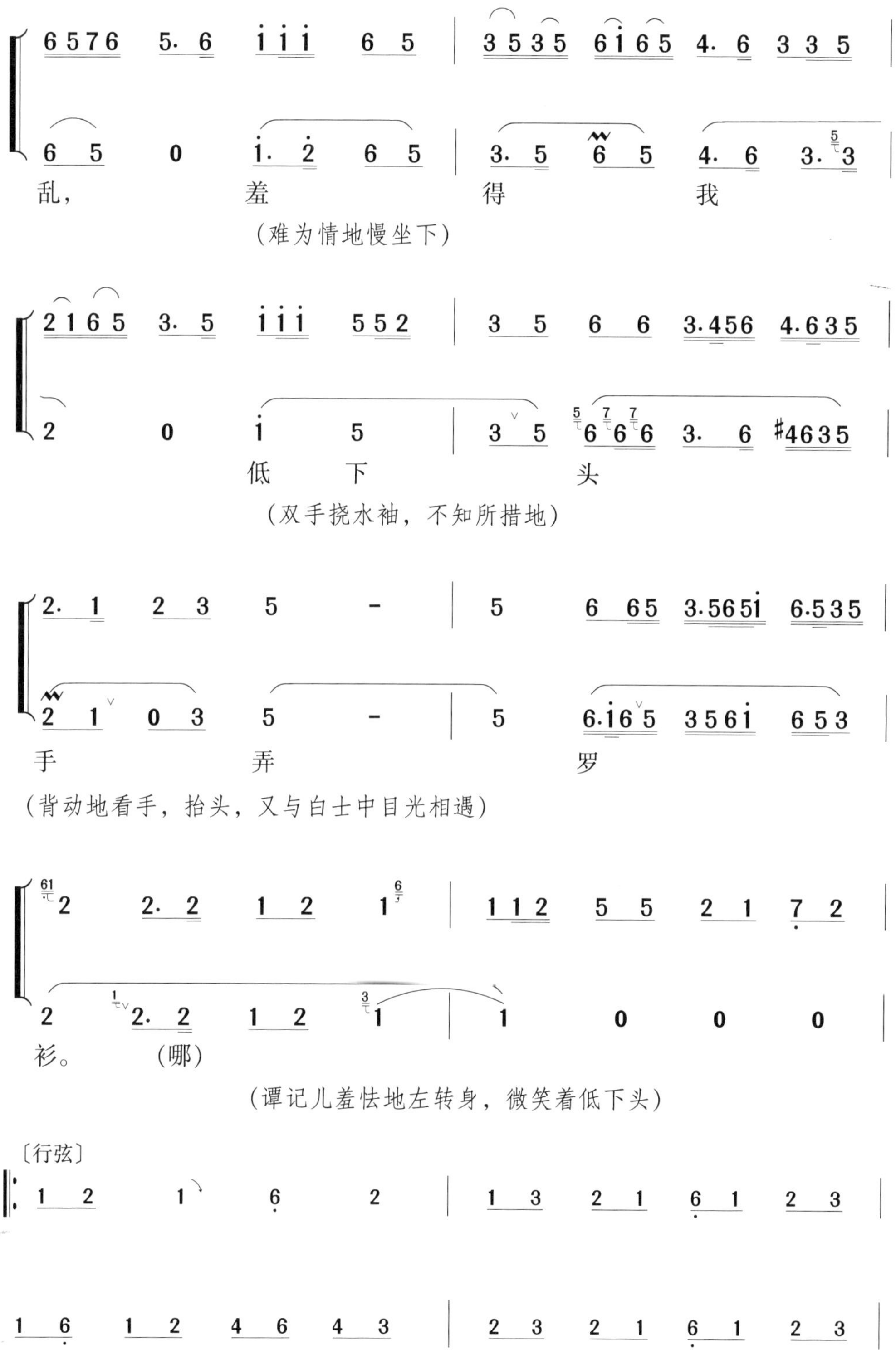

白士中（站起）夹白：“苍天在上，弟子白士中**【小锣一击】**（中场下跪盟誓）汴梁人氏，现年二十七岁，今科得中，任潭州太守。只因亡妻，去世三年。蒙姑母为媒，我与学士夫人谭记儿永订百年之好，日后我若负心，天诛地灭！”

谭记儿夹白："嗳！【小锣一击】哪个叫你盟誓？你那姑母并不曾与我做媒呀！"
白士中夹白："啊？【小锣一击】怎么？我家姑母还不曾提起此事么？唉！【小锣一击】我真正的荒唐，该死呀该死！小生出言无状，请夫人莫怪，夫人莫怪！【小锣一击】这是哪里说起！"

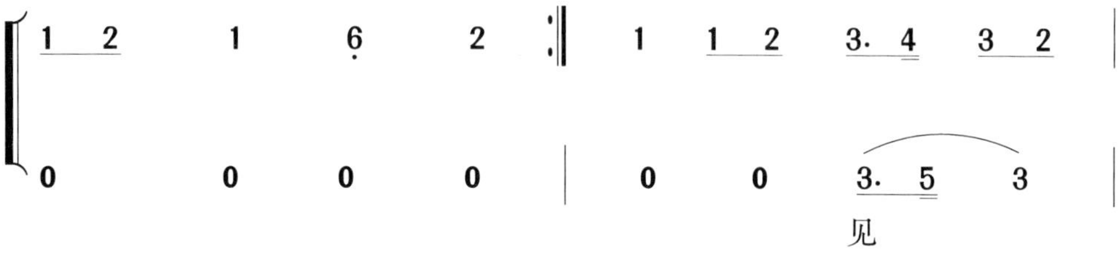

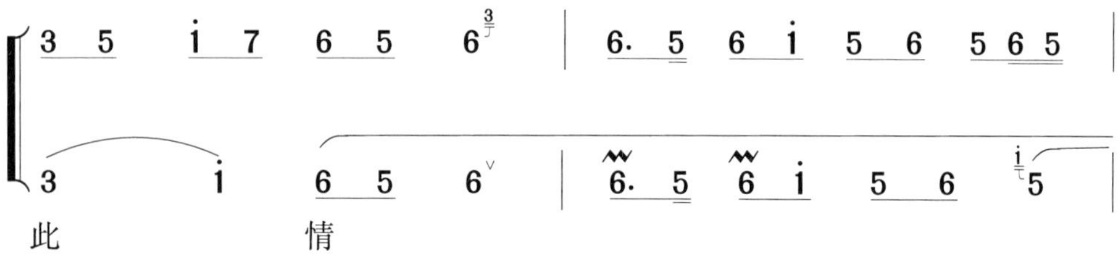

（右手背供，左手指白士中）

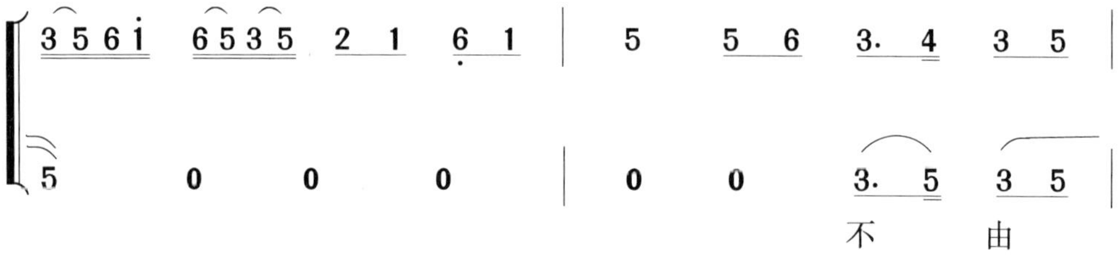

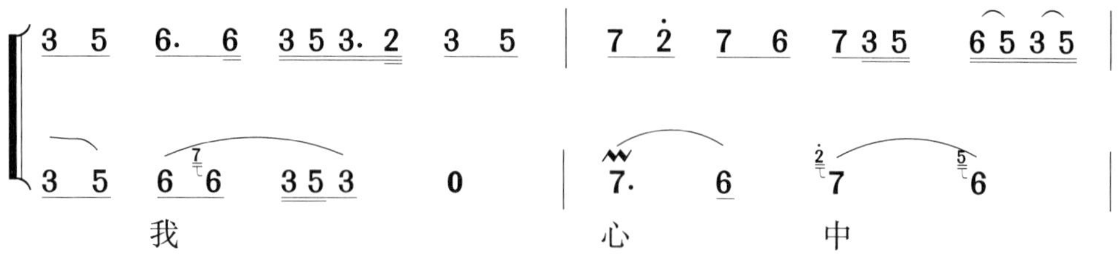

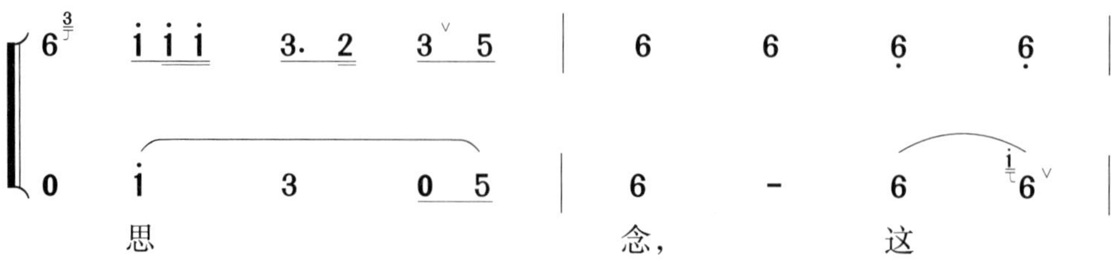

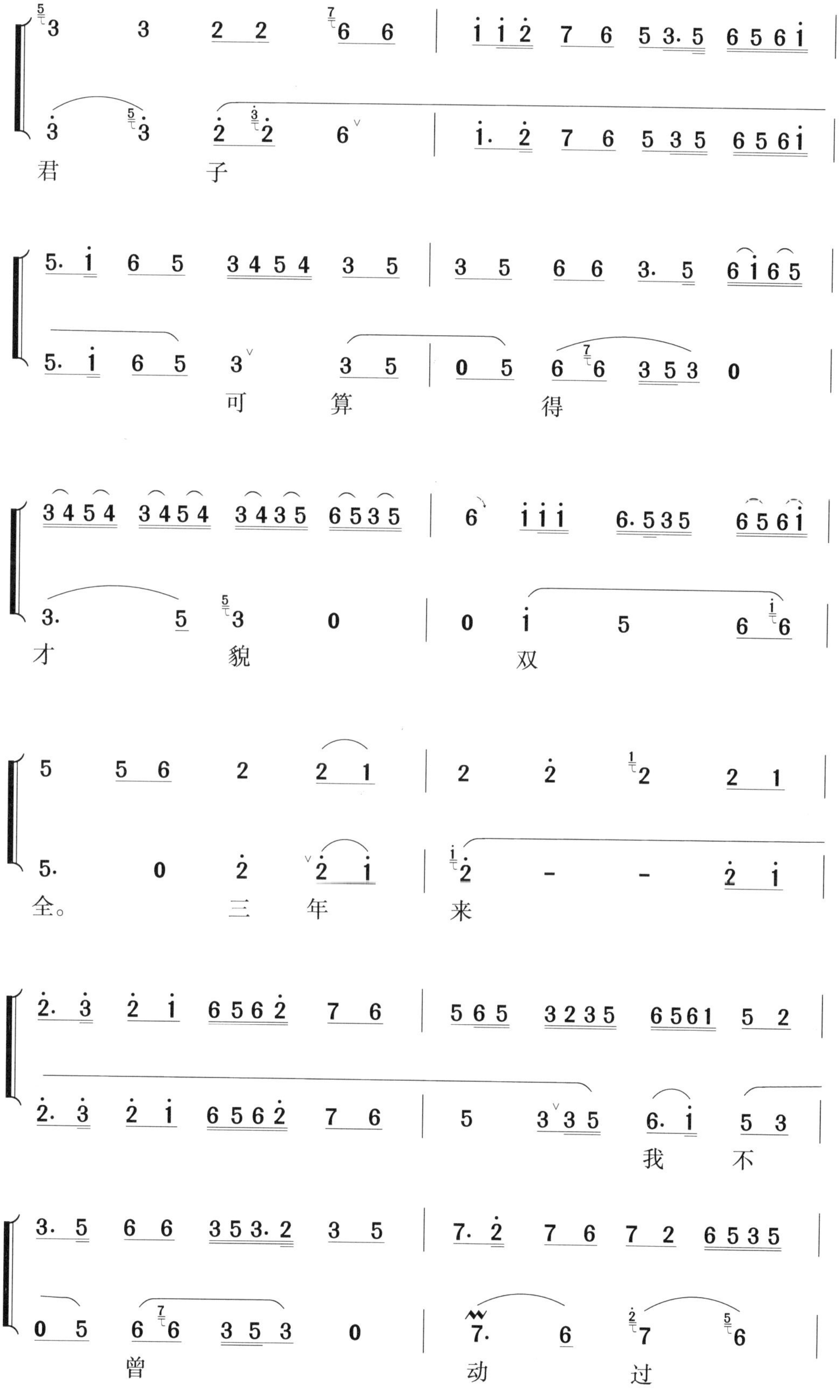
君 子
可 算 得
才 貌 双
全。 三 年 来
我 不
曾 动 过

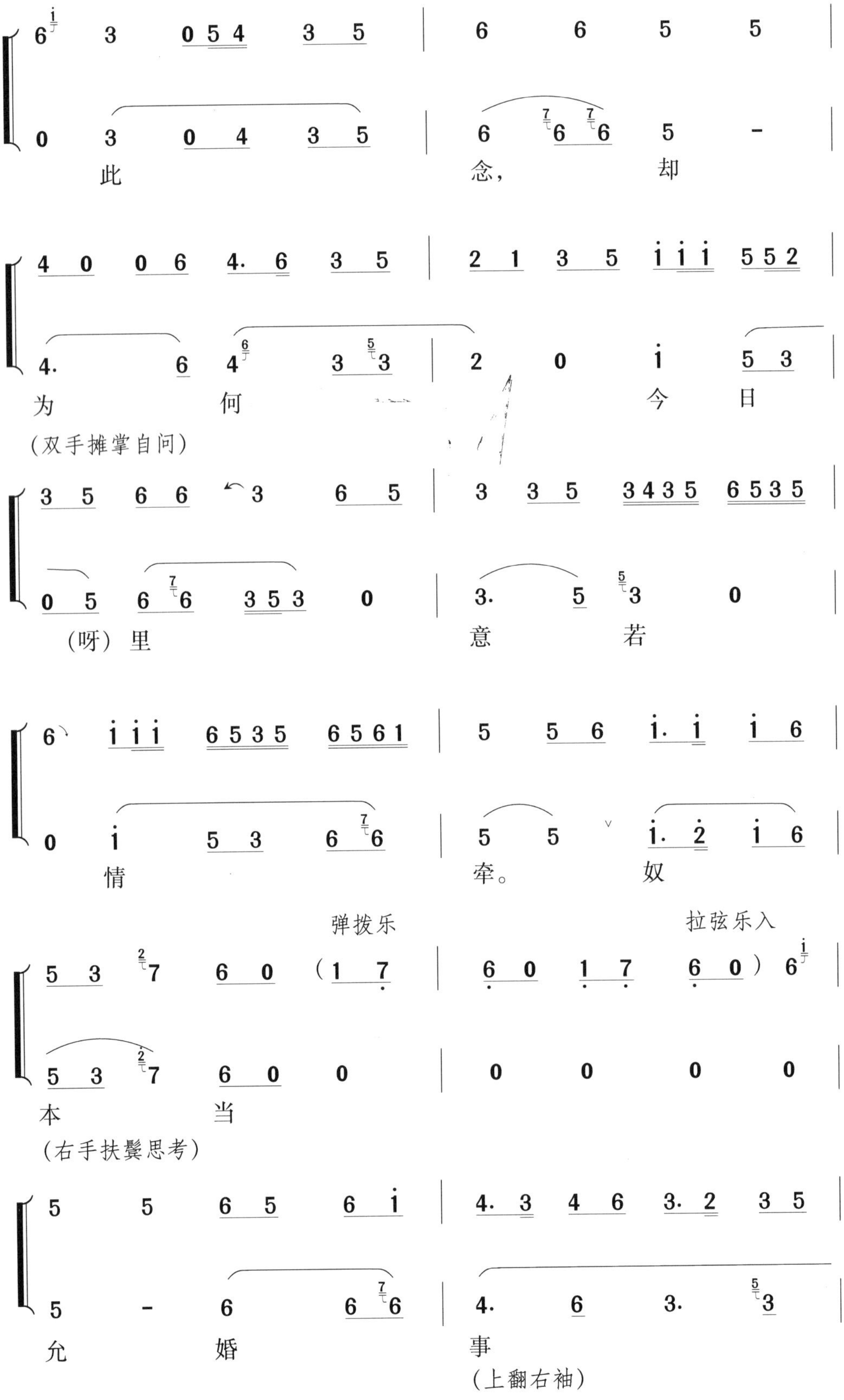
此 念，却
为 何 今 日
（双手摊掌自问）
（呀）里 意 若
情 牵。奴
弹拨乐
拉弦乐入
本 当
（右手扶鬓思考）
允 婚 事
（上翻右袖）

望江亭

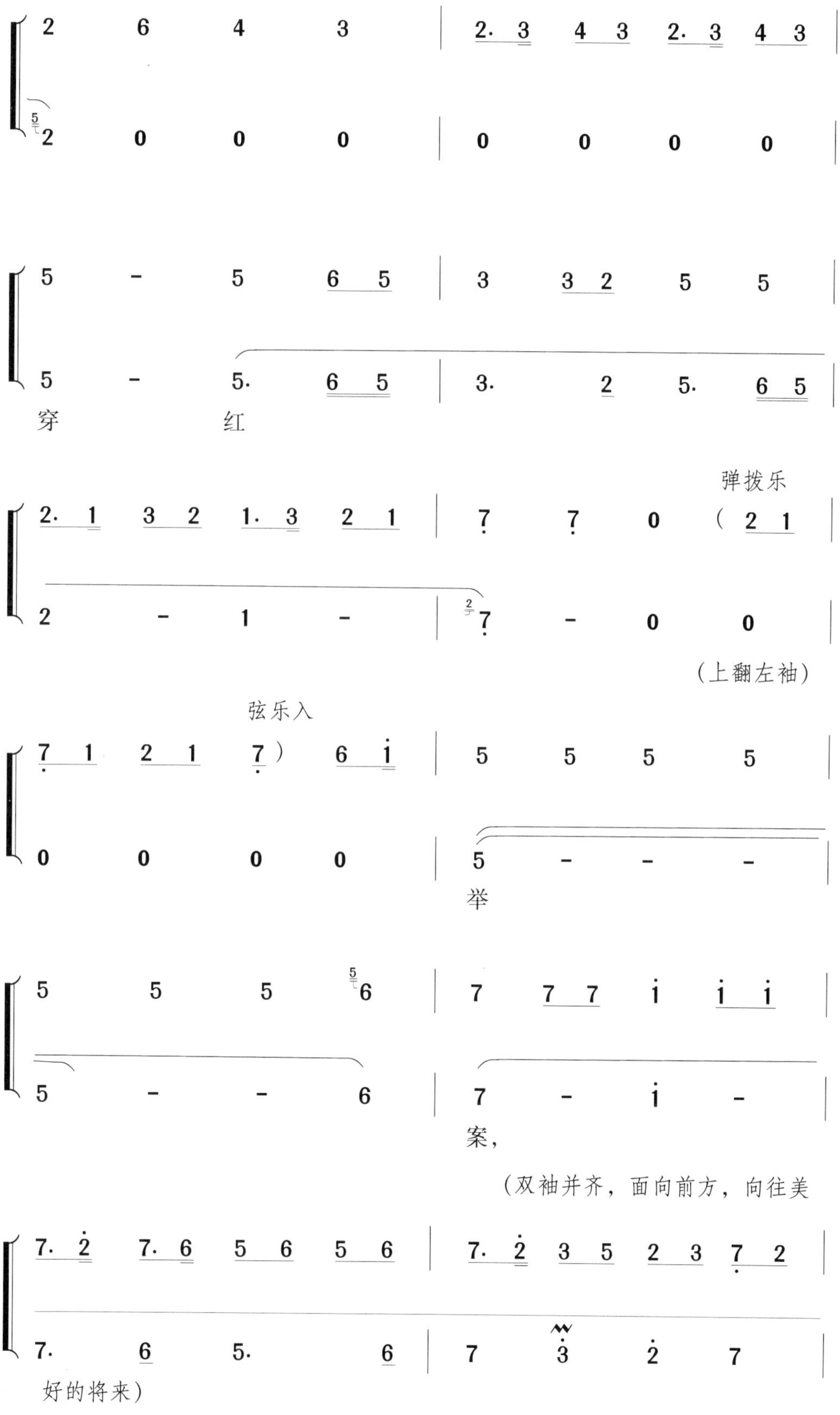

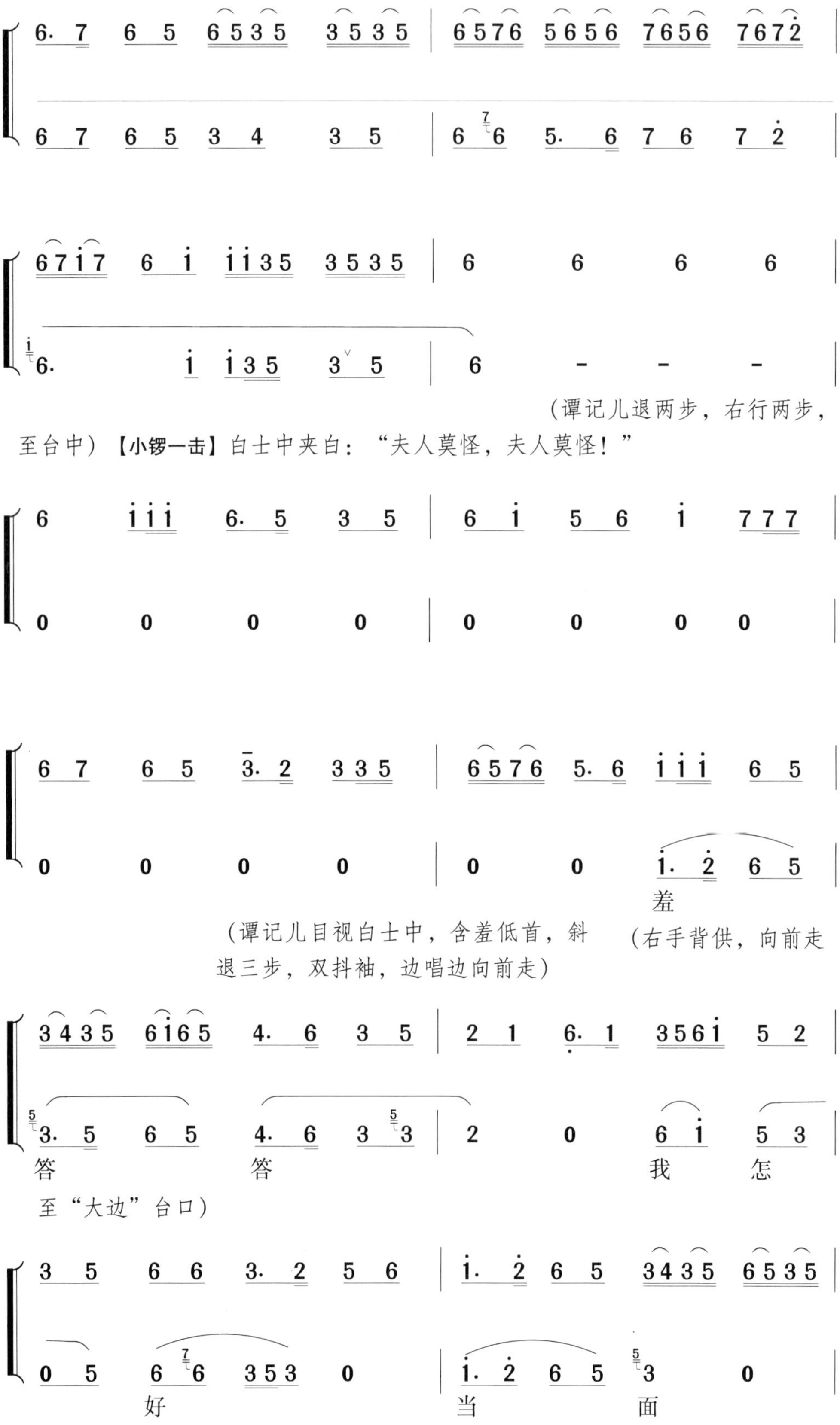
（谭记儿退两步，右行两步，至台中）【小锣一击】白士中夹白：“夫人莫怪，夫人莫怪！”
羞
（谭记儿目视白士中，含羞低首，斜退三步，双抖袖，边唱边向前走）
（右手背供，向前走至“大边”台口）
答 答 我 怎
好 当 面

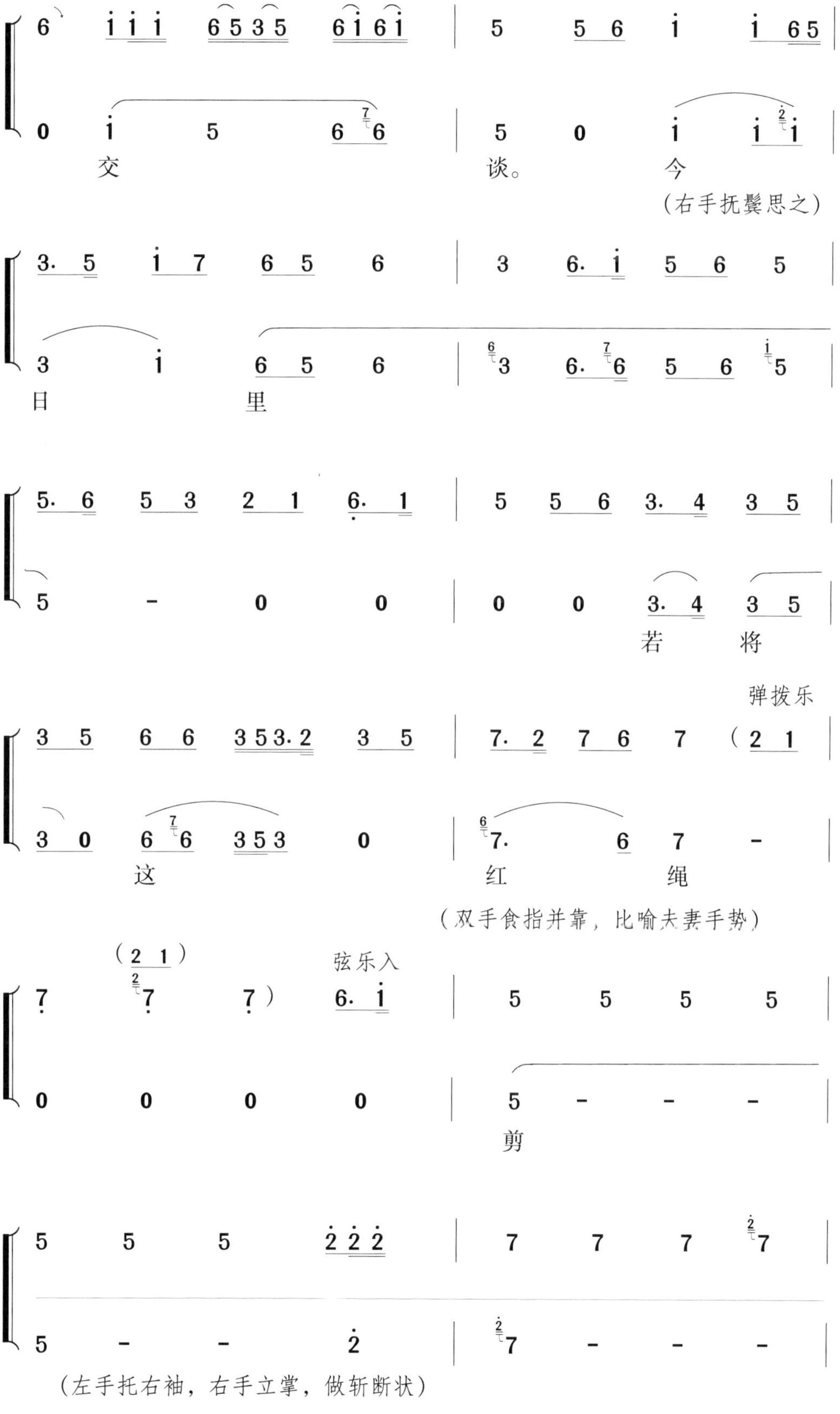
交
谈。
今
（右手抚鬓思之）
日
里
若
将
弹拨乐
这
红
绳
（双手食指并靠，比喻夫妻手势）
弦乐入
剪
（左手托右袖，右手立掌，做斩断状）

白士中夹白："姑母啊，姑母，你既然不曾提亲，又何必连声咳嗽，叫我出来呀！"

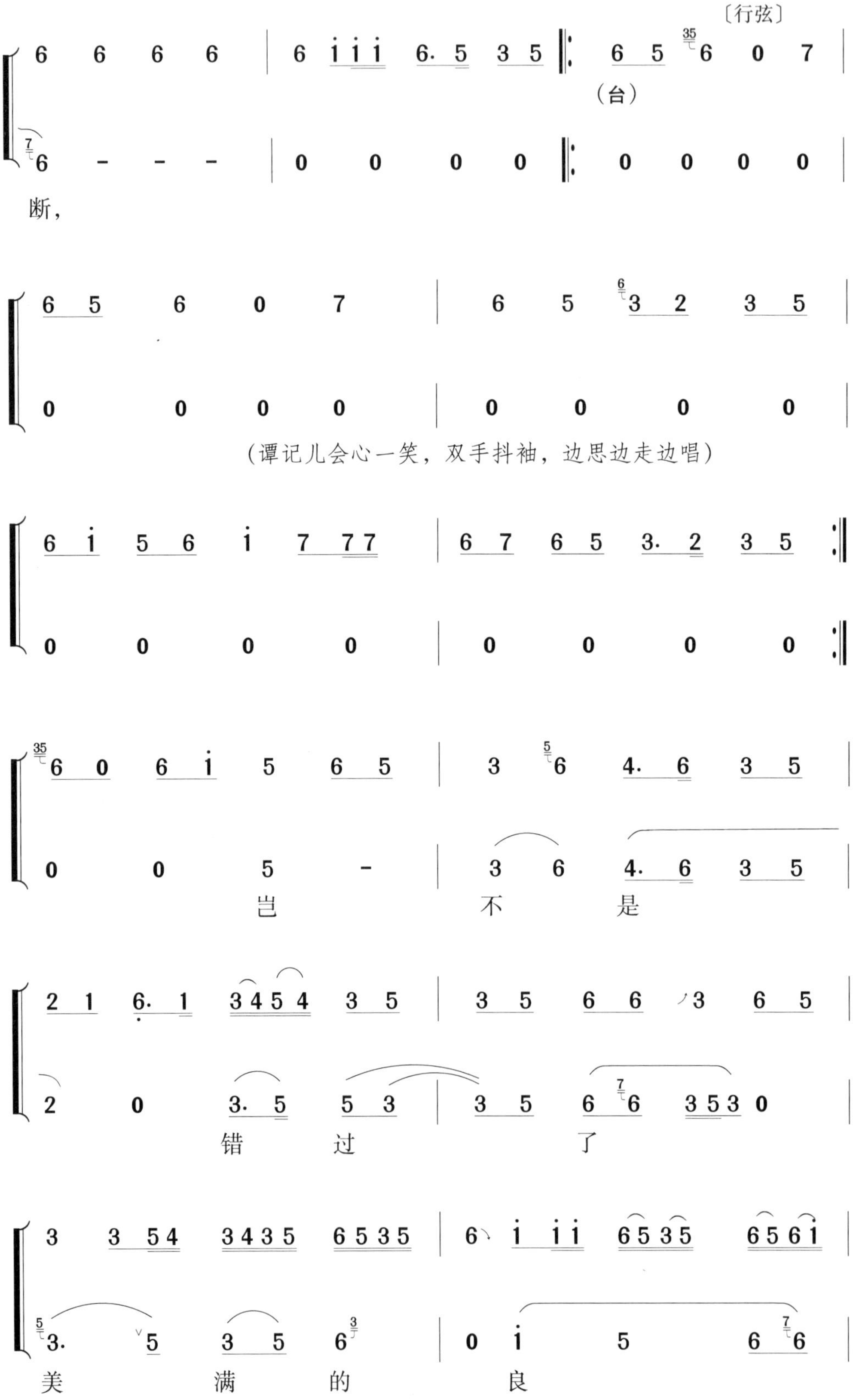

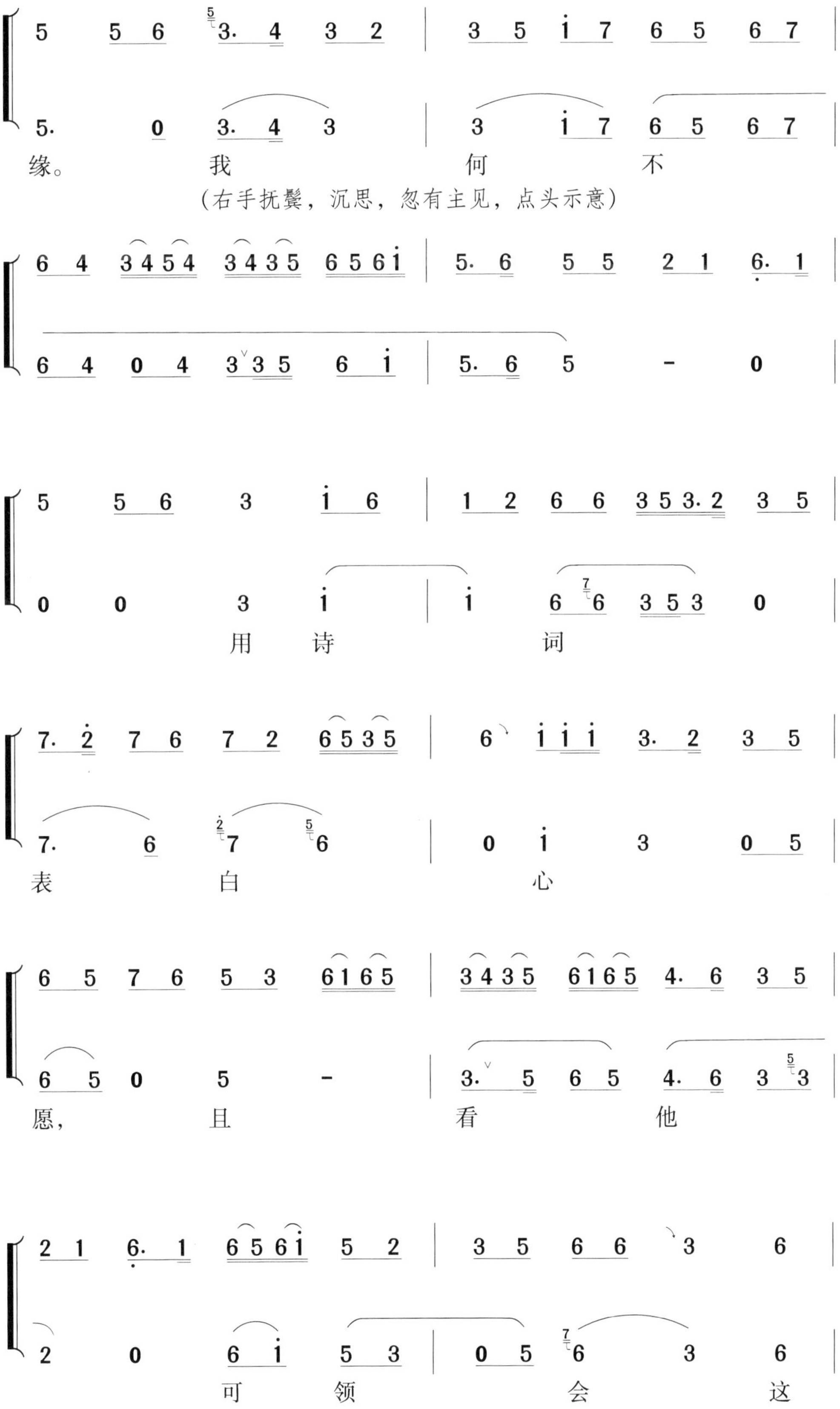
缘。我 何 不
（右手抚鬓，沉思，忽有主见，点头示意）
用 诗 词
表 白 心
愿，且 看 他
可 领 会 这

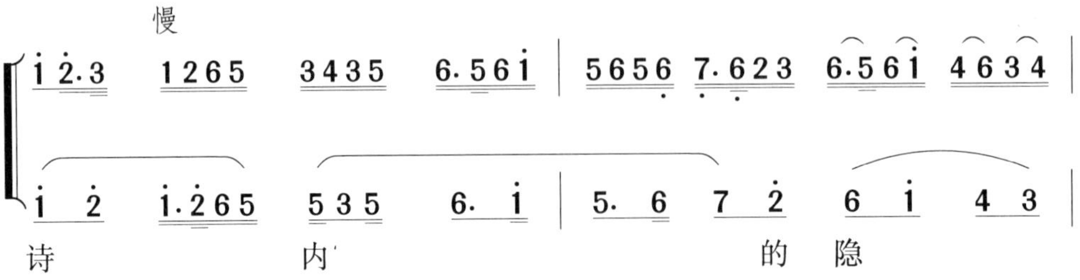

（左手托右袖，右手指下，暗示心中的秘密以诗文来表达）

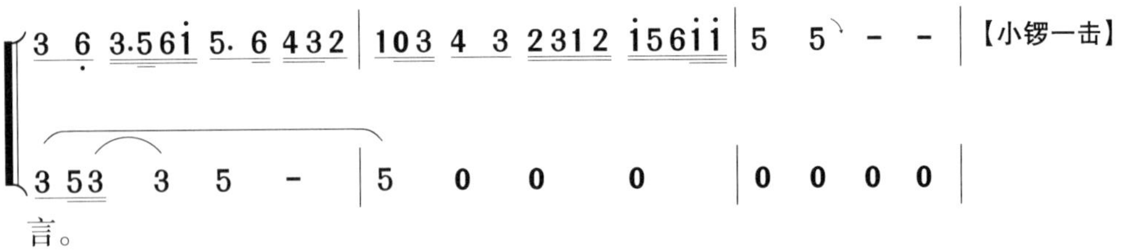

（点头，与白士中对视，羞怯地低下头来）

白士中　蒙夫人宽恕，小生感激不尽，想这婚姻大事，岂能勉强，既然夫人不允，小生我失陪了！（躬身施礼欲出门）

谭记儿　且慢！【小锣一击】我见君家至诚有礼，愿口占一绝赠君，以不负今日之逢。

白士中　夫人不见责于我，反而赠以佳句，小生自当领教。【小锣一击】

谭记儿　（思考地，念诗）愿把春情寄落花，

随风冉冉到天涯。

君能识破“凤兮”句，

去妇当归卖酒家。

白士中　（回忆地）愿——把春情寄落花，

随——风冉冉到天涯。

君——能识破“凤兮”句，

去——妇当归卖酒家。

（猜出藏头诗，兴奋地）哎呀，妙啊！【小锣一击】好一首绝妙的藏头诗，横头四字，乃是“愿随君去”。夫人，此话当真么？

谭记儿　说真便真，说假便假。（羞介）【小锣一击】

白士中　（惊喜地）夫人如此多情，小生要和诗一首。

谭记儿　愿闻。

白士中　【扎】（诗）当垆卓女艳如花，

不负琴心走天涯。

负却今朝花底约，

卿须怜我尚无家。【小锣一击】

谭记儿　（也猜出藏头诗，点头会意）好个“当不负卿”！但愿心口如一，不负白首之约！

白士中　夫人不信，我再盟誓！（欲再次下跪盟誓）

谭记儿　（抖袖忙阻拦）哎，你又来了！
「二人一笑，白士中起身，让座，二人入座。
「【冲头】白道姑“上场门”上，进门“挖门”至“小边”。
白道姑　哎呀，夫人那！大事不好了！【撕边一击】
「谭记儿、白士中站起。
谭记儿　何事惊慌？
白道姑　适才我徒儿在观前提水，远远望见杨衙内带领许多家丁，备有轿马，直奔小观而来！
谭记儿　【撕边一击】（一惊，坐下）贼子啊！【大锣五击】（站起抖双袖走至台中）今日追踪至此，等他到来，我与他一死相拼！（右手抓袖亮相）
白道姑　夫人那！【大锣一击】想那杨衙内，依仗他父势力，无恶不作，府下家丁，也仗势欺人。他此番到此，定为夫人而来，若是与他相见，岂不是羊入虎口！还是躲避躲避才好。
谭记儿　这……（左转身，“下场门”一望，两望）
白士中　【大锣叫头】姑母、夫人那！适才听二位言讲，我已会意八九。夫人在此，难免要生祸端。既然夫人允下亲事，小生的官船现在江边，就请夫人与小生一同登舟赴任，量那贼子也无计奈何！
谭记儿　这个……
白道姑　意下如何？【撕边一击】意下如何？
谭记儿　（下决心地）哎！【小锣一击】事到如今，也只好如此。姑母恩情，容当后报！
白道姑　自家骨肉，何出此言？你二人带领书童，速从后门而出，直奔江边登舟去吧！
白士中　遵命！正是：【大锣住头】
夫人登舟莫迟延，
谭记儿　休教那贼阻官船。（边念边出门，白士中紧跟出门，至“下场门”）
白道姑　狂徒来到清安观，（边念边出门至“小边”台口）
白士中　轻舟已过万重山。【大锣三击】
姑母保重！
「【扫头】白士中、谭记儿同向道姑拜别，【撕边】（崩登仓）二人转身面向“下场门”亮相，白士中扶谭记儿急下。【冲头】
白道姑　待我关了观门。（关门）【大锣五击】
「【大锣水底鱼】四家丁、张千、李万“上场门”“一条鞭”引杨衙内上。
张　千　来到清安观。
杨衙内　叫门去。
张　千　开门那！【大锣一击】
白道姑　【小锣一击】外面何人叫门？
张　千　杨衙内到了。【小锣一击】
白道姑　杨衙内是哪一个？
张　千　就是当朝太尉杨戬的公子杨衙内，你都不知道吗？快点开门！【小锣一击】
白道姑　哦，哦，哦！
杨衙内　怎么这样慢慢腾腾的？给我打进去！

白道姑　待我与你开门。

〔【冲头】张千推开观门。众拥入，家丁“站门”。【撕边一击】

白道姑　不知衙内驾到，有失远迎，当面恕罪！

杨衙内　罢啦。【大锣一击】

张　千　衙内您请坐。【小锣一击】

〔杨衙内坐“大边”椅，四家丁站“八字”。

白道姑　衙内，想这清安观，乃是清净之地，衙内带领许多家丁，到此何事？

杨衙内　我呀，我迎亲来啦！

白道姑　哎呀【小锣一击】取笑了！

杨衙内　谁跟你取笑！

张　千
李　万　（同）谁跟你取笑！

杨衙内　我有个先订未娶之妻，名叫谭记儿，听说住在你这观中，所以，我抬亲来啦！

白道姑　哦，我道是谁？原来是谭记儿。

张　千　啊。

白道姑　我只知谭记儿乃学士李希颜之妻，我怎么不曾听说，她是衙内先订未娶的妾小呢？【小锣一击】

杨衙内　你呀，你甭废话，赶紧把她叫出来，迎接大爷我。

张　千　快点把她叫出来，迎接我们衙内。

李　万　不然的话，吃不了叫你兜着走！【小锣一击】

白道姑　（笑）哈哈哈……【小锣一击】想那谭记儿有她自己的住处……

张　千　废话！

白道姑　她又不曾出家……

李　万　哪儿那么些说的呀！

白道姑　怎能在我的观中啊？

〔杨衙内欲怒，张千忙安抚。

张　千　衙内，您别生气，我问问她。——嘿！老道姑，过来！我说，你这不是瞪着眼睛说瞎话吗？我们亲眼看见，谭记儿在这儿给你抄写经卷，你怎么说她没来呢？啊！藏在哪儿啦！快点说！【小锣一击】

杨衙内　少跟她废话，搜！

张　千　搜！

〔【冲头】【搜场】【冲头】张千“下场门”、李万“上场门”各带家丁分头寻找，又归回站“八字”。

张　千　衙内，没有！【小锣一击】

杨衙内　没有？【小锣一击】

张　千　衙内，您还是问她！（指白道姑）

杨衙内　（站起，冷笑）哈哈哈……【小锣一击】老道姑，你把谭记儿倒是藏在哪儿啦！告诉我，大爷有赏，你要是隐藏不献，可别说我翻脸无情啦！【小锣一击】

张　千
李　万　（同）说！

白道姑　你们一定要找那谭记儿？
众　啊！
白道姑　可惜，来迟了！【小锣一击】
杨衙内　怎么会来迟了那？
白道姑　她呀，走了！
杨衙内　走了？她上哪儿去了？
白道姑　随她丈夫上任去了哇！【撕边一击】
杨衙内　她是个寡妇，哪儿来的丈夫？
白道姑　你听呀！
张　千
李　万　（同）说！
白道姑　（念）汴梁白士中，
　　科场显才能。
　　新任潭州府，
　　奉诏出帝京。【小锣二击】
　　二人情谊重，
　　相见如重逢。
　　良缘是天定，
　　官舟花烛红。
你呀，【小锣一击】死了这条心吧！【小锣一击】
杨衙内　哈哈！好你个大胆的白士中！我惦记谭记儿也不是一天半天的啦，尚未到手，怎么着，你来啦，就给抢走了吗？
张　千　这真是太岁头上动土！
李　万　老虎嘴里拔牙嘛！这小子好大的胆子！
杨衙内　张千，李万！
张　千
李　万　（同）有！
杨衙内　吩咐人役，驾舟追赶，把他们俩人给我抓回来！
李　万　是！【小锣一击】
〔欲出门，二人回。
张　千　衙内，想那白士中，乃朝廷的命官，就是我们追上，小人们也不敢动手，还是请衙内您另想别的主意吧！
杨衙内　朝廷的命官！哼！官高自有官在上。要是不给他点厉害，他也不知道我杨衙内是怎么个人！（思考）哎，有啦！明日进京，面见我父，就说那白士中四处扬言，要除奸佞杨戬，我父闻知，必然大怒，到那时候，嘿嘿，白士中啊，白士中！管教你这个潭州太守命丧我手！【大锣一击】
张　千　哎，这主意好。
杨衙内　走，回府！
张　千
李　万　（同）回府！

〔【大锣原场】四家丁、张千、李万出观门，白道姑跟出门站“大边”台口。一家丁给杨衙内带马，杨衙内上马。【冲头】

杨衙内 （左转，小圆场，又向白道姑）老道姑【撕边一击】告诉你说，等着我整治完了白士中那小子，把谭记儿弄到我手，再来跟你算账。你呀，你接着我的吧！（崩登仓）（面向内亮相，“上场门”下）

张　千 你等着吧！

李　万 可恶！

〔【冲头】张千、李万与家丁等下。

白道姑 哎呀不好！【撕边一击】实指望用我侄儿的官职将他吓走，断绝他寻找谭记儿之念。不料想他要进京面见他父，倘若搬弄是非，我那侄儿，岂不是要受害么？哎呀，这……（低头苦想，无奈地）【小锣一击】哎呀，苍天保佑，但愿我那侄儿、侄媳妇，免受恶人陷害，（进门，关门）逢凶化吉，遇难呈祥，无量佛！（双手合掌，担心害怕地）【大锣原场】（闭二幕）

第二场

猜书

〔【大锣原场】二幕外。

〔李龙内白：“马来！”【大锣水底鱼】上，至台中。

李　龙 （念）心忙嫌路远，

事急恨马迟。【大锣住头】

俺，李龙。（仓大·）奉了李老丞相之命，去往潭州白太守那里前去下书。看！【大锣一击】前面就是潭州地界，就此马上加鞭！（崩登仓）（台口亮相）【大锣水底鱼】（圆场至“小边”台口）【大锣五击】（下马）

〔拉开二幕：粉色蝴蝶幕、正中牡丹屏风、湖色绣花桌围、桌子一张、椅子两把。

李　龙 来此已是府衙，待我进入。

〔【冲头】书童上，拦李龙。

书　童 嗳，你这个人怎么不懂规矩，不容通禀就往里闯？这是府衙，你知道不知道？

李　龙 俺有紧急公文，要面见大人。

书　童 不成！【大锣一击】（李龙又闯，被书童拦住）不成！有紧急公文，也得通禀一声呀！再者说，我家大人昨晚批了一夜的公文，今儿早晨又升堂理事，刚退堂，你也得让他缓缓气呀！

李　龙 来不及了，来不及了！

书　童 哎，不行不行！

白士中 （“下场门”暗上）何人在此喧哗。【大锣一击】

书　童 这个人要见大人，不容通禀，就闯进来了。

李　龙 参见大人！【大锣一击】

白士中 你不是李丞相府中的校尉李龙么？

望江亭

李 龙 正是小人。

白士中 不在京城伺候丞相，来到潭州做甚？

李 龙 这…… **【大锣一击】**

白士中 （对书童）你且退下。

书 童 是！**【小锣一击】**（ “下场门”下）

白士中 随我去到书房！

〔**【大锣水底鱼】**拉李龙走圆场，双进门至书房，白士中站台中，李龙站“小边”台口。

白士中 有何机密之事？

李 龙 这有老丞相书信一封，大人请看。

白士中 **【撕边一锣】**“书致士中贤契亲拆。”**【大锣五击】**（拆信，看信）“太尉杨戬之子杨衙内在其父面前，搬弄是非，杨戬震怒，**【大锣一击】**（吃惊地）四处扬言，道贤契在任，荒怠政务，搜刮民财，以致怨声载道。杨衙内业已出京，取道潭州。只恐贤契性命难保，望思对策！”**【大锣一击】**（险些晕倒，李龙搀扶）

李 龙 **【大锣叫头】**大人，一路之上，闻听百姓纷纷传言，那杨衙内奉旨前来，缉拿大人就地正法。

白士中 哎呀！（崩登仓）（晕倒）

李 龙 大人！大人！

白士中 好奸贼！

〔西皮散板〕

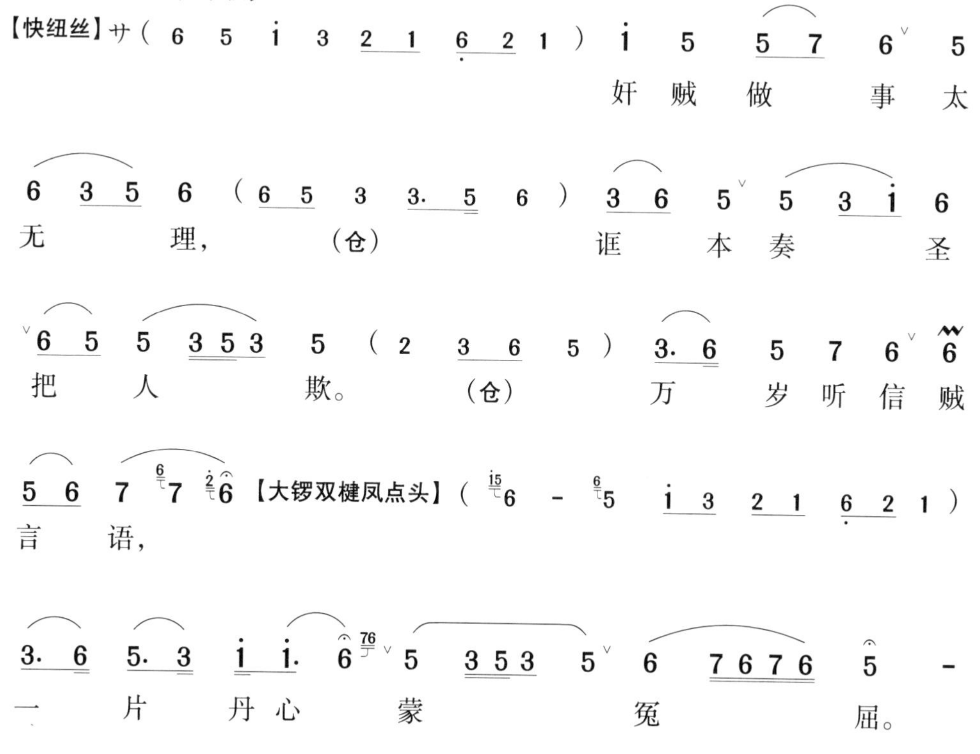

李 龙 **【大锣叫头】**哎呀大人！小人在中途路上，观见杨衙内的官船直奔潭州而来，今晚必在望江亭住宿，明早就到潭州，大人早做准备才是！

白士中 下面歇息去吧。

李　龙 是。（**【大锣五击】**“上场门”下）

白士中 哎！**【大锣一击】**夫人哪，夫人！你我就要生离死别了哇……（面向“下场门”哭介）

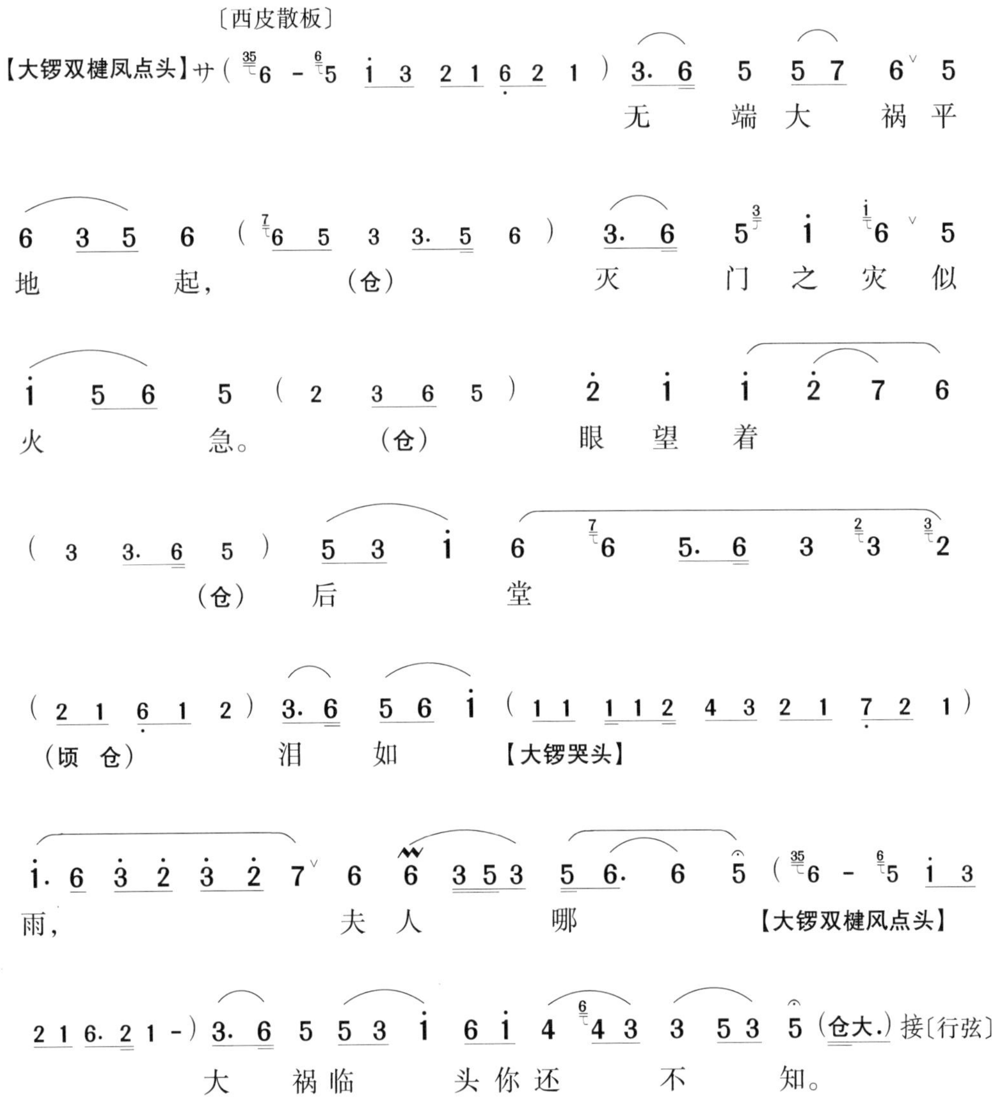

哎！（叹气）**【大锣一击】**〔行弦〕想我白士中，遭此不白的冤枉，本当与夫人商议，又恐她担惊害怕，我若不对她言讲，明日圣旨一到，**【大锣一击】**（谭记儿“下场门”蝴蝶幕内上场，“九龙口”亮相，整衣，抚鬓，至“大边”台口，看天，右行走近门前。注：此处是下场斜门。在门外看白士中手中拿信焦急万分的情态，不解地）便做刀下之鬼，真叫我两难也！

〔白士中右转身坐在桌“小边”椅上。谭记儿看士中背影，退后两步，右背供，左袖下意识抖出。**【大锣一击】**

望江亭

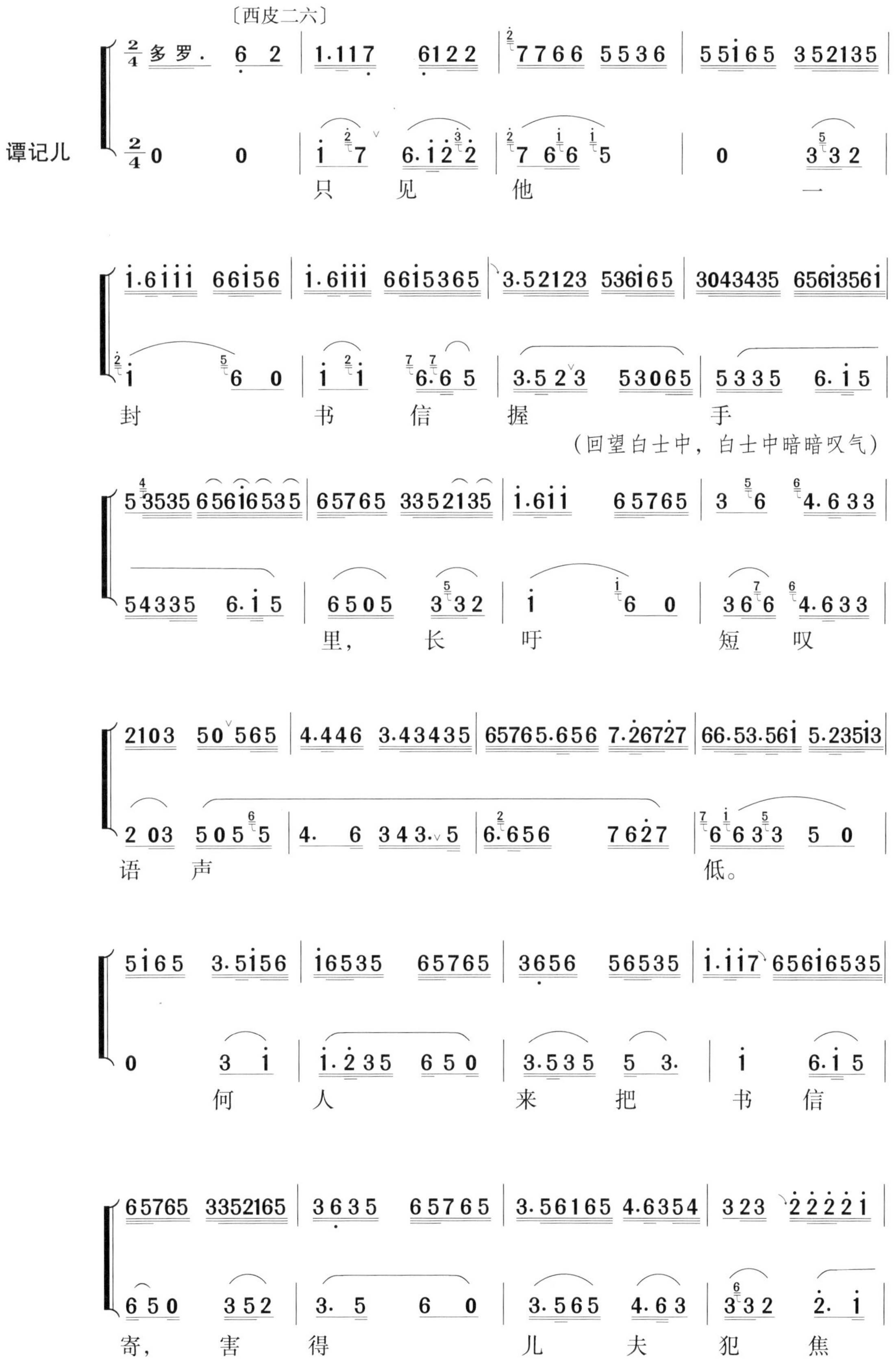
〔西皮二六〕
多罗
谭记儿
只见他一封书信握手
（回望白士中，白士中暗暗叹气）
里，长吁短叹
语声低。
何人来把书信
寄，害得儿夫犯焦

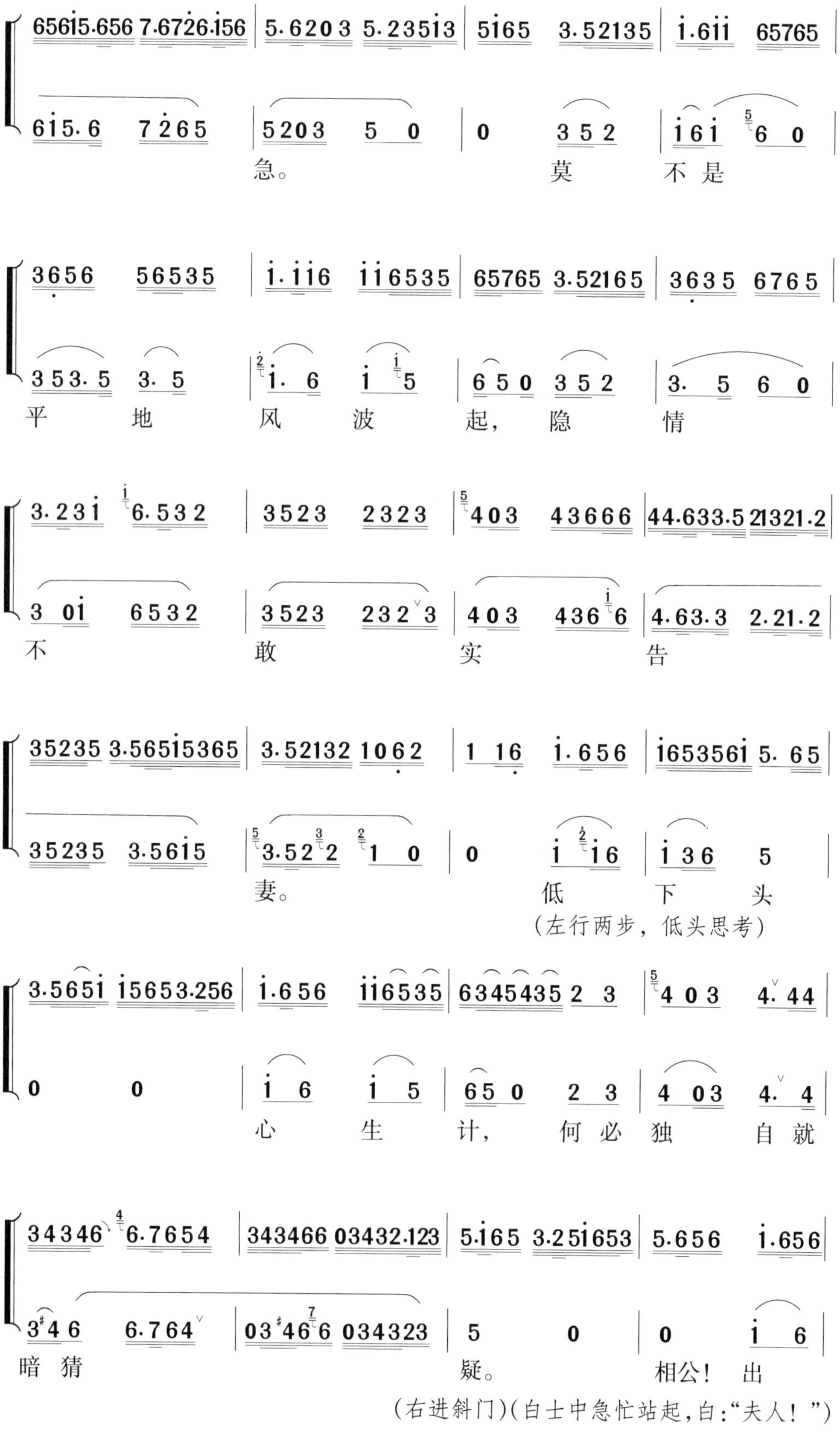
急。莫不是
平地风波起，隐情
不敢实告
妻。低下头
（左行两步，低头思考）
心生计，何必独自就
暗猜疑。相公！出
（右进斜门）（白士中急忙站起，白：“夫人！”）

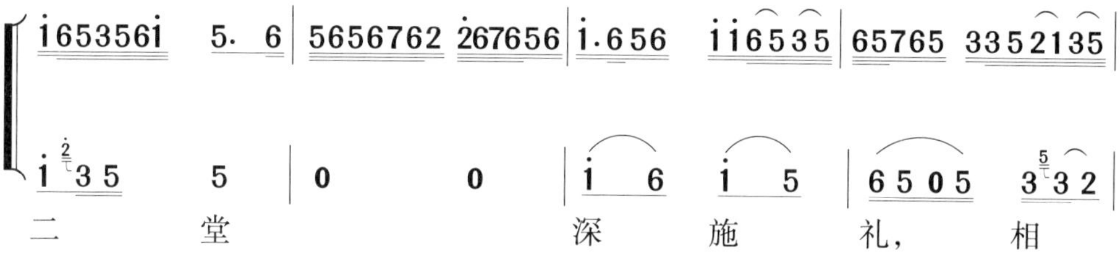

（谭记儿看见书信，背供自思，白士中忙藏信于袖内）（二人对拜见礼）

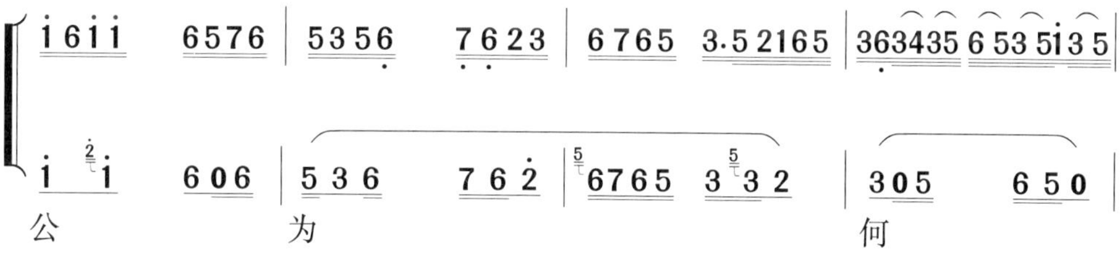

（二人双搭袖、推磨，谭记儿归“小边”，白士中归“大边”）（二人向内让座）

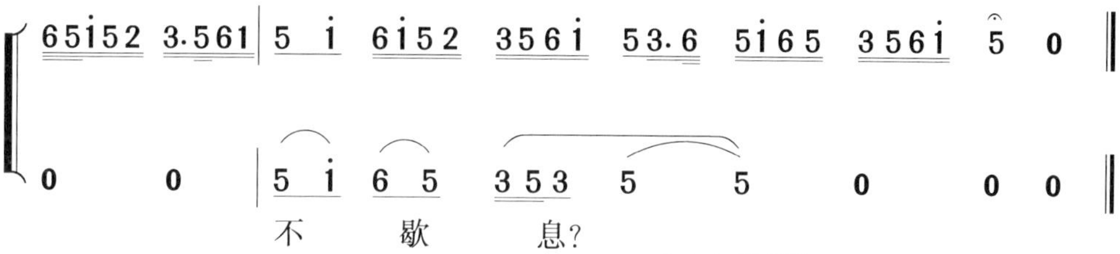

（二人坐下）

谭记儿 啊！相公，天已过午，怎么还不到后堂歇息呀！

白士中 这……下官此刻心烦意乱，恐引起夫人不快，故尔退堂之后，独坐在此。

谭记儿 【小锣一击】哎！今乃八月中秋，理应欢乐，为何烦闷起来了？

白士中 这…… 【小锣一击】夫人不问也罢！

谭记儿 噢，莫非为书信之事么？我看见了。【小锣一击】

白士中 不过是封平安家书，夫人不要挂怀。【小锣一击】

谭记儿 （谭记儿见白士中避而不谈书信，以激怒白士中方法使其说出信中实情）说什么平安家书，分明你家另有妻室，知你在外另娶新妻，写信前来问罪，是也不是？（假装生气地）

白士中 哎呀，你说到哪里去了！（站起，走至“小边”台口）

谭记儿 （看白士中真急了，暗中一笑，忙站起到“大边”）

〔西皮原板〕

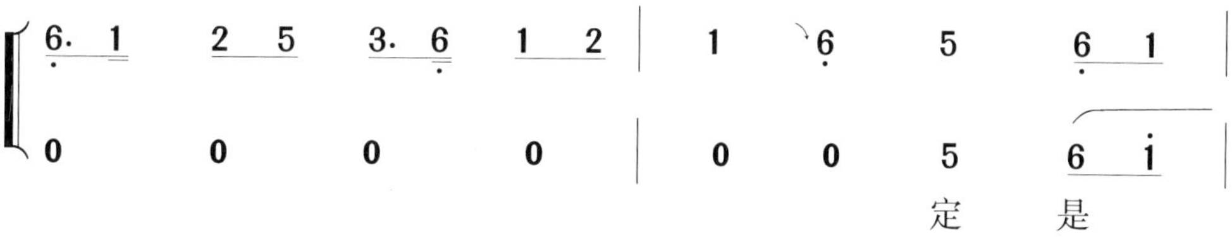

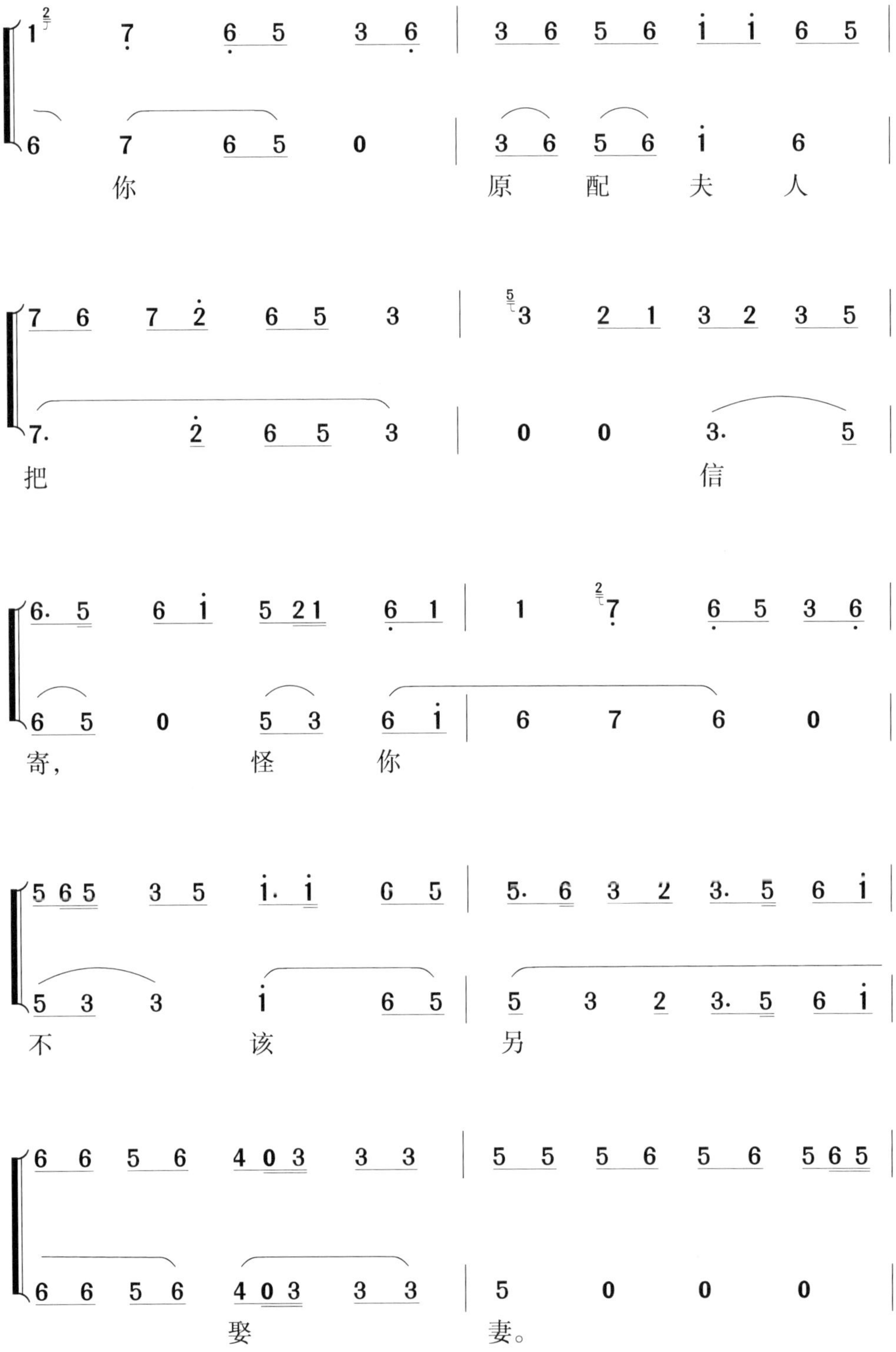

白士中夹白：“哪有此事呀！”

〔谭记儿后退，白士中从前走至“大边”台口，谭记儿追向前。

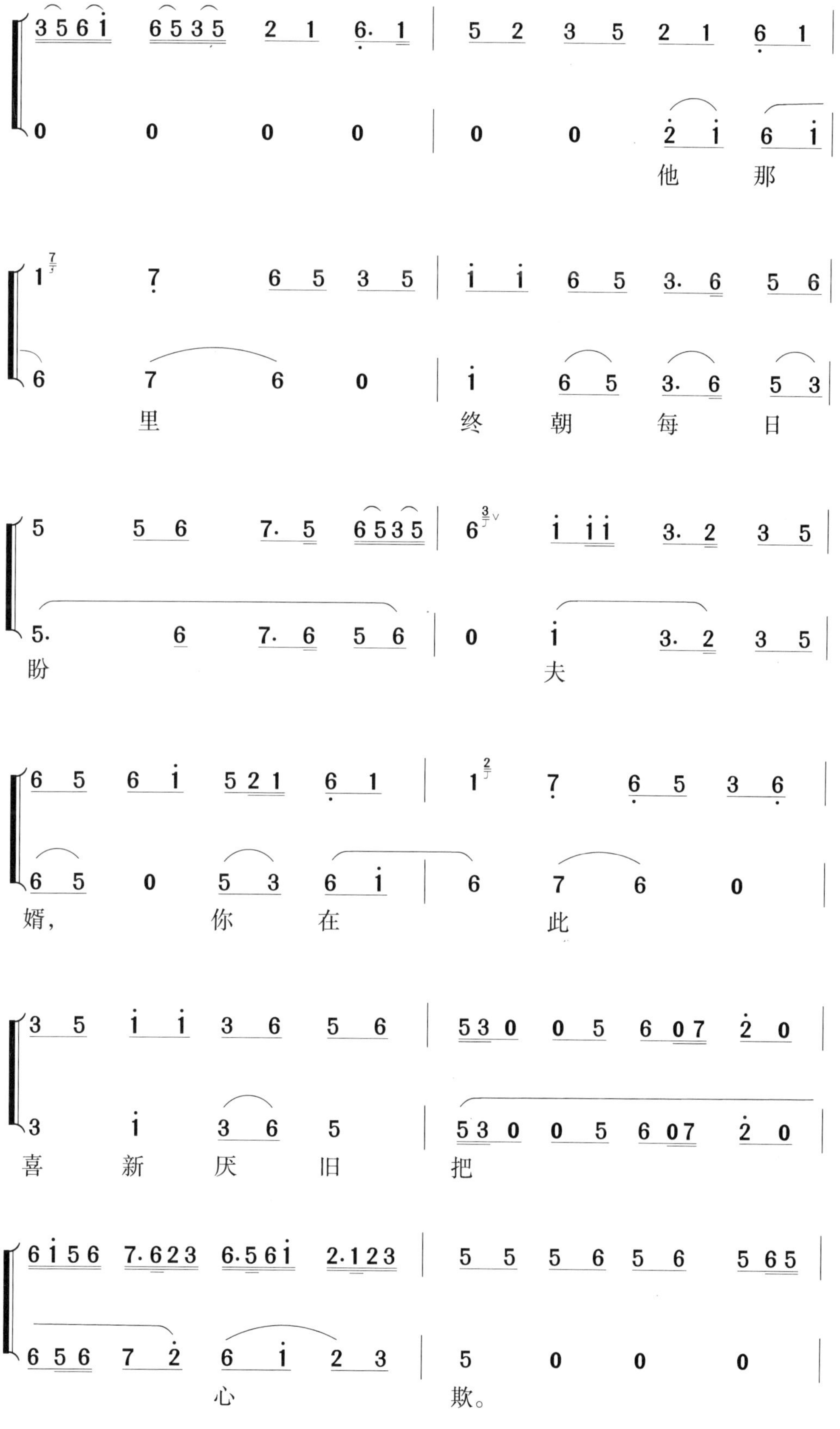
他 那
里 终 朝 每 日
盼 夫
婿，你 在 此
喜 新 厌 旧 把
心 欺。

白士中夹白：“冤煞下官了！”

〔白士中左转身，从“下场门”斜线走至“小边” 台口，谭记儿左转抖右袖追至中场。

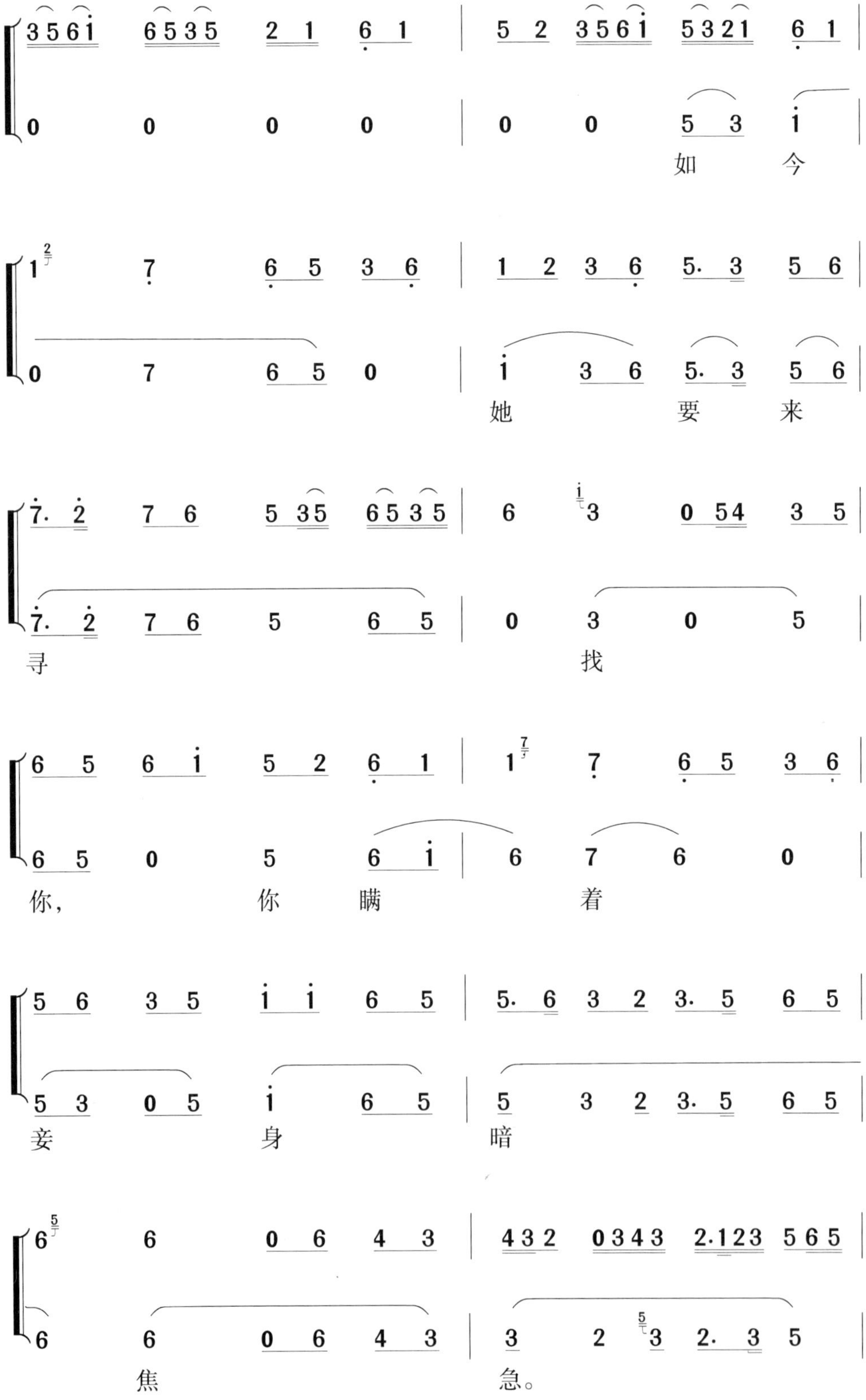

（站“大边”台口）

白士中 此话从何说起？

谭记儿 哎！【小锣三锣凤点头】

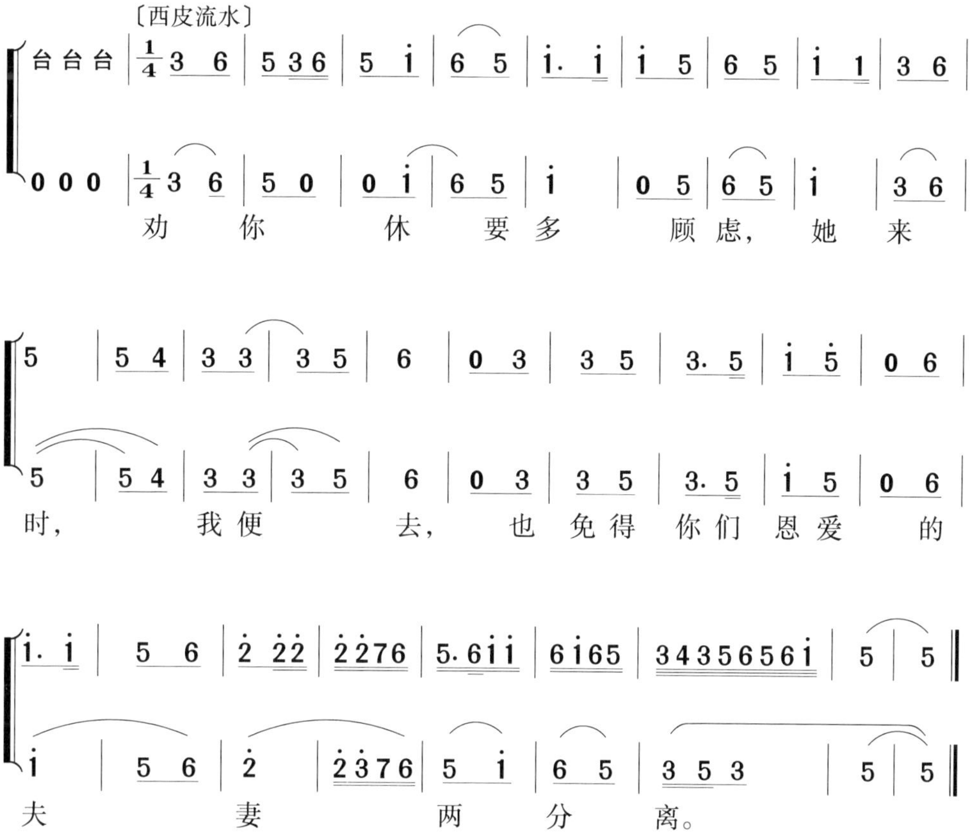

（上右袖，绕袖，假装生气，抛袖）

白士中 【大锣叫头】哎呀，夫人那！我哪有原配的夫人！你……你不要难为下官了！【小锣一击】

谭记儿 你巧言分辩，也是枉然！【大锣一击】

白士中 （一想）夫人不信，你拿去看来！（最终被逼得想把信交谭记儿）

谭记儿 嗯！待我看来！【撕边一击】（欲接信，看白士中又将信收藏到袖内）

白士中 还是不看的好！

谭记儿 【小锣一击】早知今日进退难，
当初何必把我瞒？
既是夫人书信至，
此事恐难两周全。【大锣一击】（生气地，双抛袖）

白士中 夫人何必起疑团？
朽琴早已断旧弦。【小锣二击】
皆因恩师寄书简，【大锣一击】（拿出书信。谭记儿左翻右搭水袖，看信）

不啻轰雷响晴天！

【硬三锣】

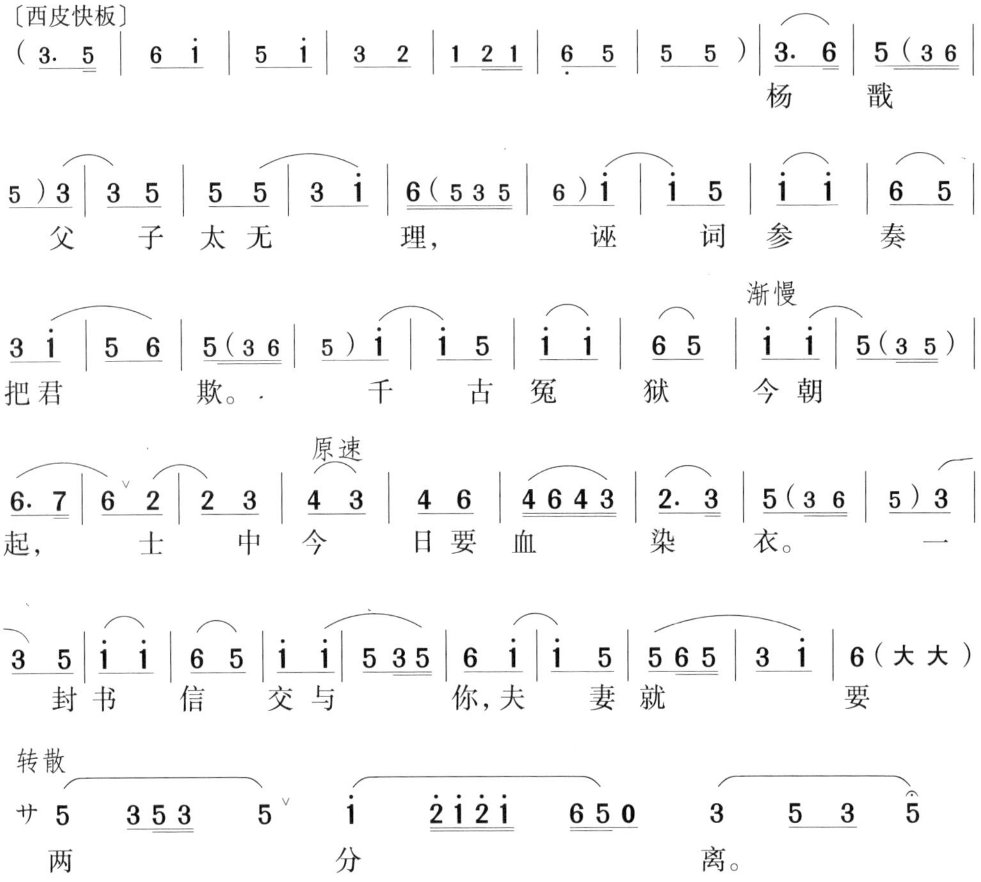

谭记儿 拿来我看！（急切地接信，打开信）

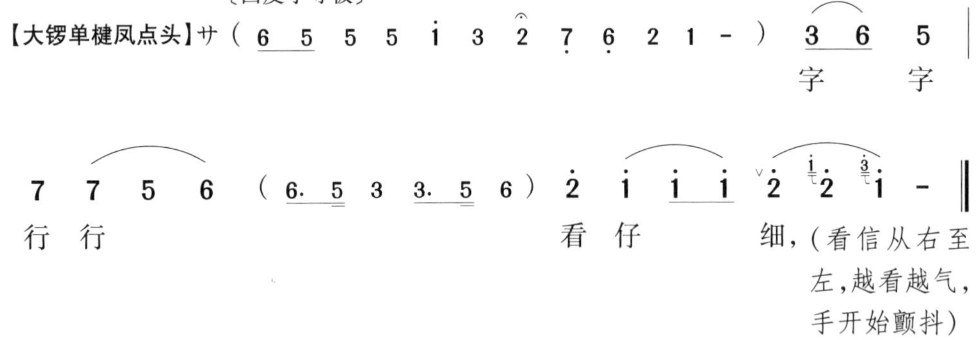

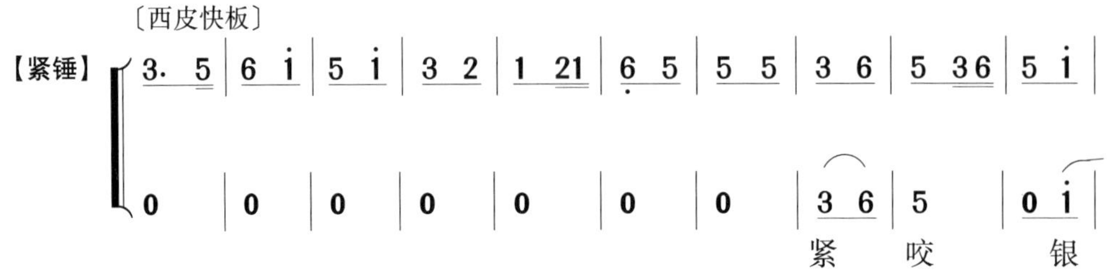

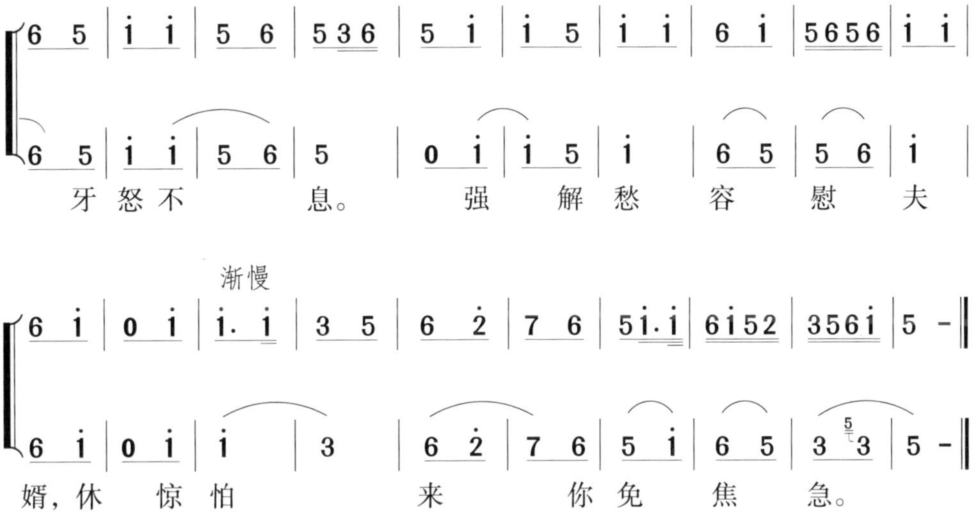

（把信交给白士中）

白士中 【大锣叫头】夫人呐！适才听李龙言道，那贼的官船，离此不远，今晚就在望江亭停泊，明晨即到潭州，难道你我夫妻就这样坐以待毙不成？【大锣一击】

谭记儿 这…… 【乱锤】（二人焦急地互相对视，谭记儿左转，白士中右转，至“后中场”，二人又对视无言，谭记儿安慰白士中，并积极地思考）（右转身亮相，自言自语地）望江亭…… 【大锣一击】（想到望江亭的地理环境可以大胆深入，若亲自会会仇人也许会有转机，下意识地）【小锣一击】相公，此刻什么时候了？

白士中 午时已过。

〔谭记儿思索中感到准备时间来得及。

谭记儿 嗯，这就好了！

白士中 啊！【大锣一击】夫妻就要分离，还有什么好哇！

谭记儿 （看到白士中焦急无奈的样子，以积极自信的态度宽慰之）相公啊！

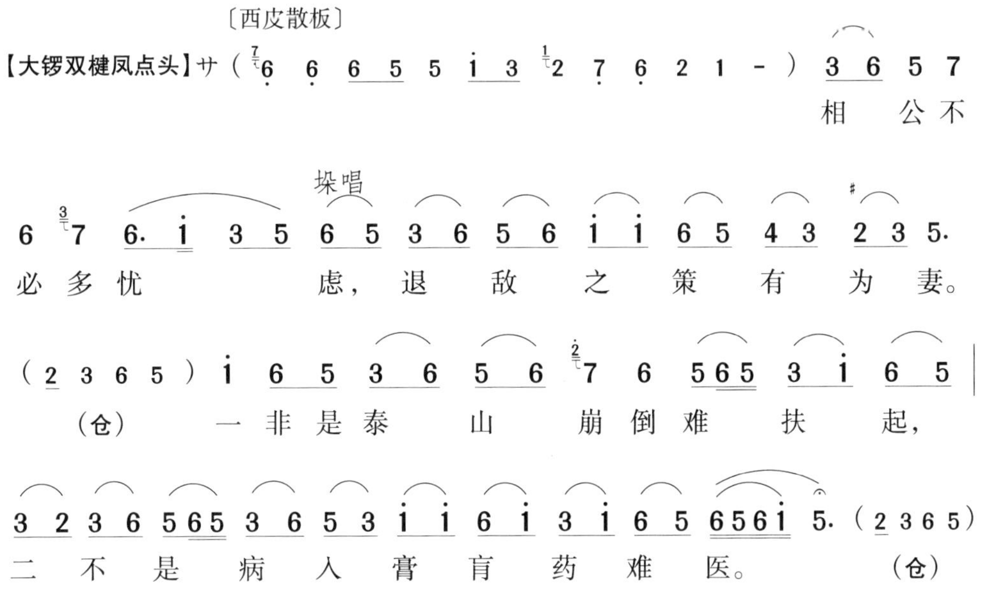

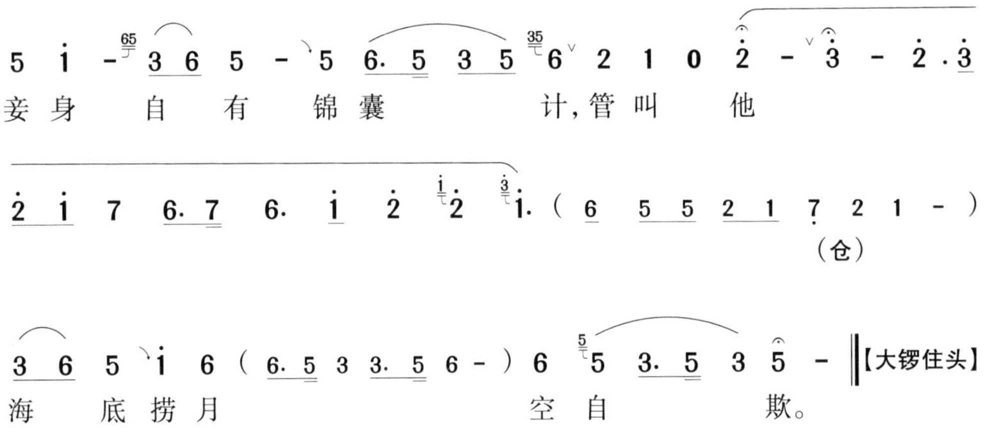

白士中 （迫切地）夫人有何妙计？

谭记儿 （压低语调，秘密地）待我今晚扮作渔妇模样，去到望江亭，看看贼子的动静。

白士中 嗯。

谭记儿 倘有机会，我就——（警惕地左右观看）

白士中 怎么样啊？

谭记儿 （与白士中耳语）（匝匝匝……台）定叫那贼空来一趟，束手被擒！【大锣一击】

白士中 哎呀，不妥呀，不妥！

谭记儿 怎么？

白士中 想那贼诡计多端，你若去到那里，被他识破，反落他的手中，岂不是羊入虎口？还是另想良策才好哇！

谭记儿 这个……唉！【小锣一击】事到如今，哪有许多良策，速备小轿一乘，将我送到望江亭外下桥，再备小船一只，藏在芦苇之中。三更时分，以击掌为号，将我接回。【大锣一击】

白士中 哎呀，我实实放心不下！

谭记儿 哎，你但放宽心，我会见机行事。我去更衣，你呀，快快吩咐他们！

〔【撕边】谭记儿推白士中出门，二人双翻，谭记儿至“下场门”“九龙口”，左转身“云手花”，白士中右转身至“小边”台口，（崩登仓）二人双上水袖亮相，谭记儿胸有成竹地看着白士中，白士中无奈只能依从地望着谭记儿。【撤锣】白士中“上场门”下；谭记儿双抖袖，大胆，沉着，信心百倍地“下场门”圆场下。闭大幕。

第三场

盗　旨

〔【撤锣】入“幕间曲”。

望江亭

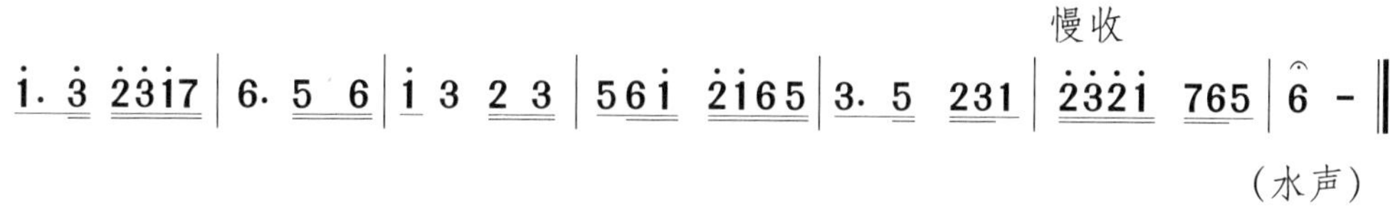

〔张千内白："启禀衙内，来此已是潭州地界，前面不远就是望江亭啦！"杨衙内内白："吩咐将船拢岸。"

奏唢呐曲牌<水声>

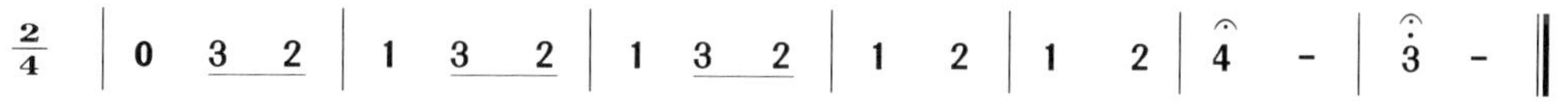

〔大幕拉开：夜景，天幕江水荡漾，"上场门"有芦苇、柳树，"下场门"有亭子（上有望江亭三字。亭子不要太小，张君秋先生要求一切表演在亭子内）、红绣花桌围、两个桌子（并放，内一椅，右一跨椅）。

奏曲牌<傍妆台>

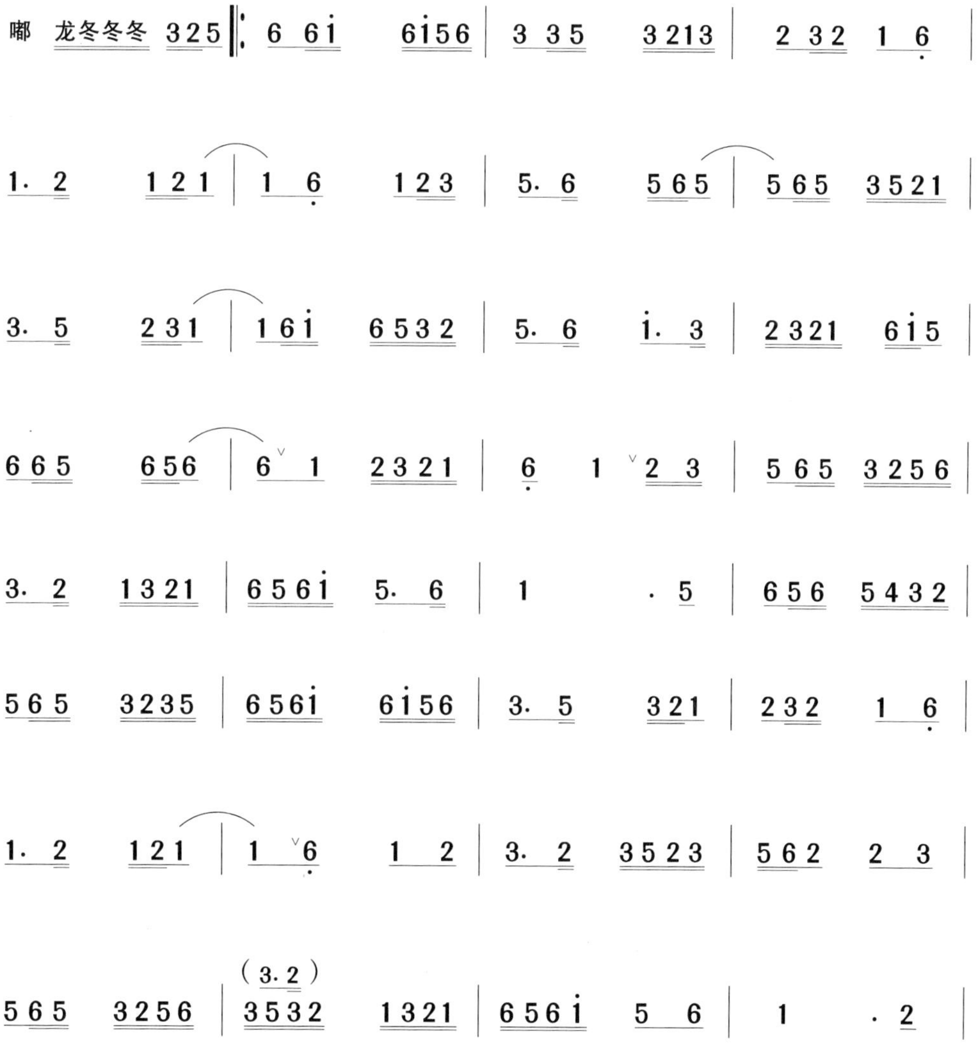

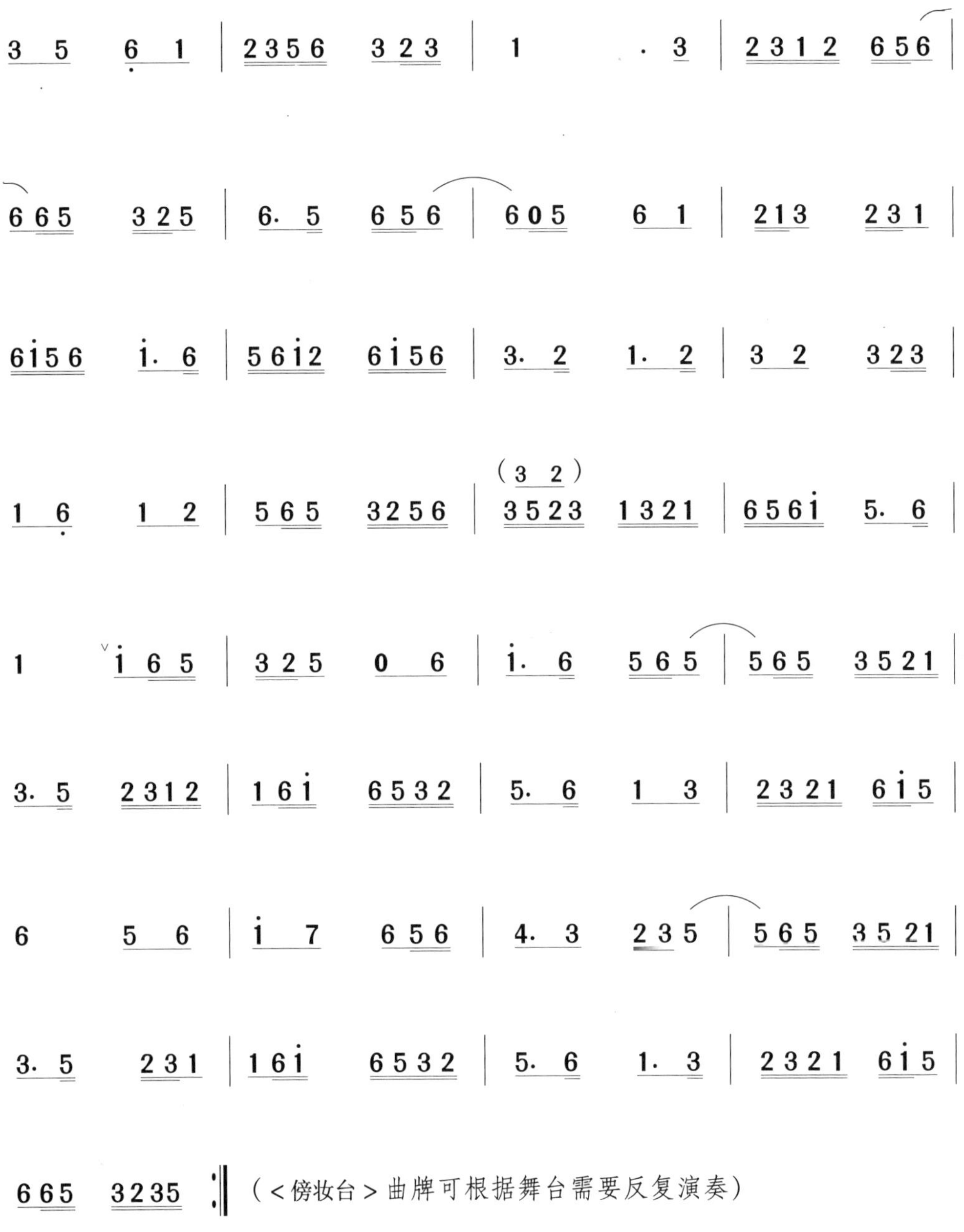

（<傍妆台>曲牌可根据舞台需要反复演奏）

〔乐曲中，李万拿桌灯，引二校尉抬食盒“上场门”上。进亭内李万摆酒，二家丁“上场门”下。

李　万　（至台中）请衙内望江亭饮酒赏月。

〔张千拿小宫灯引杨衙内“上场门”上，杨衙内左手捧剑上场亮相。至台口张千举灯。杨衙内看亭内，**【小锣一击】**上台阶。

张　千　您慢点。**【小锣一击】**（杨衙内险些滑倒，张千扶，李万也上前欲扶状）

李　万　您慢点。（接过宝剑放在桌上，张千将小宫灯放在地下）

杨衙内　（进亭内，四下观赏，曲牌止。对张千）这望江亭真不愧是名胜古迹。

张　千　是啊，过路官员都要在此饮酒游玩。

| 望 江 亭 |

杨衙内　（笑）哈哈哈……

张　千　衙内您为何发笑？

相衙内　明天杀了白士中这小子，那美貌的谭记儿就是我的夫人了，我怎能不乐呀！（笑）哈哈哈……

张　千　对！对！对！

杨衙内　活该，叫那白士中多活一宿。

张　千　对，让他多活一宿。衙内，您请坐吧。

〔杨衙内走内侧归桌内坐。音乐止，杨衙内左右观望。【小锣一击】

杨衙内　张千，李万！

张　千
李　万　（同）伺候衙内！

杨衙内　胡说！（从桌内侧走出，至台中）今天我是钦差大人，明天就是潭州太守，你们要称呼我大人那。怎么还总是衙内衙内的叫起没完啦？

张　千　是。我们叫衙内，叫顺了嘴啦！

李　万　不好改口啦。

杨衙内　混账！好改也得改，不好改也得改！往后，再这么衙内衙内的，每人重责四十！

张　千　是，衙……【小锣一击】大人！

杨衙内　什么？牙大人？我还嘴大人呢，我！

张　千　是，嘴大人！（张千打自己嘴巴，至“小边”台口）

杨衙内　混账！【小锣一击】

李　万　（忙至桌前劝之）您先坐下。（杨衙内归座）【小锣一击】我给您斟一杯，您喝着。（李万斟酒，杨衙内喝酒）

杨衙内　【小锣一击】唉！

张　千　（忙向前献殷勤地）大人，您刚才还乐哪，怎么这么会儿又发起愁来啦？

杨衙内　今天中秋佳节，要是有几个美貌的女子陪着我，那该多好哇！老爷多咱一个人喝过这个闷酒哇？唉！

张　千　大人您看，天都这么晚了，又是江边上，我上哪儿给你找美貌的女子去？来吧，我还是给您呢满杯酒，（斟酒）您还是饮酒赏月看江景吧！（指江边远处）

杨衙内　唉！也只好如此啦！

张　千
李　万　（同）大人请！

〔【小锣一击】（匝匝匝……台）杨衙内饮酒，水声。

杨衙内　张千，老爷在此饮酒赏月，你看看江上这些渔船，赶紧让他们走开！

张　千　是。我去轰！（水声，至正场台口）喂！江上的渔船听着，我们钦差大人在此饮酒赏月，你们把船拨在下游去！（水声）走！走！走哇！说你那！你瞧他干什么？（水声止）【小锣一击】全轰走了，您喝酒吧！（三人同看江景）

〔谭记儿内唱。

〔西皮导板〕

【大锣导板头】サ（2. 3 5 2 4 5 65i ⁶5 - ∨ i - 3 - ⁶¹2 7 6 2 1 -）2 i

将 渔

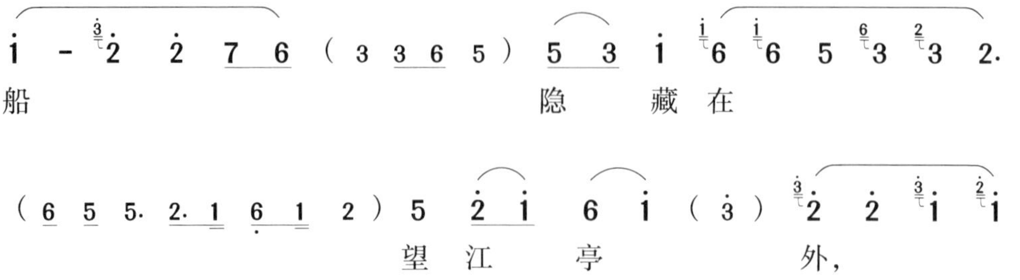

〖【纽丝】【长撕边】谭记儿“上场门”上场，“九龙口”亮相，右转身“望门”，走至“小边”台口。锣鼓切住。

〖张千夹白：“大人，您喝酒。”

〖谭记儿看亭内，(〔亮弦〕7 2 1)退至“上场门”，“九龙口”亮相。

【大锣单楗凤点头】

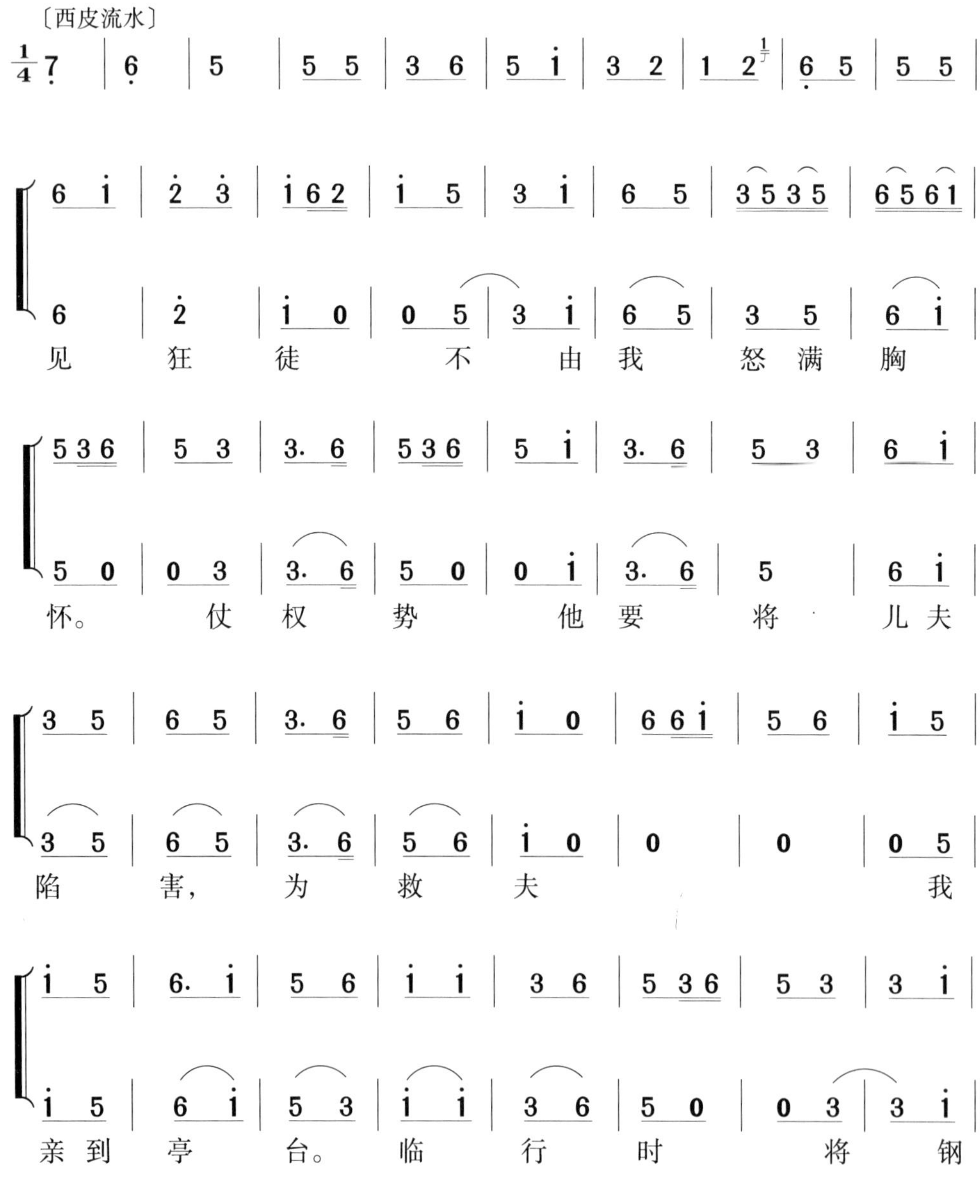

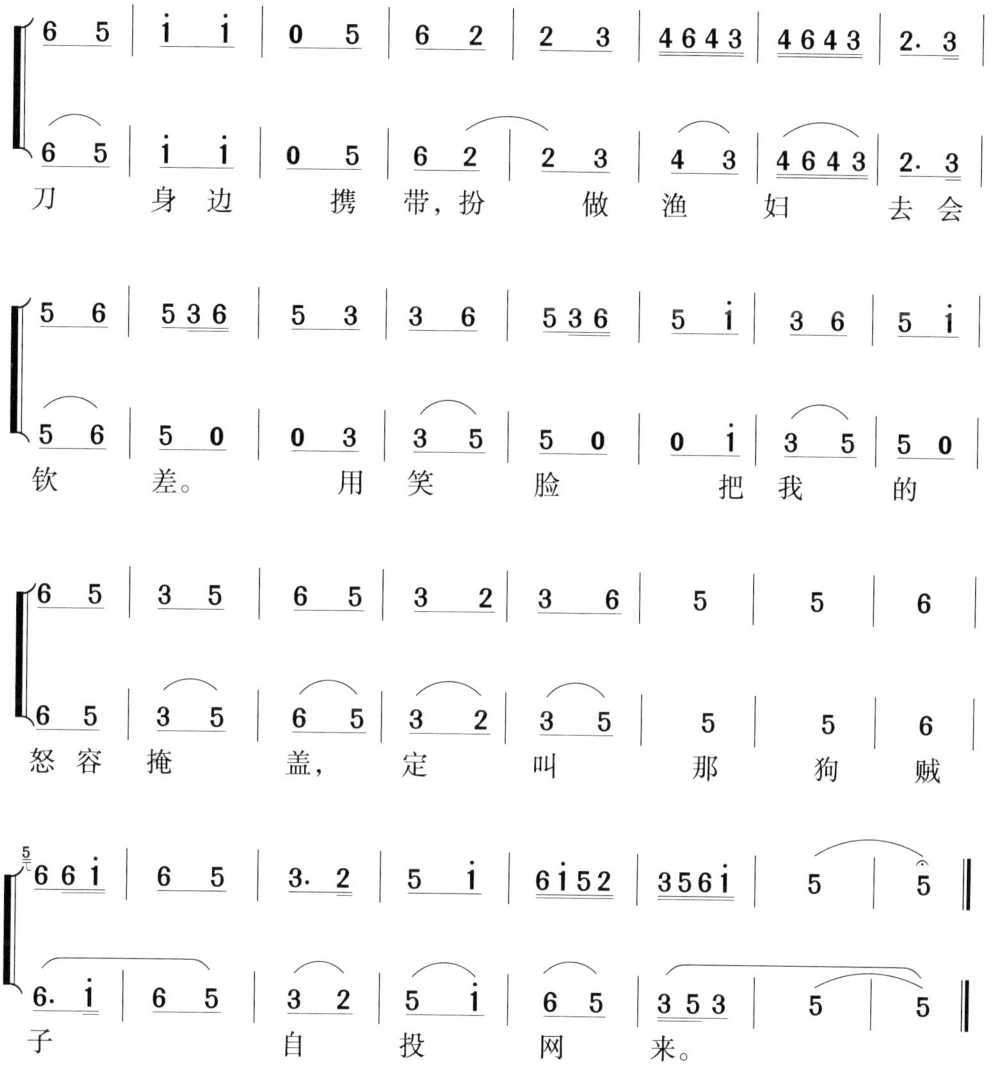

【大锣一击】（右转身回望“上场门”，左转身至台口向亭子内念白）卖鱼呀！【小锣一击】

杨衙内 张千，你听见没有？

张　千 什么？

杨衙内 哪儿来的女子的声音哪？（谭记儿回望“下场门”）

张　千 我听见了。

杨衙内 去，看看去！（张千拿地下小宫灯，走至台阶前，举灯观望）

谭记儿 卖鱼呀！【小锣一击】

张　千 （归桌边）大人，是个卖鱼的女子。

杨衙内 怎么着？是个卖鱼的女子？你说呀，还真有送上门来的鲜花！

张　千 谁说不是哪！

杨衙内 把她叫上来！

张　千 是。【小锣一击】（下台阶）哟喝！好一个漂亮的渔大姐呀！（张千拍谭记儿左肩，谭记儿忙躲避）【小锣一击】我说渔大姐，你不知道我们钦差大人在这儿吗？

你跑到这儿嚷什么？

谭记儿　（京白）我说管家，上面坐的是杨衙内杨大人吗？

张　千　不错，是我们……哎，你怎么知道的？

谭记儿　哦！有官船在这儿，怎么能不知道哇？

张　千　嗯！你还真有造化，我们大人叫你那。小心去见。跟我走！

谭记儿　是啦！

〔西皮散板〕

【大锣双槌凤点头】サ（6 5 i 3 2 6 2 1 －）5 i i 3

上石阶

3 3 6 5 7 6 6 3 5 6 （6. 5 3 3 5 6）

见大人恭身下拜，（仓）

（上亭台，有节奏地走台步）

3 3 6 5 i 5 6 5 3 5 i 6 5 3 5【住头】

假意儿羞答答跪在尘埃。

（正场，面向外跪，放鱼篮）

张　千　大人！她来了！

杨衙内　叫她抬头我看看。

张　千　抬头！大人瞧瞧你！

谭记儿　是。【撕边一击】（杨衙内看谭记儿，扶案，险些摔倒）

张　千　大人，您倒是留点神那！

杨衙内　（接唱）

【大锣双槌凤点头】（6 － 5 i 3 2 1 6 2 1）1 4 3 3 3 2 4 3 4 3. 2

见渔妇好貌像真正

1 2 3（6 1 2 3 －）3 2 5 3 1 2 2 1 6 2 1 2 2 1【住头】

可爱，（仓）好一似月嫦娥他下了天台。

叫她起来！

张　千　起来！起来！（杨衙内离座出位，到"大边"台口）

谭记儿　谢大人！【小锣一击】

〔音乐起，用弹拨乐器演奏。

サ5 6 i － | 0 3 2532 | 1321 765 | 6. 6 665 |

|: 6 i7 6 5 | 6512 3. 2 | 3256 432 | 3. 2 323 |

望 江 亭

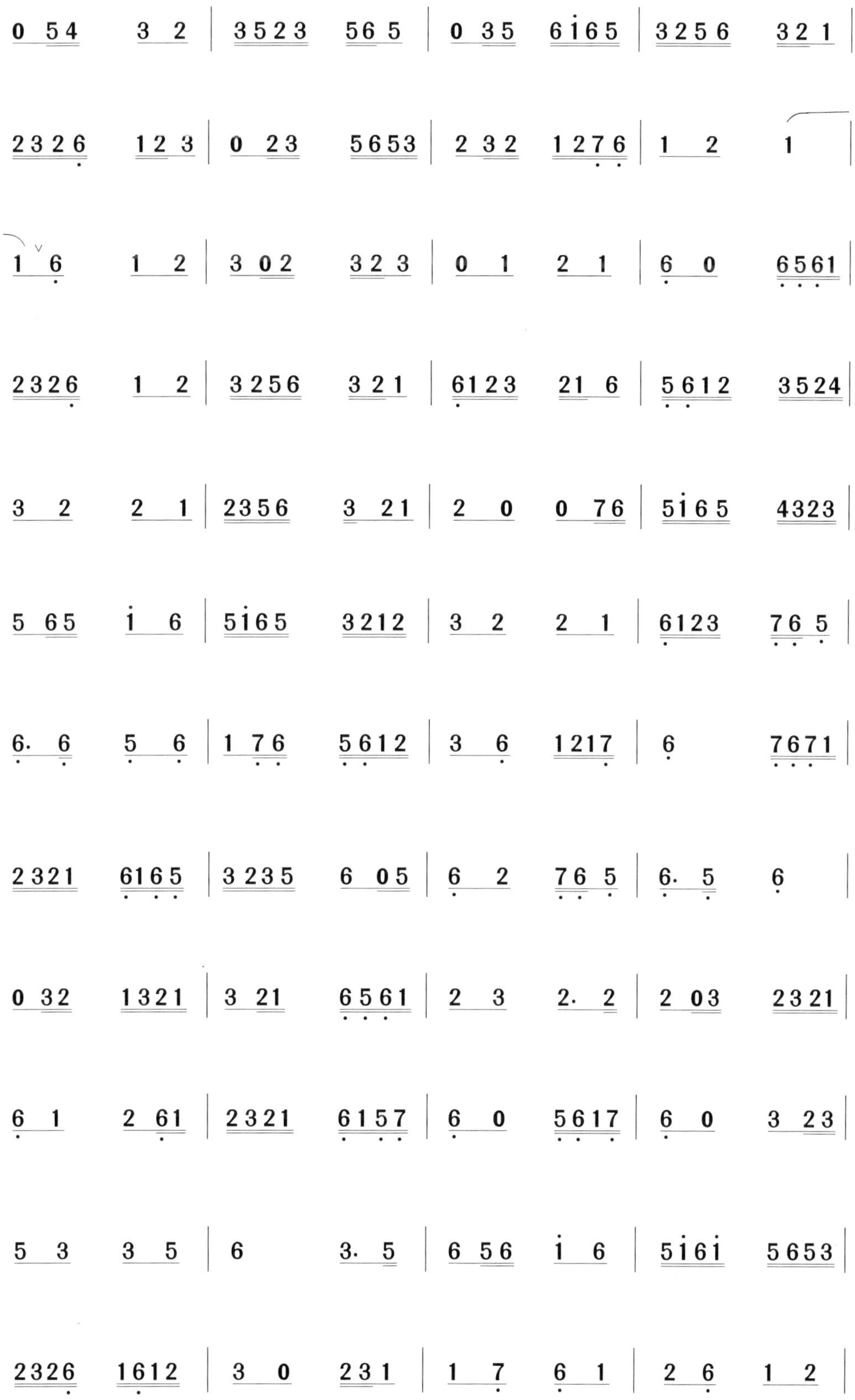

3235 3212 | 3 1· 2 | 3 5 2161 | 203 2317 |

6 5 356 | 0 6 6 1 | 2 1 156 | 1321 6561 |

2532 1761 | 232 1235 | 2321 656 | 0 6 6 1 |

（由此处可转<鹧鸪天>）

2 6 1 2 | 3·5 231 | 076 5356 | 1321 765 | 6 6 665 :‖

（二人对望，衙内上下打量谭记儿，走至“小边”台口，谭记儿左转身至“大边”暗中观察）

〔以下对话全部在乐曲当中进行。

杨衙内 啊，我看你怎怪眼熟的？你是……

谭记儿 噢！我是张二嫂哇，张二顺是我们当家的。您常买我们的鱼，您都忘了吗？

杨衙内 张二嫂……（怀疑地思考）

张　千 大人！您想想，有个张二嫂。（暗中向杨衙内耳语示意）

杨衙内 （点头）不错，有个张二嫂，（急忙追问）你怎么来到潭州地界？

谭记儿 （机警地）噢！我们打渔的，四海为家，各处漂流，故尔到这儿来啦！

杨衙内 说得倒是有理。黑更半夜的你怎么到这儿卖鱼来啦？

谭记儿 （随机应变地）噢，今天，打了一条金色鲤鱼，听说大人来到望江亭，特地送来，请您喝下酒。**【小锣一击】**

〔谭记儿右手将鱼篮放在台中心，杨衙内高兴地看鱼亮相。

杨衙内 咦！（笑）……**【小锣一击】**我正发愁没有下酒的菜，你就送了一条鱼来，可真是锦上添花呀！张千，把这鱼送到船上，让他们做得了，老爷我好下酒。

张　千 是。

谭记儿 慢着！慢着！大人我给您做去得了！（右手提鱼篮）

杨衙内 不，不，（左手也提起鱼篮）船上有上等的厨师，就让他们去做得了！

谭记儿 还是我给您做去吧！

杨衙内 哎，别弄脏了大姐这双玉手！**【小锣一击】**（杨衙内趁机摸谭记儿手，得意地吐舌一笑，张千、李万一旁暗笑被杨衙内看见。向张千）干什么哪？**【小锣一击】**快拿去！

张　千 是。（接鱼）**【小锣一击】**（拿灯、下亭台，“上场门”下）

杨衙内 我说张二嫂，你愿意陪着我，饮酒……（杨衙内拍谭记儿右肩，谭记儿忙躲闪，左转身至“小边”台口，杨衙内走至“大边”台口亮相）**【小锣一击】**赏月吗？

谭记儿 哟，什么叫赏月呀？

杨衙内 就是看着月亮喝酒！
谭记儿 噢！好吧！
杨衙内 好吧，（模仿谭记儿的口气）好吧，李万！
李 万 有。
杨衙内 给张二嫂看座。
李 万 是。
谭记儿 慢着，慢着！大人在这儿，哪有我们的座儿呀？
杨衙内 坐下也好说话呀！
谭记儿 谢谢您啦！
杨衙内 甭谢啦！
李 万 坐下吧！（谭记儿坐桌内右跨椅，杨衙内归桌内“大座”）
杨衙内 李万，添酒去！
李 万 是。（下亭台，“上场门”下）
杨衙内 张二嫂，你这尾鱼，卖多少钱哪？
谭记儿 刚才，不是跟您说了吗？是送给您的，不要钱。
杨衙内 怎么着，不要钱？如此说来，你真是个多情的人那！（右手挑逗地）
谭记儿 （忙躲闪）**【小锣一击】**取笑了！
杨衙内 来来来，我给您满上一杯酒吧！（欲斟酒）
谭记儿 哟，这，可不敢当，还是我，给您斟酒吧！（站起斟酒）
杨衙内 怎么？你给我斟酒？好！我就喝着。（饮酒）干！**【小锣一击】**
谭记儿 （边思考，边给杨衙内斟酒）大人，您远道而来，多受风霜，这杯酒给您洗尘。
杨衙内 好！我喝！（饮酒）**【小锣一击】**干！（谭记儿殷勤地斟酒）
谭记儿 大人，今天是八月中秋，愿您花好月圆人长寿！
杨衙内 （高兴地）好一个“花好，月圆，人长寿”！（饮酒）**【小锣一击】**干！
「张千托鱼盘“上场门”上，李万托酒盘、酒斗随上。杨衙内、谭记儿坐下，杨衙内欲挑逗谭记儿。
张 千 大人！**【小锣一击】**鱼到！
杨衙内 （不耐烦地）放在这儿。
「张千放好鱼盘，李万把新酒换上。谭记儿把喝完的酒壶放在李万的茶盘上，忙倒上两杯酒，坐下。李万、张千退至中场站定。
杨衙内 张二嫂，咱们俩人干这一杯！
谭记儿 这…… **【小锣一击】**（看张千、李万）
杨衙内 （走出桌外,手拉张千，李万跟随）那边去！（张千险些摔倒，至“小边”台口）**【小锣一击】**有张二嫂在这儿陪着我喝酒，用不着你们了，去！
张 千 大人！您有王命在身，这酒可要少喝一点！**【小锣一击】**
「杨衙内怒视张千、李万，张千、李万看着衙内胆怯地走着有节奏的台步。
杨衙内 这酒还把王命给冲跑了吗，去！叫你们再来。去！
张 千 是。
谭记儿 大人，您喝酒来吧！
杨衙内 （高兴地）来了！

〔杨衙内归桌内正座，张千、李万下亭台往亭内偷看。

张　千　咱们瞧瞧！

李　万　瞧什么？

杨衙内　张二嫂，咱们干了这一杯。（二人举杯欲喝，忽然发现亭下有人偷看）瞧什么那！

李　万　哎呀！【小锣一击】踩了我的脚啦！

张　千　我没瞧见。（张千、李万“上场门”下）

杨衙内　张二嫂，来来来，干一杯！（杨衙内一饮而尽，谭记儿偷偷将酒泼在地下）【小锣一击】干！张二嫂，咱们真是异乡逢知己呀！

谭记儿　大人，您真是出口成章啊！您作一首诗吧！

杨衙内　喝酒还作诗？

谭记儿　我听人家说，您作诗作得好着的那！这儿有笔砚，我给您研磨，您就作一首得了！

杨衙内　好！好！你研磨，我作诗。作诗有什么，我作。喝酒嘛，还要作诗！【小锣一击】

（曲转<鹧鸪天>）

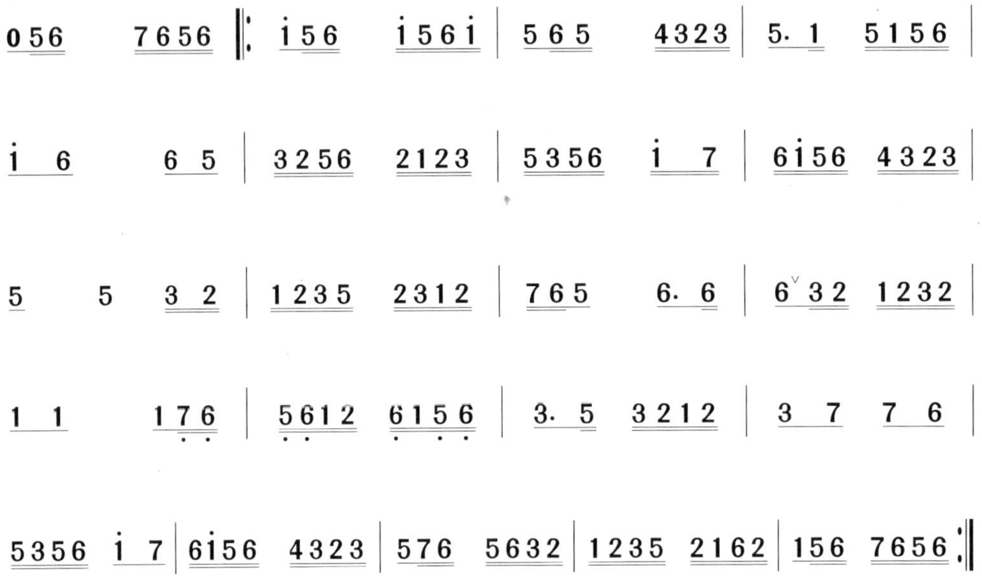

〔杨衙内离位至“台中”。谭记儿站起，走至桌后，翻找桌上桌下。

杨衙内　这不是叫我当场出丑吗？【小锣一击】哎呀！作诗……作诗。我拿什么为题呢？

谭记儿　大人！就拿月亮为题，行不行啊？

杨衙内　拿月亮为题？

谭记儿　是啊。

杨衙内　行啊。

谭记儿　那，您就快作吧。

杨衙内　好吧，拿月亮为题。哎呀，拿月亮为题，我怎么题呀？

〔杨衙内左手托腮思考。谭记儿走至桌边，举宝剑观看。【小锣一击】

杨衙内　我想起来了，在勾栏院中，那些姐儿们常唱的小曲儿，我还记得呢。有了！我就写这么几句。

谭记儿　（走至原位研磨）大人快来作诗吧！

杨衙内　来了！（归正座，拿笔、舔笔）张二嫂！你不但有貌，而且还有才！

谭记儿　您夸奖了！

杨衙内　这真是花好【小锣一击】月圆！

谭记儿　大人作诗吧！

杨衙内　作诗，作诗。（起二更，谭记儿焦急站起）

（转<回回曲>曲牌）

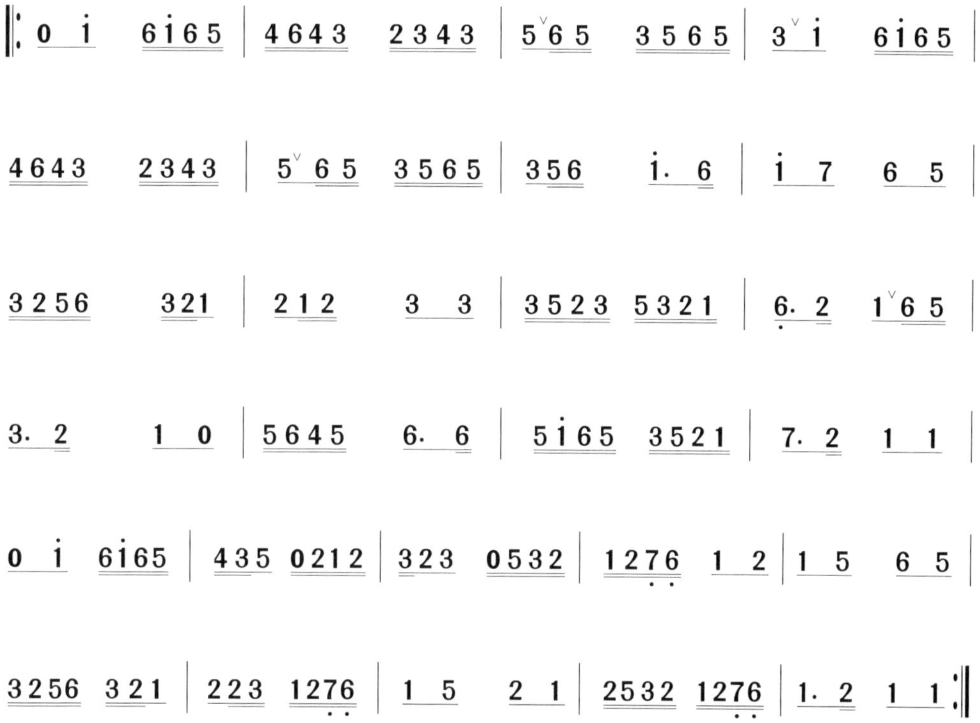

杨衙内　张二嫂【小锣一击】你来看看。"月儿弯弯照楼台。"

谭记儿　哟，可真好啊！（写得真好哇！）

杨衙内　好吧？连我都看出好来啦！楼台，楼台又该怎么着呢？（谭记儿内心焦急）有啦！【小锣一击】"楼高又怕摔下来。"

谭记儿　写得可真不错呀！

杨衙内　哎呀！该第三句啦，我怎么写呢？我写什么哪！（谭记儿转至椅子后边一望两望，举刀欲杀相）哎！【小锣一击】（谭记儿急藏刀）"今天遇见张二嫂，给我送条大鱼来。"

谭记儿　这句更好啦！

杨衙内　真好啊！我的汗都憋出来啦！

谭记儿　（想，继续斟酒）大人！您的诗作得这么好，我还得敬您，三大杯。

杨衙内　怎么！三大杯？（谭记儿斟酒）好！喝着！【小锣一击】干。

谭记儿　【小锣一击】大人！您真是好酒量啊！（斟酒）

杨衙内　夸奖了！【小锣一击】干。

谭记儿　（斟酒）大人，这首诗您送给我行吗？

杨衙内　（口齿不清，露出醉状）这首诗，我送给你？

谭记儿　行不行啊？

杨衙内　行！送给你啦！（醉意已有，说话已不清楚）

谭记儿　谢谢大人！

杨衙内　甭谢了！拿去吧！

「谭记儿接诗出位到台中【小锣一击】看诗，卷诗，藏入怀中。杨衙内出位。

杨衙内　张二嫂，哈哈哈……（欲拍谭记儿左肩，谭记儿急躲闪）【小锣一击】（至“大边”台中）拿你这样漂亮的人儿，怎么嫁给一个卖鱼的呢？你要是愿意呀，我收你作三……

谭记儿　您还要买三斤鱼呀？

杨衙内　我要那些鱼干什么？我呀！收你做三房夫人。

谭记儿　大人，我有丈夫哇！

杨衙内　有丈夫哇？那有什么？老爷我有钱，又有势力。明儿个多给他些银子钱，叫他买张退婚文约，那不就行了吗？

谭记儿　那能行吗？

杨衙内　不要紧的，我给你写字据？

谭记儿　什么？您给我写张字据？

杨衙内　你说好不好？

谭记儿　好！那您就写吧。

杨衙内　（站立不稳，酒态百出。谭记儿把纸在桌上放好）你等着，我给你写。你等着，【小锣一击】我给你写。（归桌内，提笔写字据）【小锣一击】写完了，你拿去吧！（交给谭记儿）

谭记儿　谢谢您！（离位看字据，叠好藏入怀中）

杨衙内　他一看字据，乖乖地得把你给我！（至“大边”台中）

谭记儿　那是一定的啦！

杨衙内　张二嫂，你看，花好月圆，张二嫂你甭走了，就在我的船上住得了。

谭记儿　（震惊）这可不行啊！这可不行啊！（二人“斜过合”，谭记儿至“大边”台口欲拔匕首）【大锣一击】（冷静回身）大人！大人！（推开杨衙内）大人！（音乐止）【大锣一击】（扶桌唱）

〔西皮流水〕

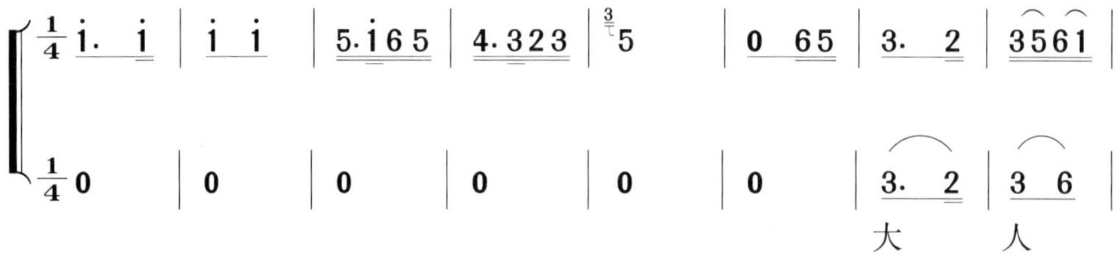

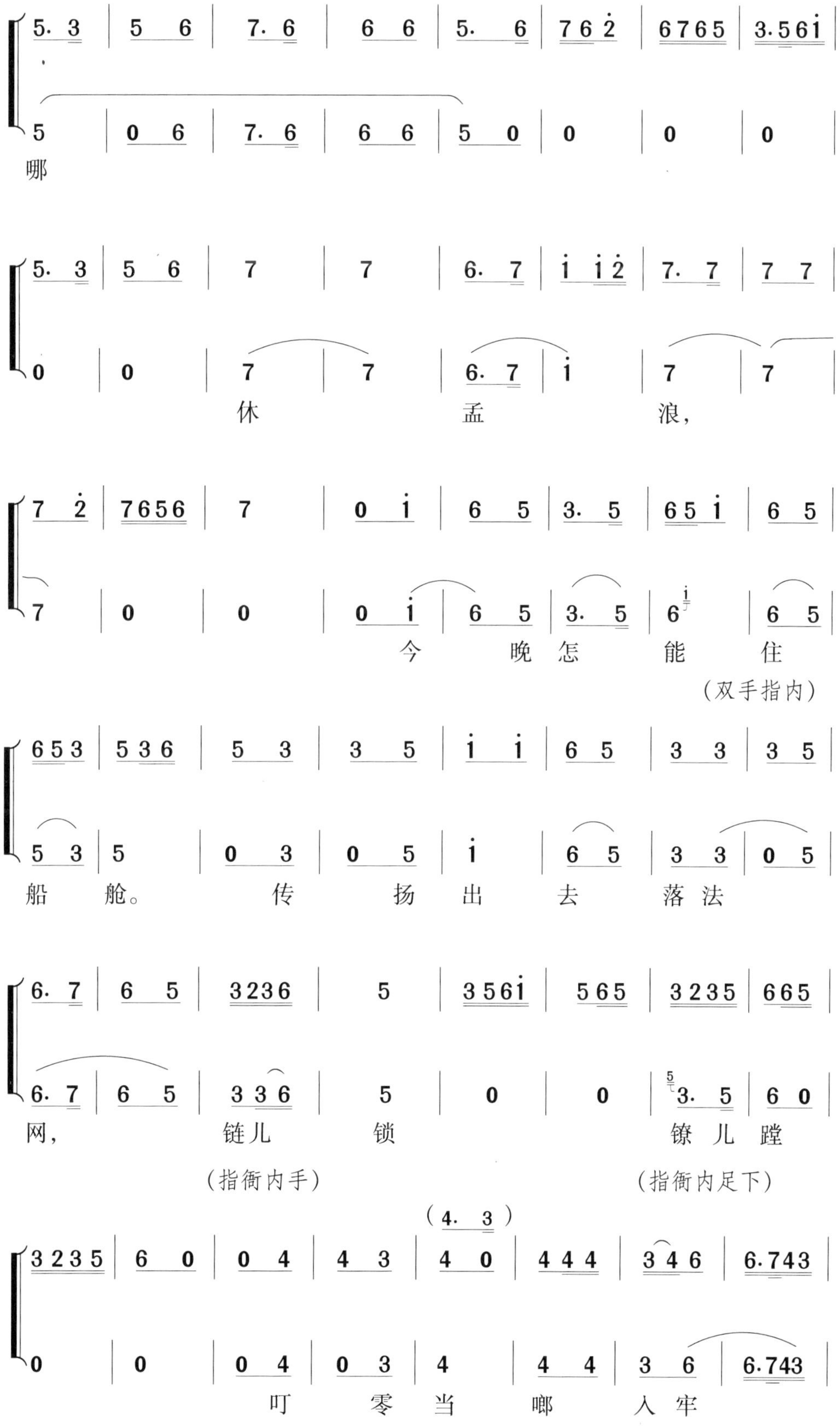
哪
休 孟 浪,
今 晚 怎 能 住
(双手指内)
船 舱。 传 扬 出 去 落 法
网, 链儿 锁 镣 儿 蹚
(指衔内手) (指衔内足下)
叮 零 当 啷 入 牢

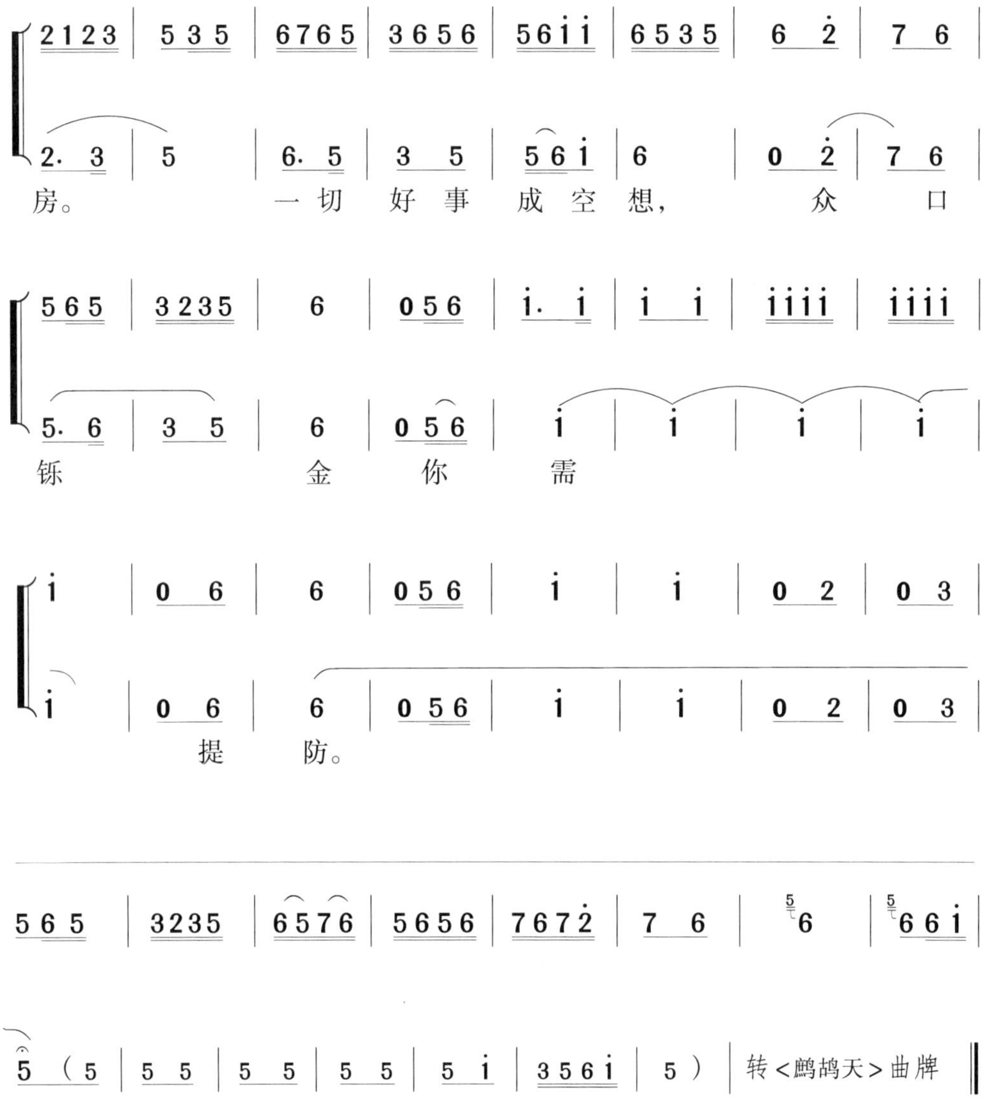

【大锣一击】

杨衙内 （笑）哈哈哈……张二嫂，这么说是我的不是了。

谭记儿 可不是您的不是吗？

杨衙内 那你就罚我一杯吧。

谭记儿 应该得多罚您几杯。（到桌上取酒、斟酒）大人您请吧！（将酒杯交与杨衙内）

杨衙内 我喝，我喝。（饮酒）【小锣一击】（谭记儿接杯放在桌上）明个我杀了白士中这小子，把那谭记儿给弄到手，再收你做三房夫人，这是多么大的乐儿啊。

谭记儿 噢！大人（走至正场）您要杀那个白太守吗？（至“大边”中场）

杨衙内 我要杀他。

谭记儿 听说他可厉害着的那！

杨衙内 厉害我也要杀他！

谭记儿 那您凭什么呀？

杨衙内 凭什么？（从左袖中掏出圣旨亮相）【大锣一击】

望江亭

谭记儿　（看圣旨）哟，这是什么？

杨衙内　这是圣旨。

谭记儿　噢！这就是圣旨啊？（谭记儿欲取圣旨，从杨衙内身后到“小边”）

杨衙内　（至“大边”台中）没瞧见过吧？我呀**【小锣一击】**（将圣旨放进袖内）我不但有圣旨，我还有宝剑那！

谭记儿　噢！还有宝剑哪？

杨衙内　（从桌上取剑）拿给你瞧瞧……（将宝剑拔出一半，谭记儿右手接剑，看剑）**【大锣一击】**这是尚方宝剑。

谭记儿　噢！这就是尚方宝剑哪？

杨衙内　嗯，先斩后奏！

谭记儿　（左手摸剑）可真快呀！

杨衙内　敢情，一拉就是一大口子。

谭记儿　（机警地思考后急问）您这圣旨、宝剑都是打哪儿来的呀？

杨衙内　打哪儿来的呀？那你就别问了。反正明儿个我杀了白士中这小子，让我爸爸给他定个罪名，这就叫先斩后奏！（高举剑亮相）

「**【大锣一击】**乐曲止。

谭记儿　（大惊，突然明白了事实真相）

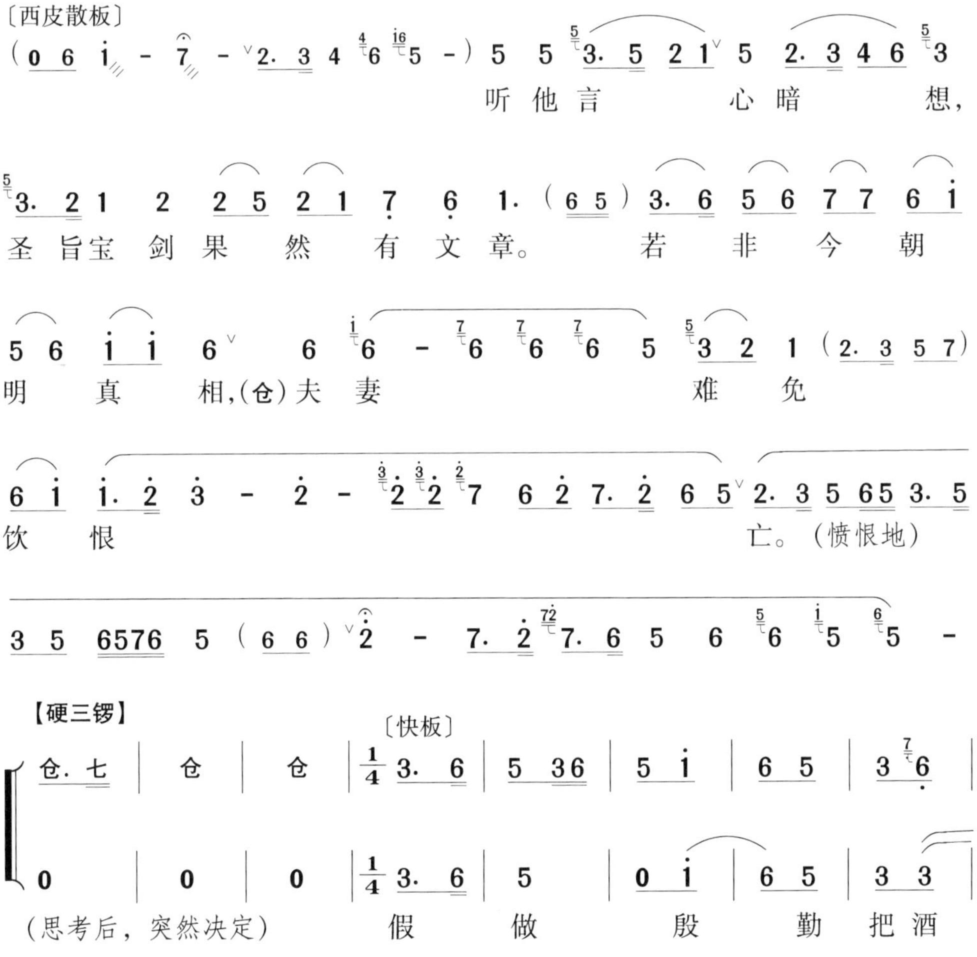

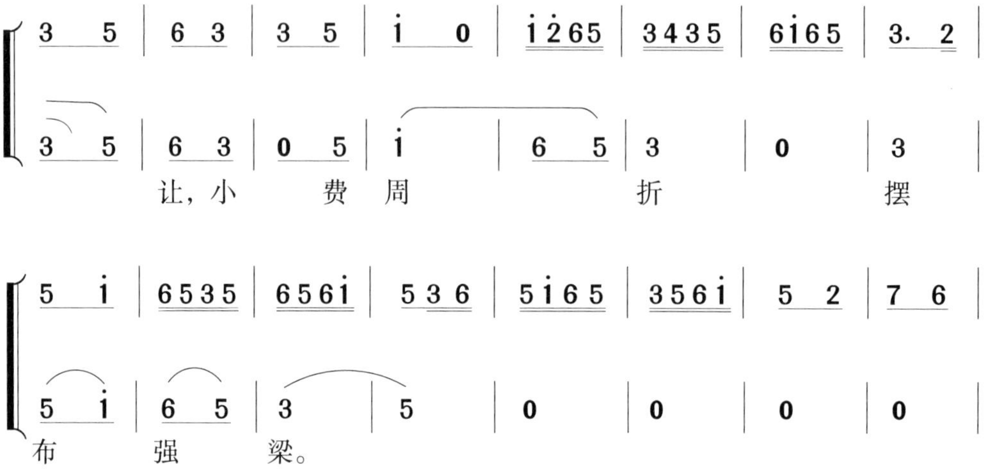

（接曲牌<斗蛐蛐>谭记儿、杨衙内衬乐中吟白）

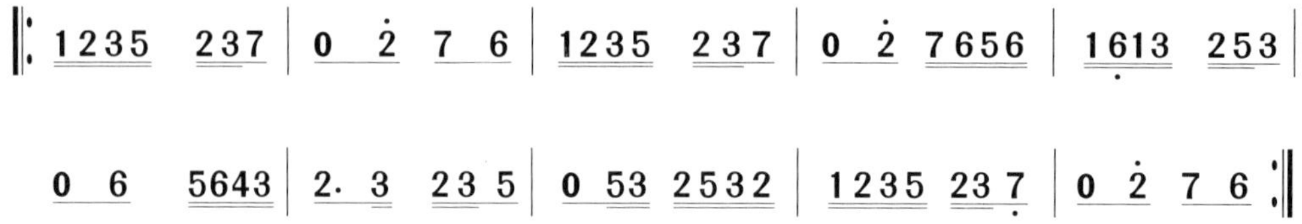

杨衙内 哎呀，明个儿我双喜临门，喜上加喜！

谭记儿 是啊！大喜的日子您要多喝几杯。（桌上取酒壶和酒杯斟酒）

杨衙内 对！别忘了喝酒！来！喝酒！（到“小边”台中，谭记儿至“大边”台中）

谭记儿 大人，但愿咱们好事早成！（杨衙内喝酒，谭记儿斟酒）

杨衙内 好事，早成……【小锣一击】（饮酒）干！

谭记儿 白头到老！（斟酒）

杨衙内 白、白头……老……（饮酒）【小锣一击】

谭记儿 （斟酒）还得地久天长啊！（放酒壶于桌上）

杨衙内 地……（醉倒地上）【撕边一击】

谭记儿 大人！【大锣一击】大人！【大锣一击】大人！（轻推）【撕边一击】（改韵白）贼子醉了！

〔西皮散板〕

「【大锣一击】〔行弦〕欲盗圣旨急止住，〔花梆子〕小步圆场亭台观望，【小锣一击】

小步圆场回至台中，警觉地再次左右观察，下决心盗旨，手拿斗篷亮相，慢蹲，盘座，右手提杨衙内水袖，机警地目视亭外，双手颤抖地取出圣旨，惊喜地看圣旨，**【大锣一击】**欲藏入衣襟内，突然想起诗稿，急中生智，取诗，决定换旨，**【小锣一击】**速将诗稿装入杨衙内袖中。

〔张千、李万幕内念："走！走！走！"谭记儿闻张千、李万声，震惊，走至桌边看剑、拔剑、持剑，台中亮相。**【大锣一击】**即刻沉着冷静下来，看到杨衙内，放剑于地下，半跪，把杨衙内扶起。

张　千　走！走！（张千、李万"上场门"上）

李　万　干吗去？

张　千　该请大人回船了。

李　万　这会儿他还没喝完哪！咱们叫他，他也不回去。

张　千　咱们在这么瞧瞧，有什么事没有。

李　万　瞧瞧，瞧瞧。

〔〔行弦〕张千、李万向亭上偷看，谭记儿急中生智，扶起衙内，用手摇动其头。

谭记儿　大人，天不早了，您该回船歇着去吧！（杨衙内摇头）**【大锣一击】**

张、李　不回去。

谭记儿　您还要饮酒？（杨衙内点头）

张、李　还喝那。

谭记儿　我再陪您三大杯！（杨衙内点头）

张、李　还是不回去！

李　万　瞧见没有？还没喝完呢吧！

张　千　嘿！真有你的！

李　万　走吧，咱们还是回船喝那半截酒去！

张　千　走，喝咱们那半截去！（张千、李万"上场门"下）

谭记儿　（放倒杨衙内，瘫坐在地。**【大锣一击】**忙站起，手持剑走至桌边，拿剑套欲插剑，**【大锣一击】**猛然想以匕首换剑，宝剑放在桌上，拔出腰间匕首，插入剑套中**【小锣一击】**收紧宝剑套口，放在桌上，解褰衣，取剑，以衣裹剑，左转身绕褰衣，抱宝剑。**【硬三锣】**"大边"台口亮相）

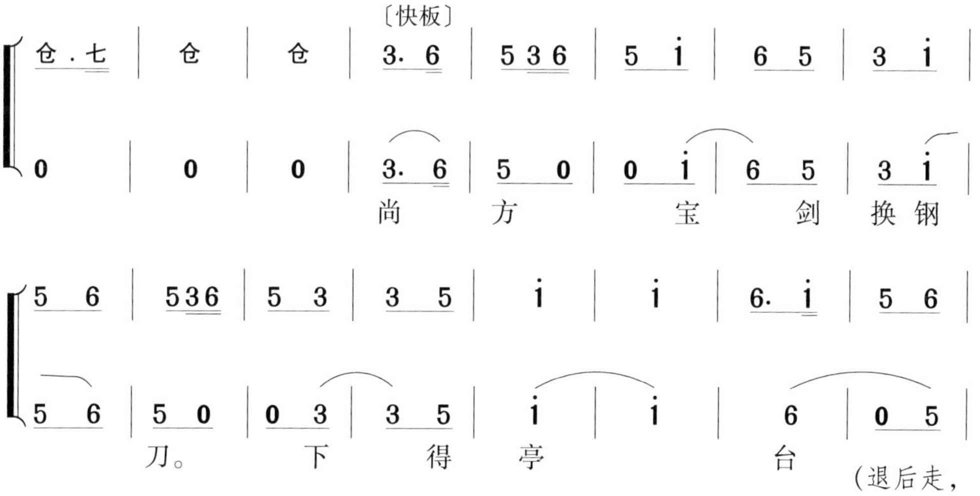

（退后走，

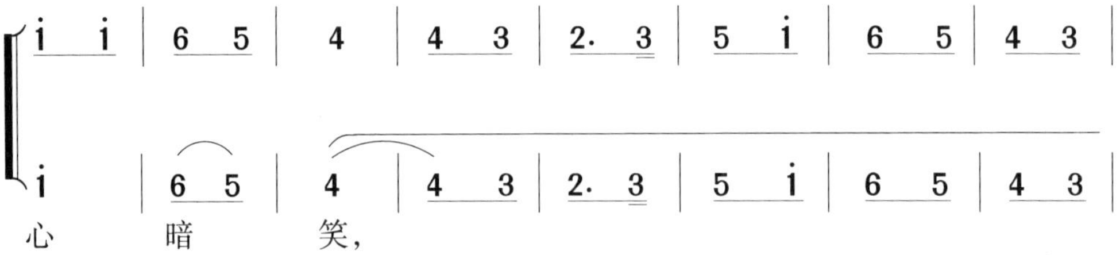

暗中兴奋地小步圆场） （走至“小边”）

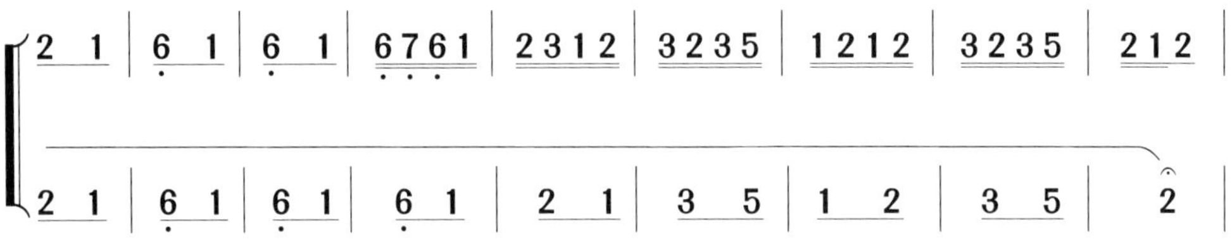

〔行弦〕〔花梆子〕下亭台、右转、左转、“小边”台口亮相。**【大锣单楗凤点头】**接唱。

〔西皮摇板〕

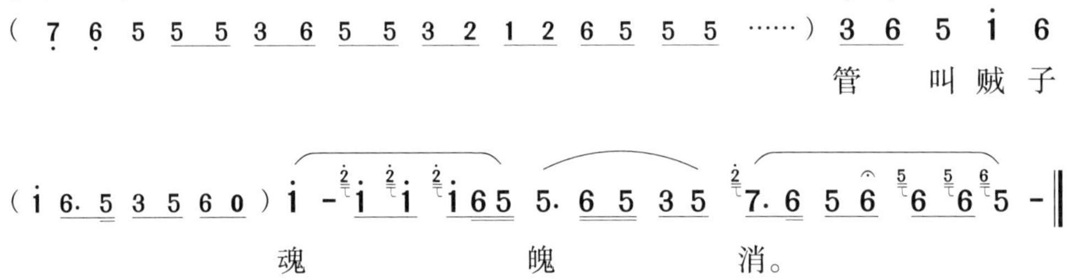

〔谭记儿退步再上步（**八大仓**）台口亮相，**【冲头】**“上场门”入幕前双手抱蓑衣、倒左把，圆场跑下。

〔张千、李万“上场门”上。**【小锣一击】**

张　千　我还真睡着了。

李　万　我也睡着了。

张　千　天都亮了，这回该请大人回船啦，走吧。

李　万　走。（张千、李万上亭台）**【大锣一击】**（险些摔倒）哟！大人怎么躺在这儿啦？

张、李　大人，大人！**【小锣一击】**

杨衙内　张二嫂，你再喝一杯！

张　千　谁是张二嫂？张二嫂走啦！（扶起杨衙内）**【小锣一击】**

杨衙内　好睡，好睡！什么时候啦？

李　万　天全亮了，就候着您下令，咱们好开船啦！

杨衙内　啊，你怎么早不言语？快开船，要是走晚了，可就糟了。

李　万　是，我搀着您！

杨衙内　搀着我。（下亭台）（**【大锣原场】**切住）（忽然想起）宝剑！宝剑！（“上场门”下）

张　千　哎，对了，宝剑！**【大锣原场】**（忙回到桌上，取宝剑，急忙跑下）

〔闭大幕。**【缓锣】**

第四场

斥 贼

〔白蝴蝶幕、红桌围、大桌案（摆文房四宝、签筒、印盒）、海水江崖屏风。

书　童　（“上场门”上）有请大人！

白士中　**【大锣五击】**（“下场门”上至台中）那杨衙内的动静如何？

书　童　那杨衙内带领许多校尉，直奔府衙而来。

白士中　噢！**【撕边一击】**直奔府衙而来？**【撕边一击】**附耳上来。（**匝匝匝……台**）（与书童耳语）

书　童　遵命。（下）

〔杨衙内幕内念白：“人役们！**【大锣一击】**将太守府门团团围住！”

〔**【急急风】**四校尉“一条鞭”“站门”，张千、李万后跟上，杨衙内走至台中站。

〔**【回头】**白士中出门，“大边”台口迎接。

〔**【大锣原场】**杨衙内等闯进大堂，杨衙内进门入“大座”，张千、李万进门，四校尉进门“八字”站。

杨衙内　传潭州太守白士中来见！

张　千　白士中！

白士中　卑职在。（进门，“大边”台口站）

杨衙内　来，将他绑了！

白士中　且慢！**【大锣一击】**卑职身犯何罪？

杨衙内　你，贪恋酒色，不理民情，荒怠政务，勒索民财，以致怨声截道，圣上命本官缉获正法！**【大锣一击】**

白士中　有何为凭？

杨衙内　圣旨。

白士中　卑职要恭请上谕。（面向内跪）

杨衙内　跪听宣读！**【住头】**（由袖内掏出诗稿）
“月儿弯弯照楼台……”**【大锣一击】**（袖内四下寻找）**【大锣一击】**圣旨哪、哪儿去了？白士中！圣旨现在船舱里面，取之不及，我有尚方宝剑，你抬头观看！（拔出短刀亮相）**【大锣一击】**

白士中　是把小小的钢刀。

杨衙内　啊？（杨衙内与张千、李万、校尉四下寻找）

白士中　（起身）**【大锣叫头】**嘟！何方狂徒，竟敢假冒钦差！来呀！（至台中）

〔**【急急风】**门子上，四牢子手、红龙套“合龙口”，书童急上。

白士中　升堂！

众衙役　啊！（喊堂威）

〔奏唢呐曲牌<小傍妆台>，白士中升堂，红龙套、牢子手“八字”站，杨衙内、张千、李万至“小边”台口，四校尉“小边”“一条鞭”站立。

白士中　带人犯！**【大锣一击】**

衙 役 跪下！

张 千 衙内，咱们怎么样？

杨衙内 不要紧的，他不敢把咱们爷儿们怎么样！

白士中 狂徒还不下跪！

杨衙内 我乃钦差大人，岂肯跪你！

白士中 喝！还敢假冒钦差，目无王法！牢子手！

牢子手 有！**【大锣一击】**

白士中 重责四十！（从签筒中拿签子）打！（将签子扔在地上）**【大锣一击】**

杨衙内 你敢！**【大锣一击】**你敢！**【大锣一击】**（四牢子手押杨衙内“下场门”下）**【大锣原场】**

〔幕内声：“一十**【大锣一击】**、二十**【大锣一击】**、三十**【大锣一击】**、四十**【大锣一击】**。”

〔张千、李万在杨衙内受刑时左观右望，二人对视，惧怕颤抖地跪在“小边”台口。

〔**【大锣原场】**牢子手押杨衙内复上，杨衙内（换“小甩发”、红褶子、系绦子）跪在张千、李万旁边。

白士中 你是何人？从实招来！

杨衙内 我是杨太尉的儿子，杨衙内。

白士中 身后何人？

杨衙内 仆人张千、李万。

白士中 将他等押了下去！**【大锣五击】**

张、李 大人，我们走了。

杨衙内 都走了。

〔四牢子手押张千、李万下，四校尉“上场门”下。四牢子手复上。

白士中 你为何敢假冒钦差，诬蔑黄堂太守？从实招来，免动大刑！

杨衙内 这……大人！

白士中 来！大刑伺候！**【大锣一击】**（四牢子手举棍亮相，目视杨衙内）

杨衙内 哎！大人哪！

〔西皮散板〕

【大锣双楗凤点头】（7 6 ⁶5 i 3 2 1 6 2 1）1 3 3 3 3 2 4 3 4 3.5 1 2

听堂威吓得 我心惊 胆

3（6 1 2 3 -）1 3 2 1 1 2 ³2 3 2 1 1 2 1

战，（仓） 头发晕 眼发黑缩成了一团。

白士中 嘟！（接唱）

【大锣双楗凤点头】（7 6 ⁶5 i 3 2 1 6 2 1）5 i 6 5

既知罪跪

5 5 7 6 7 6 6 3 5 6（6 5 3 3 5 6）

堂 口听候法 断，（仓）

望 江 亭

3 3 6 5 5 5 i 6 4 4 3 3 5 3 5 【大锣住头】
你 为 何施毒 计 谋 害 命 官？

你非但假冒钦差，还在沿途之上胡作非为，你可知罪？

杨衙内 我罪犯何处？

白士中 有一渔妇，告你在望江亭上强行无理，（手拿字据）这里有你亲笔写给张二嫂的字据，你还敢抵赖吗？【大锣一击】

杨衙内 大人！调戏民女，是我的不对，张二嫂盗去我的圣旨宝剑，您可得追查呀！

白士中 呵！（笑）【大锣一击】你父子狼狈为奸，胆敢假造圣旨，私带尚方宝剑出京，谋杀朝廷命官，不动大刑你量不招，来！

众 有！

白士中 夹棍伺候！【大锣一击】

杨衙内 大人，我招，我招！

白士中 将你因何来到潭州之事，也从实招来！（门子一旁提笔记录）

杨衙内 我招！大人听了！（念〔数板〕）

跪在大堂前，
老爷听根源。
只为谭记儿，
跟你结仇怨。
进京见我父，
定下巧机关。
造了假圣旨，我
带了尚方剑。
要杀白太守，
我便上了船。
望江亭赏月，是
渔妇貌似仙，
酒后动邪念，我
跟她定姻缘，
丢了尚方剑，我是
一切全玩儿完！

白士中 叫他画供。（与门子耳语）【小锣一击】

书 童 画供。

杨衙内 供招是实。

书 童 （台中）请夫人出堂！

二丫环 请夫人出堂！

［【大锣扭丝】"下场门" 二丫环 "一条鞭""站门"。谭记儿上场，站"小边"台口。

〔西皮散板〕

谭记儿 （过门同前） i i 3 6 5 3 3 6 5 5 6 6 3 5 6 （6. 5
忽 听 得 大 堂 上 一 声 呼 唤，

〔谭记儿堂桌“大边”站立。

白士中 杨衙内已然招供，跪在堂口，夫人请看!

〔谭记儿台中见杨衙内，二人面视。【大锣一击】

杨衙内 这不就是张二嫂吗?

白士中 哼!不可信口雌黄!

谭记儿 杨衙内呀!狗贼子!【大锣五击】不想你，也有今日也!

杨衙内 哎呦，我可上了当啦!

谭记儿 (双抖袖)

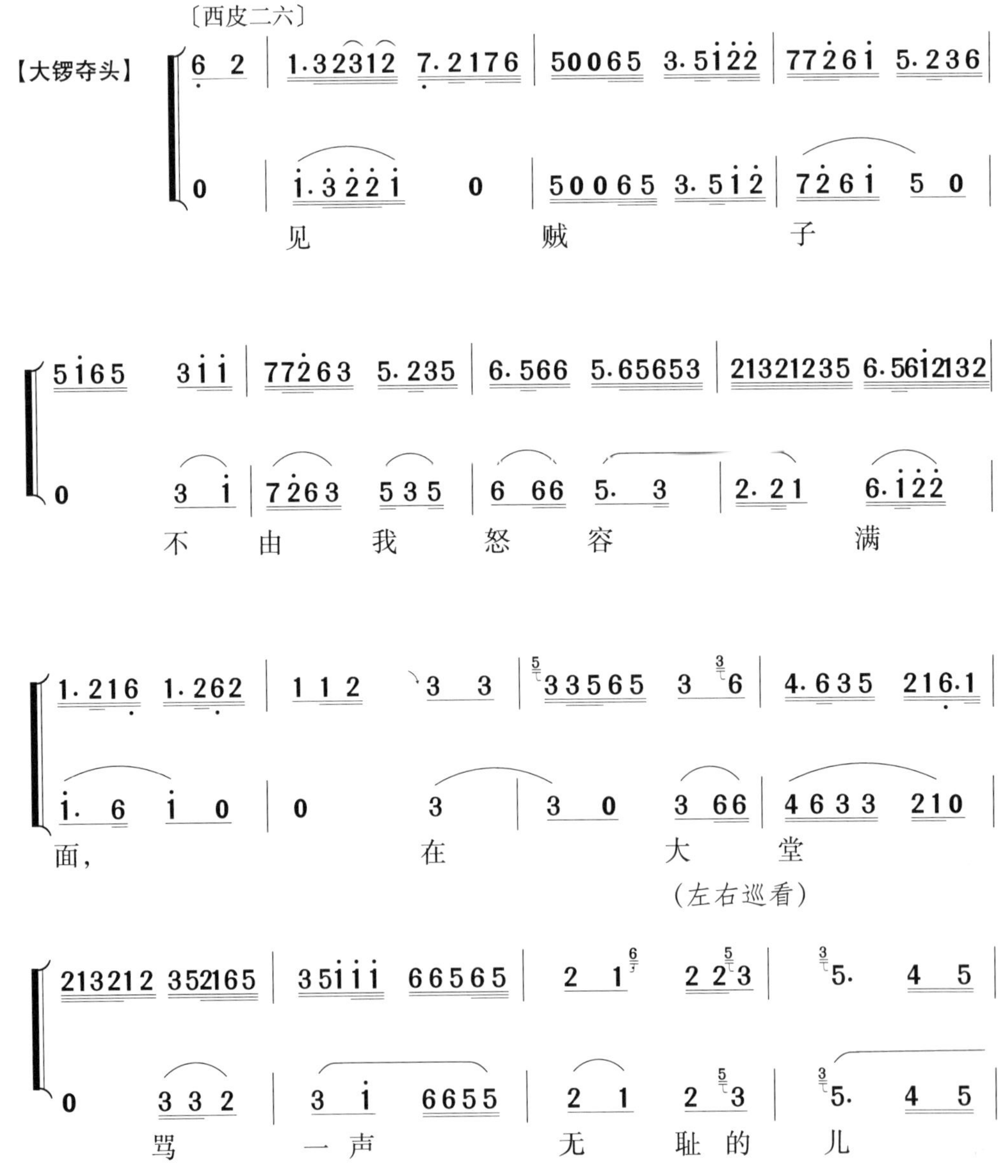

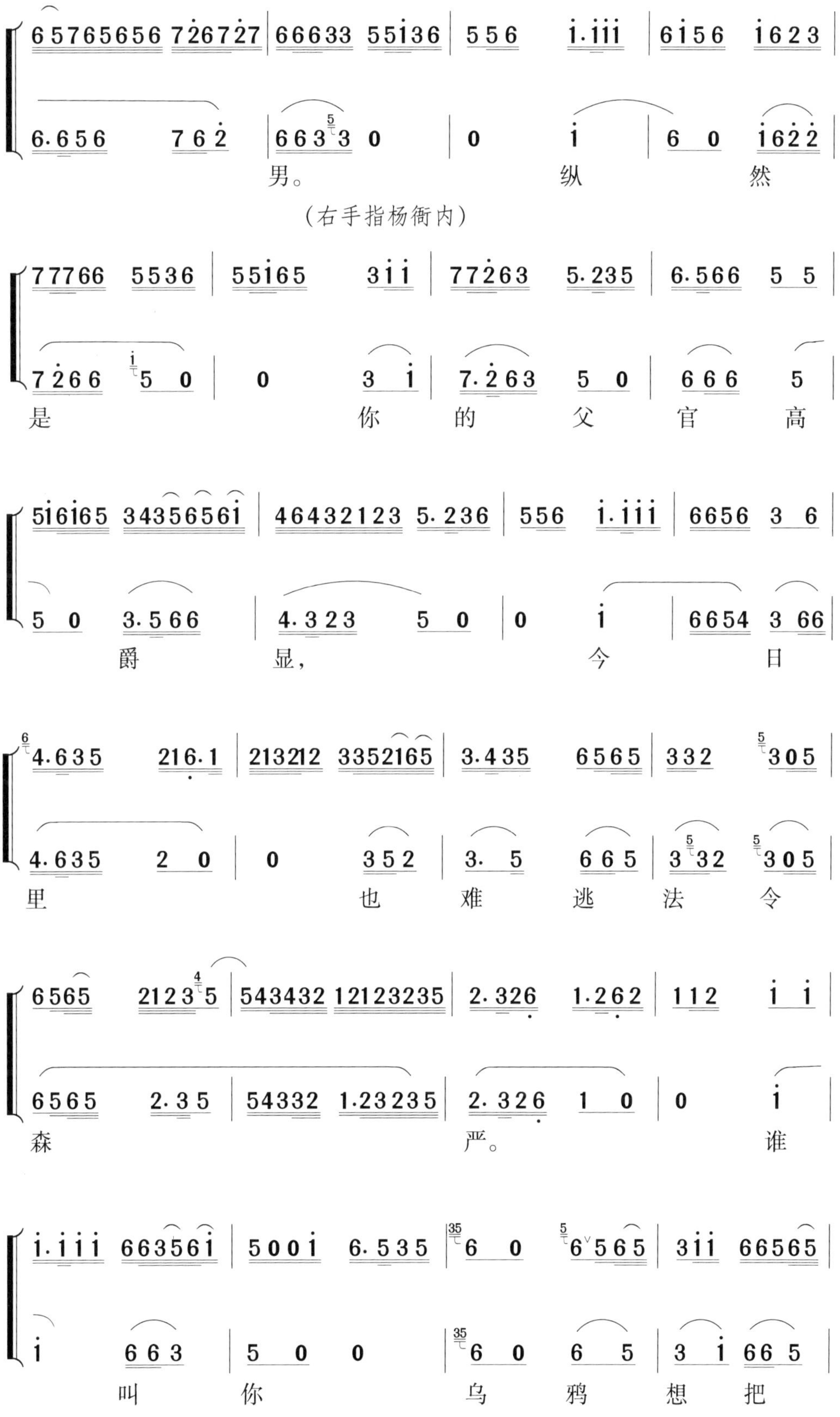
男。纵 然
(右手指杨衙内)
是 你 的 父 官 高
爵 显， 今 日
里 也 难 逃 法 令
森 严。 谁
叫 你 乌 鸦 想 把

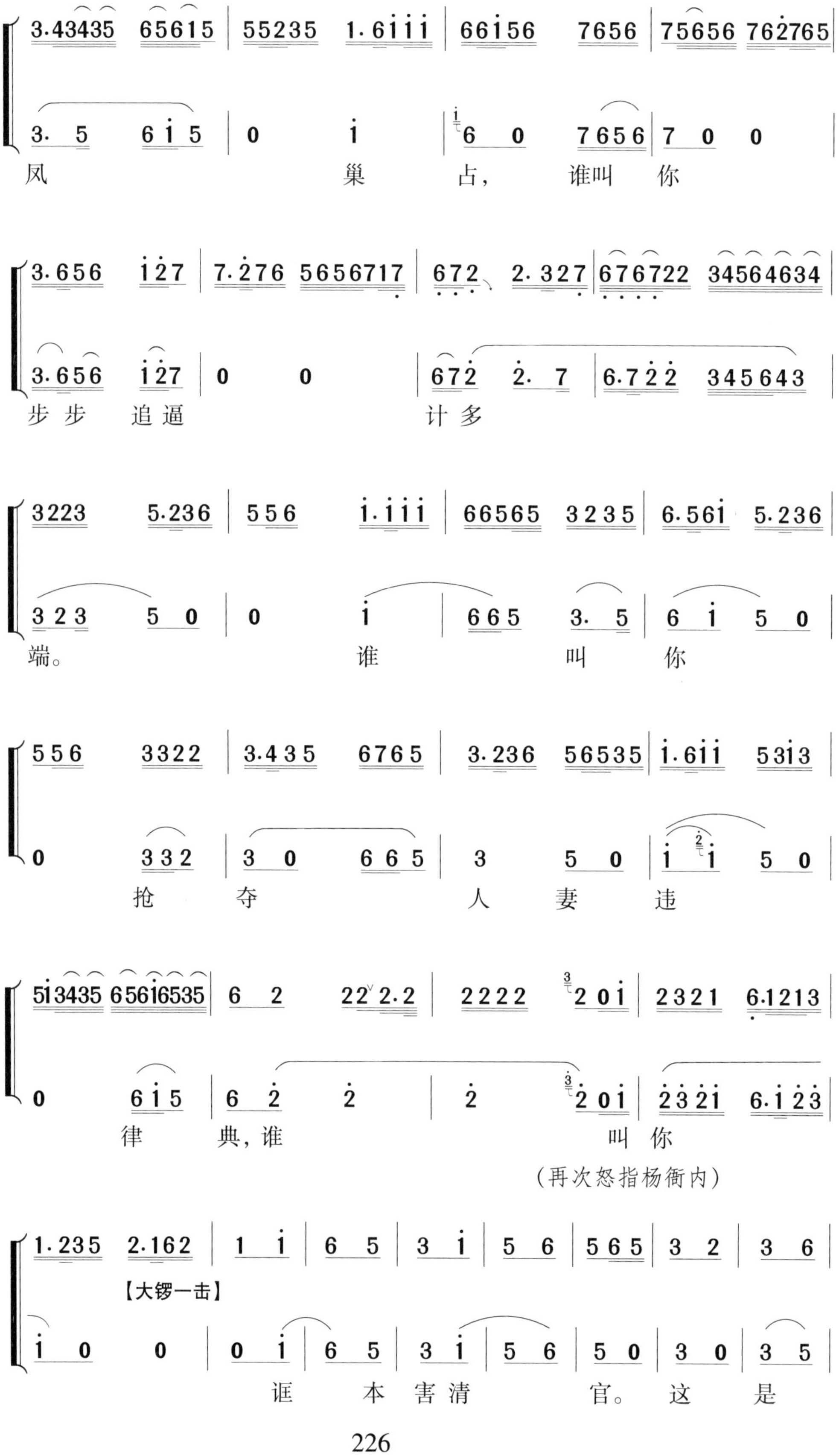
凤 巢 占，谁叫 你
步 步 追 逼 计 多
端。谁 叫 你
抢 夺 人 妻 违
律 典，谁 叫 你
（再次怒指杨衔内）
【大锣一击】
诓 本 害 清 官。这 是

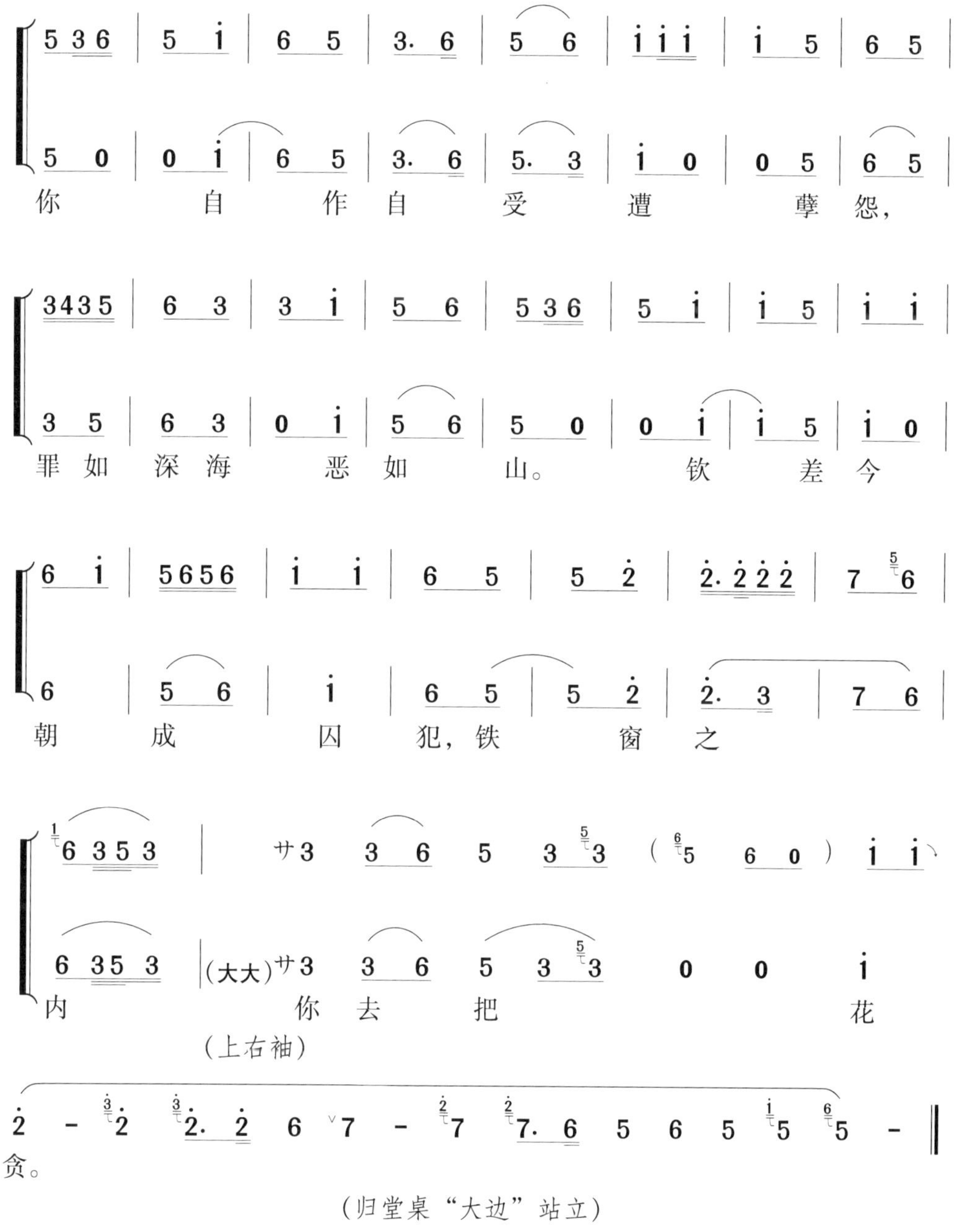

白士中　将犯人押了下去！

杨衙内　（站起）

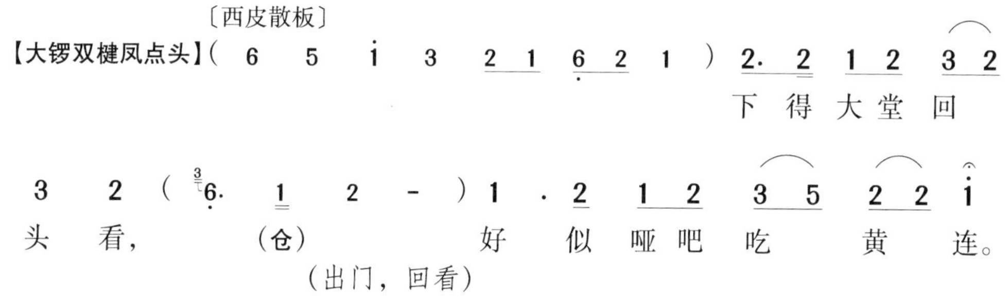

白士中 退堂！

〔【纽丝】四牢子手押杨衙内“上场门”下，四龙套两边分下，书童“下场门”下。

白士中 （出位至“小边”台口）

〔西皮散板〕

（ 7 6 6 5 1 3 2 1 6 2 1 ） i 5 5· 7 6 5 6 3 5 6
夫人果 然有远 见，

（ 6 5 3 3 5 6 - ） 3 6 5 5 3 i 6 ∨6 5 6 6 3 5 3 5 ‖【大锣住头】
（仓） 救 我士 中 活命 还。
（向谭记儿拜谢）

待我打本进京，求李老恩师奏明圣上洗雪冤枉。

谭记儿 言之有理。正是：【大锣住头】
（念）从来松柏耐岁寒，
化险为夷度难关。

〔“双出门”，谭记儿至“大边”右转至台中，白士中至“小边”台中。

白士中 （念）满天愁云尽消散，
夫人神智赛天仙。

〔奏唢呐曲牌<尾声>后半段。白士中向谭记儿一揖，谭记儿扶白士中，相视而笑，二人挽手台中亮相。

—— 剧 终